Deutsch von Susanna Rademacher

Rona Jaffe

Die gefährlichen Jahre

Roman

Rowohlt

Die Originalausgabe
erschien 1976 unter dem Titel
«The Last Chance»
bei Simon & Schuster, New York
Schutzumschlag- und Einbandentwurf
von Werner Rebhuhn

1. Auflage August 1978

Gesamtherstellung Clausen & Bosse, Leck/Schleswig
Printed in Germany
ISBN 3 498 03313 1

Für Phyllis

Prolog: Dezember 1975

Etwas war falsch an diesem Begräbnis. Dabei war alles untadelig: die Trauernden, die Blumen, die Musik, der Gottesdienst, das von der Firma Frank E. Campbell, Madison Avenue, besorgte Arrangement, die Ankunft der vielen langen schwarzen Limousinen, so blank und sauber ... vielleicht hätte es ihr sogar gefallen. Ihre Angehörigen und Freunde hofften das, denn es fiel ihnen sonst nichts ein, was sie hätten für sie tun können. Die Leute, die sie geliebt hatten, waren da, und die Leute, die sie nicht gemocht hatten, und sogar Leute, die sie eigentlich überhaupt nicht gekannt hatten. *Sie* hätte nicht dort liegen sollen, dachten sie, das war ganz falsch.

Draußen, in den Straßen von New York, herrschte Weihnachtstrubel: dekorierte Läden und Käufer, die sich, mit Päckchen beladen, durch das Gedränge kämpften. An den Straßenecken standen Weihnachtsmänner mit falschen Bärten und läuteten ihre Glöckchen, und von den Ständen der Maroni- und Brezelverkäufer stiegen Wolken würzigen Rauchs zu dem kalten weißen Himmel auf. Die Illumination war wegen der Energieknappheit nicht so üppig wie in den Vorjahren, und den riesigen Christbaum vor dem Rockefeller Center fanden die meisten Leute nicht so hübsch wie in vergangenen Jahren, aber doch besser als im letzten Jahr. Daß diesmal keine Lichterbäume die Park Avenue säumten, war traurig, aber man wußte doch trotzdem, daß Weihnachten war, und ein Begräbnis hätte auch dann nicht dazugepaßt, wenn es sich um einen sehr alten, kranken Menschen gehandelt hätte.

Aber hier wurde eine junge Frau begraben, die lange vor ihrer Zeit eines unnatürlichen Todes gestorben war. Es hätte nie geschehen dürfen, und doch war es, wenn man zurückblickte, irgendwie unausweichlich gewesen.

Die drei Frauen saßen nebeneinander. Ihre Blicke begegneten sich kurz, und jede von ihnen wußte, daß die beiden anderen dasselbe dachten wie sie selbst. Sie waren vier gute Freundinnen gewesen, nun waren sie nur noch drei. Die vierte lag da vorn in diesem Sarg. Sie waren die Überlebenden, nicht im Sinne von ‹Hinterbliebenen›, wie es in den Todesanzeigen heißt, sondern im wörtlichen Sinne. Es hätte jede von ihnen treffen können.

Jede von ihnen hatte ihr Schicksal lenken wollen und war ihm entgegengegangen, ohne zu merken, daß in Wirklichkeit das Schicksal sich ihrer bemächtigte. Es gab keine andere Erklärung. Und doch konnte keine von ihnen es wirklich glauben, selbst jetzt nicht. Sie alle hatten sich entschieden. Das mußte doch einen Sinn haben. Sie konnten nicht glauben, daß Entscheidungen bedeutungslos sein sollten. Drei von ihnen waren noch am Leben ... Selbst sie hatte sich letzten Endes entschieden.

Aber sie wußten, daß sie sich das alles sagten, um sich nicht so zu fürchten.

Das Jahr davor

Januar 1975

Anfang Januar um fünf Uhr morgens ist es in New York dunkel und still. Die neuen Bogenlampen sollen zwar die Straßen sicherer machen, beleuchten aber nur die Tatsache, daß sich nicht einmal ein Verbrecher in diese einsame Kälte heraustraut. Alle zehn Minuten kreuzt vielleicht ein einzelnes Taxi auf, die Türen verschlossen, die kugelsichere Scheibe zwischen dem Fahrer und seinen Passagieren fest zugeschoben und mit den Fingerspuren harmloser nächtlicher Gäste beschmiert, die das Ziel ihrer Fahrt nicht gern durch den Geldschlitz schreien wollten. Der große Wecker neben Margot Kings Bett schrillte so laut, daß sie glaubte, das Gehirn müßte ihr platzen. Sie bekam Herzklopfen von dem Schmerz, aber sie stellte die Uhr erst ab, als sie aufrecht auf dem Bettrand saß, weil sie wußte, daß sie sonst wieder einschlafen würde.

Das ist nun einmal mein Job, und sie brauchen mich. Ich hab's versprochen. Sie war nie ein Morgenmensch gewesen, und fünf Uhr morgens war unsagbar schrecklich. Zwei Wochen lang mußte sie es ertragen, denn sie hatte die Morgennachrichten übernommen, während der Nachrichtensprecher verreist war. Ob er auf den Bahamas, wo er seinen Urlaub verbrachte, jetzt wohl schlief? Margot sagte im lokalen Fernsehen täglich die Abendnachrichten an, manchmal auch die Spätnachrichten, wenn jemand einspringen mußte. Sie nannte es die Wechselschicht. Zehn Jahre Fernsehreporterin und gegen Ende dieses Sommers vierzig Jahre alt und noch immer ohne eigenes Büro; sie mußte der kurzsichtigen Kamera dankbar sein, die all die winzigen Linien, die sie neuerdings bemerkt hatte, nicht sah. Sie war bekannt, aber man konnte nicht sagen, daß sie einen Namen hatte. Daran war sie selber schuld. Sie hatte nie um etwas gekämpft und sogar Beförderungen abgelehnt, wenn sie fürchtete, daß sie ihr zuviel Zeit wegnehmen würden. Sie erinnerte sich, daß sie gleich nach ihrem Abgang vom College – wie lange war das her – einen Posten in der Dokumentationsabteilung von Time-Life abgelehnt hatte, weil der Personalchef gesagt hatte, sie werde unregelmäßige Arbeitszeiten haben und sich nie im voraus verabreden können. «Ich will nicht, daß mein Job meinem Leben im Wege ist», hatte Margot geantwortet. Und nun wurde ihr klar, daß ihre Arbeit ihr ganzes Leben ausmachte.

Sie putzte sich die Zähne, die Augen gegen das grelle Badezimmerlicht zusammenkneifend. Zwei Augentropfen in jedes Auge («für Augen ab vierzig», hieß es in der Reklame – nächstes Jahr würden ihre soweit sein). Sie wusch sich das Gesicht unter der Dusche, weil es weniger Zeit kostete, obwohl sie wußte, daß Wasser und Seife Gift für zarte Haut waren. Aber dann trug sie Feuchtigkeitscreme auf, ganz schnell über die Falten hinstreichend, und sah sie sich unter der gelblichen Flüssigkeit glätten. Das Fernseh-Make-up nützte ihrer Haut gar nichts. Vielleicht sollte sie diese Woche eine Gesichtsbehandlung machen lassen. Sie stellte sich auf die Waage, nicht überrascht und doch jedesmal erleichtert, wenn der Zeiger immer auf denselben Punkt wie gestern zeigte.

Kaffee gab es im Studio, aber der war noch schlechter als ihr eigener Nescafé; während sie also ihren Kaffee abkühlen ließ, machte sie das Bett – eine fruchtlose und deprimierende Sache, weil kein Mensch es sehen würde, aber man konnte nie wissen. Vielleicht lud sie einen Mann auf einen Drink zu sich nach Hause ein. Das dachte sie jeden Morgen, aber seit fast einem Jahr hatte sie keinen Liebhaber gehabt, was ihr einerseits ein Gefühl von Altsein gab und andererseits gleichgültig war. Manchmal fühlte sie sich frustriert, aber anscheinend hatte das nichts mit den Männern zu tun, mit denen sie täglich zusammen war und von denen jeder ihr mit Vergnügen ausgeholfen hätte. Je länger es keine sexuellen Beziehungen in ihrem Leben gab, um so weiter schien sie sich davon zu entfernen. Als wäre sie auf einmal wieder eine Jungfrau.

Der letzte Mann, mit dem sie zusammen gelebt hatte, hatte sich nach und nach von ihr getrennt; er war nicht einfach gegangen und hatte einen klaren Schlußstrich gezogen, sondern fügte ihr immer wieder winzige Stiche zu, bis sie das Gefühl hatte, mit lauter kleinen Wunden bedeckt zu sein. Schließlich nahm sie ihm ihren Schlüssel weg und verbot ihm anzurufen. Sie hatte lange Zeit gebraucht, sich davon zu erholen. Vielleicht stimmte es, daß alles schwerer heilte, wenn man älter wurde.

Sie ging zu Fuß zur Arbeit. Die Straßen waren menschenleer, und sie hielt sich in der Mitte des Gehsteigs, falls jemand sich in einem Torweg versteckt hatte, und den Bügel ihrer Handtasche hielt sie fest ums Handgelenk geschlungen. Ihr Gang war wie gewohnt flink und energisch, und ihr Blick schweifte aufmerksam bald nach rechts, bald nach links, aber sie hatte keine Angst. Es waren nur sechs Blocks. Sie war absichtlich in die westliche Fünfundsiebzigste Straße gezogen, um auf keine Verkehrsmittel angewiesen zu sein. Sie war gern unabhängig. Diese Stadt bereitete ihr mehr Ärger als Furcht, weil sie New York immer geliebt hatte, und nun war es ruiniert. Es war schmutzig und laut, voll von Junkies, Dieben, Mördern und der paranoiden Feindseligkeit des Durchschnittsbürgers, der sich in der Falle fühlte. Wir sitzen alle in der Falle, dachte Margot, aber niemand hat uns aufgefordert, hierherzukommen. Wir alle wollten hierher. New York, die Stadt der Träume. Es *gibt* keine Stadt wie diese.

Im Büro begann sie die Nachrichten vom Fernschreiber, die sie haben wollte, abzutippen. Diese Maschine hatte sie immer fasziniert, wie sie den endlosen Papierstreifen mit Nachrichten von Gewalttaten ausspuckte, die in so weit entfernten Orten geschehen waren, daß sie gar nicht zu existieren schienen. Und dazwischen ein Gartenfest. Sie kombinierte genau die richtige Dosis von Weltgeschehen und Lokalnachrichten, denn sie wußte, daß für die Zuschauer ein Hausbrand in der Bronx, bei dem ein Kind ums Leben gekommen war, genauso interessant war wie eine Katastrophe in Asien, die hundert Menschenleben gefordert hatte.

«Die kleine Denise hätte gerettet werden können, wäre nicht voreilig falscher Alarm gegeben worden, so daß in ihrer Gegend keine Löschzüge verfügbar waren. Erst nach zwanzig Minuten kam die Feuerwehr aus . . .»

«Henry Kissinger sagte heute . . .»

«Überführter Watergate-Verschwörer . . .»

«In dem Pflegeheim-Skandal . . .»

Früher hatte das alles sie tief berührt, während es sie jetzt gleichgültig ließ. Sie konnte einen Mann schluchzen sehen und ihm dabei ein Mikrofon vors Gesicht halten, und alles, was sie dabei empfand, war die flüchtige Hoffnung, er möge es nicht wegstoßen. Manche Reporter hörten nie auf, mit ihren eigenen Gefühlen beteiligt zu sein, und das waren die besten. Margot war abgestumpft, aber nur so schien sie sich vor zuviel innerer Beteiligung schützen zu können. Sie arbeitete besser so. Sie konnte bissig schreiben, sie konnte aber auch dabei komisch sein oder die Leute zum Weinen bringen, aber das alles berührte sie nicht. Die Außenwelt war unwirklich – nur ihr eigenes Innenleben zählte. Sie fragte sich, ob das gut war und wohin es sie führen, was aus ihr werden würde.

Auf ihrem Pult lag eine Notiz über einen Anruf von gestern abend, nachdem sie nach Hause gegangen war. Wieder hatte sie also vergessen, den Auftragsdienst anzurufen. Sie war mit einem Drink und einer Schlaftablette zu Bett gegangen, hatte das Telefon abgestellt und nur daran gedacht, daß sie um fünf aufstehen mußte. Es war ein dringender Anruf von Ellen. Alle Anrufe von Ellen waren dringend, wenn sie Ellen selbst betrafen. Sie war im College Margots Zimmergenossin gewesen und hatte bald nach dem Examen geheiratet; sie hatte zwei halbwüchsige Töchter und verbrachte ihr ganzes Dasein mit der unablässigen Anstrengung, keine Hausfrau zu werden. Dieses Bedürfnis ging allerdings nicht so weit, daß sie eine feste Stellung gehabt hätte. *Ellen Rennie anrufen. Dringend.* Ellen rief nur an, wenn sie etwas wollte.

Margot sah auf ihre Uhr, klammerte den Zettel oben an die Mappe mit den nach der Sendung zu erledigenden Dingen und versuchte zu entscheiden, ob sie die Watergate-Sache fallenlassen sollte, um mehr Zeit für eine eben eingetroffene Nachricht zu haben: ein Mann war gestorben, nur weil gestern abend die U-Bahn wieder einmal stehengeblieben war. Ach was, jeder hatte Watergate bis obenhin, aber die U-Bahn brauchte man täglich. Vielleicht war es gut, wenn die Welt, die sie ihren Zuschauern bot, immer kleiner wurde. Vielleicht merkten sie dann, daß es etwas gab, wofür sie etwas tun konnten. Nichts war so furchtbar, als sich hilflos zu fühlen.

Sie ging in den Schminkraum, als sie sah, daß die beiden Stühle dort frei waren. Alle, die bei dieser Sendung beschäftigt waren, wußten, daß man Margot morgens nicht ansprechen durfte. Sie hatte verbreitet, daß sie ein Morgenmuffel sei, aber in Wirklichkeit konnte sie frühmorgens keinen Raucheratem in ihrer Nähe ertragen. Seitdem sie vor zwei Jahren das Rauchen aufgegeben hatte, war sie darin fanatisch geworden. Der einzige Mensch, mit dem sie vor der Sendung sprach, war der Schminkmeister.

«Retten Sie mich, Ralph, ich bin in Ihren Händen», seufzte sie und sank in den Sessel.

Ellen Rennie wachte an diesem Morgen um fünf Uhr dreißig auf, hellwach vor freudiger Erwartung. Sie hatte kaum geschlafen, denn sie hatte ihre Pläne für die Stellungsuche genau formuliert, in Gedanken eine Liste von denjenigen gemacht, die sie anrufen konnte, und sich überlegt, was sie ihnen sagen wollte. Natürlich würde sie sich zuerst mit Margot verabreden. Margot kannte so gut wie jeden. Ellen war eifersüchtiger auf Margot, als sie zugab – war es immer gewesen –, obwohl sie im Kreis ihrer Freunde gern sagte: «Die arme Margot, wir *müssen* einen Mann für sie finden.»

Die arme Margot, so hübsch und schlank und ätherisch und glänzend, und immer ließen die Männer sie sitzen, weil sie sich die falschen aussuchte, während sie, Ellen, die in der Falle ihrer Ehe saß, stets den Richtigen anzog, den vollkommenen, rücksichtsvollen Liebhaber, und nie auf Dauer bei einem bleiben konnte, weil sie an diesen Klotz gefesselt war.

Sie betrachtete Hank, der friedlich schlafend auf seiner Seite ihres riesigen Betts lag. Was war das für ein Mann, der seine Frau seit sechs Jahren nicht angerührt hatte, obwohl sie in einem Bett schliefen, nur weil sie es ihm verboten hatte? Was war das für ein Mann, der siebzehn Jahre bei seiner Frau ausharrte, obwohl er wußte, daß sie Liebhaber hatte? Wie konnte man so einen Mann respektieren? Es wäre etwas anderes, wenn sie glauben könnte, daß er jemanden hätte, irgend jemanden, meinetwegen sogar seine häßliche Sekretärin, aber Hank war treu, das wußte sie, und irgendwie ärgerte sie das noch mehr. Wenn er nur ein einziges Mal irgend etwas Unvorhersehbares tun würde. Aber bei ihm war alles vorauszusagen, am sichersten sein Versagen.

Seine großen, sauberen weißen Füße mit den blonden Haarbüscheln auf den Zehen ragten unter der Bettdecke heraus. Ein ein Meter neunzig langes Weißbrot, hatte Margot von ihm gesagt. Oh, Margots Zunge konnte tödlich verletzend sein, wenn sie wollte. Ellen unterdrückte ein Kichern. Sie dachte an all den Spaß, den sie im College gehabt hatten, an all die Männer, die immerfort angerufen und auf ihrer Türschwelle übernachtet hatten, sie waren die beiden beliebtesten Mädchen in ihrem Wohnheim gewesen. Wenn irgend jemand Ellen damals mit einem neuen Verehrer zusammenbringen wollte, hatte sie nie gefragt: «Ist er nett?» Sondern: «Ist er groß?» Groß war für sie gleichbedeutend mit sexy gewesen. Vielleicht weil sie selbst groß war, und das empfand man in den fünfziger Jahren nicht als sexy bei einer Frau. Es bedeutete eher einen Nachteil. Sie ließ in einem geparkten Wagen gern ihre Brüste von großen Händen liebkosen oder sich beim Tanzen von riesigen Armen führen.

All diese langen, trägen Stunden des Vorspiels im parkenden Wagen vor der Sperrstunde, ohne je zum Augenblick der Wahrheit zu kommen. Ein Mädchen mußte Jungfrau bleiben, sie konnte nicht riskieren, schwanger zu werden. Zwar war die Hälfte der Mädchen im Wohnheim angeblich keine Jungfrauen mehr, aber Ellen war es und Margot ebenfalls bis zu ihrem letzten Jahr im College. Ellen hatte Angst. Sie wollte die Chance, den besten Ehemann der Welt zu bekommen, nicht dadurch gefährden, daß ihn vielleicht ihre Vergangenheit störte. Sie glaubte bedingungslos an den Mythos der Ehe, einer Kinderschar und lebenslanger Glückseligkeit. Sie wäre gern ‹jemand› gewesen, hätte gern eine interessante Arbeit gehabt, aber sie fürchtete sich vor dem Alleinsein. Die aufregenden Zärtlichkeiten im Auto – schon beim Küssen gelangte sie zum Orgasmus, und dabei wußte sie, daß manche Mädchen, die sich einfach hingegeben hatten, nicht einmal wußten, was ein Orgasmus war. Was würde sie tun, wenn sie allein und einsam blieb? Sie würde eine wunderbare Ehefrau abgeben!

Nach dem College hatte sie mit Margot zusammen eine Wohnung genommen, für die sie von den Eltern einen Zuschuß bekamen. Zusammen wohnen garantierte angeblich ein reines Leben. Margot fing eine Liebschaft mit ihrem verheirateten Chef an. Es ging von Anfang an schief, aber was Ellen auch sagte, sie ließ sich nicht davon abbringen. «Ich bin sowieso zu jung, um gleich zu heiraten», sagte Margot fröhlich. Daß Margot jede Nacht zu Hause schlief, besagte gar nichts, wie Ellen entdeckte. Die Männer, mit denen sie ausging, hatten alle eine eigene Wohnung. Die konnten einen vor dem Essen bespringen, wenn man nichtsahnend bei einem Drink saß und Schallplatten hörte.

Hank Rennie respektierte sie – dieser große, blonde, gut angezogene Mann, der schon mit fünfundzwanzig ein eigenes Geschäft besaß, das er von seinem Vater geerbt hatte. Er handelte mit großen, teuren Wagen. Aber statt in einem dieser Wagen mit Ellen zu knutschen, benutzte er sie nur zur Beförderung, das heißt, er fuhr mit ihr zu romantisch gelegenen Restaurants in Westchester, wo man die Enten auf einem See beobachten und an einem schummerig beleuchteten Tisch Händchen halten konnte. Sie waren ja nun erwachsen, und bei Erwachsenen wurde Ernst aus dem Spiel. Als Hank ihr einen Heiratsantrag machte, sagte Ellen sofort ja. Es war der glücklichste Tag ihres Lebens, als sie diesen Schreibmaschinenkurs aufgab; die anderen Mädchen dort waren nicht einmal im College gewesen, und sie war Phi Beta Kappa gewesen und mit magna cum laude abgegangen, während die anderen sich nur dafür interessierten, wie viele Wörter sie pro Minute tippen konnten.

Ellen, ihre Mutter und Hank waren während des ganzen Frühjahrs mit Hochzeitsvorbereitungen beschäftigt. Porzellan, Silber und Wäsche, die ganze Aussteuer und die Wohnung, die sie mieteten, «bis die Kinder kommen und wir aufs Land ziehen». Im Juni wurden sie kirchlich getraut, und der Empfang fand im Hotel Plaza statt. Dort war auch eine Suite für die Hochzeitsnacht gemietet worden, und am nächsten Morgen sollte das junge Paar nach Bermuda fliegen.

Margot und drei andere Freundinnen von Ellen waren die Brautjungfern. Margot hatte sich darüber geärgert, daß die Brautjungfern ihre Kleider selbst bezahlen mußten, aber Ellen hatte sie ausgesucht, und zwar in einer Farbe, die Margot nicht stand. Das hatte Ellen natürlich absichtlich getan, um nicht von Margot ausgestochen zu werden. Selbst damals ...

Vor der Trauung hatte Ellen geweint, während sie auf ihren großen Auftritt wartete. Warum, wußte sie nicht. Sie hatte das Gefühl, in der Falle zu sitzen. Sie liebte Hank nicht.

«Warum weinst du?» fragte Margot und legte die Arme um Ellen, so daß ihr Kleid, das sie sowieso scheußlich fand, mit Maskara beschmiert wurde.

«Warum hat er sich die Haare schneiden lassen?» schluchzte Ellen. «Ich hasse es, wenn er das Haar so kurz trägt.»

«Bräute sind immer so nervös», erklärte Ellens Mutter fröhlich, während sie mit einem Handtuch zur Säuberung von Margots Kleid herbeieilte und eine ganze Schminkausrüstung für Ellens verschmiertes Gesicht mitbrachte.

Es war eine barbarische Idee: sie mußte das Brautkleid mit dem Reisekostüm vertauschen und in ein Taxi steigen, dann einmal um den Block fahren, durch einen Nebeneingang wieder ins Hotel gehen und zu ihrer Hochzeitssuite hinauffahren, wo die offizielle Defloration stattfinden sollte. Alle Verwandten wußten, was jetzt vor sich gehen würde – ihre Mutter, seine Mutter, ihr Vater ... ach Gott, wie demütigend. Ellen fragte sich, ob ihr Vater auch das aus seinen Gedanken verbannt habe, so wie er alles verbannte, was ihn hätte stören können. Sie schwitzte und war müde und sehr verlegen, genau wie Hank. Hätten sie doch einfach weglaufen oder Jeans anziehen und zu P. J. Clarke gehen und sich betrinken können, oder einfach schlafengehen. Aber nein, nun mußte sie in dieses riesige, weiße, marmorne Badezimmer gehen und ihr weißseidenes Nachthemd mit dem passenden Peignoir anziehen, und dann ins Wohnzimmer zu diesem fremden Mann im Bademantel, an den sie jetzt gefesselt war und der sogar die obligate Flasche Champagner in einem Kühler bereithielt, genau wie in einem schlechten Film.

Sie konnte ihm nicht sagen, wie ihr zumute war. Ein Mädchen sprach gegenüber Männern nicht von ihren Gefühlen. Sie mußte sich von ihm ausziehen lassen – wieder wie in einem schlechten Film – und möglichst so tun, als merkte sie nicht, welche Angst er hatte. Diesmal würden sie nicht knutschen und einander berühren und all diese herrlich sinnlichen Dinge tun, die sie verrückt machten. *Sie waren jetzt verheiratet und mußten es tun.* Er hatte sogar ein Präservativ auf den Nachttisch gelegt. Nie im Leben war ihr weniger danach gewesen, *es zu tun.*

Sie wußte, daß ihm auch nicht danach war. Immer wenn sie ihm nahe gekommen war, hatte er eine Erektion bekommen, aber diesmal lag das Ding einfach da, und sie tat so, als sähe sie es nicht. Sie hatte ihn noch nie nackt gesehen, nicht einmal im Badeanzug, weil sie sich im Winter kennengelernt hatten. Sie hatte überhaupt noch keinen Mann nackt gesehen.

Er führte ihre Hand zu seinem Penis. Er vermochte nicht einmal mit ihr zu sprechen, sie zu bitten, ihr zu sagen, was sie tun sollte, und seine Befangenheit steigerte die ihre derart, daß ihr übel wurde. Sie begann ihn mit der Hand, an der sie den Trauring trug, zu streicheln. Sie war so daran gewöhnt, daß die Männer die Initiative ergriffen und so weit wie möglich gingen, daß sie bisher nie aktiv geworden war. Aber das störte sie jetzt nicht. Sie war neugierig darauf gewesen, wie ein nackter Penis sich anfühlte. Dieser lag einfach nur in ihrer Hand.

Dann fühlte sie im Nacken seine Hand, die ihren Kopf nach unten drückte. Sie wußte, was er von ihr wollte, aber das würde sie nicht tun. Wie konnte er es wagen? Warum *bat* er sie nicht, warum versuchte er statt dessen, sie zu zwingen? Wenn er nur irgend etwas gesagt hätte, wenn er ein Mensch wäre und nicht so ein wildes, verschrecktes Tier, dann würde sie es für ihn tun. Sie wußte nicht, was tun, aber sie ließ es zu, daß er seinen Penis in ihren Mund steckte, und sie fühlte ihn endlich groß werden, groß und immer größer, bis ein Brechreiz in ihr aufstieg. Ich hasse dich, dachte Ellen. Ich hasse dich, ich könnte dich ankotzen, dich mein Leben lang hassen.

Sie lag teilnahmslos da, während er die Ehe mit ihr vollzog. Ob ihre Mutter wohl wußte, was für ein Humbug das alles war? Warum hatte sie es ihr nie gesagt?

Am nächsten Morgen, das Wetter war ideal, flogen sie nach Bermuda. Sie schwammen, lagen in der Sonne, bis sie mahagonibraun aussahen, sie tauchten mit Schnorcheln, mieteten Fahrräder, aßen Hummer, tranken Champagner und hielten jeden Nachmittag ihr ‹Mittagsschläfchen›. Hank reagierte nun völlig normal, und Ellen brauchte es nie wieder so zu machen wie in der ersten Nacht, aber sie war auch fest entschlossen, es nie wieder zu tun, und wenn er sie darum anflehte. Nach einiger Zeit merkte er, daß sie nicht das geringste empfand, und schließlich fragte er sie sogar schüchtern, wie sie es haben wollte. Sie sagte es ihm, aber bei allem, was er tat, blieb sie kalt und tot. Sie fühlte sich betrogen, und glühender Zorn erfüllte sie. Ihr war, als bewegten sie sich mit völlig übereinstimmenden Bewegungen vor einem riesigen Spiegel, ohne jemals einander zu berühren.

Als sie von der Hochzeitsreise zurückkamen, lernte sie seinen Bruder kennen, der als Soldat in Übersee gewesen und gerade entlassen worden war. Tony war klein und lebhaft, ganz anders als Hank, und Ellen verliebte sich bis über beide Ohren in ihn. Sie hatten ein kurzes, leidenschaftliches Verhältnis, um so leidenschaftlicher, als sie wußten, daß sie Hank etwas Schreckliches antaten und es auf keinen Fall fortsetzen durften. Als sie sich endgültig zur Trennung entschlossen hatten und vor Tonys Abreise nach Europa zum letztenmal miteinander schliefen, tat Ellen für ihn das, was Hank in ihrer Hochzeitsnacht von ihr verlangt hatte. Es war ihre Idee. Sie tat es gar nicht ungern, sie genoß es sogar, und danach fühlte sie sich glücklich.

Ellen entdeckte, daß auf Parties ein Trauring auf die Männer wie ein Aphrodisiakum wirkte. Sie hatte geglaubt, als verheiratete Frau würde sie aus dem Rennen ausscheiden, aber ganz im Gegenteil waren die Männer mehr denn je hinter ihr her. Erst nach vielen Jahren und vielen Liebesaffären wurde ihr klar, daß nicht der goldene Ring das Anziehende war, sondern ihre verlockende erotische Ausstrahlung. Sie war groß und langgliedrig, eine Frau, vor der ihre Geschlechtsgenossinnen sich nicht fürchteten, während die Männer spürten, was in ihr schlummerte. Sie bestand auf ihren intellektuellen Meinungen, sie las viel und behielt es auch, sie scheute sich nicht vor Auseinandersetzungen, aber unter dieser Fassade, welche die Ehefrauen einlullte, schwelte eine Glut, die den Ehemännern die Ruhe raubte, so daß sie sich um ein Tête-à-tête mit ihr bemühten, sie vormittags, wenn sie wußten, daß Hank nicht zu Hause war, vom Büro aus anriefen. Sie konnte wählen, und sie tat es mit Vorsicht. Sie ließ sich nur mit einem Mann ein, in den sie wahnsinnig verliebt war. Jede ihrer Affären dauerte über ein Jahr, und wenn Ellen mit Rücksicht auf ihre Ehe Schluß machte, blieb der verabschiedete Liebhaber stets ein ergebener Freund.

Ihre jetzt fast sechzehnjährige älteste Tochter Jill war in New York zur Welt gekommen; dann zogen Ellen und Hank in einen Vorort, wo nach zwei Jahren Stacey geboren wurde. Sie wollten nur zwei Kinder haben, auch wenn das zweite wieder ein Mädchen war. Hank wollte ihnen von allem das Beste geben können. Ellen hatte immer eine Vorliebe für Jill, weil sie so schön war. Sie war schlank, anmutig und lieblich, während Stacey an einen kleinen Hydranten erinnerte. Sie glich Hanks Mutter, aber sie war ein vergnügtes, liebes Kind mit Grübchen in den Wangen. Als Jill in die höhere Schule kam, entschied Ellen, daß sie keine Minute länger in einem Vorort wohnen wollte, man saß da wie in einer Falle: sie wollte wieder nach New York ziehen, wo man etwas unternehmen konnte. Sie hatte es satt, den Chauffeur zu spielen, sie wollte in Museen und ins Theater gehen. Sie verkauften also ihr Haus, fanden eine schöne Wohnung und meldeten die Mädchen in einer Privatschule an. Hanks Geschäft ging recht gut. Es hätte noch besser gehen können, aber er besaß keinen Geschäftssinn. Sein Bruder, der noch weniger Geschäftssinn hatte, war mit einer Französin verheiratet und lebte in Paris. Es war an Hank, sie alle, einschließlich seiner Mutter, zu erhalten.

Ungefähr um diese Zeit wurde Ellen klar, daß Hank wußte, daß sie ihn betrog, aber nie etwas gesagt hatte. Scheute er sich, es ihr auf den Kopf zuzusagen, weil er glaubte, daß sie ihn dann verlassen würde? Sie wollte ihn wegen der Kinder nicht verlassen. Die Mädchen vergötterten Hank, und um gerecht zu sein: er war ein wunderbarer Vater von vorbildlicher Geduld und Aufmerksamkeit. Nur daß er eben so ein Schwächling war! Was sollte er ohne sie anfangen? Und sie ohne ihn? Er ließ sie machen, was sie wollte, und sie hatte jemanden, mit dem sie abends ausgehen konnte. Sie konnte immer mit ihm rechnen, und er hatte allmählich begonnen, sich ganz auf sie zu verlassen wie ein Hund auf seinen Herrn. Sie zankten sich nie. Sie verbannte ihn einfach aus ihren Gedanken, wenn er sie ärgerte, so wie ihr Vater es vor vielen Jahren mit unliebsamen Dingen gemacht hatte. Bis zur Energiekrise, der Benzinknappheit und der Rezession war eigentlich alles in Ordnung.

In der Automobilbranche, besonders bei Luxuswagen, kam es zu den größten Rückschlägen. Die Verkaufsziffern sanken erschreckend. Hank blieb auf seinen Monolithen sitzen, die im Handumdrehen aus der Mode waren, unverkäufliche Luxusartikel. Jeden Monat waren die Zinsen für das Bankdarlehen fällig, jede Woche mußten die Löhne ausgezahlt werden, aber wie? Die Millionen Dollar, die sich auf dem Papier so leicht bewegen ließen, wurden nun zu wirklichen Schulden, zu einer wirklichen Bedrohung. Nachts riefen verängstigte Stimmen aus Hanks Büro an. Manchmal auch tagsüber – meist freitags – Anrufe von Al und Bernie. Sagen Sie Ihrem Mann, er soll seinen Geschäftsproblemen ins Auge sehen. Nicht einmal Al und Bernie hatten Respekt vor ihm. Hat er vielleicht häusliche Sorgen? fragte Al. *Hat er häusliche Sorgen?*

Hank war ein Dickkopf. Seiner Überzeugung nach mußte die Wirtschaftslage sehr bald umschlagen. Aber er hatte auch Angst, das entging Ellen nicht. Das Schlimmste war, daß Hank vor Jahren, als sie jung verheiratet waren, eine einmalige Chance gehabt hatte, auf den Volkswagen umzusteigen. Er hatte es jedoch abgelehnt. Seine Freunde hatten ihm geraten, das Angebot in Erwägung zu ziehen, und Ellen war derselben Meinung gewesen. «Die Leute sind an Qualität gewöhnt», hatte Hank störrisch erwidert. «Sie wollen nichts anderes, und ich bin für Qualität bekannt.»

Nun würde er für Bankrott bekannt werden. Es war typisch für Hank, selbst jetzt, nachdem er seine Chance verpaßt hatte, noch so zu tun, als sähe er die Entwicklung voraus. In den Ferien würden keine Wagen gekauft; warte nur den Frühling ab, sagte er. Worte, nichts als Worte.

Sie lebten von ihren Ersparnissen. Wer weiß, ob sie nächstes Jahr die Privatschule der Mädchen noch bezahlen konnten. Ellen machte sich Sorgen, denn sie wollte ihre Töchter nicht in eine öffentliche Schule schicken, man hörte so viele Greuelgeschichten, daß die Kinder mit Messern herumliefen und Rauschgift nahmen – Gott sei Dank hatten ihre Mädchen damit nichts zu tun. Sie hatten ihr nie etwas verheimlicht. Sie rechnete aus, wieviel Geld sie noch auf der Bank hatten und wieviel das Leben in diesem Jahr kosten würde, wenn sie sich einschränkten, und ihr wurde klar, daß es nicht reichte. Sie mußte sich eine Stellung suchen. Womit sie genug verdienen sollte, daß sie alle davon leben konnten, war ihr nicht klar, aber was sie auch verdiente, es würde besser sein als nichts.

Darum hatte sie Margot angerufen. Margot wußte über Arbeiten auf interessanten Gebieten Bescheid. Margot würde ihr helfen. Margot mochte Hank nicht, weil sie ihn für einen langweiligen Schwächling hielt, und würde darum Mitgefühl mit Ellens Misere haben. Sie würde schon etwas finden, sie mußte einfach. Es gab keine andere Alternative.

Nikki Gellhorn erwachte um sechs Uhr morgens in Wilton, Connecticut. Zuallererst blickte sie immer aus dem Fenster, um ganz sicher zu sein, daß es über Nacht nicht geschneit hatte. Sie haßte den Schnee, empfand ihn als persönliche Herausforderung, nur dazu da, den Verkehr zu erschweren. Es machte ihr nichts aus, um sechs aufzustehen, aber alles übrige war ihr verhaßt – die Angst, daß der Wagen bei der Kälte nicht anspringen würde, das ewige Gehetze, um den Zug noch zu erreichen, und die Hoffnung, er würde nicht steckenbleiben oder Verspätung haben (die er ja eigentlich fast immer hatte), der Marsch vom Grand Central-Bahnhof zum Büro mit all den schweren Manuskripten unterm Arm, denn es gab nie ein Taxi, wenn man eines brauchte; und dieselbe elende Schinderei, um nach Hause zu kommen, nur daß sie dann todmüde war und andere Manuskripte zu schleppen hatte. Sie war Lektorin, länger bei Heller & Strauss als alle anderen Lektoren, sie liebte ihre Arbeit, sie vergötterte ihren Mann und ihre Kinder. Sie fand ihr Leben schön, bis auf die Beschwerlichkeiten, die durch ihre oft völlig vernunftwidrige Lebensweise entstanden.

Robert, ihr Mann, war Rechtsanwalt in Stamford, das näher an Wilton lag als an New York, und da sie seit der Geburt der Zwillinge vor neunzehn Jahren in dem umgebauten Farmhaus wohnten und es als ihr *Zuhause* ansahen, fuhr er ohne große Mühe zu seiner Arbeit in Stamford, während sie täglich insgesamt vier Stunden zwischen ihrem Büro in New York und ihrem Haus in Wilton hin- und herfahren mußte. Immer war es die Frau, die Opfer bringen mußte. Das ärgerte sie maßlos.

Sie ging in die Küche und schaltete die Kaffeemaschine ein, die sie gestern abend vorbereitet hatte. Robert konnte bis sieben schlafen. Wenigstens hatte sie auf diese Weise das Badezimmer ganz für sich allein, obwohl ihnen jetzt, da die Zwillinge Dorothy und Lynn im College waren, zwei Badezimmer zur Verfügung standen. Eigentlich gab es keinen Grund mehr, hier draußen zu wohnen, außer daß sie und Robert im Sommer die Wochenenden hier sehr genossen – aber das war als Entschädigung für alles andere nicht gerade viel. Sie hätten es als Wochenendhaus benutzen und eine Wohnung in New York nehmen können, aber dann hätte *er* die weite Anfahrt gehabt, und seine Arbeit war wichtiger als ihre.

Wer behauptet eigentlich, seine Arbeit sei wichtiger? dachte Nikki – wie neuerdings jeden Morgen. Für ihn ist seine Arbeit wichtiger, aber für mich ist meine mindestens genauso wichtig.

Sie liebte ihn wirklich. Er war sexy und intelligent und gemütlich, aber seit kurzem hatte sie immer stärker das Gefühl, sie brauche mehr – nicht einen anderen Mann, aber eine Abteilung in ihrem Leben, wo sie nur an sich denken durfte. Sie war jetzt zweiundvierzig, hatte eine frische, lebhafte Farbe, volles Haar und einen festen, wohlgeformten Körper – sie wirkte nicht älter als dreißig. Selbst mitten im Sommer sah sie immer so aus, als wäre sie gerade einem Bad in einem wunderbar kühlen Raum entstiegen. Ihre Kleider waren nie zerknittert, ihr Nagellack (sie war die einzige Frau in ihrer Bekanntschaft, die sich die Nägel lackierte) war nie abgesprungen. Sie trug immer Einkaufstaschen von der Größe kleinerer Koffer, um wie eine Reisende auszusehen, aber das gehörte alles zu ihrem Kampf, nur um irgend etwas ganz für sich allein zu haben.

Sie hatte den drei Jahre älteren Robert kennengelernt, als sie im College war und er Jura studierte. Als sie vom College abging, war sie zwanzig gewesen, und sie hatten einen Tag nach ihrem Abschlußexamen geheiratet. Sie waren beide in einem Vorort groß geworden, und so erschien es ihnen ganz natürlich, dieses Farmhaus zu kaufen, sobald sie sich die erste Anzahlung leisten konnten. Als die Zwillinge alt genug waren, ohne Begleitung zum Schulbus zu gehen, nahm sie eine Halbtagsarbeit in New York an, weil sie sich langweilte. Sie fing als Aushilfssekretärin an, dann rückte sie zur Redakteurin und schließlich zur Lektorin auf. Als die Mädchen in der höheren Schule waren, arbeitete sie ganztägig, und es schien keinen von ihnen zu stören. Sie genossen die Zeit, die sie zusammen verbrachten, um so mehr, und sie freute sich, sagen zu können, daß Dorothy und Lynn nette Mädchen waren, die sie auch gern gehabt hätte, wenn sie nicht ihre Töchter gewesen wären.

Sie war fertig angezogen und trank ihre zweite Tasse Kaffee, als Robert in die Küche kam. Sie gab ihm einen Kuß auf den Nacken, und seine Hand verweilte einen Augenblick auf ihrem

Hinterteil. «Nettes Ärschchen», sagte er. Das sagte er jeden Morgen.

«Danke. Es ist tröstlich, in meinem Alter so geschätzt zu werden.» Sie grinste dabei, weil sie sich im Grunde wirklich wie eine Dreißigjährige fühlte; die Zahlen versetzten ihr jedesmal einen Schock, wenn sie ihr Geburtsdatum auf ein Dokument schreiben mußte.

«Du bist doch ein richtiges Baby», sagte er.

«Heute abend wird es spät werden, Liebling. Ich bin geschäftlich zum Cocktail verabredet. Hast du Lust, nach New York zu kommen und mit mir essen zu gehen, oder soll ich hier was vorbereiten, oder was?»

«Oder was», sagte er.

«Nein, komm, sag, was dir am liebsten ist.»

«Wie spät wird es denn?»

«Neun Uhr dreißig, wenn ich zurückfahren muß, sieben Uhr dreißig, wenn wir uns in New York treffen.»

«Ich werde warten und hier mit dir zum Essen gehen. Nimm den Express nach Stamford, und ich hole dich vom Bahnhof ab. Dann brauchst du nicht zu kochen. Ich habe sowieso noch zu arbeiten.»

«Dann werde ich meinen Wagen hierlassen, und du kannst mich jetzt zum Bahnhof fahren.» Sie sah, daß er die Augenbrauen hob. «Ich meine, wenn du *willst.*»

«Natürlich. Sobald ich angezogen bin.»

Sie sah nach der Uhr. «So ein Mist, das wird nicht klappen.»

«Warum nicht?»

«Ich habe um neun eine Sitzung. Es ist wichtig. Wenn ich darauf warte, daß du mich fährst, bekomme ich meinen Zug nicht.»

«Also gut, warum kommst du dann nicht einfach nach Hause, und wir essen hier etwas?»

«Okay.» Sie nahm zwei Steaks aus der Gefriertruhe und legte sie in den Kühlschrank. «Die sind bis abends aufgetaut.»

«Wiedersehen», sagte er, während er mit seiner Tasse Kaffee ins Badezimmer ging.

«Wiedersehen, Liebling.»

Das war wirklich eine brillante Unterhaltung, dachte Nikki ungewohnt ärgerlich, während sie ihren Wagen aus der Garage holte. Ich möchte dieses Gespräch um nichts in der Welt versäumt haben. Wegen dieses Gesprächs lohnt es sich, heute vormittag zwei Stunden zu fahren und um sechs Uhr aufzustehen. Worüber sprechen ein glänzender Rechtsanwalt und eine erfolgreiche Lektorin zu Hause, meine Herrschaften? Nun wissen Sie's.

Der Zug hatte nur fünf Minuten Verspätung, und Nikki setzte sich mit dem Manuskript, das sie auf der Fahrt lesen wollte, auf einen Fensterplatz. Sie konnte sehr schnell lesen und schaffte für gewöhnlich auf jeder Fahrt ein ganzes Manuskript. Sie hatte sich nicht die Mühe genommen, Robert zu sagen, daß ihre dienstliche Verabredung genaugenommen nicht dienstlich war, obwohl sie dafür Spesen kassieren konnte, weil Margot King eine bekannte Person beim Fernsehen war und vielleicht eines Tages ein Buch schreiben wollte. Aber in erster Linie war Margot ihre Freundin, und die Beziehungen mit ihren Freundinnen nicht einschlafen zu lassen, nahm einen wichtigen Teil in Nikkis Privatleben ein. Da sie schon seit langer Zeit täglich in die Stadt fuhr, hatte sie kaum Beziehungen zu den ihnen bekannten verheirateten Frauen auf dem Lande. Sie und Robert sahen sie an Wochenenden, zusammen mit ihren Männern, als Ehepaare eben. Ihre Lunchverabredungen waren alle geschäftlich, für einen Lunch mit einer Freundin blieb keine Zeit. Auch zum Cocktail hatte sie berufliche Verabredungen, mehr als ihr lieb war. Man hatte niemals genug Zeit für irgend etwas. Sie fühlte sich gehetzt und gedrängt und frustriert, weil es für so vieles in ihrem Leben keinen Platz gab. Heute abend würde sie, vielleicht ein bißchen erschlagen, für eine Stunde mit Margot in der Bar des Plaza sitzen, und sie würden über alles sprechen, was Ehemänner und Freunde langweilte. Jedenfalls würde sie sich wieder für ein Weilchen als Ganzes fühlen.

Rachel Fowler, Frau des internationalen Bankiers Lawrence Fowler, erwachte genau zehn Minuten nach zwölf in dem riesigen Bett des ehelichen Schlafzimmers in ihrer zweistöckigen Wohnung an der Fifth Avenue. Sie schlief immer lange, selbst wenn sie gar keine Lust dazu hatte. Es machte den Tag kürzer. Ihre Bettwäsche und das Frühstücksgedeck waren aufeinander abgestimmt. Sie klingelte nach dem Mädchen, und als sie aus dem Badezimmer kam, wartete ihr Frühstück auf einem weißen geflochtenen Tablettischchen auf dem Bett, das fürsorglich glattgestrichen war, als wäre sie eine Schwerkranke.

Auf dem Frühstückstablett befanden sich eine halbe Grapefruit, eine Kanne Tee, etwas Süßstoff, eine Rose in einer kleinen, schlanken Vase und die *New York Times.* Sie las die Schlagzeilen, übersprang die Titelseite und wandte sich dem Kreuzworträtsel zu. Sie schrieb das gern mit Tinte; es war eines der wenigen Dinge, die sie wirklich gut konnte. Früher war sie Mannequin gewesen, und sie hatte auch das gut gemacht. Nun war sie fünfunddreißig, noch immer sehr schön, groß und schlank, immer ängstlich auf ihr gutes Aussehen bedacht, und auch Ehefrau sein war etwas, was sie gut konnte.

Lawrences Frau zu sein war keine gewöhnliche Aufgabe. Jeden Abend, den er zu Hause verbrachte, hatten sie Tischgäste. An bestimmten Wochenenden große Gesellschaften, mittelgroße von etwa dreißig Personen an bestimmten Abenden und sechs Personen zu einem kleinen privaten Cocktail vor einer Premiere. Rachel führte ein in Leder gebundenes Buch, in dem für jede Gesellschaft die Namen der Gäste, das Menu und die Weine, das Tischzeug, das benutzt worden war, der Blumenschmuck für die Tafel und das Kleid, das sie getragen hatte, verzeichnet waren, um Wiederholungen zu vermeiden. Sie hatte eine runde Lederscheibe, in die sie, als wäre es ihr Eßtisch, die Tischkarten stecken und hin und her schieben konnte, bis sie die beste Tischordnung gefunden hatte. Sie zeichnete auch den Kreis mit den Namen in ihr Buch.

Es gab Dinge, die sie nicht aufschrieb, an die sie sich aber erinnerte: wer auf wen ein Auge geworfen hatte, wo der Funken übergesprungen war und wessen Partner dahintergekommen war. Es war genauso wichtig, bestimmte Leute getrennt einzuladen, wie andere zusammenzubringen.

Alle diese Gastgeberinnenpflichten waren eigentlich nicht sehr schwierig. Man mußte mit der Blumenhandlung und dem Spirituosengeschäft telefonieren, mit dem Fleischer und dem Lebensmittelhändler, wenn der Koch das Essen machte, oder, wenn es eine große Gesellschaft war, mit der Stadtküche. Sie hatte feste Termine beim Friseur, in der Gymnastikschule und bei ihrem Kosmetiksalon. Früher war dreimal wöchentlich eine Masseuse ins Haus gekommen, bis Rachel las, Massage könne die feinen Gefäße zerstören, und sie abbestellte. Voriges Jahr, mit vierunddreißig, hatte sie sich einen Augenlift machen lassen. Es war besser, so etwas machen zu lassen, solange man es nur selbst sah, nicht erst wenn andere es bemerkten.

Die neuen wichtigen Romane und Sachbücher waren auf dem Schreibtisch im Schlafzimmer aufgestapelt. Rachel las wöchentlich zwei Bücher, um Gesprächsstoff zu haben. Wenn sie jemanden einluden, der ein Buch geschrieben hatte, las sie es natürlich vor seinem Besuch, aber sie machte dem Autor gegenüber nie mehr als eine Bemerkung über das Buch, es sei denn, daß offensichtlich mehr verlangt wurde. Sie wollte informiert, aber nicht aufdringlich wirken. Das wenige, was sie über das Buch sagte, war stets ein wohlüberlegtes Kompliment, auch wenn sie es für Schund hielt.

Lawrence machte nie Ferien. Manchmal fuhr er geschäftlich nach Europa und nahm sie mit. Rachel hatte es gelernt, sich in mehreren Sprachen immerhin recht gut auszudrücken, damit die Leute, mit denen sie im Ausland offiziell ausgingen, sich in ihrer Begleitung wohl fühlten. Lawrence sprach nur Englisch, einerlei in welchem Land er war. Wenn es um Geschäfte gehe, sagte er, könne man sich keine Fehler leisten. Er hatte immer einen Dolmetscher bei sich, obwohl er die meisten Sprachen besser sprechen und verstehen konnte als Rachel.

Er war älter als sie; sie waren zehn Jahre verheiratet, und sie waren sehr selten miteinander allein. Wenn sie nicht Gäste hatten oder eingeladen waren, ging er mit Geschäftsfreunden aus. Das schien ihm das liebste zu sein. Er besuchte verschiedene Bars oder trank bei befreundeten Direktoren, die in ihrem Büro eine Bar hatten: dann sprachen sie über Geschäfte oder amüsierten sich, und er kam nie vor acht Uhr nach Hause. Fühlte sie sich einsam, dann konnte sie ihn nicht anrufen, denn sie wußte nie, wo er war. Wenn er dann nach Hause kam, und sie hatten keine Gäste, aßen sie vor dem Fernsehschirm. Er war ein hastiger Esser, und sie aß so gut wie nichts. Die ganze Mahlzeit einschließlich Kaffee dauerte fünfzehn Minuten, und dann verschwand Lawrence meistens in seinem Studio und arbeitete. Um elf kam er wieder heraus, um im Fernsehen die Abendnachrichten zu sehen, danach ging er schlafen. Lange bevor Rachel morgens aufwachte, war er schon aufgestanden und ins Büro gefahren. Hin und wieder, wenn es ihm gerade einfiel, schliefen sie miteinander. Er war sehr aufmerksam, er wußte ganz genau, wie sie es gern hatte im Bett, ebenso wie er wußte, mit was für Geschenken sie sich an Geburts- oder anderen Jahrestagen, die er nie vergaß, gern überraschen ließ. Sie hatte bei der Bank einen Safe, der voller Fabergé-Nippes war. Früher hatte sie die Sachen immer auf Tischchen im Wohnzimmer gehabt – bis eines Tages ein Stück fehlte, ein teures und unersetzliches. Das Mädchen konnte es nicht genommen haben, das wußte Rachel, denn es gehörte nicht zu den Gegenständen, die Dienstboten zu stehlen pflegten, und außerdem vertraute sie dem Mädchen. Bestimmt war es einer ihrer Gäste gewesen. Es war ein unheimliches Gefühl, denn man versuchte ja, nur wirklich gute Leute zu sich einzuladen, man war ihnen ja ausgeliefert, und dann kam heraus, daß ein Kleptomane unter ihnen war oder, noch schlimmer, ein ganz gewöhnlicher Dieb.

Lawrence regte sich nicht weiter auf, als sie es ihm erzählte, sondern kaufte ihr ein anderes ähnliches *objet.* Doch Rachel konnte es lange nicht vergessen. Wenn sie irgendwo eingeladen waren, erwartete sie halb und halb, ihr Fabergé-Ei auf dem Couchtisch wiederzusehen, aber das passierte natürlich nicht.

Ellen traf sich an diesem Tag zum Lunch mit Margot, die in der Russischen Teestube einen Tisch reserviert hatte. Ellen war ein bißchen nervös, weil die kleinen Tische so eng zusammenstanden und so dicht besetzt waren, daß sie fürchtete, andere könnten ihr Gespräch, das nicht für fremde Ohren bestimmt war, belauschen. Allerdings war es auch sehr laut, und dadurch entstand eine gewisse Anonymität. Außerdem kannte sie niemanden von den Leuten. Also zum Teufel damit. Es ging jetzt nur um sie und darum, was aus ihr werden würde.

«Hoffentlich gefällt es dir hier», sagte Margot. «Wenn du russisches Essen nicht magst, hast du Pech gehabt.»

«Wenn du glaubst, daß es mir aufs Essen ankommt ... Hank steht vor dem Bankrott, Margot.»

«O nein!»

«Ich weiß nicht, was ich machen soll. Es ist so typisch für ihn. Das konnte einfach nur Hank passieren. Erbt ein absolut gesundes Geschäft von seinem Vater, und dann geht er in Konkurs! Vor Jahren hatte er die Möglichkeit, auf kleinere Wagen umzusteigen. Aber zu eigenen Überlegungen ist Hank ja nicht fähig. Was für Papa gut genug war, mußte auch für ihn gut genug sein. Und jetzt will kein Mensch mehr große Wagen haben. Wir sind pleite und verschuldet, und ich bin hysterisch.»

«Es tut mir so leid, Ellen», sagte Margot. «Das ist ja wirklich schrecklich.» Ellen sah, daß sie es aufrichtig meinte. «Du weißt, wie ich über Hank denke, aber ich kann mir nicht helfen – es muß auch für ihn gräßlich sein, das Geschäft seines Vaters zu verlieren –, die alte Ödipus-Geschichte.»

«Margot, wenn du drauf und dran bist, der Wohlfahrt zur Last zu fallen, hast du keine Probleme mehr mit irgendeinem Ödipuskomplex, dann hast du richtige Probleme. Ich suche Arbeit.»

«Ich will dir gern helfen», sagte Margot. «Ich werde mich umsehen.»

«Gibt es bei deinem Sender nicht was für mich?»

«Zur Zeit stellen sie niemanden ein. Warte ... warte, laß mich nachdenken. Nikki! Ich rufe sie gleich an.»

Margot ging zur Telefonzelle und rief Nikki Gellhorn bei Heller & Strauss an. Wahrscheinlich war Nikki jetzt zum Essen gegangen, aber sie hinterließ immer, in welches Restaurant sie ging, und Margot rief dann dort an.

«Was gibt's?» fragte Nikki. «Willst du unsere Verabredung zu einem Drink absagen?»

«Nein. Ich wollte wissen, ob diese freie Stelle in eurer Werbeabteilung schon besetzt ist?»

«Noch nicht, aber morgen stellen sich ein paar Leute vor.»

«Ich habe jemand, der sich heute vorstellen kann. Du würdest mir einen großen persönlichen Gefallen tun», sagte Margot. «Ich kann sie heute nachmittag rüberschicken. Du kennst sie, es ist Ellen Rennie, meine Freundin aus Collegezeiten.»

«Aber das ist ein Anfängerposten», sagte Nikki. «Es ist langweilig und bringt höchstens zweihundert die Woche.»

«Sie braucht das Geld dringend», sagte Margot. «Ganz nebenbei, Ellen ist so aggressiv, daß sie für die Werbung genau die Richtige ist.»

Nikki kicherte. «Ich tue einer Freundin immer gern einen Gefallen. Besonders einer energischen. Sag ihr, sie soll um drei Uhr dreißig vorbeikommen. Ich werde vorher die Wege ebnen.»

«Oh, tausend Dank, Nikki! Ich erzähl dir später die ganze Geschichte. Du wirst verstehen, wie dankbar sie dir sein wird.»

«Du darfst nachher die Drinks bezahlen», sagte Nikki.

Margot kam strahlend an den Tisch zurück. «Ich glaube, ich habe eine Stellung für dich. Du sollst dich um drei Uhr dreißig vorstellen. Erinnerst du dich an meine Freundin Nikki Gellhorn? Sie ist Lektorin bei Heller & Strauss.»

«Ja, sie wohnt irgendwo außerhalb», sagte Ellen. «Was ist das für eine Stellung?»

«In der Werbeabteilung. Sie suchen jemanden für die Organisation von Autoren-Tourneen. Du mußt Flugtickets besorgen, Zeitpläne aufstellen, Autos und Hotelzimmer in verschiedenen Städten reservieren, kontrollieren, ob die zuständige Stelle Bescheid weiß, wenn ein Autor morgens um sieben Uhr fünfundvierzig zu einer Fernsehsendung kommt, und ob er weiß, wohin er zu gehen hat.»

«Das kann ich», sagte Ellen. «Ich bin sehr tüchtig.»

«Es bringt nur zweihundert die Woche, aber du hast noch keine Erfahrung, und . . .»

«Willst du mich verulken? Das sind ja an die tausend Dollar im Monat! Ist dir klar, was für eine schreckliche Last du mir vom Herzen nimmst – tausend Dollar im Monat!»

«Es bedeutet Unabhängigkeit», sagte Margot.

«Es ist einfach wunderbar. Erzähl mir alles über die Firma, damit sie mich für gescheit halten.»

«Na ja, mal sehen. Heller & Strauss ist eines der größten und reichsten Verlagshäuser. Sie haben ein sehr gutes Programm. Heller und Strauss, die Gründer des Verlags, sind schon lange im Ruhestand – oder tot, was weiß ich –, und von Heller wußte man eigentlich nicht viel, außer daß er sehr reich und sehr häßlich war, und er hatte eine gräßliche Frau. Sie bestand darauf, jede Frau in der Firma, Sekretärin oder Lektorin, persönlich zu begutachten, um festzustellen, ob sie etwa hübsch wäre. Wenn sie das war, wurde sie sofort rausgeworfen. Mrs. Heller war überzeugt davon, daß alle Frauen der Welt hinter ihrem Mann her wären, auch noch, als er schon achtzig war.»

«Wie hat Nikki dann überhaupt die Stellung bekommen?»

«Sie war erst irgendwo anders und kam dann, als Heller sich bereits zur Ruhe gesetzt hatte. Im Gegensatz dazu wurde Strauss als Liebling der Talkshows ziemlich bekannt. Jetzt fällt mir ein, der ist wirklich tot. Er war sozusagen die Zierde der Firma und hat ihr eine ganze Menge Publicity verschafft. Jetzt besteht die Verlagsspitze aus einem Verleger, einem Präsidenten, dem Cheflektor, dem Geschäftsführer und einigen Lektoren, zu denen auch Nikki gehört, und denen unterstehen noch einige Redakteure und Lektoren. Dann gibt es da noch die Herstellung, die Kunstabteilung, den Vertrieb und natürlich die Werbung, wo du sein wirst.»

«Es klingt, als hätten sie sehr viele Autoren», sagte Ellen.

«Haben sie auch. Aber nicht alle gehen auf Tournee. Nur diejenigen, die sich für Talkshows und Presseinterviews eignen.»

«Damit habe ich nichts zu tun?»

«Nein, du bist so was wie ein internes Reisebüro. Du schickst sie herum und paßt auf, daß nichts schiefgeht.»

«Ich kann's kaum erwarten!» sagte Ellen. «Du bist eine wirkliche Freundin, Margot.»

Rachel und Lawrence Fowler gaben eine große Party, um ihren hundert besten Freunden über den Kater nach den Feiertagen wegzuhelfen. Margot und Nikki waren eingeladen – Margot als ‹Fernsehberühmtheit› und Nikki, die Lektorin, als die ‹Intellektuelle›. Beide wußten nicht, unter welche Rubrik sie in Rachels Partybuch fielen, aber sie hatten ihre Vermutungen. Beide mochten Rachel gern und fanden, daß sie eine stärkere Persönlichkeit war, als in der Rolle, die ihr vom Leben, von ihrem Mann und ihr selbst zugeteilt war, zur Geltung kam. Auch Ellen und Hank waren eingeladen, da sie unwiderruflich auf Lawrence Fowlers Liste für ‹große Parties› standen, seit Hank ihm seine erste Limousine mit Rabatt verkauft hatte. Lawrence war dann ein paar Jahre später auf einen Mercedes umgestiegen, aber er ließ nicht gern Leute fallen, und die Rennies waren eigentlich doch ganz angenehme Gäste.

Das Fest fand an einem Freitag abend statt und begann um acht. Rachel hatte die Gäste gebeten, in großer Toilette zu erscheinen. Es gab ein kaltes Buffet und natürlich eine Menge zu trinken – meist Weißwein, der neuerdings beliebt war –, und sie hatte einen Klavierspieler engagiert. Überall liefen gutaussehende junge Männer herum, die zusammen mit dem Essen von der Stadtküche geliefert wurden. Rachel hatte lieber Kellner als Kellnerinnen. Sie wirkten irgendwie animierend auf die anwesenden Frauen.

Lawrence zog sich an und ging zu Rachel, um sich von ihr begutachten zu lassen. Das freute sie, es gab ihr das Gefühl, wichtig für ihn zu sein. Es war einer der wenigen Momente, wo er sie brauchte, wo sie nicht, wie sonst, nur für seine Freunde da war. Sie präsentierte sich ihm ebenfalls und holte sich seine Billigung.

Bevor die Gäste kamen, tranken sie in der Bibliothek zusammen ein Glas Champagner. Wahrscheinlich würden sie sich den ganzen Abend nicht mehr sehen, bevor nicht der letzte Gast gegangen war.

Die Weihnachtsdekorationen waren längst abgenommen,

und Rachel war es gelungen, Frühlingsblumen mit einem Flugzeug kommen zu lassen. Die große Wohnung wirkte frisch, blühend und heiter. Vermutlich würde alles gutgehen, dachte sie, wie immer. Zu schade, daß sie selbst sich nicht betrinken und amüsieren konnte, aber Champagner machte dick. Sie würde eben bloß charmant sein und sich langweilen.

Ellen war freudig erregt. Sie hatte als erste kommen wollen, um mit Fowlers allein plaudern zu können, aber dann hatte sie sich überlegt, daß Hank dabei eher hinderlich war und daß es besser sei, später zu kommen, wenn sie ihn in der Menge abhängen konnte. Als sie kamen, waren Nikki und Robert schon da.

«Ich liebe deine Frau», sagte Nikki zu Hank. «Ich finde sie bezaubernd. Sie macht sich sehr gut in ihrer neuen Stellung. Alle sind entzückt von ihr.»

Hank sah geschmeichelt, aber gleichzeitig auch verlegen aus. «Sei doch nicht eifersüchtig, Liebling», sagte Ellen zu ihm.

«Oh, warum sollte er eifersüchtig sein?» rief Nikki vergnügt. Voller Übermut war sie bald hier, bald dort, und wo ihr blonder Schopf auftauchte, entstand sofort Betrieb. In der nächsten Minute war sie von drei sie bewundernden Männern umgeben. Robert blieb eine Weile in ihrer Nähe, dann ging er zur Bar.

Ellen setzte sich so schnell wie möglich von Hank ab. Nach wenigen Minuten hatte auch sie ihren eigenen Kreis von Männern um sich. Einer von ihnen brachte ihr etwas zu trinken. Ihre Bewunderer waren ein Bankier, ein Werbefachmann, ein Arzt und ein Schauspieler. Alle waren verheiratet bis auf den Schauspieler, der mit einem außerordentlich besitzergreifenden, mindestens zwanzig Jahre jüngeren Mädchen gekommen war, die ihn den ganzen Abend nicht losließ. Kein Wunder, daß die arme Margot niemanden findet, dachte Ellen. Alle diese Männer sind fabelhaft, aber keiner ist frei.

Margot war in die Bibliothek gegangen, wo es stiller war. Sie sah immer wieder nach der Uhr, weil sie bald wieder ins Studio mußte, um die Nachrichten vorzubereiten. Am Kamin stand ein sehr anziehender junger Mann – vielleicht zwanzig –, der alles mit dieser kühlen, selbstsicheren Miene beobachtete, die junge Leute aufsetzen, wenn sie sich unbehaglich fühlen. Sie fühlte sich augenblicklich zu ihm hingezogen – so stark, wie sie es seit langer Zeit nicht mehr erlebt hatte. Und sie dachte, daß es eigentlich komisch wäre, wenn sie ausgerechnet für ihn etwas empfinden könnte. Er sah sie an, sah ihr direkt in die Augen und lächelte. «Hallo», sagte er, ohne sich von der Stelle zu bewegen.

Sie ging zu ihm hinüber.

«Sie sehen immerfort nach der Uhr», sagte er. Er hatte eine sanfte, weiche Stimme – sexy. Aber eben nur ein kleiner Junge. Nichts für sie – sie hätte verrückt sein müssen.

«Ich muß bald zur Arbeit», sagte Margot. «Ich bin Nachrichtenredakteurin beim Fernsehen.»

«Ja, ich habe Sie gesehen», sagte er. «Margot King. Mord und Totschlag um elf.» Er lächelte. Er hatte sinnliche Lippen und makellose Zähne.

«Sie wissen, wer ich bin, aber wer sind Sie?»

«Ich bin Kerry Fowler.»

«Verwandt mit . . .?»

«Ja, Lawrence Fowlers Sohn.»

O Gott, der Sohn von irgend jemandem. Sie war aufgestiegen von den fremden Ehemännern zu den Söhnen. Nun wurde sie wahrhaftig alt. Lawrence und Rachel hatten keine Kinder, und Rachel war sowieso zu jung, um die Mutter dieses Jungen zu sein, er mußte also aus der weit zurückliegenden ersten Ehe von Lawrence stammen. Sie mußte lachen.

«Was finden Sie komisch?»

«Mich», sagte Margot.

«Amüsieren Sie sich?»

«Ich mag den Lärm und den Rauch nicht, aber ich gehe gern auf Parties. Wenigstens glaube ich immer, daß ich mich amüsieren werde. Als ich ein kleines Mädchen war, kaufte meine Mutter mir vor einer Paety immer etwas Neues, ein Kleid oder Schuhe oder dergleichen, und das tat sie in den Schrank und sagte: ‹So, das darfst du erst zu der Party anziehen.› Dann wartete und wartete ich und war auf etwas ganz Wunderbares gefaßt, und die Party war dann immer eine Enttäuschung. Ich glaube, meine Phantasien von dem, was mir begegnen würde, wenn ich dieses Kleid trug, waren schöner als alles, was mir wirklich begegnete.» Sie lächelte und sah diesen Kerry aufmerksam an, um festzustellen, ob er sie nicht etwa auslachte. «Ich glaube, ich bin immer noch so.»

«Ich auch», sagte er. «Wenn ich ins Feriencamp ging, kauften meine Eltern mir alles, was dazu gehört, und in meiner Phantasie malte ich mir aus, wie großartig es sein würde, da draußen im Wald zu kampieren, und dann kriegte ich immer Krach mit den Leuten von der Aufsicht, weil ich gegen irgendeine Vorschrift verstoßen hatte, und sie mußten meine Eltern kommen lassen, und es gab endlosen Ärger.»

«Ich habe diese Camps verabscheut», sagte Margot. «Ich saß immer in meiner Koje und las, statt mich für Sport zu interessieren, und die anderen Mädchen haben mich alle gehaßt.»

«Wir haben die gleichen Erinnerungen.»

«Das ist nicht gut möglich», sagte Margot, «dazu sind Sie zu jung.»

«Ich bin dreiundzwanzig.»

Ich bin sechzehn Jahre älter als er. Aber wenn ich ein Mann wäre und er ein junges Mädchen würde niemand etwas dabei finden. «Ich bin neununddreißig.»

Er strahlte übers ganze Gesicht. «Phantastisch! Das sieht man Ihnen nicht an. Ich hätte Sie vielleicht für achtundzwanzig gehalten.»

«Nur weil in Ihrem Alter neununddreißig unvorstellbar ist», sagte Margot. «Was machen Sie übrigens?»

«Ich bin Schriftsteller.»

«Schon was veröffentlicht?»

«Ich habe einen Vertrag für meinen ersten Roman, der etwa halb fertig ist. Keine Selbstbiographie.»

«Okay.»

«Eine Art Phantasie.»

«Das sind die besten», sagte Margot. «Mein ganzes Leben ist Phantasie.»

«Die Nachrichten?»

«Nein, mein Privatleben. Aus Selbstverteidigung gegen die Nachrichten.»

«Darf ich mitkommen, wenn Sie heute abend zur Arbeit gehen?» Er sagte es so ernsthaft wie ein Kind.

Sie zuckte die Achseln. «Warum nicht? Sie können zusehen, wie ich tippe.»

«Ich tauge auf Parties sowieso nicht viel», sagte er. «Und außerdem dachte ich, wir könnten vielleicht danach irgendwo was trinken.»

Ob er mich für eine Berühmtheit hält? Nein, wahrscheinlich nicht; er ist sein Leben lang mit Berühmtheiten zusammengewesen. Vielleicht denkt er bloß, ich sei interessant. «Okay.»

Seine Augen waren groß und grün, wie Katzenaugen, neugierig und wissend. «Sie fragen sich, warum ich mit Ihnen zusammensein will», sagte er. «Aber ich frage mich, warum Sie mit mir zusammensein wollen. Ich finde Sie schön.»

«Sagen wir doch einfach, daß ich Sie auch schön finde», sagte Margot leichthin, aber sie fühlte, wie sich ihr das Herz umdrehte. Vielleicht bin ich doch nicht so tot, dachte sie.

Rachel sah Margot King mit Kerry weggehen und lächelte. Die Frauen liebten nun einmal diesen Jungen, und er liebte sie auch. Wenn sie ein anderer Frauentyp gewesen wäre, hätte sie sich vielleicht gewünscht, es selbst einmal mit ihm zu versuchen. Aber sie hatte Lawrence in den zehn Jahren ihrer Ehe nie betrogen. Obwohl er sie in sexueller Beziehung ziemlich kurz hielt, dachte sie gar nicht daran. Sie flirtete gern ein bißchen, es war für sie ganz natürlich, andere zu berühren, leicht, harmlos, ohne Verlangen. Es gehörte zu den üblichen Umgangsformen, jemandem die Hand auf den Arm zu legen, ihn kurz an sich zu drücken, ihm einen Schmetterlingskuß zu geben. Es war die Sprache des Kreises, mit dem sie verkehrten, und bedeutete nicht mehr als «Wie geht's?»

Sie seufzte. Sie wußten alle so viel mehr als sie, diese anderen Frauen. Sie erfüllte ihre Pflichten tadellos, aber mehr tat sie auch nicht. Margot hatte ihren Beruf, ihr eigenes Leben, und sie konnte von einer Party einen jungen Mann mitnehmen, ohne an gestern oder morgen denken zu müssen. Nikki hatte einen guten Posten und war verheiratet, sogar Ellen Rennie, die nie etwas Besonderes geleistet hatte, war in eine Stellung lanciert worden, für die Rachel wie geschaffen gewesen wäre. Aber das war die Welt der anderen, und sie war in der ihren. Ob ihre Gäste sie wohl beneideten oder sie für töricht hielten und hinter ihrem Rücken über sie lachten, oder war sie fast unsichtbar für sie wie die Leute von der Stadtküche, die zum Gelingen der Party so viel beitrugen? Ob einer dieser Ehemänner sie als selbständige Frau sah oder einfach als etwas Schönes, das Lawrence besaß und genauso selbstverständlich zum Hause gehörte wie die Ming-Vase und der Coromandel-Wandschirm und der Matisse?

Es war für ihn Rachels Wohnung, nicht die von Lawrence und Rachel, und so hatte er es immer empfunden, obwohl er für sie nur ein Gast unter vielen war. Er brauchte nur das Haus zu betreten, in dem sie wohnte, wo sich die intimsten Dinge ihres Lebens abspielten, und schon stockte ihm der Atem. Sie war etwas Außergewöhnliches und er war besessen von ihr. Seine Phantasien kreisten nur um sie. In einer dieser Vorstellungen war sie in Trance, aber nicht tot, und in seiner Gewalt; er konnte mit ihr machen, was er wollte, und wenn sie aufwachte, würde sie ihn lieben. Natürlich lächerlich, daß er sich vorstellen mußte, sie sei unfähig, sich zu bewegen, um sie zu besitzen, wenn die Tatsache, daß sie in seiner Phantasie lebte, ihm allein nicht genügte. Es erstaunte ihn immer, daß er sich mit ihr normal unterhalten konnte und daß niemand ahnte, was er dachte. Es war fast so, als hätte er selbst es nicht gewußt, bis zu jenem Abend vor vielen Monaten, als er ihr Fabergé-Ei einsteckte.

Als ihm klarwurde, was er getan hatte, war er entsetzt. So etwas zu stehlen, war schwerer Diebstahl. Er war doch ein Ehrenmann. Aber als er das Ei nun einmal in der Tasche hatte und in seinen feuchten Fingern hielt, hatte er das Gefühl, daß es noch von Rachels Berührung vibrierte, und konnte es nicht auf den Tisch zurücklegen, von dem er es hatte verschwinden lassen. Er wußte, daß sie daran hing. Sie hatte es gestreichelt, und jetzt gehörte es ihm. Er hatte es mit nach Hause genommen und so versteckt, daß seine Frau es nicht finden konnte. Nach einiger Zeit merkte er, daß es gar nicht das war, nie gewesen war, was er haben wollte. Er wollte etwas, was Rachel näher war, was nicht ihre Hand, sondern ihr Körper berührt hatte.

Neben dem ehelichen Schlafzimmer war ein Badezimmer mit zwei Türen; eine führte ins Schlafzimmer, die andere in ein großes Ankleidezimmer, von dem aus man wiederum in ein anderes Badezimmer gelangte. Es war ein wahres Labyrinth von Luxus. Er trat rasch durchs Schlafzimmer ein, schloß die Tür hinter sich ab, ging durch die ganze Zimmerflucht und schloß die Tür zwischen dem letzten Schlafzimmer und dem Flur ebenfalls ab. Nun konnte ihn niemand stören. Hier waren die intimsten Dinge, die zu ihrem Leben gehörten.

Das braungekachelte Badezimmer mit den im Fischgrätenmuster bedruckten Handtüchern war das ihres Mannes. Das in Rosa und Weiß gehaltene mit den Spiegelwänden war ihres. Er stellte sich vor, wie sie nackt aus der Wanne stieg und zwischen den Spiegeln stand, die ihr Bild zurückwarfen wie eine Art Symbol. Sie war für eine Frau zu vollkommen. Sie sollte sich bis ins Unendliche spiegeln und immer wieder spiegeln und ihm allein gehören. Der Duft ihres Parfums hing noch in dem feuchten Raum, und ihm war schwindlig von den Gefühlen und der Verwirrung, die er in ihm wachrief. Das Badetuch, das sie benutzt hatte, war nicht mehr da, irgendein übertüchtiges Mädchen hatte es weggenommen und durch Dutzende von kleinen Handtüchern ersetzt. Kein Schmutzring in ihrer Wanne, natürlich nicht. Er sah sich um, und sein Atem klang kratzig wie der eines Asthmatikers, denn er wußte jetzt, was er wollte. Er öffnete ihren Wäschekorb.

Dort unten lagen, auf seine Berührung wartend, der Slip, die Strumpfhose und das durchsichtige Fetzchen von Büstenhalter, die sie vor dem Baden hineingeworfen hatte. Seine Hand griff nach dem Slip, und bei der Berührung fühlte er, wie das Blut in seine Leisten schoß. Er war so sauber, als hätte sie ihn gar nicht getragen. Er hatte das in seinem Herzen gewußt, denn

Rachel war keine gewöhnliche Frau. Nichts an ihr würde je schmutzig sein oder etwas beschmutzen. Er knüllte das seidige Höschen in der Faust zusammen und drückte es an den Schmerz zwischen seinen Beinen. Er wußte nicht, was er tun sollte; er konnte nicht hinausgehen und sich den Leuten mit einer Erektion zeigen, aber er konnte auch nicht hier drinnen etwas so Erniedrigendes tun. Wenn er es auf ein Handtuch tat, würde das Mädchen es nachher bemerken, und auch wenn niemand wußte, wer es gewesen war – er würde es doch wissen. Er wollte es nicht auf ihr Höschen tun, noch nicht, nicht hier. Aber warum nicht jetzt und hier? Es würde noch besser sein durch das Bewußtsein, daß sie irgendwo in der Wohnung war.

Hinterher fühlte er sich schrecklich. Ihm war, als wäre er verrückt gewesen und plötzlich wieder zu Verstand gekommen. Wieso verlor er immer wieder die Kontrolle über sich selbst? Er faltete das feuchte Stückchen Nylon möglichst klein zusammen und steckte es, in sein Taschentuch gewickelt, in die Hosentasche. Er war doch völlig normal, warum verlor er manchmal jegliche Beherrschung, ihretwegen, nur ihretwegen? Ein ungeduldiges Klopfen an der Tür brachte ihn wieder völlig zur Besinnung. Dieses Bad war offenbar die Damentoilette und das andere für die Männer. Er kannte dieses Klopfen nur zu gut. Irgendeine Schlampe, die es eilig hatte. Er ging leise aus Rachels Badezimmer, durch das Ankleidezimmer und Lawrences Badezimmer, schloß die Schlafzimmertür auf und ging hinaus. Die Schlampe sollte ruhig leiden. Hoffentlich war es seine Frau.

Kerry Fowler lag mit Margot King in ihrem Bett. Es war drei Uhr morgens. Der Plattenspieler hatte sich ausgeschaltet, die Weinflasche war leer. Sie hatten miteinander geschlafen, und Margot brauchte am nächsten Morgen nicht zeitig aufzustehen. Sie würde ihm englische Muffins mit Lavendelhonig machen. Richtigen Kaffee, keinen Nes. Er war ganz so, wie sie es sich vorgestellt hatte – zärtlich, so zärtlich, mit dem vollkommenen, schönen Körper, den nur junge Menschen haben. Er hielt sie immer noch in seinen Armen.

«Möchtest du für eine Weile zu mir ziehen?» fragte sie. Sie wartete.

«Ich weiß nicht», sagte er schließlich. «Ich muß mein Buch schreiben.»

«Du könntest natürlich deine Wohnung behalten. Du könntest dein Buch dort schreiben. Manchmal muß ich auch allein sein.»

Er sah sie an und grinste. «Wofür?»

«Nur so, für mich.»

«Du bist so schön.» Er küßte sie aufs Haar.

«Bei mir gibt es keine Hausordnung. Nur Ehrlichkeit.»

«Das ist schon eine Ordnung», sagte er, aber sie wußte, daß er sie nur necken wollte.

«Ich werde dir einen Schlüssel geben. Ich meine . . . leihen.»

«Geben, leihen, warum klammerst du dich so an Worte? Wenn ich zu dir ziehe, bist du meine *old lady.*»

«Deine *old lady*!»

Sie lachten beide.

«Willst du?» fragte sie ängstlich.

«Okay», sagte er. «Solange wir beide die Art dieser Beziehung richtig verstehen.»

«Und die wäre?»

«Ich bin der Erwachsene, und du bist das Kind», sagte Kerry.

«Wie konntest du das so schnell wissen?» rief Margot entzückt. Kichernd verbissen sie sich ineinander wie junge Hunde. Margot fühlte sich so lebendig und von Freude erfüllt, daß sie meinte, daran sterben zu müssen.

Februar 1975

Die älteste Tochter von Ellen und Hank, Jill Rennie, war fast sechzehn Jahre alt, einssiebzig groß und wog nur zweiundachtzig Pfund. Auf den ersten Blick bemerkte man es nicht – ihr Gesicht war noch kindlich rund, mit riesigen Augen, dunklen Wimpern und einem weichen Mund. Eigentlich hätte sie ihrer Mutter nachschlagen sollen, die sportlich, langgliedrig und gut gepolstert war. Aber sie sah noch immer aus wie vor der Pubertät. Ihre Sommeruniform bestand aus einem Knabenunterhemd und engen Jeans, ihre Winteruniform aus denselben Jeans und einem enganliegenden wollenen Sweater. Sie hatte noch keine Brüste, und sie hatte ihre Periode noch nicht, aber was letzteres betraf, belog sie ihre Mutter. Jill wußte gar nicht, wie sie aussah – sie fand, sie sei zu dick. Und sie wollte noch etwas mehr abnehmen. Sie wußte, daß die Erwachsenen das mißbilligten, darum verheimlichte sie ihnen, daß sie systematisch hungerte. Es war leicht, ihnen etwas vorzumachen, sie hielten sowieso alle Halbwüchsigen für verrückt. Sie spielte ihnen vor, sie sei überzeugte Anhängerin einer makrobiotischen Lebensweise.

«Weißt du nicht, daß im Mehl Getreidekäfer sind?» rief Jill entsetzt, wenn ihre Mutter ihr zuredete, zum Frühstück eine Scheibe Toast zu essen. «Diese Marmelade enthält Konservierungsmittel. Dieses Obst ist mit einem giftigen Mittel gespritzt. Ich werde mir selber Obst kaufen und es in meinem Zimmer aufbewahren, damit es nicht mit dem anderen verwechselt wird.»

Ihre Mutter kaufte befruchtete Eier und rohe Milch für sie. Ihre jüngere Schwester Stacey, die alles aß, vertilgte auch das. Jill lebte von Quellwasser, das sie literweise kaufte, Vitamintabletten und hin und wieder einer nicht geschwefelten gedörrten Aprikose. Bei den Mahlzeiten lehnte sie entweder das Essen ab oder sagte, sie hätte schon gegessen. Wenn sie einmal doch etwas essen mußte, ging sie hinterher ins Badezimmer und steckte sich den Finger in den Hals. Sie war fest überzeugt davon, nach einer normalen Mahlzeit über Nacht zu einer fetten Person mit Brüsten und dickem Gesäß und sexuellen Begierden zu werden und dann herumzuwatscheln und nach Erlösung zu suchen. Außerdem glaubte sie, wenn sie erst einmal anfinge, alles zu essen, würde sie nie aufhören können.

Das letztere stimmte, sie wußte es. Obwohl sie nie hungrig war, gab sie dann und wann einmal nach wie damals, als ihr Vater sie alle in einen Vergnügungspark mitgenommen hatte. Sie aß zehn Würstchen, sechs Becher Eiskrem und eine große Tüte Kartoffelchips und trank zwei Coca-Cola. Dann übergab sie sich, ohne daß sie den Finger in den Hals zu stecken brauchte, in eine Abfalltonne. Hinterher war ihr so elend und schwach, daß die ganze Familie sofort nach Hause gehen mußte.

«Ich hab's euch ja gesagt», keuchte Jill, als sie schlaff wie eine Flickenpuppe auf dem Rücksitz des riesigen Familienautos lag. «In den Würstchen sind Rattenexkremente und Natriumnitrat, davon kriegt man Krebs.»

«Man muß Übung haben, wenn man wie ein Schwein fressen will», sagte Stacey.

«Du mußt's ja wissen.»

Obwohl sie einander ärgerten, waren die Schwestern gut Freund, soweit ein fast sechzehnjähriges und ein erst dreizehneinhalbjähriges Mädchen das sein können. Die Kleine war gescheit und von rascher Auffassung. Sie wußte über die Liebhaber ihrer Mutter Bescheid, ehe Jill ihr etwas sagte. Jill hätte das Thema von sich aus nicht angeschnitten, Stacey tat es.

«Glaubst du, daß Dad es weiß?»

«Keine Ahnung», sagte Jill. «Er müßte eigentlich, wenn wir es wissen.»

«Nicht wenn er's nicht wissen will.»

«Was meinst du, wieso verläßt er sie nicht und nimmt uns mit?» fragte Jill.

«Väter kriegen nicht das Sorgerecht für die Kinder. Besonders nicht für Mädchen.»

«Doch, wenn die Kinder so alt sind wie wir. Wir könnten sagen, daß wir bei ihm bleiben wollen.»

«*Möchtest* du bei ihm bleiben?»

Jill zuckte die Achseln. «Du weißt doch, daß sie sich nie trennen werden, einfach wegen uns. Wir sollen eine Familie sein.» Sie sagte «eine Familie» mit beißendem Spott, eine Folge jahrelanger Fernsehsendungen über lächerlich sentimentale Familien. Keine der ihr bekannten Familien hatte auch nur die geringste Ähnlichkeit mit diesen Fernsehprodukten.

«Hör mal», sagte Stacey, «bei der Hälfte der Kinder in meiner Klasse sind die Eltern geschieden, und ich bin noch nicht einmal vierzehn. Täglich werden Leute mit kleineren Kindern geschieden. Wegen uns brauchen sie nicht zusammen zu bleiben.»

«Es ist nicht wegen uns», sagte Jill nachdenklich. «Sie tun nur so. Es ist wegen ihnen selber.»

«Sie halten uns für blöd», sagte Stacey.

«Ich will nie heiraten», sagte Jill. «Heiraten ist ein großer Schwindel. Warum heiraten, wenn man sich dann doch in jemand anders verliebt?»

«Wenn wir erwachsen sind, wird kein Mensch mehr heiraten», sagte Stacey.

«Na ja, und selbst wenn, *ich* heirate nicht.»

Sie wollte nie erwachsen und so wie ihre Mutter werden. Sie ärgerte sich sogar darüber, daß ihr Gesicht, aus einer bestimmten Perspektive gesehen, dem ihrer Mutter ähnelte. Sie wußte, daß ihre Mutter sie wegen dieser Ähnlichkeit lieber mochte als Stacey, und das machte sie wütend. Sie wollte alles an sich zerstören, was irgendwie an ihre Mutter erinnerte, wollte nur sie selbst sein. Sie hatte noch nicht viel darüber nachgedacht, was sie werden wollte, wenn sie erwachsen war. Stacey hatte sich schon entschlossen, Ärztin zu werden. Sie fuhr immer mit der U-Bahn in die Stadt zur Public Library und las medizinische Bücher. Jill riet ihr, nicht mit der U-Bahn zu fahren, weil man da ermordet werden konnte. Stacey kümmerte das nicht.

Sie durchstreifte die ganze Stadt; einmal war sie in die Unfallstation des Bellevue-Hospitals gegangen und hatte zwei Stunden da gesessen und sich all die Unglücks- und Überfallfälle angesehen, bis jemand sie bemerkt und gefragt hatte, was sie wolle. Sie hatte sich so gefreut, das alles erzählen zu können, von den Stich- und Schußwunden und Schocks und wie sie behandelt wurden, und sie ekelte sich überhaupt nicht.

«Was soll ich denn machen? Vielleicht von *meinem* Taschengeld ein Taxi nehmen?» pflegte sie wütend zu fragen, wenn Jill sie anschrie.

«Wenn Mama dahinterkommt . . .»

«Sie wird nicht dahinterkommen. Sie interessiert sich nicht für mich.»

Jill wußte darauf nichts zu antworten, denn sie wußte, daß es stimmte. Der Schmerz, den sie darüber empfand, denn sie liebte ihre Schwester, verstärkte noch ihre Wut über die beklemmende Zuneigung ihrer Mutter zu ihr selbst. Sie liebt mich nur, weil sie glaubt, ich wäre wie sie. Wenn sie nur wüßte, wie ich sie verachte.

Ihre Mutter am Telefon, sobald ein neuer Mann auftauchte. Jill kannte inzwischen den Ton, den ihre Mutter dann anschlug, so gut, daß sie sogar sagen konnte, ob es ein neuer Mann war, mit dem sie schlafen wollte, oder einer, mit dem sie bereits schlief und für den sie entsprechend entflammt war, oder ein Abgelehnter, den sie aber zur Verfügung haben wollte. Manchmal fragte sie sich, ob ihre Mutter sie wirklich für so dumm hielt oder ob sie aus irgendeinem seltsamen Grunde wollte, daß sie es wußte, wie um zu sagen: *Ich* bin hier die erwachsene Frau, nicht du. Wieso glaubte ihre Mutter überhaupt, daß man davon erwachsen würde, daß man mit Männern schlief? Was Jill betraf, so wäre es ihr nur zu recht, wenn sie nie in ihrem ganzen Leben mit einem Mann schlafen müßte.

Ihre Mutter, diese Heuchlerin, mit ihrer Freundin Margot telefonierend. Margot schlief mit einem sechzehn Jahre jüngeren Mann. Als dieser Junge geboren wurde, war sie ebenso alt gewesen wie Jill, sogar noch älter. Aber sie verletzten damit niemanden. Keiner von ihnen gehörte einem anderen. Und ihre

Mutter hielt Margot Vorträge, belehrte sie, warnte sie, sagte ihr, sie würde leiden müssen, seine Freunde würden bestimmt über sie lachen, er würde sie wegen eines gleichaltrigen Mädchens sitzenlassen. Jill wußte, daß ihre Mutter wahrscheinlich nur eifersüchtig war. Sie hatte den Liebhaber, mit dem ihre Mutter jetzt zusammen war, gesehen, als er sie mit seinem Sportwagen vor dem Haus absetzte, ehe er zu dem Vorort weiterfuhr, wo er mit Frau und Kindern lebte. Jill war gerade nach Hause gekommen. Ihre Mutter hatte sie bekannt machen müssen. Er hatte ein graues, schlaffes Gesicht, bemühte sich um Jugendlichkeit in seinem Lammfellmantel und mit diesem roten Jaguar, und Jill konnte nicht begreifen, warum ihre Mutter ihn lieber mochte als Dad. Was war denn an diesem alten Kerl so wundervoll? Wetten, daß ihre Mutter sich alle zehn Finger nach einem jungen Liebhaber wie Kerry Fowler lecken würde, wenn so einer etwas mit ihr zu tun haben wollte.

In früheren Jahren hatte Margot immer gefunden, der Februar sei der schwierigste Monat. Das New Yorker Wetter entschloß sich endgültig zum Winter, die Leute hatten genug davon und waren reizbar und deprimiert. Kein Wunder, daß der Kalendermacher den Februar zum kürzesten Monat gemacht hatte; schon so war er kaum zu ertragen. Doch dieser Februar erschien ihr zu kurz, weil sie in Kerry verliebt war. Er lebte mit ihr in ihrer Wohnung und sie sah die Welt mit seinen Augen. Es war, als geschähe alles zum erstenmal, und in mancher Hinsicht war das wirklich so. Sie hatte nie mit jemandem zusammen gelebt, der am Samstagmorgen um sieben aufstand, um zur Canal Street zu rasen und Plastik für seine Basteleien zu kaufen. So was machten doch nur kleine Jungen! Immer war er mit etwas beschäftigt: entweder er konstruierte einen Couchtisch aus Plexiglas – sie hatte nicht geahnt, wie kompliziert das war –, oder er machte für sie eine romantische Collage mit dem Titel «Die Sonne, der Mond und die Sterne», oder er besorgte Karten für ein Mitternachts-Rockkonzert, oder er bestand darauf, daß sie sich nachmittags bei bitterer Kälte für eine Stunde anstellten, weil er in einen Erfolgsfilm wollte, der an diesem

Tag zum erstenmal lief. Er wollte alles sehen, sie mußten das ganze Wochenende über herumrennen, bis sie nicht mehr konnte. Er ging mit ihr nach Harlem, weil sie noch nie dort gewesen war, sie nahm ihn mit zur Wiederaufführung eines alten Humphrey Bogart-Films, den sie gesehen hatte, als er herauskam und Kerry noch zu klein war, um ins Kino zu gehen, und sie gingen ins Planetarium, wo sie beide noch nie gewesen waren.

Durch ihren Beruf war sie in ganz New York herumgekommen, aber das war das New York der Eingeweihten gewesen mit menschlich interessanten Geschichten und Katastrophen. Kerrys New York war das eines Touristen, er stürzte sich auf alles, was die Stadt zu bieten hatte, als wäre er nur ein Besucher. Sie überlegte, wie sie in seinem Alter gewesen war; ganz genauso, denn alles war neu gewesen, sie hatte zum erstenmal auf eigenen Füßen gestanden und endlich Geld gehabt, um auszugehen. Jeder von ihnen bezahlte für sich, wie es bei jungen Leuten seines Alters üblich war, und das war gut so, denn sie wollte nicht das Gefühl haben, daß sie ihn aushielte, und doch hatte sie ein schlechtes Gewissen, wenn sie ihn etwas bezahlen ließ. Er wollte von seinem Vater nicht mehr Geld annehmen, als er brauchte, bis sein Roman ihm – hoffentlich – etwas einbrachte.

Daß Kerry immer alles gleich tun wollte, lag vielleicht an seiner Jugend, vielleicht aber auch daran, daß er, genau wie sie, wußte, daß ihre Liebe etwas Vergängliches war. Sie sprachen nie darüber. Aber selbst in den glücklichsten Augenblicken fühlte Margot unter ihrer Freude eine leise Trauer. An einem Wintersonntag waren sie im Central Park zum Schlittschuhlaufen gewesen; als sie in Margots Wohnung zurückkamen, brach gerade die frühe Dämmerung herein. Sie zogen die nassen Sachen aus, und er machte Feuer im Kamin, den Margot nie benutzt hatte, bevor sie ihn kannte, weil sie fürchtete, es könnte Schmutz machen. Draußen vor den Fenstern war schwarze Nacht, doch hier im warmen Zimmer fühlte sie sich geborgen. Die Glut warf einen rosigen Schimmer auf seinen nackten Körper, während er vor den Holzscheiten kniete und Feueranzünder zwischen das Reisig legte, und sie meinte, noch nie einen so schönen Körper gesehen zu haben. Jung, schlank, vollkommen, wie sie keinen kannte. Als sie dreiundzwanzig war, sahen da junge Männer genauso aus? Sie konnte sich nicht erinnern. Damals war sie nicht mit jungen Männern ins Bett gegangen, sie war immer in ältere, verheiratete Männer vernarrt gewesen, für die sie ein Kind war. Später, als sie hoffte, jemanden zu finden, mit dem sie zusammenbleiben konnte, begann sie unter gleichaltrigen Männern zu suchen. Aber die Jahre als unverheiratete Playboys oder Bürodrohnen hatten ihnen zugesetzt, und sie begannen schon zu verwelken. Kerry blickte voller Freude ins Feuer, dann wandte er sich um und sah sie mit demselben glücklichen Ausdruck an, und sie dachte, daß sie noch nie im Leben so glücklich gewesen sei. Im selben Augenblick schnürten ihr aufsteigende Tränen die Kehle zu, und sie konnte sie nur mit Mühe unterdrücken.

An diesen langen, wundervollen Winterabenden machten sie Pläne für den Sommer. Er wollte mit ihr auf die griechischen Inseln. Sie kannten sie beide nicht. Sie würden ein kleines Boot mieten. Zum erstenmal hatten die fremden Namen einen Klang von Wirklichkeit. Sie würde zwei Wochen Urlaub nehmen, vielleicht im Juli. Nein, sagte er, Ende September sei besser; dann würden nicht so viele Touristen dort sein, und er würde sein Buch fertig haben. Wie schön, daß er derjenige war, der den Reisetermin hinausschob. Wenigstens im Herbst würde sie noch mit ihm zusammen sein.

Sie war wie besessen von seinem Körper, und er schien von dem ihren ebenso besessen zu sein, oder vielleicht verlangten junge Männer einfach ununterbrochen nach Sex.Er zehrte sie auf, aber es war ihr gleichgültig. Sie brauchte keinen Schlaf, sie brauchte nur ihn. Er sagte, daß er sie liebe, und sie brachte sich schließlich dazu, es zu glauben. Wenn so viel Liebe hinterher teuer bezahlt werden mußte, dann war das eben ein Risiko, das man eingehen mußte. Sie fühlte, sie würde so etwas nie wieder erleben, würde danach eine andere sein. Aber jetzt war noch Zeit, alles nachzuholen, was sie in der Jugend versäumt hatte.

Hin und wieder drängte die Welt sich störend zwischen sie. Er nahm sie zu einer Party mit, um sie mit all seinen Freunden bekannt zu machen. Da er gesagt hatte, sie solle sich nicht besonders fein machen, ging sie in Hosen, aber es war die falsche Sorte Hosen; alle anderen waren in Bluejeans. Alle waren jung und hager und langhaarig, Jungen und Mädchen waren gleich angezogen, und alle lagen an der Erde auf Batikkissen und rauchten Shit. Margot haßte Shit. Seit sie das Rauchen aufgegeben hatte, wurde ihr von Shit genauso schlecht wie von Tabak. Die Luft stank. Die jungen Leute – seine Freunde – sahen sie an, als wäre sie ein Eindringling, jemand aus der Welt der Alten, der nicht hierher gehörte. Niemand hielt es für nötig, sich mit ihr zu unterhalten. Sie fühlte sich ungeschickt und häßlich. Am nächsten Tag ging Kerry mit ihr in einen Laden in der First Avenue und kaufte ihr ein Paar Bluejeans, die so eng waren, daß sie sich damit nicht hinsetzen konnte. Er schien zu glauben, ihre Kleider seien die einzige Schranke zwischen ihr und seinen Freunden, aber sie wußte es besser. Es war ihr Ausdruck, ihre Mentalität, ihr ganzes Leben.

Ein andermal gingen sie zu Sherry, um Wein zu kaufen. Kerry stand unbeteiligt da, er konnte einen Wein nicht vom anderen unterscheiden, und es war ihm auch gleichgültig, während sie genau Bescheid wußte, und plötzlich fragte sie sich, ob der Verkäufer von ihnen wohl den Eindruck hatte, der so offenkundig und demütigend war. Erschienen sie anderen Leuten lächerlich als Paar?

«Du kümmerst dich zuviel darum, was die Leute denken», meinte Kerry, als sie ihm sagte, sie wolle zur nächsten Party seiner Freunde nicht mitgehen.

«Sie finden bestimmt, daß ich bei ihnen nichts zu suchen habe.»

«Ich weiß nicht, was sie finden, aber es ist mir egal.»

Sie ging also mit, und sie sah in den Gesichtern das völlige Desinteresse, das viel weher tat als eine Beleidigung. Sie existierte nicht für sie, sie war zu alt. Zur Selbstverteidigung nahm sie ihn mit zu ihren Freunden, zu einer Abendgesellschaft bei Ellen, für einen Wintersonntag im geliehenen Wagen zu Nikki aufs Land. Wenn Kerry sich bei ihren Freunden nicht wohl fühlte, so verbarg er es gut. Er war still und liebenswürdig.

Aber was dachte er? Daß er und seine Freunde eines Tages so alt sein würden? Vielleicht gefiel ihm das nicht, aber es war einfacher für ihn, sich damit abzufinden, als für sie, die wußte, daß sie nie wieder so jung sein würde wie seine Freunde.

Etwa seit einem Jahr hatte Nikki Gellhorn das Gefühl, daß ihr Leben stillstand. Sie war nie imstande gewesen, sich mit einem statischen Dasein abzufinden, sie mußte immer Unruhe ins Leben bringen und waren es nur ein paar harmlose Flirts. Sie hatte mehr Energie, als sie verbrauchen konnte, aber das trübselige Hin- und Herfahren zwischen ihrem Zuhause und ihrer Arbeit war eine sinnlose Verschwendung von Kraft. Sie wollte etwas Neues, etwas anderes tun, bevor es zu spät war.

Sie hatte das Gefühl, in einer Falle zu sitzen, seit die Zwillinge aus dem Haus und aufs College gegangen waren. Natürlich würden sie zu Besuch kommen, aber das war nicht dasselbe. Sie würden nie wieder nach Hause kommen, um dort zu wohnen, das wußte Nikki, obgleich sie protestiert hatten, das sei nicht wahr. Schon voriges Jahr, am Ende des ersten Collegejahres, waren die Mädchen selbstsicherer gewesen; sie suchten nach eigenen Wegen. Sprachen sie über sich und ihre Zukunft, so wurde deutlich, daß sie im Begriff waren, sich von der Familie zu lösen. Nikki zwang sich dazu, das aufrichtig zu akzeptieren, so daß sie mit ihren Töchtern befreundet bleiben konnte. Jetzt, im zweiten Collegejahr, waren sie in den Semesterferien nach Hause gekommen; Dorothy und Lynn waren noch selbständiger geworden als vor einem Jahr, und Nikki wußte, daß sie sie verloren hatte.

Dorothy studierte im Hauptfach Psychologie und wollte mit psychisch gestörten Jugendlichen arbeiten. Vorigen Sommer war sie als Beraterin in einem netten, gutbürgerlichen Ferienlager gewesen, aber diesen Sommer wollte sie in einer Nervenheilanstat in White Plains arbeiten. Ob sie bei ihren Eltern in Wilton wohnen und täglich hinüberfahren würde? Nein, sagte Dorothy, die Fahrt sei zu anstrengend, sie könnte in dem Wohnheim auf dem Krankenhausgelände ein kleines Zimmer bekommen, ein glücklicher Zufall, denn die Schwestern wurden bei der Verteilung der Zimmer bevorzugt. Also eines von den zehn kleinen Negerlein war fort, aber Nikki hatte nur zwei. Lynn hatte einen Freund, mit dem sie fast das ganze Semester zusammen gelebt hatte. Er war im letzten Studienjahr, und diesen Sommer wollten sie zusammen durch Europa trampen. Lynn hatte sich schon Landkarten und Listen von allen billigen Jugendherbergen besorgt. Sie hatte Politologie als Hauptfach gewählt, obwohl ihr Englisch eigentlich mehr lag. Sie hatte bei der Auswahl ihrer Kurse immer ihr weiteres Studium und ihre späteren beruflichen Chancen im Auge. Wie anders waren ihre Töchter als sie im gleichen Alter, dachte Nikki bewundernd und mit dem Gefühl, etwas verloren zu haben. Nicht der Verlust der Kinder war es, sondern der Verlust der eigenen Jugend, der eigenen besten Jahre. Sie hatte sich damals zu der Kombination von Ehe und Beruf entschlossen – zu ihrer Zeit ein mutiger Entschluß; aber wenn sie heute auf ihr Leben zurückblickte und es mit dem verglich, das ihre Töchter jetzt vor sich hatten, wollte es ihr so scheinen, als hätte sie keines von beidem wirklich ganz gehabt, weder den Beruf noch die Ehe. Flirtend und schmeichelnd war sie beruflich aufgestiegen, und flirtend und schmeichelnd hatte sie ihre Ehe gemeistert. In keinem Abschnitt ihres Lebens hatte sie den Mut zu völliger Ehrlichkeit gehabt.

Unmöglich, das Robert zu erklären. Nach zweiundzwanzig Ehejahren konnte man seinem Mann nicht einfach sagen: «Nichts von alldem ist wirklich gewesen.» Ihre warme, liebevolle Beziehung hatte allen etwas vorgetäuscht, auch ihnen selbst, aber im Grunde hatten sie einander nie gekannt, und nun war es zu spät.

Das Sonntagsfrühstück in der großen altmodischen Küche, *The New York Times* ringsum ausgebreitet, Dorothy und Lynn zu Hause, der alte, taube Hund zu Nikkis Füßen, und Robert übernahm das Kochen, was er am Sonntagvormittag gern tat – das alles war wie in alten Zeiten, und doch war es nur vorübergehend, weil morgen Lynns Freund kam und bis zum Ferienende bei ihnen blieb, und er würde ein Fremdkörper sein. Nikki und Robert hatten entschieden, daß sie moderne

Eltern sein und Lynn mit ihrem Freund im selben Zimmer schlafen lassen wollten – im College lebten sie ja sowieso zusammen.

«Armer, alter Dog», sagte Lynn. «Wuff! Hörst du mich? Mami, dieses Tier ist stocktaub.»

«Sehen kann er auch nicht mehr sehr gut», sagte Robert. «Er wird bald sterben.»

«Ach, das finde ich schrecklich», sagte Dorothy. «Ich weiß noch, wie wir ihn bekamen. Wer hat ihn übrigens Dog genannt?»

«Du», sagte Nikki.

«Armer Dog», sagte Lynn noch einmal und fütterte ihn mit einem Stück Schinken.

Sie waren schon in ihrem Erwachsenenleben und hatten ihren Hund zurückgelassen, dachte Nikki traurig; sie beachteten ihn kaum, und das war fast schlimmer, als daß sie ihre Eltern verließen, weil diese nicht von ihnen abhängig waren.

«Eigentlich war er der Hund eurer Mutter», sagte Robert. «Ihr Mädchen habt nicht einmal daran gedacht, ihn morgens hinauszulassen. Ein Hund gehört dem, der ihn füttert, also gehört er eurer Mutter.»

Ich will ihn nicht haben, dachte Nikki. Warum bleibt hier alles an mir hängen? Die Verantwortung, die Speisereste und die Trennungen. Ich habe es satt, die gute alte Mami zu sein. Ich will meine eigene Wohnung in New York und mein eigenes Leben.

Sie wandte sich den Immobilienanzeigen in der *Times* zu. Sie hatte seit Jahren nicht hineingesehen und war entsetzt darüber, wie teuer eine Ein-Zimmer-Wohnung in New York war. Sie mußte sie von ihrem Büro zu Fuß erreichen können, und Wohnungen in dieser Gegend waren noch teurer. Aber war das ein Hinderungsgrund? Sie hatte ja ihr Gehalt, über das sie verfügen konnte, und wenn sie ihr Einkommen auch bis auf den letzten Penny für ihr eigenes Leben ausgeben mußte – auf alle Fälle war es Zeit, damit anzufangen. Sie wollte Robert nicht verlassen. Sie würden wie immer am Wochenende zusammen in Wilton sein. Er konnte hin und wieder nach New York kommen, wenn er mit ihr ins Theater gehen wollte oder sie einfach vermißte, und wenn er wollte, konnte er über Nacht bleiben. Aber es war wichtig, daß sie diese Wohnung selbst bezahlte, daß es ihre Wohnung war und niemand ihr Vorschriften machen durfte,was sie in ihrer Wohnung zu tun und zu lassen hatte.

«Wie wäre es mit einer Familienkonferenz?» fragte Nikki.

«Sind wir nicht ein bißchen zu alt dafür?» meinte Lynn.

«Ihr beide seid zu alt dafür, aber ich nicht», sagte Nikki leichthin. «Robert, Liebling, setz dich hin.» Sie wußte, warum sie es mit ihnen allen besprechen wollte und nicht mit Robert allein, denn er würde dagegen sein und die Mädchen dafür.

Die drei sahen sie nachsichtig an. «Darf ich mir erst noch eine Tasse Kaffee nehmen?» fragte Robert. Es machte sie wütend, daß etwas, was für sie so viel Bedeutung hatte, für ihn lediglich eine Form der Unterhaltung wie Fernsehen war, die man mit einem kleinen Imbiß verschönte. Er stellte den heißen Kaffee und ein Stück Kuchen vor sich auf den Tisch und setzte sich.

«Ich habe beschlossen, in New York eine kleine Wohnung zu mieten und die Woche über in der Stadt zu bleiben; was meint ihr dazu?» sagte Nikki.

Robert trank einen Schluck Kaffee. «Soviel ich mich erinnere, solltest du bei Familienkonferenzen mit ‹Ich habe daran gedacht› anfangen, nicht mit ‹Ich habe beschlossen›.»

«Das habe ich wohl vergessen», sagte Nikki. «Es ist so lange her. Okay, ich habe daran gedacht, eine kleine Wohnung . . .» In ihrem Magen zog sich etwas zusammen.

«Warum?» fragte Dorothy.

«Weil ich mit dieser Hin- und Herfahrerei täglich vier Stunden vergeude, weil ich damit mein Leben und meine Arbeit um wertvolle Zeit und Kraft ärmer mache und weil ihr Mädchen erwachsen seid und mich hier nicht mehr braucht.»

«Und ich?» fragte Robert.

«Du und ich, wir sehen uns während der Woche kaum. Wir würden mehr von unserem gemeinsamen Wochenende haben, wenn ich nicht so müde wäre.»

«Ich denke, wir beide sollten das allein besprechen», sagte Robert.

«Ich würde es gern in der Familie besprechen», sagte Nikki.

«Ich finde, es ist eine großartige Idee», sagte Dorothy.

«Ich auch», sagte Lynn. «Mami hat nie allein gelebt. Es ist herrlich, selbständig zu sein, man lernt wirklich eine Menge.»

«Wie ich gesehen habe, bist du nicht sehr lange allein geblieben», sagte ihr Vater trocken.

Lynn hob eine Augenbraue. «Vielleicht wird Mami sich einsam fühlen und wieder nach Hause kommen. Aber ich finde, wenn sie es wirklich will, sollte sie ihre Chance haben.»

«Ich weiß nicht, was daran so ungewöhnlich ist, Dad», sagte Dorothy. «Wenn du die Wohnung in New York hättest und Mami würde hier draußen auf dem Lande wohnen, dann fände niemand etwas dabei. Die halbe Bevölkerung von New York verreist für den Sommer – die Frauen und Kinder.»

«Wir haben die Tatsache, daß ich meine Arbeit liebe, akzeptiert, und ich gedenke, sie zu behalten», sagte Nikki. «Wir haben diese Tatsache immer akzeptiert. Nun sollten wir allmählich die Tatsache akzeptieren, daß ich ein Recht auf gewisse Rücksichten habe.»

«Wenn du eine Wohnung hättest, könnten wir dann bei dir übernachten?» fragte Dorothy.

«Natürlich! Ich werde ein Ausziehsofa ins Wohnzimmer stellen.»

«Fein!»

«Du mußt wissen, Nikki», sagte Robert in kaltem, gelassenem Ton, «daß du eine eigene Wohnung auch von deinem eigenen Geld bezahlen mußt und daß ich nie einen Fuß hineinsetzen werde. Nie.»

Nikki spürte ein kleines Frösteln der Furcht, das sich unerwartet in glückliche Vorfreude verwandelte. «Meinst du das ernst?»

«Ja. Wenn du deine eigene Wohnung haben willst, will ich dich nicht daran hindern, aber für mich wird es so sein, als existiere sie nicht. Ich werde nur hier mit dir zusammensein.»

«Er wird sich's noch überlegen», sagte Dorothy tröstend.

«Vielleicht auch nicht», sagte Nikki. Sie sah ihrem Mann fest in die Augen. Sie lächelte. «Wenn er es so empfindet, ist es sein gutes Recht.»

Am nächsten Morgen sah sich Nikki auf dem Weg zum Büro eine der Wohnungen an, die in der Zeitung angezeigt waren. Zwei weitere besichtigte sie während ihrer Mittagspause, nachdem sie eine Verabredung zum Lunch abgesagt hatte. Sie verliebte sich in die dritte. Sie lag im ersten Stock eines Sandsteinhauses der Fünfzigsten Straße und hatte vor dem Wohnzimmer, das auf die stille Straße hinausging, einen kleinen Balkon, gerade groß genug für ein paar Topfpflanzen – Tännchen im Winter und Geranien im Sommer. Es gab einen winzigen altmodischen Aufzug, in dem nicht mehr als zwei Personen Platz hatten, aber sie war Treppen gewohnt, und der erste Stock war bequem zu erreichen. Das Gebäude machte einen sauberen und gepflegten Eindruck. Die Wohnung bestand nur aus einem großen, hohen Wohnzimmer mit einem Kamin, in dem man Feuer machen konnte, einer Schlafnische mit einem Fenster, die wahrscheinlich früher ein Ankleidezimmer gewesen war, einer Küche und einem Badezimmer. Sie war groß genug für eine Person, auch einen Gast für eine Nacht konnte man unterbringen, aber für zwei wäre sie zu klein gewesen. Nikki entschied sofort, wo sie ihre Bücherregale einbauen wollte. Sie ging zu dem Makler zurück, füllte die Formulare und die Schecks für die Kaution und die erste Monatsmiete aus.

«Die Wohnung wird natürlich vorher renoviert», sagte der Makler, «und der Hausmeister wird die notwendigen Reparaturen machen. Hier ist seine Telefonnummer. Zum Auswechseln der Schlösser werden Sie wohl Ihren eigenen Schlosser nehmen wollen.»

«Natürlich», entgegnete Nikki zerstreut.

«Manche Mieter geben dem Hausmeister einen Reserveschlüssel für den Fall, daß sie ihren verlieren oder verreist sind. Aber Pakete nimmt er nicht an.»

«Pakete kann ich in mein Büro schicken lassen.»

«Ihr Vormieter wüßte gern, ob Sie daran interessiert sind, die

Klimaanlage im Schlafzimmer zu übernehmen.»

Schlafzimmer? Ach so, diese Nische. Nikki kicherte. Sie mußte sich erst an diese Großstadtbegriffe gewöhnen. In vielen Dingen war sie eine richtige Landpomeranze. «Dieses alte verrostete Ding? Er soll es herausnehmen lassen, ich kaufe mir selber eine Klimaanlage.»

Der Makler nickte. «Da haben Sie recht.»

«Ich möchte, daß die ganze Wohnung weiß gestrichen wird», sagte Nikki. Sie wollte alles in Glas und Chrom einrichten, ganz schlicht, als Kontrast zu der altertümlichen Üppigkeit der Architektur. Wenn sie in den Alkoven kein übergroßes Doppelbett, sondern ein gewöhnliches stellte, würde sie Platz gewinnen. Da Robert ihre Wohnung nicht betreten wollte, war ein gewöhnliches Doppelbett groß genug, und wenn er sich's anders überlegte, konnte er sehen, daß sie ihn beim Wort genommen hatte. Sie würde sich nicht mehr herumschubsen lassen.

«Schicken Sie den Mietvertrag in mein Büro», sagte Nikki. Es wäre gut gewesen, ihn von Robert, der ja Rechtsanwalt war, durchsehen zu lassen, aber das war unmöglich. Sie würde ihn einem ihrer Arbeitskollegen zeigen, die hatten alle Erfahrungen in solchen Dingen. Und natürlich würde sie ihn selbst sorgfältig durchlesen. Schließlich war sie ja kein Dummchen. Den Haushalt auf dem Land hatte sie all die Jahre selbst geführt. Der einzige Unterschied zwischen einem Landhaus und einer Stadtwohnung war, daß die letztere kleiner war und nicht soviel Arbeit machte.

Als eine Bekannte von Rachel sie fragte, ob sie nicht in eine Selbsterfahrungsgruppe von Frauen kommen wolle, fand Rachel diese Idee lächerlich. Glaubten diese Frauen, daß sie noch nie Erfahrungen mit sich selbst gemacht hätte? Aber wenn sie über ihre Tageseinteilung nachdachte, wurde ihr klar, daß sie, obwohl sie ununterbrochen etwas vorhatte, eigentlich den ganzen Tag allein war. Friseur, Maniküre und die Verkäufer in den Läden – sie alle waren ja keine wirklichen Freunde. Sie hatte es immer abgelehnt, ihrer Friseuse ihr Privatleben anzuvertrauen wie viele andere Frauen. Rachel hatte nie einen Menschen gehabt, dem sie sich anvertrauen konnte, aber sie hatte auch nicht geglaubt, daß sie das brauchte, und sie konnte sich nicht vorstellen, daß sie vor einer Gruppe von Frauen, von denen sie nur eine persönlich und die anderen überhaupt nicht kannte, ihr Herz ausschütten sollte. Sie traf nicht einmal Verabredungen zum Lunch, weil sie gern lange schlief und sich außerdem fast jeden Abend mit genug langweiligen Frauen abgeben mußte; und nun sollte sie sich um zwölf Uhr mittags in der Nähe des Central Park an einer Selbsterfahrungsgruppe beteiligen? Aber schließlich – warum eigentlich nicht? Lawrence würde es richtig finden, wenn sie eine Freundin hatte. Sie war als Einzelkind aufgewachsen, hatte nicht einmal eine Schwester. Sie sagte also zu und nahm sich vor, nicht über die anderen zu lachen, obwohl ihr höchstwahrscheinlich danach zumute sein würde.

Sie wollte für das Treffen richtig angezogen sein, und da die anderen vermutlich alle emanzipierte Frauen waren, kaufte sie sich ausgewaschene Bluejeans, ein T-Shirt und Turnschuhe und zog ihren Nerzmantel darüber. Schließlich wollte sie für die Selbsterfahrung nicht erfrieren. Sie verzichtete auf ihr Make-up, band einen dünnen Wollschal um den Kopf und setzte die Sonnenbrille auf. In dieser Aufmachung sah sie zwar wieder wie ein Mannequin aus, aber was sonst konnte sie tun? Sie nahm ein Taxi. Sie war nicht so unvorsichtig, durch den Park zu gehen – auch am Tage nicht. Die jungen Leute, die einen heutzutage überfielen, wurden von Tag zu Tag jünger. Mußten die denn nicht in die Schule?

«Wie reizend, daß Sie gekommen sind», sagte Millie, ihre Bekannte, als sie ihr die Tür aufmachte. Es war eine riesengroße Wohnung westlich vom Central Park, ebenso groß wie Rachels Wohnung, aber nicht so elegant. Im Wohnzimmer saßen sechs Frauen, verschieden groß, verschieden proportioniert und ganz verschieden angezogen. Das einzige Gemeinsame zwischen ihnen war, daß sie alle anscheinend ungefähr Rachels Jahrgang waren.

Bei der Vorstellung wurden Vorname, Beschäftigung, Alter und Familienstand genannt. «Was darf ich als Ihre Beschäftigung angeben?» fragte Millie Rachel. «Hausfrau?»

«Ich weiß nicht.»

«Rachel war früher Mannequin, jetzt ist sie verheiratet. Fünfunddreißig. Keine Kinder.»

Die Dame des Hauses hatte ein Tablett mit Kaffee und belegten Brötchen hergerichtet, weil die berufstätigen Frauen ihre Mittagspause zu dieser Zusammenkunft benutzten. Rachel, die gerade gefrühstückt hatte, lehnte ab und zündete sich eine Zigarette an. Sie rauchte selten, aber jetzt war sie nervös.

«Ich glaube, es ist eine gute Idee, einmal ganz zwanglos zusammenzukommen», sagte Millie. «Ich zum Beispiel bin dazu erzogen, anderen Frauen keine Freundschaft oder Vertrauen entgegenzubringen. Als wir anfingen, mit Jungen auszugehen, waren andere Mädchen nur Rivalinnen, und als wir alle verheiratet waren, traute ich keiner Frau, die aus dem Rahmen fiel, indem sie sich scheiden ließ . . .»

Alle lachten. «Eine geschiedene Frau hat mir meinen Mann weggenommen», sagte eine vollbusige Frau namens Rhoda, die Psychologin war. «Oder wenigstens dachte ich das, bis mir klarwurde, daß einem niemand jemanden wegnehmen kann, der nicht schon weggegangen ist. Ich entdeckte, daß ich an alles, was ich meinen Patienten sagte, mit dem Verstand glaubte, aber daß ich im Grunde meines Herzens genauso viele Schuldgefühle und Vorurteile hatte wie sie. Vielleicht sogar noch mehr.»

«Ich weiß nicht, warum es so wichtig ist, einen Ehemann zu haben», sagte Pat, eine zierliche Frau, die sich hatte scheiden lassen. «Ich habe meinen Mann verlassen, nicht er mich. Und einen anderen Mann gab es auch nicht. Ich wollte einfach zur Abwechslung mal an mich selbst denken können, statt mein ganzes Leben nach seinen Wünschen einzurichten, es ihm behaglich zu machen, ihn gegen die Wirklichkeit abzuschirmen.»

«Ich glaube, Frauen können besser mit der Wirklichkeit fertig werden als Männer», sagte Millie.

«Im Grunde sind Männer und Frauen gar nicht so verschieden», sagte Anne, eine Tanzlehrerin. «Aber man bringt uns unser Leben lang bei, daß wir anders sind als die Männer, daß sie besser sind als wir. Wir sollten hier zuerst alles aufzählen, worin wir Frauen besser sind als die Männer, und dann, wenn unser Selbstbewußtsein stark genug ist, können wir darüber nachdenken, wie wir ohne sie auskommen können.»

«Warum müssen wir denn ohne sie auskommen?» platzte Rachel heraus.

Alle wandten sich um und sahen sie an. «Man muß *ohne* sie auskommen können, um *mit* ihnen auszukommen», sagte die vollbusige Psychologin.

«Hört, hört!» sagte jemand.

Rachel verkroch sich auf dem Sofa und zündete noch eine Zigarette an. Sie blickte aus dem Fenster auf den Central Park. Ob es wohl schneien würde? Der Himmel war schrecklich grau. Wenn es schneite, würde sie nie ein Taxi für den Heimweg bekommen. Diese Frauen waren so fürchterlich ernst. Das Leben war doch komisch, oder etwa nicht? Man mußte Humor haben, um damit fertig zu werden. Wenn sie sich nicht über manche Leute in Gedanken lustig machte, während sie ihnen etwas vorlog und ihnen schmeichelte, könnte sie es nicht ertragen.

«Mein Mann hat sich nie Gedanken darüber gemacht, wie ich es im Bett mag», sagte eine der Frauen. «Nachdem ich es ihm gesagt habe, hat er's versucht, aber er hat sich so offensichtlich bemüht, *nett* zu sein, daß wir beide die Wut kriegten.»

«Was mich betrifft, so kann ich es am besten selbst», sagte Pat. Die anderen Frauen lächelten, und manche nickten zustimmend.

«Frauen sind sexuell viel empfindsamer als Männer», sagte Millie. «Das kann man überall nachlesen.»

«Meine Freundinnen sagen das auch», sagte jemand, und alle lachten.

«Wissen Sie», sagte die Tanzlehrerin, «ich finde es einfach unerträglich, wie man herabgesetzt wird, wenn man nicht mit einem Mann zusammen lebt. Ich brauche keinen Mann, um jemand zu sein. Ich mag sowieso Frauen lieber. Mit einer Frau kann man reden, wir sind liebevoller, verständnisvoller, und wenn ich mich in eine Frau verliebte und sie sich in mich, würden wir wahrscheinlich eine viel schönere Liebesbeziehung und ein besseres Geschlechtsleben haben als mit irgendeinem der Männer, mit denen ich mal liiert war.»

Oh, wenn ich nach Hause komme und Lawrence das erzähle, dachte Rachel entzückt. «Haben Sie je eine . . .?» hörte sie sich fragen.

«Liebesaffäre mit einer Frau gehabt? Ich denke gerade darüber nach.»

«Ich glaube, wir müssen die Freiheit haben, zu tun, was wir wollen, aber wir dürfen nichts aus Wut tun», sagte die Psychologin. «Der Zweck unserer Zusammenkunft hier ist, unsere Wut auszusprechen und sie auf diese Weise loszuwerden.»

«Was haben Sie gegen Wut?» fragte Pat. «Ich bin mächtig wütend.»

Einige Frauen klatschten Beifall. Halb abwesend betrachtete Rachel den Körper der Tanzlehrerin. Wahrscheinlich war sie einmal Tänzerin gewesen, und ihr Körper war noch immer schön, geschmeidig und schlank. Rachel konnte sich nicht vorstellen, daß sie gern mit ihr ins Bett gehen würde, aber dabei fiel ihr ein, daß sie öfter zur Gymnastik gehen sollte. Zwei Nachmittage in der Woche waren nicht genug. Von jetzt an würde sie jeden Morgen früh aufstehen und täglich zur Gymnastik gehen.

Die Versammlung löste sich um zwei Uhr auf. Der Himmel draußen sah finster und drohend aus. Die berufstätigen Frauen eilten davon, um in ihre Büros zu kommen, bevor das Wetter sie vielleicht aufhielt. Rachel griff gerade nach ihrem Mantel, als sie Millies Hand auf ihrem Arm spürte.

«Wollen wir nicht Barbara mit dem Geschirr helfen?» flüsterte sie. «Sie hat kein Mädchen. Ich finde, wir sollten es tun.»

«Natürlich», sagte Rachel.

«Wie hat es Ihnen gefallen?» fragte Barbara, als sie Teller und Tassen in die Küche trugen.

Rachel wollte schon lügen wie gewöhnlich und sagen, es habe ihr sehr gut gefallen, aber dann entschloß sie sich, es nicht zu tun. «Wenn sie wüßten, wovon sie hier die letzten zwei Stunden geredet haben», sagte sie, «hätte eigentlich jede ihren

Teller und ihre Tasse selbst in die Küche tragen und abwaschen oder wenigstens in die Spüle stellen können.»

«Aber ich habe doch eine Geschirrspülmaschine», sagte Barbara.

Sie sind alle so verdammt oberflächlich, dachte Rachel, als sie schließlich allein im Aufzug war. Millie war bei ihrer Freundin Barbara geblieben, um die Diskussion mit ihr fortzusetzen. Rachel schlug den Mantelkragen hoch und beschloß, am Central Park entlangzugehen, um etwas Luft zu schöpfen. Hier war es ungefährlich, und sie konnte am Südrand des Central Park weiter und dann die Fifth Avenue entlang nach Hause gehen; so vermied sie den Park. Es war trübe, schneite aber nicht, und sie brauchte ein bißchen Bewegung, um Ordnung in ihre Gefühle zu bringen.

Sie hatte nichts erwartet und fühlte sich doch betrogen. Sie war hingegangen, um Freundinnen zu finden, nicht ein Tribunal, vor dem man Anklagen erheben konnte. War das Freundschaft? Vielleicht, aber nicht die Art, die sie sich wünschte. Sie brauchte eine Freundin, mit der man lachen, mit der zusammen man sich wohlfühlen konnte. Als kleines Mädchen zu Hause in Kansas City hatte sie eine Busenfreundin gehabt, und jetzt, nach so vielen Jahren, fehlte sie ihr plötzlich, obwohl sie wußte, daß sie sich beide verändert hatten und daß es keine Gemeinsamkeit mehr gab. Ich werde mir eine neue Busenfreundin suchen müssen, dachte sie.

Wer könnte das sein? Sie bewunderte Margot King, aber die hatte genug mit dem Fernsehen zu tun und war jetzt von Kerry so beansprucht, daß sie keine Busenfreundin brauchte. Außerdem war Margot mit Ellen Rennie eng befreundet. Rachel bemerkte, daß sie gerade an Ellens Haus vorüberging. Ellen und Margot wohnten sogar nah beieinander. Eine alte Schulfreundin zu haben wäre nett, aber sie hatte keine in New York. Und Nikki Gellhorn? Rachel hatte auch Nikki immer bewundert. Vielleicht würde Nikki jetzt, wo sie gerade in ihre eigene Stadtwohnung gezogen war, mehr freie Zeit haben. Vielleicht konnten sie zusammen zur Gymnastik gehen! Das wäre ein großer Anreiz für mich, dachte Rachel. Ich werde Nikki vorschlagen, in meinen Gymnastikkurs zu kommen. Wir können morgens, bevor sie ins Büro geht, zusammen hingehen, und dabei werden wir uns besser kennenlernen, und wenn Lawrence sich mit seinen Männern zu einem Drink trifft, können wir uns auch zu einem Drink treffen und plaudern. Ihr Herz schlug schneller bei dem Gedanken, daß sie eine Busenfreundin haben würde. Nikki hatte die Gabe, alles zu genießen, es würde so lustig mit ihr werden.

Erst als sie stehenblieb, um zu warten, bis die Ampel vor ihr auf Grün sprang, merkte Rachel, daß die ganze Straße menschenleer war bis auf einen Mann, der ihr folgte. Als sie stehenblieb, blieb er ebenfalls am anderen Ende der langen Straße stehen und sah sie an. Sie konnte ihn nicht erkennen. Wenn er ihr folgte, warum blieb er stehen? Wenn er es auf ihre Handtasche abgesehen hatte, warum kam er ihr nicht einfach nach? Sie überquerte die Straße, und als sie sich von der anderen Straßenseite aus rasch umblickte, sah sie, daß er ihr wieder folgte. Ach, ich bin albern, dachte sie. Er hat eben denselben Weg. Aber um ihn auf die Probe zu stellen, ging sie schnell um die Straßenecke und verschwand in einem spanischen Gemüseladen. Während sie in den Regalen zwischen den Büchsen mit fremdländischen Lebensmitteln herumstöberte, blickte sie aus dem Fenster und sah, daß er an der Ecke stehengeblieben war. Er spähte die Straße entlang, in die sie gerade eingebogen war. Dann verschwand er.

Rachel verließ den Laden und ging zum Central Park West zurück. Sie war verwirrt. In New York lag es sehr nah, sich verfolgt zu fühlen. Soweit man es aus der Entfernung sehen konnte, war es ein gut angezogener Mann gewesen. Er sah nicht wie ein Verbrecher aus. Vielleicht hatte er sie in dieser komischen Aufmachung für eine Berühmtheit gehalten. Die Garbo oder Jackie Kennedy oder so jemand. Trotzdem winkte sie sich das erste freie Taxi heran, das sie sah.

Einen Augenblick glaubte er, sie hätte ihn erkannt. Er fühlte das Adrenalin durch seinen Körper schießen – Panik, Schuldgefühl und dann wieder Begierde. Er wußte nicht, wieso er ihr heute vormittag schließlich nachgegangen war. Er hatte schon lange mit der Idee gespielt, aber es war zu riskant, und außerdem fand er es unreif. Er wollte einfach wissen, was sie den ganzen Tag trieb. Er hätte sie natürlich fragen können, aber vielleicht hätte sie das irritiert. Man fragte eine Frau nicht, was sie den ganzen Tag tat; sie würde es entweder als eine verächtliche Anspielung auf ihren Müßiggang oder als einen Annäherungsversuch auffassen. So hatte er sich den heutigen Vormittag frei genommen, um selbst nachzuforschen. Das schlechte Wetter war ihm recht, weil nicht so viele Leute auf der Straße waren und die wenigen es eilig hatten, so daß er mit ihr so gut wie allein war. Als er Rachel in dieser merkwürdigen Verkleidung aus ihrem Haus kommen sah, nahm er ein Taxi, um dem ihrigen zu folgen. Später, nachdem sie in dem Haus am Central Park West verschwunden war, wartete er auf sie. In diesem Haus gab es viele Ärzte – hoffentlich war sie nicht krank. Sie sah heute so blaß aus, daß er sie am liebsten in die Arme genommen hätte. Er würde ihr einfach sagen . . . ja, was? Daß er sie ihrem Mann wegnehmen wollte? Aber das wollte er gar nicht. Wenn Rachel zu den Frauen gehört hätte, die ihre Männer betrügen, dann hätte er sie nicht so vergöttert. Er war von ihrer ehelichen Treue fest überzeugt. Sie konnte einfach nicht so sein wie all die anderen Schlampen. Sie waren alle Betrügerinnen und Blutsaugerinnen, jede einzelne, auch seine Frau. Er mit seinen Skrupeln saß jetzt in der Falle. Er sah keine Möglichkeit, Rachel je zu besitzen. Wenn er sie zu verführen versuchte und sie darauf einging, würde er sie nicht mehr haben wollen.

Er hatte sich eine neue phantastische Szene mit ihr ausgedacht. Darin trug er eine Gesichtsmaske, so daß sie nicht wußte, wer er war, und er folgte ihr in ihre Wohnung, als sie allein war, und dann vergewaltigte er sie. Sie wehrte sich und hatte große Angst. Er nahm sie, ganz gegen ihren Willen. Sie war noch immer unbefleckt. Er verletzte sie nicht, er machte sie nur böse. Aber sie war ja auf den Fremden in der Gesichtsmaske böse, nicht auf ihn. Er würde noch immer zu ihren Freunden gehören und bei ihr eingeladen werden. Die Phantasie war einerseits hochbefriedigend, weil sie ihm einen Orgasmus verschaffte, aber andererseits war sie nicht vollkommen – warum, wußte er nicht, aber er würde abwarten. Sein Leben hatte in letzter Zeit die Tendenz, seinen eigenen Lauf zu nehmen und ihm zu zeigen, was er wollte und was er erst dann verstehen mußte, wenn es geschah.

März
1975

Ellen Rennies derzeitiger Liebhaber hieß Jim Vector, war Geschäftsführer einer Werbefirma und wohnte mit seiner Frau und seinen drei Kindern in Scarsdale. Im Gegensatz zu ihrer Tochter Jill, die sein Gesicht grau und schlaff fand, sah Ellen in ihm einen gutaussehenden, charmanten und rücksichtsvollen Mann, der sogar auch noch im Bett ungewöhnlich war. Er verschaffte ihr jedesmal so viele Orgasmen, daß sie einer Ohnmacht nahe war. Sie waren nun ein Jahr zusammen, und zur Feier des Tages trafen sie sich zum Cocktail in einem abgeschiedenen Winkel der eleganten Plaza-Bar an einem Fenstertisch, wo sie in den Park hinausblicken konnten, wenn sie nicht einander in die Augen sahen. Vermutlich hatte er seiner Frau gesagt, er müsse wieder einmal länger arbeiten. Sie hatte Hank gesagt, sie würde jemanden aus ihrem Büro treffen. Es machte nichts, wenn Bekannte von Hank sie sahen. Ihr Mann verstand nichts von ihrer Arbeit, nicht mehr als wahrscheinlich Jims Frau von der seinen. Leute, die nicht miteinander verheiratet waren, konnten sich viel besser und offener untereinander verständigen.

Nach dem Essen wollten sie in ‹ihr› Motel fahren – vielleicht ließen sie aber auch das Essen ausfallen. Jim hatte den kühnen Plan gehabt, eine Suite im Plaza zu nehmen, aber Ellen hatte schaudernd abgelehnt.

«Da ist mir in meiner Hochzeitsnacht etwas Grauenhaftes passiert», sagte sie. «Ich könnte nie wieder da übernachten.»

«Was denn, Schatz, was? Erzähl!»

«Nein ... Ich mag nicht darüber sprechen. Nicht einmal mit dir.»

Besonders nicht mit dir, wäre treffender gewesen, dachte

Ellen ironisch. Das Grauenhafte war nämlich etwas, was sie immer mit großer beiderseitiger Befriedigung mit Jim tat. Aber damals war sie viel jünger gewesen und so unschuldig, es war, als wäre das alles einem anderen Menschen passiert, der nur zufällig in ihrem Körper wohnte.

«Darum ist deine Ehe von Anfang an schiefgegangen», sagte er.

Sie nickte. «Ja, das war der Hauptgrund.»

«Ich möchte ihn am liebsten verprügeln.»

Sie legte die Hand sanft auf die seine, die sie dann an die Lippen hob. «Nein. Vergiß Hank.»

Heute abend bestellte Jim in der Bar Champagner. Ellens traumatische Erinnerungen an die Hochzeitsnacht hatten ihr den Geschmack an Champagner nicht verdorben. Sie tranken auf ihr schönes gemeinsames Jahr.

«Die Leute werden uns für reich halten», sagte Ellen.

«Ich werde ihnen sagen, du hättest gerade Gehaltserhöhung bekommen.»

«Wenn's doch so wäre. Ich habe so gute Werbeideen. Bei dem, was ich jetzt tue, verschwende ich meine Kraft und Zeit. Aber ich mache es ja erst zwei Monate. Sie haben mir zugesagt, daß ich sehr bald eine verantwortungsvollere Arbeit bekommen soll. Komisch, schon vor achtzehn Jahren fühlte ich mich in meiner Stellung nicht wirklich gefordert, und noch immer bin ich nicht richtig ausgelastet. Die Möglichkeiten für Frauen sind nicht so groß, wie behauptet wird.»

«Wir wollen heute abend nicht vom Büro reden», sagte er. Sie lächelten einander zu.

«Dieser Abend gehört nur uns beiden», sagte Ellen.

«Ich habe eine Überraschung für dich», sagte er. «Ich habe es meiner Frau gesagt.»

Ellen spürte ein Prickeln auf der Haut. Wenn sie ein Tier gewesen wäre, hätte sich ihr Fell gesträubt. «Warum hast du das getan?» fragte sie mit schriller Stimme.

«Hab keine Angst. Ich mußte es ihr sagen. Ich konnte es nicht länger ertragen. Ich habe ihr gesagt, daß ich dich liebe und mich scheiden lassen will.»

«O nein», hauchte Ellen. «Nein.»

«Du bist so gut und lieb», sagte er. «Ich weiß, du willst ihr nicht weh tun. Aber ich kann so nicht weitermachen, kann mich nicht ständig verstellen. Ich möchte dich heiraten.»

Er hatte alles verdorben. Was für ein Geschenk zum Jahrestag! Wie konnte er etwas so Blödsinniges tun? «Du kannst doch deine Kinder nicht verlassen», sagte Ellen. «Ich kann meine nicht verlassen. Es ist nicht ihre Schuld, daß wir uns ineinander verliebt haben.»

«Ich bin bereit, meine Kinder zu verlassen», sagte er. «Für deine kannst du das Sorgerecht bekommen. Sie können bei uns leben. Es würde mich *freuen*, wenn deine Kinder zu uns zögen.»

«Du verstehst mich nicht. Meine Kinder vergöttern ihren Vater. Es würde ihnen das Herz brechen ...»

«Kinder sind egoistische kleine Tiere», sagte Jim. «Wenn sie zwei Eltern haben, die sich doppelt bemühen, sie zu entschädigen, macht eine Scheidung ihnen gar nichts aus.»

Ellen seufzte tief und beschloß zu lügen. «Jill, meine ältere Tochter – du erinnerst dich, die hübsche, die du kennengelernt hast – ist gerade jetzt zu mir gekommen und hat gesagt: ‹Mami, versprich mir, daß du dich nie von Dad trennst. Ich möchte, daß wir eine Familie bleiben.› Wie könnte ich ihr so weh tun?»

Er senkte den Blick auf sein Glas, und als er aufblickte, waren seine Augen voller Tränen. «Ellen, meine Frau ... sie ... sie hat die ganze Nacht geweint. Dann hat sie gesagt, sie will auf jeden Fall bei mir bleiben. Sie weiß nun über uns Bescheid und ist bereit, trotzdem bei mir zu bleiben. Warum sind wir so gefühllos?»

«Ich bin *nicht* gefühllos.»

«Aber ich. Ich würde sie verlassen, obwohl sie bereit ist, bei mir zu bleiben. Sie hat gesagt, sie hofft, ich würde dich nicht mehr sehen, aber sie will es nicht verlangen. Sie hat gesagt, sie würde sich auch damit abfinden.»

«Sie muß eine wunderbare Frau sein. Du darfst ihr nicht mehr weh tun.»

«Sieh mal, wenn ich nun mal mit Jill reden würde. Wir

könnten alle irgendwohin gehen, in den Zoo oder so was, damit sie mich besser kennenlernen kann . . .»

«Sechzehnjährige Mädchen gehen nicht mehr in den Zoo», sagte Ellen kalt.

«Na schön, na schön, dann gehen wir mit ihr ins Theater. Oder zum Ballett? Oder wir könnten mit ihr in den Rainbow Room gehen.»

«Du bist der herzloseste Mann, den ich kenne.»

«Nein. Ich will nur das Richtige tun.»

«Dann verlange nicht, daß ich meinen Kindern das Herz breche», sagte Ellen. Ihre Panik legte sich allmählich, und sie gewann ihre Beherrschung zurück. Er konnte seiner Frau sagen, daß er bereit sei, es noch einmal zu versuchen. Noch war es nicht zu spät. Jim war zu impulsiv – das machte zum Teil seinen Charme aus, aber es war auch ein Nachteil. Nein, sie konnte ihn nicht heiraten. Auch wenn er alles Erdenkliche für ihre Töchter tat – er war nicht der Vater, den sie brauchten. Sie brauchten ihren alten Hank. «Du weißt doch, wie kleine Mädchen sind», sagte sie. «Sie halten ihren Vater für vollkommen. Sie sehen ihn nicht so wie ich. Ich finde Hank langweilig, sie finden ihn brillant. Aber siehst du, Liebling, als Vater *ist* er brillant. Ich will nicht, daß sie in bezug auf uns auch nur *Verdacht* schöpfen.»

«Glaubst du, daß Jill Verdacht geschöpft hat, als sie uns sah?»

«Vielleicht. Vielleicht hat sie darum das zu mir gesagt. Ich glaube, wir sollten vorsichtiger sein.»

Er sah sich in der Bar um. «Hier ist niemand, den wir kennen. Von jetzt an werden wir uns in abgelegenen Lokalen treffen.»

«Ich glaube, wir sollten uns eine Weile nicht sehen», sagte Ellen. Sie sah sein ohnehin bleiches Gesicht noch blässer werden, und für einen Augenblick fürchtete sie, er würde einen Herzanfall bekommen.

«Das ist doch albern», sagte er.

«Nein. Wir sind so verliebt, daß wir den Sinn für die Wirklichkeit verlieren. Es wird zu gefährlich.»

«Meine Frau hat nichts *dagegen.*»

«Ich will nicht, daß du sie verläßt», sagte Ellen. «Sag ihr, du willst es noch einmal versuchen. Bitte! Tu mir den Gefallen.»

«Aber wann werde ich dich sehen?»

«Ich weiß nicht», sagte sie. «Ich bin so verwirrt und aufgeregt. Ich sah in Gedanken gerade Jills Gesicht vor mir, und . . .»

«Du bist so gut», sagte er traurig. «Die ganze Zeit über hast du ein schlechtes Gewissen gehabt. Wie schrecklich muß das für dich gewesen sein. Warum hast du mir nichts gesagt?»

«Ich wollte dich haben.»

«Ich will dich jetzt haben.»

«Ich dich auch», sagte Ellen.

Seine Augen füllten sich wieder mit Tränen; hoffentlich fing er nicht hier in aller Öffentlichkeit an zu weinen. Wenn er das tat, würde sie schwach werden, bei so etwas wurde sie immer schwach. Sie tat sich selbst so leid. Warum war sie dazu verurteilt, sich immerfort aufzuopfern? Man machte eine Dummheit – heiratete den falschen Mann – und dann versuchte man es dadurch auszugleichen, daß man Kinder bekam, denn dazu war eine Ehe schließlich da, und dann saß man für immer in der Falle. Sie wußte, daß sie Jim nicht wiedersehen durfte, er war zu unberechenbar, zu gefühlvoll, zu gefährlich. Alle seine Eigenschaften, die ihn für sie so anziehend gemacht hatten, waren zugleich die Ursache dafür, daß ihr Verhältnis zerbrach. Warum passierte ihr das immer wieder?

Er zahlte, und sie gingen hinaus. Sie fuhren in ihr Motel und liebten sich stundenlang. Ellen wollte, daß es vollkommen war, eine bleibende Erinnerung.

«Ich werde dich nie aufgeben», sagte er. «Nie.»

«Ich weiß», murmelte sie wie zu einem Kind. Das sagten sie alle.

Im März begann der Frühling sich zu zeigen, und außerdem begann Nikki Gellhorns neues Leben in ihrer New Yorker Wohnung. Während sie auf dem Lande immer ziemlich unordentlich gewesen war, herrschte hier tadellose Ordnung. Alles war ihr Besitz, den sie schützen wollte. Von den vielen Büchern aus ihrem Verlag nahm sie nur die mit in ihre Wohnung, die sie am liebsten hatte oder an denen sie zusammen mit den Autoren gearbeitet hatte. Sie stellte sie in alphabetischer Ordnung in die Bücherregale, die sie sich hatte machen lassen, wie in einer Bibliothek, nur daß ihre Bücher alle neu und sauber waren. Sie kaufte ein paar Drucke und Fotografien, die sie gern hatte, und ließ sie in durchsichtiges Plastik rahmen, so daß sie an ihren weißen Wänden zu schweben schienen. Ferner kaufte sie ein kleines Farbfernsehgerät für ihren Schlafalkoven und einen weißen, flauschigen Teppich, den sie vor den Kamin legte. Die Ledercouch war ein zurückgesetztes Stück von Bloomingdale, sie hatte also doppeltes Glück: das Möbelstück war nicht nur preiswert, sondern konnte auch sofort geliefert werden. In einem Anfall von Verschwendungssucht erwarb sie bei Tiffany Porzellan für vier Personen mit einem roten Drachenmuster. Nicht dieses schrecklich überladene Hochzeitsservice, das sie auf dem Lande hatte und nie benutzte, ein Service für wer weiß wie viele Personen, die sie gar nicht zu sich einladen wollte, und auch nicht das angeschlagene, zusammengewürfelte tägliche Geschirr, das sie in den Jahren, als die Kinder heranwuchsen, angeschafft hatte – dies war nun ihr eigenes Geschirr für sich selbst und ihre sorgfältig auserwählten Freunde. Die Mahlzeiten sollten auf einem Tisch aus Glas und Chrom serviert werden, der gleichzeitig als Schreibtisch für die Arbeit diente, die sie aus dem Büro mit nach Hause brachte. Sie hatte seit Jahren keine Bettwäsche gekauft und war entsetzt, wie teuer sie geworden war. Als die Wohnung fertig eingerichtet war, hatte sie ihr Bankkonto fast geplündert. Aber es war *ihr* Bankkonto, nicht das gemeinsame Konto des Ehepaars Gellhorn.

Robert hatte ihre Wohnung noch nicht gesehen. Er änderte seine Meinung nicht. Sie versuchte es zweimal am Wochenende, als sie zusammen waren, zu erwähnen, aber er sah sie nur wortlos und zornig an. Sie sagte sich, daß seine Wut ebenso berechtigt sei wie die ihre, aber im Grunde ihres Herzens war sie verletzt und grollte ihm. Er will Gemeinsamkeit nur zu seinen Bedingungen, dachte sie. Zum erstenmal in all den Jahren ihrer Ehe war er ihr sexuell gleichgültig. Sie wußte, diese Gefühle waren in ihrer Wut untergegangen. Ein Teil von ihr wollte ihm eine bessere Frau sein, wenn sie zu Hause war, ein anderer fragte, warum sie fortwährend das Gefühl hatte, ihn beschwichtigen zu müssen. Früher, als sie die ganze Woche zusammen lebten, hatte sie es ohne Scheu gesagt, wenn ihr nicht danach zumute war, mit ihm zu schlafen. Jetzt glaubte sie ihm jedesmal zu Willen sein zu müssen, wenn er es wollte, aber ihre Reaktion blieb aus, weil es anscheinend so schrecklich wichtig war, daß sie jetzt besonders stark reagierte.

Er mißdeutete ihre scheinbare Kälte und beschuldigte sie, einen Liebhaber zu haben.

«Du bist verrückt!» sagte Nikki.

«Das ist doch ganz klar», sagte er. «Du wolltest deine eigene Wohnung haben, und jetzt kannst du tun, was du willst. Du brauchst mich nicht mehr. Du hast ja ihn. Du hast mir nie etwas verheimlichen können.»

«Ich verheimliche dir überhaupt nichts, du Esel. Wenn ich einen Liebhaber hätte – was nicht der Fall ist –, würde ich es dir sagen.»

«Du nennst mich verrückt und Esel», sagte Robert. «Vielen Dank. Wirst du mich demnächst Hahnrei nennen?»

«Du machst mich so wütend, daß ich dich umbringen möchte!» kreischte Nikki. Ihre Stimme schien im Zimmer widerzuhallen. Sie starrten einander an. Hol ihn der Teufel, diesen verdammten Anwalt mit all seinen präzisen Worten. Der Teufel hole seine Pedanterie. Wahrscheinlich stellte er sich vor, auf welche Weise sie ihn ermorden könnte – erschießen oder vergiften? Merkwürdigerweise reizte sie das Ganze zum Lachen, aber das würde ihn nur wütend machen, also weinte sie statt dessen. Das wirkte immer.

«Laß das Heulen!» sagte er.

«Ich bin so allein . . . dir liegt nichts an mir», schluchzte Nikki. Sie war so außer sich darüber, daß Tränen ein wirksames Argument zu sein schienen, daß sie nun wirklich weinte und gar nicht wieder aufhören konnte. Robert wurde echt besorgt und nahm sie in die Arme.

«Weine nicht, Nikki. Es tut mir leid. Ich hätte dich nicht anschreien sollen. Willst du wieder nach Hause kommen?»

Sie schüttelte verneinend den Kopf. «Ich habe keinen Liebhaber, und jetzt bist du wütend und gemein zu mir und nicht mehr auf meiner Seite, und ich bin ganz allein.»

«Ich bin immer auf deiner Seite», sagte er, ihr den Rücken klopfend und ihr Haar streichelnd. Er reichte ihr ein Kleenex, und sie putzte sich die Nase.

«Du willst dir nicht einmal meine hübsche Wohnung ansehen.»

«Ich komme kaum nach New York», sagte er.

«Bist du denn gar nicht neugierig?»

«Doch, natürlich», sagte er.

«Ich könnte dir einen Schlüssel geben.»

«Wenn du willst.»

«*Willst* du keinen Schlüssel?» fragte sie.

«Es ist deine Wohnung, du bezahlst sie. Du mußt es entscheiden.»

Sie hatte zu weinen aufgehört und sah ihn schüchtern an. «Würdest du dir nicht wie mein Liebhaber vorkommen, wenn du einen Schlüssel hättest?»

«Ich würde mir wie kastriert vorkommen», sagte Robert.

«Wieso?»

«Weil *du* einen Schlüssel zu *meiner* Wohnung haben solltest.»

«Aber den hab ich doch. Zu diesem Haus.»

«Dies ist unser Haus», sagte er.

«Robert, hör doch endlich mit dieser entsetzlichen Genauigkeit auf! Du benutzt Worte wie Waffen. Du suchst immer nach einer verborgenen Bedeutung. Um Gottes willen, können wir denn nichts mehr fühlen?»

«Das Nichtfühlenkönnen ist dein Problem», sagte er.

Sie antwortete nicht. Sie hatte nichts zu sagen.

Aber die Woche über, in New York, war sie glücklich. Sie traf sich nach der Arbeit mit Freunden und Autoren, sie lud bestimmte Geschäftsfreunde zum Dinner statt zum Lunch ein und erforschte neue Restaurants, die sie schon immer hatte ausprobieren wollen. Sie entdeckte, daß es einen großen Nachteil gab, allein in der Stadt zu leben: sie mußte entweder abends zum Essen ausgehen, oder sie wurde depressiv. Nach einem arbeitsreichen Tage war es wunderbar, nach Hause zu kommen, in ihre kleine Wohnung, ein Bad zu nehmen, sich umzuziehen und die Abendnachrichten zu sehen, aber dann mußte sie ausgehen. Der Gedanke, allein essen zu müssen, machte ihr beinahe Angst. Selbst wenn sie bis zum nächsten Morgen ein Manuskript lesen mußte, traf sie sich lieber mit einem Bekannten, um schnell mit ihm essen zu gehen, statt mit einem Becher Joghurt und dem Manuskript im Bett zu sitzen. Für sich allein kochen wollte sie nicht. Sie hatte noch nie im Leben allein zu Abend gegessen. Erst waren die Eltern dagewesen, dann die Mädchen im College, dann hatte sie Robert geheiratet. Selbst wenn er zum Abendessen nicht nach Hause kam – was selten vorkam –, hatten ihr die Zwillinge Gesellschaft geleistet. Mit den Mahlzeiten verband sich für sie Gespräch und Zuneigung. Das Fernsehen war kein Ersatz dafür.

Obwohl sie Angst hatte, sich lächerlich zu machen, vertraute sie Margot ihr Problem an, aber Margot lachte nicht. «Also, weißt du», sagte sie, «das Schönste an meinem Verhältnis mit Kerry ist zu wissen, daß er morgens da ist und mit mir frühstückt und daß er jeden Abend mit mir ißt.»

«Du findest mich also nicht komisch», sagte Nikki.

«Nein, du bist nicht komisch. Nur allein. In unserer Kultur ist Essen ein gesellschaftliches Ereignis. Mutterbrust und Mutterliebe und das alles. Ich habe mal eine kleine Sendung darüber gemacht. Wie alte Leute, die allein leben, nicht kochen und an Unterernährung erkranken. Ihre Depression wird so stark, daß ihnen alles egal ist.»

«Ich kaufe noch zuviel im Supermarkt», sagte Nikki.

«Immer noch besser als das, was ich in der Zeit vor Kerry machte. Da habe ich gar nichts gekauft. Ich habe von Quark und Eiskrem gelebt.»

«Ich werde euch beide mal abends zum Essen ausführen», sagte Nikki. «Auf Geschäftskosten. Du kannst Kerry sagen, ich wolle versuchen, ihn seinem Verleger auszuspannen.»

«Wir kommen schrecklich gern.»

Rachel Fowler rief an und fragte, ob Nikki nicht mit in ihren neuen Gymnastikkurs kommen wolle. Rachel hatte einen beneidenswert gertenschlanken Körper, aber sie war nicht sehr anmutig. Nikki hatte doppelt soviel Energie wie sie. Sie meldeten sich jedenfalls für denselben Kurs an, zweimal wöchentlich vor der Arbeit. Ihre Gefährtinnen waren zwei sechzigjährige Damen, die ihr Leben lang Gymnastik getrieben hatten und besser waren als die beiden jungen Frauen. Nikki stand für Gymnastik und Körperpflege sehr viel lieber früh auf als für die langweilige Fahrt in die Stadt. Sie hatte sich so daran gewöhnt, um sechs aufzuwachen, daß sie immer schon wach war, bevor der Wecker um sieben Uhr klingelte.

Sie mochte Rachel gern, besonders im Turntrikot, wenn sie sich genierte, weil sie ihre Zehen nicht mit den Fingerspitzen berühren konnte. «Hör mal», sagte Nikki zu ihr, «wenn ich im Trikot so blendend aussähe wie du, würde es mir nichts ausmachen, wenn ich nicht mal meine *Knie* berühren könnte.»

«Ich möchte lieber gescheit als hübsch sein», sagte Rachel.

«Ich glaube, du bist beides.»

Rachel errötete – tatsächlich.

Manchmal, wenn Rachels Mann abends später nach Hause kam, lud sie Nikki zu sich zum Cocktail ein. Damit war allerdings das Dinnerproblem nicht gelöst, und Nikki bat Rachel, mit ihr zum Essen auszugehen.

«Du meinst, ich soll Lawrence allein lassen?»

«Ja, warum nicht? Er geht mit Freunden aus, also kannst du auch mit Freundinnen ausgehen.» Nikki kicherte, das hatte sie sich vor Jahren angewöhnt, wenn sie glaubte, zu direkt zu sein. «Zeig ihm doch, daß du ein eigenes Leben hast. Wir werden uns ohne ihn viel besser amüsieren.»

«Ach, eigentlich möchte ich das gern», sagte Rachel noch unentschlossen.

«Soll er dich ruhig ein bißchen vermissen.»

«Er will ja, daß ich Freundinnen habe . . .»

«Ich bin deine Freundin. Also komm mit. Du bist mit mir verabredet.»

Sie gingen in ein Restaurant, in dem Nikki bekannt war. Sie aßen Sachen, die dick machten, tranken eine Flasche Wein und teilten sich die Rechnung.

«Ich esse sonst nie so etwas», sagte Rachel, und es klang gleichzeitig vergnügt und entsetzt. «Ich habe immer Diät gehalten, mein ganzes Leben.»

«So was tut dir hin und wieder gut», sagte Nikki, diesmal im mütterlichen Tonfall. «Du bist zu verkrampft. Du hast den schönsten Körper, den ich kenne, und so eine Mahlzeit wird ihm nicht schaden.»

«Ich finde es wirklich wunderbar», sagte Rachel. Sie waren dabei, ihren Kaffee auszutrinken. Sie sah nach der Uhr.

«Denk nicht immerzu an ihn», sagte Nikki. «Du darfst ruhig länger ausbleiben. Bist doch schon ein großes Mädchen.»

«Ich habe ein so schlechtes Gewissen.»

«Wieso? Hat er ein schlechtes Gewissen, wenn er dich allein läßt?»

Rachel schüttelte verneinend den Kopf. «Das ist doch was anderes. Wenn er ausgeht, verdient er doch Geld für mich.»

«Also, mein liebes Kind, was das Geschäft betrifft, so will ich dir was verraten: die Hälfte von diesen Sitzungen ist fauler Zauber. Sie kommen zusammen, weil es ihnen Spaß macht. Sie könnten die Geschäfte vormittags im Büro erledigen. Aber das Trinken und Essen und die komischen Geschichten, die sie sich erzählen – das alles gehört zu dem Spiel, das sie erfunden haben, um nicht immer bei ihren Frauen sein zu müssen.»

«Warum heiraten sie dann?» fragte Rachel.

«Wir sind so bequem.»

«Ich dachte, du wärst sehr glücklich verheiratet.»

«Bin ich auch. Ich habe nur fast mein ganzes Erwachsenenleben gearbeitet und weiß über verheiratete Männer Bescheid.»

«Es ist, als ob du und ich auf entgegengesetzten Seiten des Mondes lebten», sagte Rachel. «Ich sehe sie, wenn sie den einen Akt aufführen, und du siehst sie, wenn sie einen anderen spielen. Ich kenne nur einen Mann, der vollkommen ehrlich mit mir ist, und das ist Lawrence. Auch wenn er mich übersieht, ist er wenigstens ehrlich.»

«Oh, Ehemänner übersehen ihre Frauen immer», sagte Nikki.

Rachel sah sie etwas überrascht an. «Ich habe dich bisher gar nicht richtig gekannt, Nikki. Du hast eine große Wut in dir, stimmt's?»

«Ja, manchmal.»

«Was sagt denn dein Mann dazu, daß du ein eigenes Leben in New York führst?»

«Er findet es grauenhaft.»

«Aber du tust es trotzdem.»

Nikki zuckte die Achseln und grinste sie an. «Wenn einer von uns aus der Haut fahren soll, so muß das nicht unbedingt ich sein.»

«Ich bewundere dich wirklich», sagte Rachel.

Sie sagt in jedem zweiten Satz ‹wirklich›, dachte Nikki. Ob sie wohl ‹wirklich› so blöd ist, wie sie tut?

Als sie auf die Straße hinaustraten, sah Rachel sich sofort nach einem Taxi um. Das Restaurant hatte keinen Portier. Es war ein angenehmer Abend, nicht kalt. «Laß uns zu Fuß gehen», sagte Nikki.

«Zu Fuß?» sagte Rachel entsetzt.

«Ja, da kannst du dir ein paar von diesen Kalorien ablaufen.»

«Wir können doch abends nicht auf der Straße rumlaufen», sagte Rachel.

«Ich wollte nach Hause laufen. Das mache ich immer.»

«Nikki, niemand läuft abends in New York herum.»

«Und wer sind all die Leute hier? Erscheinungen?»

«Wir werden bis zur Ecke gehen und ein Taxi nehmen, und ich setze dich an deinem Haus ab.»

Nikki fand es komisch, wie Rachel sich immer wieder umsah, während sie bis zur Ecke gingen. Man könnte meinen, sie erwartete, daß plötzlich hinter einem Mülleimer eine Gestalt auftauchen und sich auf sie stürzen würde. Sie fanden ein Taxi und fuhren zuerst zu Nikkis Haus.

«Ich wußte nicht, daß du keinen Portier hast», sagte Rachel.

«Rachel, vielleicht weißt du es noch nicht, aber die meisten Leute haben keinen Portier. Die meisten Leute haben auch keine Limousine mit Chauffeur.»

«Mach dich nicht über mich lustig. Ich kann doch nichts dafür, daß ich mit einem reichen Mann verheiratet bin.»

«Dann kannst du das Taxi bezahlen», sagte Nikki lachend. Sie gab Rachel einen Gutenachtkuß. «Sag Lawrence, daß du heute abend ein phantastisches Rendezvous gehabt hast.»

«Hab ich auch», sagte Rachel. «Das hab ich wirklich gehabt.»

Nikki lächelte noch, als sie ins Haus ging und leichtfüßig die Treppen zu ihrer Wohnung hinauflief. Zweiundvierzig Jahre und kein bißchen außer Atem, dachte sie stolz. Sie kam gerade rechtzeitig, um noch das Zehn-Uhr-Programm im Fernsehen zu sehen. Heute abend gab es ihr Lieblingsprogramm, das Robert verabscheute und das sie immer ausschalten mußte, wenn sie abends im Bett fernsahen. Es hatte schon seine Vorteile, allein zu leben!

Sie wollte gerade den Schlüssel in das Türschloß stecken, als sie bemerkte, daß das ganze Schloß locker war. Sie faßte es an: es bewegte sich in ihrer Hand. Ihr stand das Herz still. Solche Dinge waren etwas Unwirkliches gewesen, wie Statistiken, aber jetzt ... Jemand hatte versucht einzubrechen und war verscheucht worden, oder vielleicht war er wirklich eingebrochen. Vielleicht war er noch in der Wohnung. Plötzlich wallte heftiger Zorn in ihr auf. Wie konnte jemand wagen, in ihr Leben einzudringen, in ihren Sachen herumzuwühlen, den Sachen, die sie liebte? Nikki stieß die Tür auf und trat ein.

Im Wohnzimmer war niemand, war auch niemand gewesen. Sie ging ins Schlafzimmer, in die Küche und blickte in alle Wandschränke. Die Spannung verebbte, ihr Zorn legte sich. Nichts war berührt worden. Was, zum Teufel, sollte sie nun machen? Robert konnte sie nicht anrufen, der würde sich wahnsinnig aufregen. Am besten rief sie den Schlosser an. Der war in Notfällen unter einer bestimmten Nummer Tag und Nacht zu erreichen.

Sie rief den Schlosser an, und er sagte, er werde in etwa einer Stunde bei ihr sein, weil er von Queens kommen müsse. «Sie sollen nur dieses Schloß wieder *einsetzen*, wissen Sie», sagte

Nikki. «Es hat mich fünfzig Dollar gekostet.»

«Sie sollten eine Platte haben, die als Riegel über das Schloß geschoben wird», sagte er. «Dann kann niemand das Schloß rausreißen.»

«Das sagen Sie mir jetzt?»

«Ich warte meistens, bis ich gefragt werde.»

«Bringen Sie die Platte mit», sagte Nikki.

Sie setzte sich und wartete. Ihr fiel ein, daß es eigentlich dumm war, hier so herumzusitzen, denn der Einbrecher konnte wiederkommen. Er würde die Mühe, die er sich mit ihrem Fünfzig-Dollar-Schloß gemacht hatte, nicht verschwenden wollen. Sie schob eine Kassette in ihren kleinen Recorder, so daß er merken mußte, daß jemand in der Wohnung war, und goß sich ein großes Glas Weißwein ein. Mein Gott, jeder konnte hier einfach hereinmarschieren. Sie beschloß, Margot anzurufen. Margot konnte mit Kerry herüberkommen, dann wäre ein Mann in der Nähe. Aber bei Margot klingelte und klingelte das Telefon, und keiner meldete sich. Entweder waren sie ausgegangen oder im Bett. Wie unangenehm. Wen konnte sie sonst anrufen? Ellen schuldete ihr einen Gefallen, weil sie ihr die Stellung verschafft hatte, aber die wohnte im Westen, noch weiter weg als Margot, und bis sie sich angezogen hatte und hergefahren war, würde der Schlosser da sein – oder der Einbrecher. Sie würde Rachel anrufen. Zwar rief sie Rachel nicht gern zu Hilfe, die gerade nach Hause gekommen sein mußte, aber sie saß auch nicht gern hier ganz allein.

«O mein Gott!» rief Rachel. «Geh und klingle bei deinen Nachbarn und warte dort, bis ich komme.»

Der Gedanke, bei den Nachbarn zu klingeln, war Nikki noch nicht gekommen. Seit sie hier wohnte, war ihre größte Freude die Abgeschlossenheit und Anonymität gewesen, die so eine Wohnung ermöglichte. Sie wußte nicht einmal, wer ihre Nachbarn waren. Sie trank ihren Wein aus und ging in den Hausflur. Sie ließ ihre Wohnung nicht gern allein, lieber wäre sie dort geblieben und hätte sie bewacht. In diesem Stockwerk waren drei weitere Wohnungen. Sie klingelte an der Tür unmittelbar neben ihr.

Keine Antwort. Sie klingelte noch einmal. Sie hörte das Kratzen, als der Deckel des Spions beiseite geschoben wurde. «Wer ist da?» fragte eine zitterige Stimme.

«Nikki Gellhorn, Ihre Nachbarin.»

Die Tür öffnete sich einen Spalt weit, so weit die dicke Sicherheitskette es zuließ, aber Nikki konnte niemanden sehen. Dann blickte sie nach unten, und da stand eine kleine alte Frau, etwa ein Meter zwanzig groß, vielleicht achtzig Jahre alt, und musterte sie wie ein runzliges Äffchen mit mißtrauischen Äuglein.

«Was wünschen Sie?»

«In meine Wohnung ist eingebrochen worden.»

«Ooh! Haben sie was gestohlen?»

«Nein, sie sind verscheucht worden, aber sie könnten wiederkommen, und ich . . .»

Bums! Die Frau schlug ihr die Tür vor der Nase zu, ehe sie auch nur den Satz beenden konnte. Wütend drückte Nikki noch einmal lange und fest auf die Klingel.

«Rufen Sie die Polizei», rief die Stimme durch das Guckloch. «Die Polizei.»

«Na ja, jetzt kenne ich wenigstens einen von meinen prächtigen Nachbarn», brummte Nikki. Um die anderen beiden würde sie sich nicht bemühen, die wollte sie lieber für etwas wirklich Wichtiges aufsparen, zum Beispiel, wenn der Einbrecher ihr Telefon gestohlen hatte.

Die Aufzugtür ging auf, und Rachel mit glänzenden Augen und geröteten Wangen stürzte heraus. Sie umarmte Nikki fest und lange. «Ach, Nikki, ich hab mich zu Tode geängstigt! Warum bist du hier draußen?»

«Das ist eine zu lange Geschichte, um sie ohne einen Drink zu erzählen», sagte Nikki, während sie Rachel in ihre Wohnung führte.

«Ich bin so froh, daß du mich angerufen hast», sagte Rachel. Sie warf ihren Nerzmantel auf die Couch. «Es hätte mich gekränkt, wenn du jemand anders angerufen hättest.»

«Ich habe den Schlosser angerufen.»

«Ach, du weißt doch, was ich meine. Ich meine, daß ich

wirklich das Gefühl habe, daß wir beide jetzt Freundinnen sind.»

«Sind Freundinnen etwa nur für solche Notlagen da?» fragte Nikki kichernd.

Sie entkorkte eine neue Flasche Weißwein. Rachel nippte an ihrem Glas. «Du bist so gelassen», sagte Rachel. «Als wären wir hier auf einer Party.»

«Na ja, sind wir ja auch.»

Rachel besah sich das Schloß, ohne es zu berühren. «Vielleicht kann die Polizei ein paar Fingerabdrücke nehmen», sagte sie. «Das Leben ist doch ekelhaft, findest du nicht?»

«Für gewöhnlich finde ich es ganz lustig», sagte Nikki. «Dies ist doch nicht so schlimm. Ist doch auch irgendwie lustig. Du bist hier.»

«Ich bewundere dich so», sagte Rachel. «Ich habe dich immer bewundert.»

«Oh, danke.»

«Als ich nach Hause kam, saß Lawrence in seinem Studio und arbeitete. Er wollte sich nicht unterhalten. Ich bin froh, daß du angerufen hast. Du hast mir gefehlt.»

Es ist nicht zu glauben, dachte Nikki. Sie hat sich in mich verknallt! Ob sie lesbisch ist? Ich habe mir immer gedacht, daß die Hälfte dieser Schickeria-Leute bisexuell sind.

«Was denkst du?» fragte Rachel.

«Nichts», sagte Nikki. «Nur daß ich froh bin, daß du hier bist, so daß ich nicht ganz allein zu sein brauche.» Warum tue ich das? Ich sollte sie nicht ermutigen. Aber es *gefällt* mir, daß sie in mich verknallt ist. Das war noch keine Frau.

Rachel fragte sich, ob sie zu stürmisch sei. Eine Busenfreundin zu haben, war so kompliziert, wenn man erwachsen war. Es waren andere Geheimnisse, die man teilte, man gab sie nicht so leicht preis. Als kleines Mädchen hatte sie mit ihrer Busenfreundin in ihrem Baumhaus gesessen und ihr anvertraut: «Ich hasse meine Mutter», und die Busenfreundin hatte geflüstert: «Ich meine auch.» Man sagte, daß man einander liebte, und besiegelte es mit Blut. Aber jetzt trennte einen die lebenslange

Heuchelei von einer neuen, ähnlichen Freundschaft, und wenn man es einfach aussprach und Nikki sagte, daß man sie liebte, würde sie einen für verzweifelt einsam halten und sich zurückziehen.

Sie wußte, sie kannte Nikki nicht gut genug, um sie zu lieben, aber sie dachte immerfort an sie. Sie hätte gern die Welt mit Nikkis Augen gesehen, wäre gern so unabhängig gewesen wie sie. Hatte sie nicht im Grunde ihr Leben verschwendet? Es Lawrence behaglich zu machen, war eigentlich nicht genug. Er hätte dafür Leute engagieren können. Sie wäre selbst gern jemand gewesen – nicht nur ein Echo. Aber noch war es nicht zu spät. Nikki war älter als sie und hatte den rechten Augenblick benutzt. Sie würde auch den rechten Augenblick wahrnehmen und ein wirklich selbständiger Mensch werden. Lawrence würde sich freuen . . . nein, sie mußte aufhören, sich mit seinen Augen zu sehen; *sie* würde sich freuen.

Es klingelte an der Wohnungstür, und beide sprangen auf. Nikki hatte die Kette vor die unverschlossene Tür gelegt. «Der Schlosser», rief eine fröhliche Männerstimme.

Nikki ließ ihn ein. Er besah sich das Schloß und zündete sich eine Zigarette an. «Vielleicht sollten Sie ein Alarmschloß einbauen lassen», meinte er.

«Nicht mit diesen Nachbarn», sagte Nikki. «Die würden glatt unters Bett kriechen.»

«Das ist nämlich ein gutes Schloß, wissen Sie. Es hat ihm zuviel Mühe gemacht, es zu knacken, da hat er einfach versucht, es rauszureißen. Ich mache Ihnen so eine Platte an, die ist direkt mit der Tür verbunden – bombensicher. Die kriegt niemand ab – je heftiger man sich bemüht, desto größer wird der Widerstand.»

«Gut», sagte Nikki. «Machen Sie das.»

«Jetzt kann dir nichts passieren, wenn du nicht selbst jemand hereinläßt», sagte Rachel lächelnd. «Und so dumm bist du ja wohl nicht, daß du Fremde hereinläßt?»

«Doch, das tue ich immer», sagte Nikki spöttisch. «Ich hole sie mir direkt von der Straße rauf. Vor allem die Burschen in den engen Jeans. Ich bin zwar eine Hausfrau aus Wilton, aber deswegen bin ich noch lange keine Landpomeranze.»

Als das neue Schloß angebracht war, schrieb Nikki einen Scheck aus, und der Schlosser ging. Rachel fühlte sich erschöpft und müde. «Darf ich mal telefonieren?»

«Wieso fragst du? Du hast mich gerettet.»

Rachel rief die Taxizentrale an und bestellte sich einen Wagen. Nikki sah sie amüsiert an. Vielleicht war es wirklich albern, aber es war spätabends, und sie lebte eben so. Sie sagte Rachel, wo der Fahrer läuten sollte, wenn er kam.

«Was hat dein Mann gesagt, als du einfach so weggestürzt bist?» fragte Nikki.

«Ich habe ihm einen Zettel mit deiner Telefonnummer aufs Kopfkissen gelegt. Ich habe geschrieben, es handle sich um einen dringenden Fall. Er denkt wahrscheinlich, es wäre irgendeine Herzenssache. Ich bin nicht der Typ, den man anruft, wenn man richtig in Not ist wie bei einem Einbruch.»

«Warum eigentlich nicht? Ich werde dich all meinen Freunden empfehlen.»

Margot nahm das Telefon aus dem Wandschrank und stellte die Türglocke wieder an. Sie würde später den Auftragsdienst anrufen. Kerry stand über das verlöschende Feuer gebeugt. Er wandte sich um und sah sie an. «Noch ein Scheit, Liebes? Oder gehen wir schlafen?»

«Ich hasse es, schlafen zu gehen», sagte sie. «Dann ist mir so, als versäumte ich alle Stunden, die ich mit dir zusammensein könnte.»

«Du *bist* doch mit mir zusammen.»

«Ja, ich weiß, aber dann schlafe ich und weiß nichts davon.»

Er gähnte. «Ich bin für schlafen.»

Etwas in ihr, ganz weit entfernt, warnte sie. Früher blieben wir die ganze Nacht auf und redeten, dachte sie. Sie waren jetzt fast drei Monate zusammen. Sie war hoffnungslos in ihn verliebt. Aber er konnte ihrer noch nicht müde sein, nicht so bald. Sie hatte sich damit abgefunden, daß es eines Tages geschehen würde, aber nicht so bald. Wahrscheinlich war er wirklich müde. Es würde sie nicht wundern, so wie er mit seinen Kräften umging, und dabei aß er kaum etwas. Sie nahm große Umwege auf sich, um ihm in Delikatessenläden köstliche Lekkerbissen zu kaufen, und dann hatte er keinen Appetit. Darum hatte er auch einen so wunderschönen Körper. Es war nicht nur die Jugend, es war auch seine Lebensweise. Oder vielleicht liebte er sie ebenso wie sie ihn. Sie hatte jetzt auch sehr wenig Appetit. Manchmal wachte er mitten in der Nacht auf, sah sie an und zog sie an sich und sagte: «Oh, Margot, ich liebe dich so.»

So etwas trug sie tagelang mit sich herum, bis zum nächsten dieser Augenblicke. In letzter Zeit hatte sie manchmal sogar einen ganzen Tag lang ein Gefühl von Geborgenheit, die Sicherheit, daß er sie nie verlassen würde, daß sie zusammen die Zeit anhalten könnten. Sie würde alles dafür geben, alles dafür tun, wenn sie nur wüßte was.

April
1975

Jill Rennie wußte, daß ihre Mutter wieder auf der Jagd war. Sie hatte mit dem graugesichtigen Mann Schluß gemacht, und er rief oft an, zu gefährlichen Zeiten, wenn die ganze Familie zu Hause war. Jill hatte sich ein paarmal gemeldet, und seine Stimme klang so verzweifelt, daß er ihr leid getan hatte. Er war eine graue Maus, ja, das war er.

«Für dich, Mammi», sagte sie dann fröhlich.

«Wer ist es?» fragte ihre Mutter.

«Ich weiß nicht», log Jill. Dann ging sie in ihr Zimmer und hörte am Nebenanschluß mit. Sie hatten in dieser Wohnung eine Menge Nebenapparate. Einen Anschluß für die Eltern, einen anderen für Jill und Stacey, so daß sie stundenlang mit ihren Freunden telefonieren konnten. Ihr Vater hatte gern viele Telefonanschlüsse, und er zog die Apparate vor, bei denen man, statt eine Scheibe zu drehen, auf viereckige Tasten drückte. Ihre Mutter sagte, sie seien zu teuer und sie könnten sie sich nicht mehr leisten, aber ihr Vater bestand darauf. Jill fand das großartig. Sie schwärmte für technische Neuheiten.

Sie hatte sechs Pfund abgenommen und wog jetzt neunundsiebzig Pfund. Die Leute bemerkten es schon. Zuerst natürlich ihre Schwester.

«Jill, du siehst grauenhaft aus», sagte Stacey. «Du siehst schreckenerregend aus. Wieviel wiegst du?»

«Was macht es denn, wenn ich mich gut fühle?»

«Weißt du, was passiert, wenn man verhungert? Der Körper fängt an, das eigene Protein aufzuessen. Du ißt deine Muskeln auf. Dann wirst du deine Wirbelsäule essen, und dann wirst du sterben.»

«Wo hast du diesen Quatsch gelesen?»

«Jill, hast du denn keinen Hunger?»

«Ich esse doch.»

«Ihnen kannst du was vormachen, aber mir nicht. Du ißt nicht.»

«Na schön, ich hab keinen Hunger.»

«Wenn du noch mehr abnimmst, wirst du ins Krankenhaus gesteckt und zwangsernährt», sagte Stacey.

«Dann kotze ich eben», sagte Jill gelassen. «Du weißt doch, wenn ich was essen muß, was ich nicht will, dann kotze ich.»

«Dann werden sie's intravenös machen. Sie werden dir Kanülen in die Venen stechen. Hast du kein bißchen Angst davor?»

«Nein, kein bißchen», sagte Jill fröhlich.

«Ich habe in der Public Library in einem medizinischen Buch über die Symptome nachgelesen», sagte Stacey. «Du hast eine jugendliche anorexia nervosa. Die können sie nicht heilen. Nur du selber kannst es heilen. Entweder du heilst es, oder du stirbst.»

«Na ja, ich werd mir später darüber Sorgen machen», sagte Jill. «Willst du nicht rausgehen und mit einem netten kleinen Jungen Doktor spielen?»

«Sie werden dich nach Payne Whitney schicken», sagte Stacey. «Sie werden dich einsperren. Sie werden dich in die Klapsmühle stecken.»

«Würdest du mich jetzt bitte allein lassen? Ich muß für eine Französischprüfung lernen.»

Stacey blieb stehen, standhaft und unnachgiebig, die Hände in die Taschen ihrer ausgeblichenen Jeans gebohrt, aber in ihren Augen war Furcht. «Ich will nicht, daß du *stirbst*, Jill. Du bist die einzige Schwester, die ich habe.»

«Sei ein liebes Mädchen und mach mir einen Milkshake, Stace. Mit roher Milch und einem befruchteten Ei und *ohne Zucker*. Okay? Du kannst es mir bringen, und ich trinke es dann beim Lernen.»

Stacey kam nach einem Weilchen mit dem schaumigen Milkshake zurück. «Ich werde hier warten, bis du ausgetrunken hast», sagte sie mißtrauisch.

«Du traust mir nicht?»

«Nein.»

«Gut, dann nimm dir einen Stuhl.» Stacey stellte das Glas neben Jill auf den Tisch, setzte sich und wartete. Jill las in ihrem Französischbuch und trank alle paar Minuten einen kleinen Schluck. Sie konnte es nicht schneller trinken, aber wenn sie zu lange wartete, würde es in ihren Körper übergehen. Sie trank aus und zwang sich zu einem Lächeln. «Okay? Nun nimm das Glas mit und spül es aus, bitte.»

Sobald sie Stacey in die Küche gehen hörte, stürzte sie ins Badezimmer und übergab sich. Sie hatte das ganz gut gelernt – sie konnte sich übergeben, wann immer sie wollte. Sie spülte die Toilette, putzte sich die Zähne, und als sie aus dem Badezimmer kam, war sie wieder ihr altes gesundes Ich. Stacey stand unter der Tür.

«Ich wußte, daß du das tun würdest», sagte Stacey.

«Ich habe nichts getan. Du bist verrückt.»

«Wen haßt du eigentlich so sehr?» fragte Stacey, und sie machte ein Gesicht, als wollte sie gleich losheulen. «Ist es Mami? Oder dich selbst? Oder mich?»

«Ich hasse dich nicht, Baby. Du bist die einzige Schwester, die *ich* habe.»

«Wer ist es dann? Antworte mir!»

«Das würde ich, wenn ich's wüßte», sagte Jill.

«Nun, ich weiß es.»

«Dann sag es mir», sagte Jill leichthin.

«Ich kann nicht», sagte Stacey. «Erstens würdest du nicht zuhören. Zweitens sollst du das selbst rauskriegen. Drittens bin ich kein Arzt. Und viertens *bin ich erst dreizehn Jahre* alt und weiß nicht, wie man mit so was fertig wird.»

«Ich muß etwas mit dir besprechen», sagte Ellen zu Hank. Sie sah den Ausdruck der Wachsamkeit auf seinem Gesicht, erst war es Furcht und dann nur noch die höfliche Maske, an die sie gewöhnt war. Er mußte von all diesen Telefonanrufen ihres letzten Ex-Liebhabers wissen, und nun fürchtete er, sie wolle irgend etwas dazu sagen. Er würde nie wirklich wissen, wie sie war. Die Anrufe mußten jetzt sowieso aufhören. Keiner ihrer anderen früheren Liebhaber war so rücksichtslos und taktlos gewesen wie Jim. Der arme Hank! Vielleicht fürchtete er, sie wolle etwas über den schrecklichen Zustand seiner Finanzen sagen. Über die immer verzweifelteren Anrufe aus seinem Büro. Daß jetzt Frühling war und sich nichts geändert hatte. Er sollte sie besser kennen. Sie hatte ihre Gehaltsschecks wortlos auf ihr gemeinsames Konto eingezahlt und ihm wie gewöhnlich die Erledigung aller Rechnungen überlassen. Aber neuerdings durfte sie ihn nicht einmal bitten, sich zu setzen und etwas mit ihr zu besprechen, ohne daß er diese Miene aufsetzte.

«Also gut», sagte Hank.

«Es ist wegen Jill. Du wirst bemerkt haben, wie mager sie geworden ist.»

«Ich dachte, alle jungen Mädchen wollen so aussehen.»

«Hank, sie ist direkt ausgemergelt! Keines von den anderen Kindern sieht so aus. Jill hungert sich zu Tode, und ich weiß nicht, was ich dagegen tun soll.»

«Sag ihr, sie soll essen», sagte Hank.

«Glaubst du, ich hätte das nicht getan? Ich habe auf ihr herumgehackt, es ihr befohlen, ihr gut zuzureden versucht, ihr sogar für nächstes Jahr einen Wagen versprochen, wenn sie es auf neunzig Pfund bringt. Neunzig Pfund ist nicht zuviel verlangt. Sie hat sich bei solchen Gesprächen immer wieder irgendwie herausgeschlängelt. Es ist, als ob Jills ganzes Leben, ihre ganze Kraft sich auf diese geheimnisvolle Sache konzentrierten.»

«Soll ich mit ihr sprechen?»

«Ja, wenn du glaubst, daß es etwas nützt.»

«Vielleicht ist sie krank», sagte Hank. «Warst du mit ihr zur Untersuchung beim Arzt?»

«Sie war vor fünf Monaten da, er hat sie angeschrien und gesagt, sie sollte essen, sie hat versprochen, es zu versuchen, und dann hat sie wieder über fünf Pfund abgenommen. Sie hält ihn für ihren Feind und wird ihm zu Gefallen alles versprechen.»

«Und was hat der Arzt zu dir gesagt?» fragte Hank.

«Er hat gesagt, wenn sich das nicht mit der Zeit ändert, müsse sie zu einem Psychiater.»

Hank sah sie entsetzt an. «Soviel Geld haben wir nicht, Ellen.»

«Vielleicht könnte sie in einer Klinik behandelt werden.»

«Warum hast du mir das alles nicht eher gesagt?» fragte er ärgerlich.

Ellen zuckte die Achseln. «Ich glaube nicht, daß sie einen Psychiater braucht. Ich dachte, ich könnte selbst damit fertig werden. Vielleicht hast du mehr Glück.»

«Ich werde morgen mit ihr sprechen», sagte Hank.

«Warum nicht heute abend?»

«Weil ich noch nicht weiß, was ich ihr sagen will. Du hast mich damit überrumpelt.»

«Du hast doch Augen. Du hättest es merken können.»

«Vermutlich habe ich es gemerkt, aber ich habe dringendere Probleme, falls du das vergessen hast, Ellen. Ich habe geschäftliche Sorgen.»

«Das weiß ich.»

«Mädchen . . . Mädchen überlasse ich ihrer Mutter.»

«Großartig», sagte Ellen. «Einfach großartig. Wieder so eine archaische Idee, die du von deinem Vater hast.»

Hank entschloß sich, das zu überhören. «Vielleicht hat Jill Angst vor Jungens», sagte er nachdenklich. «Sie ist nie verabredet. Ich sehe nie einen Jungen hier im Haus. Vielleicht ist sie einfach in dem Alter, wo Mädchen sich fürchten, Frauen zu werden.»

«Sie ist fast sechzehn», sagte Ellen. «Falls du es nicht wissen solltest: damit *ist* man Frau. Jill ist ein schönes Mädchen, warum will sie nicht erwachsen werden und mit Jungens ausgehen? Fürchten tun sich die häßlichen.»

«Na ja, vielleicht kennen wir sie nicht gut genug», sagte Hank. «Ich kenne sie bestimmt nicht. Kinder behalten viele Dinge für sich. Alle tun das. Wir haben alle unsere kleinen heimlichen Probleme.»

«Vielleicht hat sie Vertrauen zu dir. Mir gegenüber ist sie plötzlich sehr schwierig, Gott weiß warum.»

Am nächsten Abend sprach Hank, nachdem Ellen ihn angetrieben hatte, mit Jill in ihrem Zimmer. Das Gespräch mit ihr dauerte zehn Minuten.

«Nun?» fragte Ellen.

«Sie sagt, sie hat keine Probleme.»

«Und . . .?»

«Und sie sagt, sie ißt biologische Sachen in dem Reformhaus in der Nähe ihrer Schule und hat keinen Hunger, wenn sie nach Hause kommt. Sie sagt, sie sieht nur so dünn aus, weil sie so wächst.»

«Sie wächst ja gar nicht», sagte Ellen wütend.

Er betrachtete seine großen weißen Hände mit den blonden Haaren auf dem Handrücken, mächtige Hände, und jetzt so machtlos. «Ich habe sie wegen eines Psychiaters gefragt, und sie sagte, wir können es uns nicht leisten. Sie hat recht.»

«Wollte sie denn zu einem?»

«Nein. Sie sagte, es sei albern.»

«Hast du mit ihr über Jungens gesprochen?» fragte Ellen.

«Ich?» Es klang entsetzt.

«Es war deine Idee.»

«Aber du bist ihre Mutter. Du hast mit ihr über Jungens zu sprechen.»

«Du bist mal ein Junge gewesen. Warum kannst du es nicht?»

Hank sah sie an, als wollte er sie schlagen. Ellen hatte in all den Jahren ihrer Ehe ihn noch nie so zornig gesehen. «Weil ich es nicht kann», sagte er. Es klang, als müßte er ersticken. Plötzlich, zum erstenmal in ihrem Leben, scheute sie sich davor, eine Unterredung fortzusetzen; sie fürchtete, er könnte die Beherrschung verlieren und gewalttätig werden. Nie hatte sie geglaubt, daß Hank so etwas in sich haben könnte. Hatte es immer in ihm geschwelt, oder war es eine Folge der Spannung, unter der er jetzt stand? Nun, was es auch war, er sollte sich nicht mit diesen großen Händen an ihr vergreifen. Sie lächelte ihm versöhnlich zu, stand auf und ging hinaus.

Sie sprachen nicht wieder über Jill. Ellen dachte daran, ihren Hausarzt anzurufen und zu fragen, ob er irgendeinen Psychiater kenne, der Jill zu ermäßigtem Preis behandeln würde, aber dann schob sie den Gedanken wieder beiseite. Sie konnte sich vor dem Arzt nicht erniedrigen, konnte nicht zugeben, daß sie mit der eigenen Tochter nicht fertig wurde. Vielleicht mußte Jill einfach nur einen netten Jungen kennenlernen. Wenn Jill sich für jemanden interessierte und der ihr sagte, daß er fände, sie solle ein bißchen zunehmen, vielleicht tat sie es dann. Als sie so alt wie Jill war, hatte sie nur darüber nachgedacht, wie sie für die Jungen möglichst anziehend sein könne. In Jills Schule waren viele Jungen. Aber sie brauchte nur einen.

Als das Telefon klingelte, hatte Ellen erst keine Lust, sich zu melden. Dann dachte sie, daß es vielleicht wichtig sei, und meldete sich doch.

«Kannst du sprechen?» Es war Jim Vector, der für sie schon der Vergangenheit angehörte, sich aber immer noch an die Gegenwart klammerte, als hätte er ein Anrecht darauf.

«Ich glaube, Sie sind falsch verbunden», sagte Ellen.

«Wann kann ich dich sprechen?» flüsterte er. Seine Stimme klang heiser. «Ich muß dich sprechen.»

«Bitte rufen Sie hier nicht mehr an», sagte Ellen.

«In deinem Büro willst du nicht mit mir sprechen. Ich muß dich sprechen.»

«Nein, Jill, es war bloß eine falsche Verbindung», trällerte Ellen und hängte ein.

Sie hatte das Gefühl, als ob sich alles um sie zusammenzöge. Alle wollten mehr von ihr, als sie geben konnte. Sie war so nervös, sie hätte aus der Haut fahren können, und sie lächelte ironisch bei der Vorstellung, daß in ihrer ohnehin schon unordentlichen Küche überall kleine Stückchen von ihr herumliegen würden. Wo ist deine Mutter? Oh, die ist aus der Haut gefahren – jeder wollte ein Stückchen von ihr, und nur so konnte sie allen gerecht werden. Ellen zitterte so, daß sie die Arme fest um ihren Körper schlang, damit es aufhörte. Sie mußte wieder fort, auf die einzige Art, die sie kannte, die einzige Art, die half. Sie brauchte einen neuen Mann.

Sie fühlte sich am nächsten Morgen nicht anders und war im Büro zerstreut, und mittags beschloß sie, sich in dem benachbarten Delikatessenladen eine Kleinigkeit zu kaufen und an ihrem Schreibtisch zu essen. Sie hatte den ganzen Vormittag die Arbeit liegen lassen, hatte Fehler gemacht und vor sich hingestarrt und kaum gemerkt, wie verkrampft sie war, daß sich ihre Nägel in die Handflächen gruben und ihre Kiefer schmerzten, weil sie die Zähne so fest zusammenbiß. Vielleicht sollte sie sich ein Beruhigungsmittel kaufen. Sie würde ein belegtes Brötchen essen und dann die angefangene Arbeit zu Ende bringen, damit der Nachmittag nicht auch noch vertan war.

Der Delikateßladen war überfüllt, und Ellen wollte schon wieder gehen, ohne etwas zu kaufen, da sah sie Kerry Fowler. Er trug einen Rollkragenpullover und Jeans und sah phantastisch aus. Ihr war bisher nie klargeworden, wie schön er eigentlich war.

«Nanu, hallo!» sagte er mit einem breiten Grinsen. «Kommen Sie oder gehen Sie?»

«Ich weiß nicht», sagte Ellen. Sie erwiderte sein Lächeln. «Ich hatte niemanden, mit dem ich zum Lunch gehen konnte, also dachte ich, ich werde mir ein Sandwich kaufen, aber es sieht so aus, als hätte alle Welt diese Absicht.»

«Ich wohne hier gleich um die Ecke», sagte er und zeigte mit der Hand, in der er eine Tüte mit Lebensmitteln hielt, in die Richtung. «Ich habe eben ein Kapitel beendet und fand, ich könnte eine Pause machen.» Also hier hatte er seine Wohnung.

«Wie geht es mit dem Buch?»

«Heute ging es gut.»

«Das sollten Sie feiern», sagte Ellen. «Nicht jeden Tag kann man sagen, daß sich etwas Gutes ereignet hat.»

«Das klingt so niedergeschlagen.»

«Ich habe einfach zuviel zu tun. Ich würde das alles gern für eine Stunde vergessen.»

«Also, passen Sie auf», sagte Kerry. «Ich habe hier genug für zwei, und niemand sollte allein essen. Wir könnten doch ins Museum gehen und uns in den Park setzen, wo die Skulpturen stehen.»

«Es ist zu kalt», sagte Ellen. «Ich möchte eine Flasche Wein kaufen und irgendwohin gehen, wo es warm und ruhig ist.»

Er sah sie an, und sie bemerkte zum erstenmal seine Katzenaugen. Er schien direkt durch sie hindurchsehen zu können. Machte er das immer so? Wenn er durch sie hindurchsehen konnte, würde er sie in seine Wohnung ‹gleich um die Ecke› einladen. Er gehörte Margot. Sie sollte das nicht tun. Sie hatte es noch nie getan.

«Wenn Ihnen die Unordnung nichts ausmacht, könnten wir zu mir gehen», sagte Kerry. «Da kommen wir sogar an einem Spirituosenladen vorbei.»

«Prächtig», sagte Ellen leichthin. «Um der Gerechtigkeit willen werde ich den Wein bezahlen.»

Ellen staunte über die Perfektion von Kerrys kleiner Wohnung. Sie war musterhaft, sogar der Papierstapel neben der Schreibmaschine, und alles war so sorgfältig ausgedacht, als ob hier wirklich ein Architekt wohnte. Das Haus war aus braunem Sandstein und wirkte mehr wie ein halbes Privathaus als wie ein Miethaus, aber er hatte den Putz von den alten Mauern abgekratzt, Schränke eingebaut und die Decke heruntergezogen, so daß er dahinter mit Rauchglas verkleidete Beleuchtungskörper anbringen konnte, und er hatte sogar Topfpflanzen. Seine Wohnung bedeutete ihm offenbar viel. Kein Wunder, daß er sie nicht aufgeben wollte, als er zu Margot zog. Sie war ein Kunstwerk, hatte eine ganz persönliche Atmosphäre.

«Ich komme aus dem Staunen über Ihre Wohnung nicht heraus», sagte Ellen ehrfürchtig.

«Ich denke daran, sie aufzugeben», sagte er.

«Um zu Margot zu ziehen?»

«Nein, natürlich nicht. Ich will mir eine andere Wohnung suchen. Diese hat mich nur interessiert, solange ich sie renoviert habe. Es war eine Art Hobby. Aber jetzt, wo sie fertig ist, langweilt sie mich.»

«Mir scheint, Sie haben den falschen Beruf», sagte sie. «Sie könnten Innenarchitekt sein.»

«Es ist nur ein Hobby. Ich habe eine Menge Hobbies. Möchten Sie meine Zeichnungen sehen?»

Er nahm ein großes Skizzenbuch von einem der Regale und schlug es auf dem Couchtisch auf. Es waren Federzeichnungen. Manche stellten mechanische Apparate dar, andere waren anatomische Studien – Arme, Beine, Torsos, Hälse, und ein paar Skizzen von einem Männergesicht.

«Sie erinnern mich an die Skizzen von Leonardo da Vinci», sagte Ellen. «Haben Sie Malerei studiert?»

«Nein», sagte Kerry. «Das Modell für all diese anatomischen Zeichnungen war ich.»

«Das Gesicht kam mir bekannt vor», sagte Ellen.

«Na ja, das übrige wahrscheinlich auch, wenn Sie mich besser kennten.» Er lächelte. «Wollen wir essen?»

Er legte das Skizzenbuch fort und stellte Untersetzer und Teller auf den Couchtisch. Dann packte er die Tüte aus: Aufschnitt, frisches Brot, Krautsalat, saure Gurken. Der Wein, den Ellen gekauft hatte, war schon gekühlt, sie brauchte die Flasche nur zu öffnen. In der kleinen Küche fand sie zwei Gläser. Sogar sein Geschirr und seine Gläser waren stilvoll.

«Das können wir nie aufessen», sagte sie.

«Es wird sich halten.» Sie setzten sich beide an die Erde neben den niedrigen Tisch. Sein Teppich war sehr weich. Er trank einen Schluck Wein und sah sie mit diesen allwissenden Augen an.

Keiner von beiden aß etwas. Ellen haßte den Knoblauchgeruch der Gurken und verstand nicht, warum er sie gekauft hatte, bis ihr einfiel, daß er das alles natürlich gekauft hatte, bevor er sie traf. Durch diese Knoblauchgurken vor ihnen auf dem Tisch erhielt die Mahlzeit irgendwie einen sehr unschuldigen Anstrich. Sie wollte nichts tun, wofür Margot sie hassen könnte. Sie wollte niemandem weh tun. Aber ihr Herz klopfte wie wild.

Kerry griff herüber und schaltete seine Stereoanlage an, ein kompliziertes Gerät mit Bänderspulen und allen möglichen Dingen, von denen Ellen nichts verstand. Von den Wänden kam leise Musik. Solche Musik, wie Jill sie spielte. Aber hier klang sie völlig anders. Ellen suchte nach einer passenden Bemerkung, um ihre Sachkenntnis zu zeigen, aber er wirkte so entspannt, daß es nicht notwendig zu sein schien. Zum erstenmal im Leben befand Ellen sich auf dem Schlachtfeld des

Gegners. Ihn konnte sie nicht mit dem Witz und der Klugheit von Ellen Rennie gewinnen. Zwischen ihr und diesem Jungen lag eine ganze Generation. Ihre Not lag offen vor seinen Augen, sie erschreckte ihn nicht, erregte ihn aber auch nicht. Er nahm sie in sich auf, so wie er die Musik in sich aufnahm, und er wartete und sah sie an, bis ihre Hand zu zittern begann und sie das Weinglas auf den Tisch stellen mußte.

Mit der gleichen Leichtigkeit, mit der er die Anlage eingeschaltet hatte, kam er zu ihr herüber, küßte sie und ließ sie auf den Teppich sinken. Seine Lippen waren weich und sinnlich, und er küßte sie lange und langsam, und Ellen erinnerte sich an die Stunden in jenen Autos vor zwanzig Jahren und war von unerträglicher Erregung erfüllt. Seine Hände wanderten über ihren Körper, zogen sie aus, berührten sie, entkleideten ihn selbst, und die ganze Zeit küßte er sie, während die Musik immer weiter spielte, und sie kam unter seiner Hand, so wie sie vor vielen Jahren unter den Händen gekommen war, die sie längst vergessen hatte, und dann kam sie unter seinem Mund, und dann drang er in sie ein, und sie kam wieder und wieder, bis sie daran zu sterben glaubte. Woher wußte er, was sie sich wünschte?

Später lagen sie auf dem Teppich, und er zog immer wieder mit dem Finger die Linien ihres Körpers nach wie ein Bildhauer oder ein Maler. Ob sie wohl schließlich in seinem Skizzenbuch erscheinen würde? Sein Körper war schön, viel hübscher als der ihre. Sie ließ die Finger darübergleiten, und sofort begann er wieder mit dem Liebesspiel. Sie hatte nicht die Absicht, heute nachmittag noch einmal ins Büro zu gehen.

Um halb sieben duschte Ellen in Kerrys Badezimmer, das mit vielen Pflanzen geschmückt war, und machte sich für den Heimweg fertig. Als sie aus dem Badezimmer kam, hatte er im Wohnzimmer Ordnung gemacht, die Speisereste weggeräumt und Gläser und Teller gespült. Es war, als hätte sie gar nicht existiert. Vermutlich war er mit Margot zum Essen verabredet. Sie war überrascht, mit welcher Wucht die Eifersucht sie überkam, gerade jetzt, wo sie am meisten Grund hatte, sich schuldig zu fühlen. Sie hatte mit Margots Geliebtem geschlafen, nicht nur einmal – das hätte man sozusagen als Ausrutscher entschuldigen können –, sondern immer wieder, stundenlang. Was nützte es zu sagen, der Druck ihres verunglückten Lebens habe sie dazu getrieben? Ihre Wahl hätte auf ein Dutzend andere Männer fallen können – warum gerade Margots Liebhaber? Dennoch empfand Ellen mehr Groll als Schuldgefühl, denn sie hatte das Gefühl, daß Kerry nichts an ihr lag. Er hatte sie gern, er hatte diesen Nachmittag ebenso genossen wie sie, aber sie bedeutete ihm nicht viel. Er war nicht in sie verliebt, wie sie es von allen anderen Männern gewohnt war. Sie empfand Zorn und Schmerz, einen Schmerz, der viel Ähnlichkeit mit Liebe hatte.

Er hatte genau gewußt, wie er an sie herankam. Von dem Augenblick ihrer Begegnung an hatte er sie unfehlbar erkannt. Er hatte ihre Sinnlichkeit und ihre sexuelle Not gesehen und hatte sie erfüllt, und jetzt erriet er das Geheimnis ihrer Unsicherheit und war entschlossen, ihr nicht zu helfen, und so fühlte sie sich von ihm unterworfen. Er ist ein grauenhafter Mensch, dachte Ellen. Er wird mir weh tun, wird mir das Herz brechen. Ich will nichts von ihm, gar nichts. Fast hätte sie geweint. Er hatte kein Recht, sie zu beherrschen. Ihr gebührte es, die Herrschende zu sein, denn sie hatte das meiste zu verlieren, den Mann, die Familie, während er nichts als Margot zu verlieren hatte, aus der er sich sowieso nicht viel zu machen schien. Er war völlig frei, er konnte sie nehmen oder verschmähen.

Er zog ihr den Mantel an und knöpfte ihn zu, als wäre sie ein Kind, und küßte sie auf Stirn, Wangen und Lippen. «Diese Begegnungen in Delikateßläden müssen aufhören», sagte er mit einem ausländischen Akzent, der sie an einen Osteuropäer denken ließ. «Sonst kommt man dahinter.»

Ellen lächelte wider Willen. Sie umarmte ihn. Er fühlte sich so zerbrechlich in ihren Armen an wie ein Knabe, aber trotzdem war er stark. Wollte er sie wiedersehen oder nicht?

«Was sollen wir tun?» fragte sie.

«Ich werde dich benachrichtigen», sagte er immer noch mit diesem Akzent.

«Ich will nicht, daß andere leiden», sagte Ellen. «Ich muß darüber nachdenken.»

«Natürlich.»

Sie ging hinaus auf die Straße und fand ein Taxi. Dieser Nachmittag war ein Fehltritt. Sie mußte es vermeiden, ihn wieder zu treffen. Einer von denen, welche die Folgen tragen mußten, würde sie selbst sein.

Mai
1975

Der Winter war wirklich vorbei. Da New York seit vielen Jahren keinen richtigen Frühling gesehen hatte, machte man Sommerpläne. Man mietete Wagen für Erkundungsfahrten nach Connecticut oder Virginia, um sich nach Sommerquartieren umzusehen. Den Kindern redete man ein, wie schön sie es im Ferienlager finden würden. Jugendliche bemühten sich um Ferienarbeit, von der es nie genug gab. In den Miethäusern mit Klimaanlage wurden Handwerker zum Auswechseln der Filter herumgeschickt. Arme Leute hatten keine derartigen Probleme; sie hofften nur, daß dieser Sommer nicht so heiß sein würde wie der letzte, daß die Preise nicht noch mehr steigen würden, daß in diesem Monat der Scheck von der Sozialversicherung nicht wieder gestohlen würde, daß der Hauswirt vielleicht bereit sein würde, das zerbrochene Fenster, die undichte Zimmerdecke oder die defekte Toilette reparieren zu lassen. Auch der Mittelstand machte sich Sorgen um steigende Preise und zunehmende Kriminalität. Die Reichen sprachen über solche Probleme, machten sich aber keine Sorgen, bis auf diejenigen, die mit ihrem Einkommen von der Börse abhingen. Diese machten sich sogar große Sorgen.

Die Fowlers waren reich genug, um jede vorübergehende Wirtschaftskrise heil zu überstehen. Das Haus in East Hampton gehörte ihnen seit vielen Jahren. Die Dienstboten dort hielten sie sich das ganze Jahr über, im Winter zum Schutz gegen Einbrüche, im Sommer wegen der Bequemlichkeit, sie jederzeit zur Verfügung zu haben. In den vergangenen Jahren hatte Rachels Hauptsorge im Frühjahr dem Einkauf ihrer Sommergarderobe und der Festsetzung ihrer alljährlichen Reise im Mai nach London, Zürich und Paris gegolten; danach richtete sie dann ihren New Yorker Gesellschaftskalender ein. In diesem Frühling war das anders. Rachel hatte beschlossen, im Herbst wieder aufs College zu gehen.

Sie schrieb an ihre ehemalige Schule in ihrer Heimat und bat um Kopien ihrer Schulzeugnisse, ließ sich Prospekte von Barnard, New York University und Columbia kommen und beschloß, sich bei allen drei Universitäten zu bewerben. Sie hatte in der höheren Schule gute Noten gehabt, aber niemand in ihrer Familie hatte es für notwendig gehalten, daß sie sich um die Aufnahme in ein College bemühte. Sie hatte schon zu Hause als Modell gearbeitet, sie war der richtige Typ dafür, und da die Eltern sehr wenig Geld hatten, waren sie damit einverstanden, daß sie es in New York versuchte, vielleicht als Covergirl, und vielleicht konnte sie sich einen reichen Mann an Land ziehen. Obgleich sie ein Einzelkind war, machten die Eltern sich keine übertriebenen Sorgen um sie. Ihr gutes Aussehen war offensichtlich ein Gottesgeschenk und konnte ihr zu Reichtum und Erfolg verhelfen. Als Rachel mit achtzehn Jahren nach New York übersiedelte, stellten die Eltern nur eine Bedingung, nämlich daß sie in einem Frauenhotel wohnte. Das tat sie – wenigstens zwei Wochen lang.

Dann begann sie zu verdienen und nahm sich zusammen mit drei anderen Mädchen eine eigene Wohnung. Kurz darauf zog sie zu dem Sohn eines reichen Mannes, der sie angeblich heiraten wollte. Er heiratete sie nicht, aber er brachte ihr bei, wie man die Speisekarten in französischen und italienischen Restaurants las, Tennis spielte, und er bezahlte ihre Abtreibung. Als er das Interesse an ihr verloren hatte, zog sie zu einem jungen Mann, der es aus eigener Kraft zu Geld gebracht hatte und sie ebenfalls heiraten wollte. Sie nahm jetzt die Pille, wurde aber seltsamerweise trotzdem schwanger. Der junge Mann, mit dem sie zusammen lebte, bezahlte die Abtreibung und sorgte dafür, daß sie in einer guten Klinik gemacht wurde und nicht in der etwas obskuren Praxis, wo sie das erste Mal gewesen war. Einen Tag nachdem Rachel aus der Klinik entlassen worden war, entdeckte sie, daß ihr Verlobter seine Wohnung aufgelöst und sich für unbestimmte Zeit auf Reisen begeben hatte. Von keinem seiner Freunde konnte sie herauskriegen, wohin er gereist war. Zu diesem Zeitpunkt kam sie zu der Erkenntnis, daß sie in drei Jahren ohne College mehr gelernt hatte als die meisten Mädchen in ihrem ganzen Leben, und sie begann sich nun ausschließlich der Entwicklung der Qualitäten zu widmen, die man brauchte, um einen reichen Heiratskandidaten zu finden.

Welche Qualitäten das auch sein mochten, Rachel machte alles falsch. Sie bezauberte Schwindler, die mit gefälschten Schecks bezahlten, Spieler und Lügner, geschiedene Männer, deren Scheidung nicht rechtsgültig war, und mehrere wirklich reiche junge Männer, von denen einer verlangte, daß sie ihn mit ihrer Haarbürste verprügelte, und ein anderer ihre Kleider anprobieren wollte. Als sie Lawrence Fowler begegnete, war sie vierundzwanzig, hatte ihre eigene Wohnung, erholte sich von ihrer dritten Abtreibung und haßte die Männer.

Er war zwanzig Jahre älter, also nicht direkt uralt, aber sie merkte bald, daß er für sie eine Art Vaterfigur war. Er verlangte nichts von ihr. Er war sehr nett zu ihr, aber er versuchte nicht, sie zu verändern oder als Eigentum zu beanspruchen. Er erwähnte, daß er in Scheidung lag, aber sie nahm es nicht wichtig, weil sie das schon öfter gehört hatte. Nachdem sie ein Jahr mit ihm zusammen war, erklärte er, daß er sie heiraten wolle. Sie hatte derartige Erklärungen gründlich satt. Sie bestand darauf, ihm rückhaltlos von ihrer Vergangenheit zu erzählen. Er war nicht entsetzt, sondern nur sehr böse auf all die Männer, die sie unterschätzt hatten. Er riet ihr, die Vergangenheit zu vergessen. Er sagte, er habe einfach den Wunsch, sie um sich zu haben; die Entscheidung liege bei ihr.

Erst nachdem Rachel mit Lawrence Fowler verheiratet war, erlaubte sie ihrem Herzen, sich ernsthaft in ihn zu verlieben. Sie hörte auf, sich vor diesem und jenem zu fürchten. Er sagte, er wolle keine Kinder, da er schon einen Sohn hatte, Kerry; er wolle mit Rachel reisen und sie ganz für sich haben, er wolle jetzt nicht wieder mit der Babywirtschaft anfangen. Sie stellte fest, daß sie sowieso keine Kinder mehr haben konnte, also war diese Frage gelöst. Sie fand, daß alles, was ihr jemals widerfahren war, schließlich doch zu ihrem Besten war.

Erst im letzten Jahr hatte Rachel entdeckt, daß Glück allein nicht genügte. Es war Zufriedenheit, aber keine Freude. Irgendwie, ohne daß sie es bemerkt hatte, war das Leben an ihr vorbeigegangen. Sie wußte, daß kein Weg zurückführte, daß man nicht noch einmal von vorn anfangen konnte, aber man konnte mancherlei nachholen, was man versäumt hatte. Sie hatte keine genauen Vorstellungen, was sie vom College erwartete, aber sie wußte, daß sie sich dadurch weniger von den anderen getrennt und nicht mehr so unzulänglich fühlen würde. Daß ihre Situation mit fünfunddreißig Jahren als Studentin im ersten Semester sie sehr wohl von den anderen trennte, machte ihr nichts aus.

An einem ihrer Gymnastiktage stand sie noch früher als sonst auf, um Lawrence noch zu erwischen, bevor er ins Büro fuhr. Er blickte erstaunt vom Frühstückstisch und seinen Zeitungen auf die verschlafene Erscheinung, die in einem verkehrt zugeknöpften Morgenmantel ins Speisezimmer geschlichen kam.

«Nanu, was ist denn das?» fragte er belustigt.

«Ich bin's.» Sie setzte sich ihm gegenüber.

«Ich hole dir Tee.»

«Nein, Kaffee ist sehr schön», sagte Rachel. Sie ließ sich von ihm eine Tasse Kaffee eingießen. «Kann ich mit dir sprechen?»

«Natürlich.»

«Ich möchte aufs College gehen.»

«Na schön. Aber wir wollten doch nach Europa, und dann fahren wir doch jedes Wochenende nach East Hampton. Dazu noch Sommersemester – ist das nicht ein bißchen viel?»

«Nein, ich meine richtig aufs College. Ich möchte im Herbst anfangen.»

Er hob die Augenbrauen. «Willst du mich verlassen?»

«Nein. Ich werde natürlich in New York bleiben. Was meinst du dazu?»

«Ich meine, es ist eine gute Idee.»

«Du glaubst nicht, daß ich zu alt bin?» fragte sie.

«Ganz und gar nicht. Niemand ist zu alt für eine Ausbildung.»

«Wirst du es bezahlen?»

«Ich erwarte nicht, daß *du* es tust», sagte er lächelnd.

«Du hast wirklich nichts dagegen? Ich werde für die Vorlesungen zu arbeiten haben, ich werde mich um manche Dinge im Haus nicht so kümmern können . . .»

Lawrence zuckte die Achseln. «Wenn ich eine Privatsekretärin brauche, werde ich eine engagieren. Ich dachte, es machte dir Spaß, solche Dinge zu tun. Wenn du lieber aufs College gehst – gut.»

Rachel nahm seine Hand in ihre beiden Hände. «Du bist wirklich gut zu mir, weißt du das? Du hast mich nicht einmal gefragt, was ich werden will, wenn ich erwachsen bin.»

Er lachte. «Was willst du denn als Hauptfach belegen?»

«Ich möchte Geschichte, Staatskunde und Bankwesen studieren.»

«Bankwesen!»

«Ja, ich möchte wissen, was du tust», sagte Rachel ernst.

«Warum willst du wissen, was ich tue? Es ist langweilig.»

«Du findest es doch nicht langweilig.»

«Okay. Wenn du willst, werde ich dir helfen. Wir können uns darüber unterhalten.»

«Oh, das wäre herrlich!» sagte Rachel. «Das wäre wirklich herrlich.»

«Auf welches College willst du gehen?»

«Auf dasjenige, das mich nimmt.»

«Ich hoffe, daß alle dich nehmen», sagte er. «Wenn du bei der Bewerbung Hilfe brauchst, frag mich. Ich habe da ein paar Freunde.»

«Ich habe mich schon beworben.»

Er sah ärgerlich aus. «Warum hast du mir nichts gesagt? Ich hätte dir helfen können.»

«Ich möchte das selbständig machen.»

«Du bist so eigensinnig», sagte er.

«Warum bist du so ärgerlich?»

«Weil ich dir jede Kränkung ersparen will.»

«Du glaubst, sie werden mich nicht nehmen?»

«Das habe ich nicht gesagt.»

«Aber du fürchtest es», sagte Rachel. «Du hältst mich für zu dumm. Doch, ich weiß es. Ich will dir zeigen, daß ich nicht zu dumm bin.»

Er tätschelte ihre Hand. «Wird schon alles werden.» Aber er sah noch immer beunruhigt aus. Rachel hatte das unangenehme Gefühl, daß Lawrence sich nach allem erkundigen, vielleicht ein paar Drähte ziehen würde. Sie wollte ihm nicht sagen, was sie befürchtete, sonst würde er böse werden und ihr überhaupt nicht helfen. Sie wußte nicht, was sie wollte. Sie hatte sich so daran gewöhnt, daß er ihr alle Wege ebnete. Sie wünschte sich so sehnlich, aufs College zu gehen, daß sie hoffte, er *würde* ihr helfen – jetzt, wo er mögliche Schwierigkeiten sah und sie damit wieder verunsichert hatte. Ach, wenn sie doch nur eine einzige Sache selbständig tun könnte! Aber selbst wenn er ihr dazu verhalf, in einem College angenommen zu werden – ihre Arbeit würde sie allein machen müssen. Wenn sie zu faul oder zu dumm war, würde man sie hinauswerfen. Wie beschämend, daß sie sich so leicht manipulieren, so leicht verunsichern ließ! Lawrence wollte doch nur ihr Bestes, wollte ihr jede Verletzung ersparen. Sie sollte dankbar sein. Warum enttäuschte es sie dann so, daß er sie bei der Hand genommen und in ihren Traum begleitet hatte?

«Warum siehst du so traurig aus?» fragte er. Er lächelte und küßte sie. «Freu dich doch. Du wirst aufs College gehen.»

An einem heißen Tag ging Rachel zu Bloomingdale, um eine Schreibmaschine zu kaufen. In der höheren Schule war sie zu arm gewesen, um sich eine zu kaufen, und später hatte sie keine gebraucht. Nun, da sie aufs College gehen würde, wollte sie sich selbst Maschineschreiben beibringen. Das war ihr Sommerplan. Ihr fiel ein, daß sie vielleicht in ein Geschäft für Büroartikel hätte gehen sollen, aber bei Bloomingdale hatte sie ein Konto. Sie befand sich plötzlich in einem Gewühl von Menschen, die während der Mittagspause hier Einkäufe machten.

Noch nie war sie in einer solchen Menschenmenge gewesen.

Manche kauften ein, manche schauten sich nur um, andere wollten sich einfach in den klimatisierten Räumen von der Hitze draußen erholen. Für Rachel war es erst Vormittag, für alle anderen war es schon Mittag. Ihr wurde bewußt, daß ihre Tageseinteilung sich von derjenigen der meisten anderen Leute unterschied, und so war es auch mit ihrem Lebensstil. Sie hatte das noch nie so deutlich gespürt wie jetzt, wo sie von allen Seiten herumgestoßen wurde. Aber zum Glück schien heute niemand außer ihr eine Schreibmaschine kaufen zu wollen. Sie erstand eine Reiseschreibmaschine, die sie nach Hause schikken ließ, und ging zur Rolltreppe.

Seltsam, gewöhnlich störten Menschenansammlungen sie nicht, aber heute fühlte sie sich ständig bedrängt, als ob jemand sie absichtlich streifte oder eine feuchte Hand leicht auf ihre Hüfte legte. Das mißfiel ihr. Sie wandte sich zweimal um, sah aber niemanden, der für solche Annäherungsversuche in der Öffentlichkeit in Betracht kommen konnte. Wahrscheinlich war einfach ihre Stimmung daran schuld. Doch die Stimmung wurde nicht besser, und sie flüchtete schließlich auf die Straße. Hier herrschte ein noch dichteres Gedränge. All diese Leute waren ganz anonym, jeder war nur mit seinem augenblicklichen Vorhaben beschäftigt, aber Rachel wurde das Gefühl nicht los, daß irgendeine persönliche Kraft sich gegen sie richtete. Sie fühlte tatsächlich Blicke, die sie verfolgten, jemand beobachtete nur sie, aber als sie sich nach allen Seiten umsah, waren da nur mit sich selbst beschäftigte Fremde. Sie stieg in ein Taxi und fuhr zur New York University.

Das Universitätsgelände sah jetzt im Frühling besonders hübsch aus. Die Bäume im Park grünten und blühten um die Wette. Rachel betrat eines der Gebäude, ging darin hin und her und stellte sich vor, sie wäre als Studentin hier. Es war ganz leer. Die Studenten waren entweder in den Hörsälen oder draußen in der Sonne. Wie geräumig es hier war! Hier konnte sie einfach zwischen den vielen Studenten verschwinden, und niemand würde finden, daß sie zu alt sei. Sie las amüsiert die Anschläge am Schwarzen Brett und versuchte die Welt dieser jungen Menschen zu verstehen, einer Generation, die der ihren so fern war. Viele von ihnen schienen eigene Wohnungen zu haben. Da hingen handgeschriebene Karten mit Anzeigen von möblierten Zimmern im Village, die gesucht oder zu vermieten waren, Möbel wurden zum Verkauf angeboten, sogar Kätzchen. Da wollte jemand Flötenstunden geben, ein anderer seine französischen Bücher verkaufen, und wieder ein anderer suchte einen Zimmergenossen. Zu schade, daß sie nicht noch einmal achtzehn sein und dennoch alles wissen konnte, was sie heute wußte. Sie würde dann alles anders machen, alles, bis zu ihrer Begegnung mit Lawrence. Natürlich mußte es Lawrence geben. Ein Glück ohne ihn konnte sie sich nicht vorstellen. Aber würde er sie haben wollen, wenn sie anders wäre? Wäre er auch dann als ihr Retter gekommen, oder hätte sie zufrieden in einem Kreis von Altersgenossen gelebt, ohne verletzlich, schmerzgequält und ohne verbittert zu sein? Hatten ihre Not und ihre Abhängigkeit ihn angezogen wie ihr Aussehen?

Sie hörte ein Geräusch und sah, daß eine Tür sich ein wenig öffnete und dann wieder schloß, aber nicht ganz. Es schien eine Art Besenschrank zu sein. In dem Flur war niemand außer ihr. Rachel ging zu dem Trinkwasserbehälter am Ende des Flurs, und während sie darübergebeugt trank, beobachtete sie die leicht geöffnete Tür. Der Spalt vergrößerte sich wieder, nur ein bißchen. Vielleicht ein Student, der etwas stahl? Schließlich war sie hier im College. Im College war man sicher, nicht wie auf der Straße, nicht wie in der wirklichen Welt. Unmöglich, daß jemand sie beobachtete. Warum sollte jemand sie hier beobachten wollen? Trotzdem hatte sie wieder das unheimliche Gefühl wie in der Menschenmenge bei Bloomingdale; sie verließ den Flur und ging die Stufen hinunter auf die Straße. Hier im Sonnenschein fühlte sie sich sicherer.

Sie mußte sich zusammennehmen. Wahrscheinlich war das nur eine psychische Reaktion, die Nervosität am Anfang eines neuen Lebens. Statt diesem Leben ins Auge zu sehen, bildete sie sich unsichtbare Feinde ein. Weiter war es wahrscheinlich nichts. Also okay, sie hatte Angst vor dem College, Angst davor, es nicht zu schaffen, schlechte Noten zu bekommen, durch Prüfungen zu fallen. Das war nur allzu verständlich.

Wenn sie sich das klarmachte, würde sie keine Gespenster in Wandschränken und keine Verfolgerblicke in Warenhäusern mehr sehen. Sie ging durch den Washington Square Park und fuhr mit einem Taxi nach Hause. Das College verblaßte in ihren Gedanken, während sie sich darauf konzentrierte, wie sie und Lawrence heute abend eine Gesellschaft von Erwachsenen unterhalten würden.

Er wurde mutiger. Im Korridor des Colleges hatte er einen Augenblick geglaubt, sie hätte ihn bemerkt, und die Erregung ließ ihn fast explodieren. Er hätte aus dem Besenschrank hinaus- und vor sie hintreten können. Sie war allein und so nah. Er war ihr den ganzen Tag gefolgt, ins Warenhaus, zur Universität, und unter den mittäglichen Passanten war er immer leichtsinniger geworden und ihr immer näher gekommen. Es fiel ihm immer schwerer, seine Phantasien von der Wirklichkeit zu trennen, weil seine heimlichen Begegnungen mit ihr den Phantasien so ähnlich waren. Neuerdings träumte er sogar nachts von ihr, und diese Träume vermischten sich mit seinen Wachträumen. Manchmal fürchtete er, den Verstand zu verlieren. Das Wichtigste war die Beherrschung. Es gab während des normalen Tages genug, weswegen man sich Sorgen machen, was man beherrschen mußte, auch ohne die Mühe, diese Entgleisungen unter Kontrolle zu halten. Man mußte irgendwo Dampf ablassen können. Man konnte nicht ewig alles zurückhalten. Einerseits mußte man sein Image aufrechterhalten – den Beruf, das tägliche Leben, die Familie –, andererseits war da sein Gefühl für Rachel. Das alles wurde sorgfältig unter Verschluß gehalten, aber dann und wann entstand irgendwo eine Öffnung, und aus ihr konnte etwas entsetzlich Gefährliches herauskommen, das wußte er. Es durfte nicht zu Hause oder bei der Arbeit passieren; diese Bereiche mußten geschützt werden. Darum hatte er in seiner heimlichen Besessenheit seinen Begierden freien Lauf gelassen. Er konnte sich nicht vorstellen, daß er Rachel je weh tun würde. Sie war einer der wenigen Menschen auf der Welt, für die er absolut keinen Haß empfand. Und er war für sie nur einer aus dem großen Kreis ihrer

Freunde und Bekannten. Warum verübelte er es ihr nicht mehr, daß er für sie so unwichtig war? Er hätte sie dafür hassen sollen. Vielleicht würde er eines Tages einen Weg finden, sie auf die Probe zu stellen.

In Margot Kings Fernsehsendung wurde – wie neuerdings in allen Nachrichtensendungen – aus den freundschaftlichen Beziehungen der Mitwirkenden untereinander eine große Schau in der Öffentlichkeit gemacht. Man neckte einander auf dem Bildschirm, man lachte und amüsierte sich. Mit Beginn des schönen Wetters wurden im Park Baseballspiele zwischen den verschiedenen Nachrichtenteams veranstaltet. Danach waren sie genau wie andere Leute, die in irgendeinem Büro in der Stadt arbeiteten; manche freundeten sich an, die meisten gingen ihre eigenen Wege. Wer außerhalb der Stadt wohnte, sah zu, daß er schnell nach Hause kam, wer dablieb, hatte Besorgungen zu machen oder Verabredungen einzuhalten. Man hatte genug voneinander, das schien das allgemeine Gefühl zu sein. Insbesondere Margot war immer ein Einzelgänger gewesen. Sie und ihre Kollegen waren durch ihr Auftreten im Fernsehen gleichsam sichtbarer als die meisten Leute; daher mußten sie sich um so mehr bemühen, ihr Privatleben für sich zu bewahren. Eine der Sprecherinnen war schwanger, und jedermann konnte es sehen; als sie ihr Kind bekam, war wiederum jedermann informiert, weil sie keinen Dienst tat, und Gratulationen und kleine Geschenke kamen an. Aber sie lud Margot nie ein, zu ihr zu kommen und sich das Neugeborene anzusehen, und Margot erwartete es auch nicht. Die Kollegin erwähnte zwar in ihrer Sendung, daß das Baby ein Junge sei, nannte aber seinen Namen nicht, so wie sie auch niemandem sagte, daß der Name, unter dem sie als Sprecherin bekannt war, nicht ihr richtiger Name war. Sie hatte eine Drohung erhalten, man würde das Kind entführen – offenbar von einem Verrückten, aber der Brief war der Polizei übergeben und im Fernsehen nicht erwähnt worden. Öffentlich bekannt zu sein, hatte seine Gefahren.

Margot war an Drohbriefe gewöhnt. Sie bekam auch Briefe

von Verehrern, sogar Heiratsanträge von Fremden. Was mochten das für Menschen sein, die sich hinsetzten und an wildfremde Leute schrieben? Die Haßbriefe waren die unverständlichsten. Wenn Fotos von Mitwirkenden einer Sendung auf einer Zeitungsannonce erschienen, schnitten die Leute die Bilder aus, verunzierten die Gesichter derjenigen, die sie am meisten haßten, und schickten sie ihnen zu. Margot bekam sechs Bilder von sich mit einem aufgemalten Penis, eines mit einem Schnurrbart, eines mit einer großen Nase und eines mit einem Rahmen aus Hakenkreuzen. Sie wurde Luder, Möse, Hure, Faschistin und Kommunistin genannt. In einem Brief hieß es: «Du bist für Abtreibung, also mußt du sterben.» Sie bewahrte all diese Drohbriefe in einem Ordner in ihrem Aktenschrank auf für den Fall, daß man sie ermordete. Wahrscheinlich war das paranoid, sie wußte sehr wohl, daß Leute, die Drohbriefe schreiben, selten weiter gingen. Sie wußte aber auch, daß völlig unbekannte Leute, die plötzlich eine berühmte Persönlichkeit umgebracht hatten und über Nacht bekannt geworden waren, vorher Drohbriefe geschrieben hatten, denen niemand Beachtung geschenkt hatte. Ihre Telefonnummer stand nicht im Telefonbuch, in ihren Sendungen sprach sie nie über ihr Privatleben. Sie beantwortete keine Briefe außer solchen von Schulkindern, die sie lieb und vernünftig fand. Aber auch diese Antworten hielt sie kurz und tippte sie auf Geschäftspapier. Sie empfand keine Zuneigung zu ihrem Publikum. Oft hatte sie berühmte Leute in Talkshows schwärmen hören, wie innig sie ihr Publikum liebten, und sie zweifelte stark an der Wahrheit solcher Erklärungen. Man brauchte sein Publikum, um beliebt zu bleiben und nicht arbeitslos zu werden, aber wie konnte man diese Menschen lieben, von denen viele einen offensichtlich grundlos haßten?

Sie betrachtete sich als Berichterstatterin, nicht als interessante Persönlichkeit. Sie pflegte ihr Haar selbst, obwohl sie die Unkosten für den Friseur von der Steuer absetzen konnte, und ging nur alle drei Monate in einen Frisiersalon. Ihre Garderobe war einfach; zwar vermied sie es, in einer Woche zweimal dasselbe anzuziehen – darauf reagierten manche Leute mit bösen Briefen –, aber sie variierte ihre Kleidung auch nicht zu auffällig, um den Habenichtsen keinen Anlaß zu Bettelbriefen zu geben, in denen sie um abgelegte Kleider, Geld oder ihren Kopf auf einer Schüssel baten. Welche Ironie war es doch, daß sie, obwohl nicht wirklich berühmt, so sichtbar war, daß manche Fremden sie für leicht zugänglich hielten.

Der Mittelpunkt ihres Lebens war Kerry. Ihr Tagesplan, sie mußte auf Abruf bereit sein, war unregelmäßig und schwierig. In den letzten Wochen war aber auch seine Zeiteinteilung unübersichtlicher geworden. Das machte ihr Sorgen. Sie sagte ihm immer, wo sie im Laufe des Tages sein würde, während er ihr erklärte, er wisse es noch nicht – sie mußte es akzeptieren. Er liebte es, in der Stadt umherzustreifen, Freunde zu besuchen, impulsiv alles mögliche zu unternehmen. Sie hatte Angst, ihn in seiner Wohnung anzurufen und bei der Arbeit zu stören. Aber wenn er wußte, daß sie ihn zum Essen erwartete, und dann nicht kam, rief sie schließlich doch an, und wenn sich dann in seiner Wohnung niemand meldete, überlief sie ein Frösteln. Wann auch immer er endlich auftauchte, er hatte immer dieselbe harmlose Entschuldigung: er hatte einen Freund getroffen und die Zeit vergessen. Er nahm sich nicht einmal die Mühe, sich etwas Dramatisches auszudenken, so daß Margot das, was er sagte, für wahr halten mußte. Sie war für ihn nicht so wichtig wie sein sprunghaft und planlos verlaufendes Leben. Es war grauenhaft, aber sie mußte sich damit abfinden. Wenn sie doch so wie er wäre, wenn sie doch so wie er leben könnte, auf der Straße Freunde treffen und stundenlang plaudernd mit ihnen herumlaufen, keine Pläne machen, die Mahlzeiten vergessen. Das einzige, was Kerry plante, waren die Herbstferien auf den griechischen Inseln. Das wenigstens gab es noch, und daran klammerte sie sich, sobald Nervosität oder Angst sie überkommen wollten! Wenn ihr nur etwas einfiele, wodurch sie für ihn wichtiger wurde!

Sie nahm den Ordner mit den Drohbriefen mit nach Hause und zeigte sie ihm. Sie wußte nicht genau, welche Reaktion sie bei ihm erwartete, wahrscheinlich aber, daß sein Beschützerinstinkt erwachte. Doch auf die Reaktion, welche die Briefe dann hervorriefen, war sie völlig unvorbereitet.

«Die sind ja phantastisch!» sagte Kerry entzückt. Er saß an der Erde, all die Drohbriefe um sich verstreut. «Das ist ja ein ganz unglaubliches Dokument unserer Gesellschaft! Die Neurose unserer Zeit . . . da steckt ein Buch drin. Hast du je daran gedacht, daraus ein Buch zu machen, Liebes?»

«Das ist hoffentlich ein Scherz», sagte Margot.

Er sah sie mit klaren, unschuldigen und begeisterten Augen an. «Nein, das ist kein Scherz. Ich könnte Fotos bekommen von netten, durchschnittlichen Leuten, die ihren Rasen mähen, zu Abend essen, ihre Hunde ausführen, Kinder bei den Schularbeiten, Hausfrauen beim Bügeln, Leute vor dem Fernsehschirm in einem schäbigen Hotelzimmer oder einer wohlanständigen Wohnung mit solchen gehäkelten Dingern auf den Armlehnen ihrer Sessel – du weißt doch, diese alten Dinger, die meine Großmutter hatte.»

«Antimacassars», sagte Margot kalt. Sie ließ sich nicht gern zusammen mit seiner Großmutter in eine Erinnerungsschublade tun.

«Richtig. Und du hättest die Briefe dazu. Zum Beispiel ein Bild von einem kleinen Mädchen auf der Schaukel im Park, und dazu der Brief, in dem steht, daß du eine Möse und eine Hure bist.»

«Diese Briefe sind an mich geschrieben», sagte Margot. «*An mich!* Ist dir das nicht klar? Sie sind nicht zu deiner Unterhaltung da. Es gibt da draußen irgendwo wirkliche Leute, die diese Briefe an *mich* geschrieben haben.»

«Dann gehören sie dir», sagte Kerry. «Sie sind nicht unterzeichnet. Du kannst sie als menschliches Dokument veröffentlichen und zu Geld machen.»

Sie kroch auf dem Teppich herum und sammelte wütend ihre Haßbriefe ein. «Dann würde ich nur noch mehr kriegen.»

«Solche Leute lesen keine Bücher», sagte Kerry liebenswürdig.

«Ich bin froh, daß ich dir nie Liebesbriefe geschrieben habe», sagte Margot. «Du würdest sie wahrscheinlich veröffentlichen, wenn du glaubtest, daß sie einen kommerziellen Wert haben.»

Er lächelte. «Du bist böse.»

«Nein, ich bin gekränkt.»

«Warum bist du gekränkt?»

«Vermutlich weil ich glaubte, sie würden dich innerlich berühren.»

«Vermutlich bin ich anders als du», sagte Kerry.

«Nicht da, worauf es ankommt», sagte Margot schnell.

Sie brachte die Briefe noch am selben Abend ins Büro zurück und verschloß sie im Aktenschrank. Hatte sie sich zum Narren gemacht? Nein, Kerry glaubte, sie hätte die Briefe zu seinem Amüsement mitgebracht. Hoffentlich hatte er nicht gemerkt, daß es ein Versuch war, sich bei ihm interessant zu machen. Er hätte ihr vorgeworfen, das alles wäre doch nur blinder Alarm. Sie wußte, sie konnte ihn nicht zwingen, sie zu lieben, indem sie sein Mitleid erregte. Als sie jung und in verheiratete Männer verliebt war, hatten diese immer davon geredet, daß ihre Frau oder ihre Kinder ihnen leid täten, aber sie hatte schließlich gemerkt, daß das nur Redensarten waren. Sie benutzten ihre Frauen und Kinder als Schutz vor jungen Mädchen, die geheiratet werden wollten. Die Familien solcher Männer verdienten Mitleid, aber sie waren die letzten, die das einsahen. Mitleid war eine Last. Sie würde nie wieder versuchen, auf Kerrys Mitleid zu spekulieren. Wie gut, daß sie alt genug war, um einige Tricks aus eigener Erfahrung zu kennen – der schwerste, aber auch erfolgreichste war Selbstbeherrschung.

Ellen Rennie erhielt zum erstenmal im Leben eine Lektion in Selbstbeherrschung. Täglich fuhr sie in ihrem Büro zusammen, wenn das Telefon klingelte, jedesmal hoffte sie, es wäre Kerry, aber er war es nie. Sie kam pünktlich um neun zur Arbeit und blieb bis sechs und wartete auf seinen Anruf, aber schließlich sagte sie sich, daß es zwecklos sei. Er würde nie anrufen, nie. Es war für ihn ein vorübergehendes Vergnügen gewesen, nicht mehr. Vielleicht sogar weniger – vielleicht glaubte er, ihr einen Gefallen getan zu haben. Bei diesem Gedanken brach ihr der Angstschweiß aus. Er *hatte* ihr einen Gefallen getan, das war ja das Demütigende daran, aber statt wie alle anderen Männer dankbar dafür zu sein, daß er sie gefunden hatte, kam er sich wahrscheinlich wie ein Pfadfinder vor, der einer alten Dame über die Straße geholfen hatte. Nie, nie wieder würde sie mit einem jungen Mann schlafen. Sex war eine zu bequeme Sache. Sie brauchte einen Mann, der sie bedeutend, wertvoll fand. Einen Mann, der eine gute Ehe führte, der seine Frau selten betrog, der von Leidenschaft und Schuldgefühl überwältigt war, aber nicht so überwältigt, daß er Schluß machen wollte. Sie wollte die große Liebe eines Mannes sein. Sie brauchte das. Wie oft Ellen auch in Gedanken die Choreographie zu ihrer großen Liebesromanze entworfen hatte, wenn es dann geschah, war es immer wieder einzigartig und neu.

Sie sah sich zum erstenmal in ihrer Firma um und betrachtete die Herausgeber und Autoren in einem neuen Licht. Da war nicht viel nach ihrem Geschmack. Der Mann, nach dem sie suchte, mußte ein ganz bestimmtes Kribbeln in ihr auslösen. Er brauchte kein bestimmter Typ zu sein, aber er mußte das gewisse Etwas haben. Ellen war auf Kerry so böse, daß sie ihn überhaupt nicht mehr anziehend und sexy fand. Sie wollte einen total anderen Mann, vor allem mußte er rücksichtsvoll und gütig sein.

Als Ellen in Reuben Weinbergs Büro ging, wußte sie, daß er derjenige war. Sie wußte nicht recht, ob es die Art war, wie sein dichtes, dunkles Haar sich im Nacken lockte, oder das Bild seiner Frau, das in einem kostspieligen Rahmen auf dem Schreibtisch stand. *Sie* hatte es da hingestellt, nicht er, und es war ein altes Bild. Ellen hatte seine Frau einmal gesehen. Es mußte lange her sein, daß diesem Mann etwas daran gelegen hatte, das Bild seiner Frau auf dem Schreibtisch anzusehen, aber offenbar fand er es richtig, es da stehen zu lassen. Ellen betrachtete Reuben Weinberg mit neuem Interesse. Er war geschäftsführender Herausgeber und Vizepräsident der Firma. Manche Frauen im Büro schwärmten für ihn, aber er hatte sich nie mit einer von ihnen eingelassen. Er war ein mächtiger Mann in der Firma, er war nett, er war vier Jahre älter als sie, und er war jüdisch. Er hatte gerade das richtige Maß an schlechtem Gewissen.

«Ich wollte Sie fragen», sagte Ellen, «ob dieser Russe seine

Dolmetscherin mit auf die Tournee nimmt?»

«Er nimmt sie immer mit», sagte Reuben. Er lächelte, weil die Dolmetscherin ein hübsches junges Ding war und der russische Schriftsteller recht gut Englisch sprach.

«Soll ich eine Suite für die beiden bestellen, oder legen wir Wert auf Anstand?»

«Er wird bestimmt über eine Suite entzückt sein. Mit ihr oder ohne sie.»

«Ich werde also eine Suite buchen», sagte Ellen. «Das kostet nicht mehr als zwei Zimmer und macht auf die Interviewer einen guten Eindruck.» Sie setzte sich gemütlich auf den Rand seines Schreibtischs und sah ihn mit einem langen, ruhigen Blick an. Etwas schiefstehende Zähne – das bedeutete, daß seine Eltern sich die Zahnkorrektur nicht hatten leisten können. Spuren von Pickelnarben auf den Wangen, nicht gerade entstellend, aber wahrscheinlich ein Zeichen dafür, daß er als Halbwüchsiger einen Minderwertigkeitskomplex gehabt hatte. Pickel, kein Geld und ein Bücherwurm, gerade im schwierigsten Alter. Jung geheiratet, wahrscheinlich wegen Sex. Gerade jetzt in dem Alter, wo ihm klarwurde, was er alles versäumt hatte. Gut gebaut, soweit sie sehen konnte. Nicht zu braun gebrannt – also wohl kein enragierter Tennis- oder Golfspieler. Ein Mann sollte nicht zu viele sportliche Interessen haben, sie zehrten sein Interesse am Betrügen auf. Er errötete ein wenig unter ihrem Blick. Sie sah ihm in die Augen und lächelte, und dann sah sie seinen Mund an. Als sie wußte, daß sie ihn verlegen genug gemacht hatte, rutschte sie vom Schreibtisch und ging lässig zur Tür. Als sie in ihr Büro zurückkam, läutete das Telefon.

«Vielleicht sollten Sie doch zwei Zimmer nehmen», sagte Reuben. «Alexi ist verheiratet.»

«Wer ist das nicht?» sagte Ellen.

«Natürlich, seine Frau ist in Maine und spricht nicht Englisch.»

«Mehr kann man nicht verlangen», sagte Ellen.

«Sie sind ja heut so ausgelassen.»

«Nicht mehr als sonst.»

«Ich habe gerade eine Absage für eine Lunchverabredung bekommen», sagte Reuben. «Wenn Sie wollen, lade ich Sie zu einem Sandwich ein.»

«Großartig.» Sie legte den Hörer sanft zurück und strich sich über die Brüste und die schlanke Taille. Sie würde sich Zeit lassen. Er würde nicht schwierig sein. Sie fühlte sich schon besser. Es würde ein herrlicher Sommer werden.

Juni
1975

In diesem Sommer kam sich Nikki Gellhorn zum erstenmal in ihrem Leben wie eine ihrer eigenen Töchter vor. Diese gingen auf ihre Abenteuer, sie hatte ihre eigenen. Sobald die Sommerferien begonnen hatten, flogen Lynn und ihr Freund nach London, die erste Station ihres Sommers in Europa. Lynn war mit allem Notwendigen ausgerüstet: Rucksack, Paß und Reiseschecks, Karten von der Londoner Untergrundbahn und der französischen Weingegend sowie eine Liste von Jugendherbergen, Antibabypillen, Bluejeans und ein Stapel Taschentücher, und außerdem trug sie – wenn auch unter Protest – ein bestimmtes silbernes Armband, als Zeichen für ihre Allergie gegen Penicillin. Nikki hatte versuchsweise den Vorschlag gemacht, im Warenhaus Trauringe zu kaufen, der aber mit schallendem Gelächter abgelehnt worden war.

Dorothy arbeitete in der Nervenheilanstalt eines Vororts. Sie liebte ihre Arbeit. «Sie sind nicht gewalttätig, Mami», versicherte sie Nikki. «Die Gewalttätigen sind in einem anderen, geschlossenen Flügel. Ich habe die gefährdeten Jugendlichen aus reichen Häusern, die für hundert Dollar pro Tag von Pillen und Rauschgift entwöhnt werden sollen.» Sie hatte nur ihre Schwesterntracht, ihr Namensschildchen und ihren Tennisschläger bei sich. Sie konnte mit den Patienten und den anderen Hilfskräften Tennis spielen. Sie hatte schon einen Medizinstudenten kennengelernt, der ihr gefiel. Nikki bezweifelte, daß Dorothy ihre Eltern je mit einem Wochenendbesuch beehren würde, selbst wenn sie den Medizinstudenten mit einluden. Ein Haus auf dem Lande war nicht besonders interessant. Nikki genoß selbst die Wochenenden nicht mehr so wie früher. Sie und Robert waren betont liebenswürdig zueinander; sie gingen zu Barbecues und Piknicks und hatten Gäste zu einem Sonntagsfrühstück, aber eigentlich war sie froh, wenn es Montag früh wurde und sie wieder nach New York fahren konnte. Daß sie erst Montag früh zurückfuhr und nicht schon Sonntag abend, war eine Konzession an Robert, die sie allerdings sehr unbequem fand.

Im Verlag arbeiteten sie am Buchprogramm für das nächste Jahr. Aber im Sommer hatte man etwas mehr Muße, denn viele Angestellte nahmen ihren Urlaub, und das schien sich demoralisierend auf die Zurückbleibenden auszuwirken, die die Klimaanlage nie als ausreichend empfanden. Am Montagmorgen verglichen sie ihre Sonnenbräune. Die Strohwitwer, deren Frauen in Hampton oder Fire Island waren, ließen sich von ihren Freundinnen den Haushalt führen. Eines Nachmittags ging die gesamte Belegschaft ins Kino, wo ein Film gezeigt wurde, der nach einem bei Heller & Strauss erschienenen Buch gedreht worden war. Ellen Rennie saß neben Reuben Weinberg, und als die Vorführung zu Ende war, gingen sie zusammen weg. Nikki dachte sich dabei weiter nichts.

Am nächsten Tag kam Ellen in ihr Büro: «Viel zu tun?»

«Das Übliche», sagte Nikki und legte das Manuskript beiseite, in dem sie gelesen hatte.

«Ich muß es dir erzählen», sagte Ellen. «Kannst du etwas für dich behalten?»

«Klar.»

«Ich bin verliebt.»

«Ist das dein Ernst? In wen denn?»

«Reuben», sagte Ellen.

Nikki wußte durch Margot einiges aus Ellens Vergangenheit, aber sie hatte sich die betreffenden Männer immer irgendwie unwiderstehlich vorgestellt, nicht so wie Reuben. Sie konnte sich nicht vorstellen, daß eine Frau wegen Reuben ihre Ehe aufs Spiel setzte.

«Ich mußte es jemand erzählen», sagte Ellen. «Ich bin noch nie so verliebt gewesen. Man weiß nie, wer es schließlich sein wird, nicht wahr?»

«Nein, wirklich nicht», sagte Nikki.

«Ich habe dagegen angekämpft», sagte Ellen. «Schließlich muß ich meinen Haushalt zusammenhalten. Es ist nicht leicht. Und Reuben ist verheiratet, das macht es noch schwieriger. Aber ich konnte einfach nicht widerstehen. Er ist so phantastisch. Aber du kennst ihn natürlich.»

«Nicht so wie du», sagte Nikki lächelnd.

Ellen setzte sich auf den Rand von Nikkis Schreibtisch und starrte mit abwesenden, leuchtenden Augen in die Ferne. «So ein phantastischer Liebhaber . . .» sagte sie.

«Hast du es nicht Margot erzählt?»

«Doch, natürlich», sagte Ellen. «Ich erzähle Margot alles. Wir sind schon ein Leben lang befreundet.»

«Nun, ich glaube, du solltest es hier im Verlag niemand außer mir erzählen», sagte Nikki. «Hier wird so viel geklatscht.»

«Oh, ich denke nicht im Traum daran. Ich habe es nur dir erzählt, Nikki, weil du hier meine beste Freundin bist und ich weiß, daß ich dir vertrauen kann.»

«Das kannst du.» Wieviel anderen Leuten mochte Ellen es schon erzählt haben? Ellen schien begierig nach jemandem zu suchen, dem sie sich anvertrauen konnte, und daß Nikki sie nicht nach Einzelheiten ausfragte, schien sie fast zu enttäuschen. Gefällt ihr die Vorstellung einer Affäre, fragte sich Nikki, oder die Affäre selbst?

«Es ist nicht leicht, zusammen im selben Büro zu sein», sagte Ellen. «Zum Glück sind seine Frau und die Kinder den Sommer über auf Fire Island, und er fährt nur zum Wochenende hin. Wir können also in der Woche seine Wohnung benutzen.»

«Mußt du nicht nach Hause?»

«Oh, ich meine in der Mittagspause und nach der Arbeit – du weißt schon.»

«Nein, ich weiß nicht», sagte Nikki. «Ich bin sehr langweilig, ich habe nie eine Affäre gehabt.»

«Nie?»

«Ich hatte nie Zeit dazu.»

«Du mußt sehr glücklich verheiratet sein», sagte Ellen wehmütig. «Meine Ehe ist ein Alptraum. Aber man tut, was man kann, um es zu überstehen. Gestohlene Augenblicke.»

«Das klingt wie der Titel von einem Stummfilm. D. W. Griffith.»

«Kein Wunder, daß du in einem Verlag sitzt», sagte Ellen.

Ich bin genau wie Robert, dachte Nikki entsetzt. Ich spiele genauso mit Worten wie er. Vielleicht wird man zu eineiigen Zwillingen, wenn man nur lange genug zusammen lebt.

«Glaub mir, Nikki», sagte Ellen, «wenn du unglücklich verheiratet wärest, würdest du Zeit für eine Affäre haben. Alle Männer sind hinter verheirateten Frauen her. Es ist für uns ein Kinderspiel.»

Nikki dachte zurück. Mindestens ein Dutzend Männer hatten ihr in ihrem Leben ernsthafte Anträge gemacht. Sie hatte alle in ihrem Innern notiert wie auf einer Tanzkarte und ihnen lachend einen Korb gegeben. Ein Antrag war so gut wie ein *fait accompli*, hatte sie immer gedacht. Und sehr viel ungefährlicher. Und nach all ihrer Bravheit warf ihr Mann ihr vor, daß sie herumspielte. Es war wirklich die reine Ironie. «Hat dein Mann einen Verdacht?» fragte sie Ellen.

«Hank? Nein, überhaupt nicht. Oder wenn doch, dann will er es sich selbst nicht eingestehen. Jeder will sich selbst schützen.»

«Ja, vermutlich.»

Ellen ging in ihr Büro und ihre Traumwelt zurück, und Nikki wandte sich wieder ihrem Manuskript zu. Ob ihre Tochter Dorothy mit diesem Medizinstudenten schlief? Wäre es nicht komisch, wenn ihre beiden Töchter Ärzte heiraten würden? Ihre Mutter würde das sehr aufregend finden. Gott, ich muß aufhören, an Heiraten zu denken, dachte Nikki. Mädchen heiraten nicht mehr, bloß weil sie mit jemand geschlafen haben. Oder weil sie es möchten. Sie spielen eben herum. Und ihre Mütter auch. Ich bin nicht viel älter als Ellen. Sie sieht älter aus als ich. ‹Zu alt› ist ein Trick, den unsere Mütter erfunden haben, damit wir schön tugendhaft bleiben. Erst waren wir ‹zu jung›, jetzt sind wir ‹zu alt›. Nicht daß ich auf ein Abenteuer aus bin, aber sollte ich es doch einmal sein, werde ich mich nicht durch meine zweiundvierzig Jahre abhalten lassen.

Elizabeth, ihre Sekretärin, klopfte an den Türpfosten. «Nikki, können Sie mir bis zum Zahltag zehn Dollar pumpen? Ich bin gestern abend beklaut worden.»

«Im Ernst?»

«Ja, wirklich. Total ausgenommen. Ich ging vom Einkaufen nach Hause – die Läden waren gestern abend offen –, da hat mir ein Kerl mit einer Schere meine Schultertasche abgeschnitten. Schnapp, und weg war sie. Ich drehte mich um und sah ihn zum U-Bahn-Eingang rennen, und dahin wollte ich ihm nicht folgen.»

Nikki sah die hübsche junge Chinesin an – zwanzig Jahre alt, langes, volles, glattes Haar, schlank – und dachte, daß die Kleine von Glück sagen konnte, daß sie nur beraubt und nicht vergewaltigt worden war. «Was haben Sie gemacht?»

«Na ja, zum Glück hatte ich fast alles Geld ausgegeben. Aber eines hat mich wirklich gefuchst; da gab es diesen Rock, den ich mir so gern gekauft hätte, und ich habe mir gesagt, sei nicht so verschwenderisch, es wird gut für deine Seele sein, wenn du einmal nicht nachgibst, und so habe ich ihn nicht gekauft. Und dann hat dieser Junkie mir mein Geld geklaut. Ich war so wütend!»

«Man kann es auch andersrum sehen», sagte Nikki. «Wenn Sie den Rock gekauft hätten, wäre Ihnen *der* vielleicht geklaut worden.»

Elizabeth lachte. «Können Sie zehn entbehren? Ich bitte ungern darum.»

«Natürlich.» Nikki kramte in ihrer Tasche und fand die Brieftasche.

«Tragen Sie all Ihre Kreditkarten bei sich?» fragte Elizabeth.

«Sicher, warum nicht?»

«Und Ihr Geld und Ihre Schlüssel? Wenn Sie nun bestohlen werden, und der Dieb ist eher in Ihrem Haus als Sie?»

«Das wird hoffentlich nicht passieren», sagte Nikki. Dann fiel ihr der Beinah-Einbrecher ein, und sie spürte ein leichtes Frösteln. «Was geschah übrigens gestern abend mit Ihren Schlüsseln?»

«Ich habe sie immer in der Manteltasche.»

«Wie kann man so *leben*?»

Elizabeth zuckte die Achseln. «Er hat sie nicht gekriegt. Das ist die Hauptsache.»

«Leben alle so wie Sie?»

«Nein. Die meisten von meinen Freundinnen kümmern sich nicht darum. Aber ich bin schon einmal bestohlen worden, und da bin ich richtig zornig geworden. Es ist ein grauenhaftes Gefühl – man ist so wütend und gleichzeitig so hilflos gegenüber solcher Gewalt. Mein Freund, der hat immer Geld bei sich; ein Obolus für die Diebe, sagt er. Es sind so an die zwanzig Dollar, damit der Dieb nicht verrückt spielt und ihn zusammenschlägt oder Schlimmeres. Wahrscheinlich erwarten diese Schufte mehr Geld bei Männern. Ich meine, wenn sie bei einer Sekretärin nur fünfunddreißig Cent finden, denken sie, es ist okay.»

«Sie sind recht zynisch für ein Mädchen Ihres Alters», sagte Nikki. Sie gab ihr die zehn Dollar.

«Danke. Ich gebe es Ihnen nächste Woche zurück.»

«Machen Sie sich darüber keine Sorgen.»

Elizabeth grinste und warf ihr langes Haar zurück. «Glauben Sie mir, zynisch ist besser als arglos.»

«Ich werde weiter gefährlich leben.»

Nachdem die Sekretärin gegangen war, betrachtete Nikki lange ihre Handtasche. Sie mußte daran denken, wie sie vor zehn Jahren einmal noch spät abends allein im Büro gearbeitet hatte, und als sie von der Toilette zurückgekommen war, hatte sie einen jungen Mann überrascht, der die Brieftasche aus ihrer Handtasche genommen hatte, die auf ihrem Schreibtisch lag. Sie war so zornig gewesen, daß sie ihn bis zum Aufzug verfolgt und geschrien hatte: «Sie, geben Sie mir meine Brieftasche zurück.» Er war ein kleiner, furchtsamer junger Mann gewesen, und am Aufzug hatte sie ihn erwischt. Er hatte die Brieftasche direkt vor ihre Füße geworfen, ohne sich an dem Geld zu vergreifen, und war über die Feuerleiter entkommen. Als sie es am nächsten Tag den anderen im Büro erzählte, hatten die nur gelacht. Jetzt schlossen alle ihre Büros ab, wenn sie hinausgingen, oder sie nahmen ihr Geld mit. Niemand blieb spät abends allein im Büro. Die Glastüren zum Empfangsraum wurden um fünf Uhr abgeschlossen, und die Angestellten hatten Schlüssel. Im Vestibül war nachts ein Wächter, und alle Besucher mußten sich in ein Buch eintragen. Alles war anders geworden. Selbst sie hatte sich in kleinen Dingen geändert. Im Büro war sie sich der Gefahren der Straße bewußt, aber nicht auf der Straße. Sie haßte es, wenn irgend etwas sie in ihrer Freiheit beschränkte.

Die einzigen, die von Ellen Rennies vierzigstem Geburtstag wußten, waren Ellens Familie, Ellens Liebhaber Reuben und Margot. Ellen und Margot luden sich an ihren Geburtstagen gegenseitig zum Lunch ein und machten einander kostspielige Geschenke. Das hatte im College begonnen und war zur Tradition geworden. Dieses Jahr lud Margot Ellen zum Lunch ins Madrigal ein und schenkte ihr eine Handtasche von Gucci.

Das Restaurant war ganz in Gelb und Weiß gehalten, als wäre es von Sonnenschein durchflutet. An den Wänden waren Fresken im Stil des 18. Jahrhunderts, die französische Troubadours darstellten, und auf jedem Tisch stand ein großer Cognacschwenker mit gelben und aprikosenfarbenen Rosen. Schachteln mit frischen Himbeeren, die es in der Stadt noch kaum zu kaufen gab, waren ausgestellt, und im Hintergrund bot sich der Ausblick auf einen üppig mit Kletterpflanzen bewachsenen kleinen Garten. Beide tranken mehrere Gläser Wein, und jede hatte ihre eigenen Gründe dafür.

«Wie fühlt man sich, wenn man vierzig ist?» fragte Margot.

«Um die Wahrheit zu sagen: ich fühle mich heute genauso wie gestern. Bis auf das Gerede, das alle darum machen. Die Kinder haben auf einem Geburtstagsdinner bestanden, das sie selber kochen wollen. Ich mußte versprechen, daß ich nicht vor sechs Uhr zu Hause sein werde, was mir sehr gut paßt, weil ich nachmittags mit Reuben zusammensein will.»

«Ein Tag wie jeder andere», sagte Margot lächelnd.

Ellen war sich nicht ganz sicher, ob es wirklich ein Tag wie jeder andere war. Sie war diesen Morgen mit einem Gefühl des Erschreckens aufgewacht. Es war, als hätte eine Uhr geschlagen: Halbzeit. Sie mußte es sich eingestehen: ihr Leben war halb vorbei. Sie kam ins ‹mittlere Alter›. Um diese Logik kam man nicht herum. Und wenn sie die achtzig nicht erreichte oder senil oder etwas dergleichen wurde, so hieß es, daß sie bereits im mittleren Alter *war*. Sie fühlte sich nicht anders, sie sah nicht anders aus – es war eine Ungerechtigkeit! Gut, in den ersten zehn Jahren war sie Kind gewesen, hatte gelernt, und die nächsten zehn Jahre waren die Zeit des Herumprobierens gewesen – sie hatte eigentlich nur zwanzig Jahre richtig gelebt. Und alles war so schnell vorbeigegangen. Vieles davon war unglücklich gewesen, manches aufregend. Aber es war vorbei, und was jetzt übrigblieb, schien mit zuviel Bedeutung belastet, denn Ellen nahm zum erstenmal wahr, welch ein begrenztes Ding die Zeit war.

«Mach nicht so ein deprimiertes Gesicht», sagte Margot. «Du hast doch Geburtstag. Meiner steht mir in wenigen Monaten bevor. Du machst mir Angst.»

«Man fragt sich . . .» sagte Ellen.

«Was?»

«Ich frage mich, ob ich jemals mit meinem Leben etwas Denkwürdiges angefangen habe. Wenn ich jetzt schon so deprimiert bin, wie wird es erst mit fünfzig sein? Wahrscheinlich werde ich mich mit einer Flasche Gin in mein Schlafzimmer verkriechen.»

«Ich nehme eher an, du wirst Champagner trinken», sagte Margot. «Und in einem fremden Schlafzimmer. Ein neuer Skalp an deinem Gürtel.»

«Ach, Margot, wie kannst du so etwas sagen? Ich habe nie jemanden nur benutzt. Es hat keine Skalps gegeben.»

«Vielleicht hätte Kerry mich lieber, wenn *ich* mit jemandem verheiratet wäre.»

Ellens Herz krampfte sich zusammen, und sie hoffte, daß sie nicht blaß geworden war. Wollte Margot sie aushorchen? Hatte dieser kleine Angeber es ihr erzählt? Nein, das wagte er nicht. Margot hätte es ihr sofort gesagt, sie hätte sich maßlos aufgeregt, und bestimmt hätte dieser nette Geburtstagslunch nicht stattgefunden. Gerade jetzt, wo sie glaubte, der ganze peinliche Zwischenfall mit Kerry wäre vorbei und vergessen, mußte er so wieder auftauchen. Aber Margot sah ganz arglos und mit sich selbst beschäftigt aus.

«Den nächsten Mann, in den du dich verliebst, solltest du heiraten», sagte Ellen.

«Ach, die liebe Tante Ellen. Du bist mir gerade die rechte, die Freuden der Ehe zu preisen.»

«*Du* solltest verheiratet sein», sagte Ellen. «Du brauchst einen Mann, der zu dir gehört. Du brauchst Liebe und Geborgenheit.»

«Ich glaube, ich bin zu eigenbrödlerisch geworden, um zu heiraten», sagte Margot. «Ich teile eigentlich nicht gern.»

«Das bildest du dir ein», sagte Ellen.

«Ich sehe um mich herum keine glücklichen Ehen, du vielleicht?»

«Du könntest eine führen.»

«Nein, es würde nicht gutgehn. Wenn es wirklich ginge, hätte ich schon vor Jahren geheiratet, irgend jemanden. Ich gebe zu, daß ich es nie wollte. Jetzt kann ich mich selbst akzeptieren.»

«Zweite Ehen klappen besser», sagte Ellen. «Wenn die Ehe so ein reines Verlustgeschäft wäre, wie kommt es dann, daß die meisten Leute, die sich in unserem Alter scheiden lassen, zum zweitenmal heiraten?»

«Oder einfach zusammen leben», sagte Margot.

«Ich bin nicht die Richtige fürs ‹Zusammenleben›», sagte Ellen. «Wenn ich mich je von Hank scheiden ließe, dann nur, um einen anderen zu heiraten.»

«Denkst du an jemand Bestimmten?»

«Nein. Das ist bloß der Geburtstagskater. Es ist deprimierend, vierzig zu werden und mit Hank verheiratet zu sein.»

Margot lachte. «*Das* glaube ich dir.»

«Nein, Margot, im Ernst. Sag mir die Wahrheit. Wenn die Leute Hank und mich sehen, denken sie dann: Was mag sie nur an dem gefunden haben?»

«Ja, ich zum Beispiel.»

«Dich meine ich nicht. Ich meine Fremde, flüchtige Bekannte. Denken sie, daß Hank ein Versager ist?»

«Das hängt davon ab, wessen Freunde es sind, deine oder seine.»

Ellen seufzte. «Ich weiß nicht, warum ich gefragt habe. Ich weiß die Antwort. Sogar *seine* Freunde halten ihn für einen Versager. Gott, wie kann man mit zwanzig wissen, wie es sein wird, wenn man erwachsen ist?»

«Warum läßt du dich nicht scheiden?» fragte Margot. Ihr Blick war ernst. «Du bist nicht zu alt. Mach dich frei, solange du noch eine Chance hast. Du hast doch die Mädchen. Wäre es nicht schön, mit Jill und Stacey in deiner eigenen Wohnung zu leben? Kein Hank – stell dir das vor.»

«Was würde er ohne mich machen?» sagte Ellen. Sie konnte nicht verstehen, warum Margot die unausweichliche Logik nicht sah. «Ich bin diejenige, die in dieser Familie das Geld verdient.»

«Dann brauchtest du kein schlechtes Gewissen zu haben, wenn du ihn verläßt», sagte Margot mit ihrer eigenen Logik. «Er müßte dich nicht länger versorgen.»

«Ich kann ihn nicht treten, wenn er schon am Boden liegt, Margot. Hank liebt mich.»

«Das muß er wohl. Du warst im Verwischen deiner Spuren immer sehr schlampig.»

«Ich weiß», sagte Ellen. «Hank ist nicht neugierig. Sonderbar ist er, aber nicht neugierig.» Sie lachte. «Wir wollen nicht so boshaft über meinen armen Mann reden. Ich habe nur den einen.»

Es war so nett, hier mit Margot zu sitzen, ganz wie in alten Zeiten im College, wenn man die Jungen heruntermachte. Fast so, als wäre Hank einer von ihren treuen, tapsigen jungen Verehrern, über die man lachen und denen man den Laufpaß geben konnte, wenn sie einen langweilten. Wäre es doch so! Könnte sie doch einfach in der Vergangenheit verschwinden wie Alice im Kaninchenbau! Wenn sie noch einmal von vorn anfangen müßte, würde sie sich einen Intellektuellen wie Reuben aussuchen, der Bücher liebte und über Bücher sprach, der einflußreich war, der interessante Leute kannte, der nicht nur schöpferisch, sondern auch im Bett so großartig war, als hätte er den Sex gerade entdeckt und könnte nicht genug davon kriegen. Du Schlafzimmerpoet, hatte sie einmal zu ihm gesagt.

«Möchtest du dein Leben noch einmal leben?» fragte sie Margot.

«Ja», sagte Margot. «Vorausgesetzt, daß es anders wäre.»

«Na ja, das wäre der entscheidende Punkt, nicht wahr?»

Nach dem Lunch ging Ellen direkt zu Reuben, der auch im Westen wohnte, unweit ihrer Wohnung. Er hatte zu Ehren ihres Geburtstags den Nachmittag frei genommen und wartete schon auf sie. Der Portier kannte sie inzwischen und fragte nicht, wohin sie wolle, und Ellen mußte denken, wie viele Portiers in der ganzen Stadt höflich den Damen zunickten, die zu Männern wollten, deren Frauen den Sommer über verreist waren.

Reuben öffnete die Tür im selben Augenblick, als Ellen läutete, und sie küßten und umarmten einander, als wären sie einen Monat lang getrennt gewesen. Eine seiner Eigenschaften, die sie am meisten liebte, war seine Zärtlichkeit. Sie hatte ihn einmal gefragt, ob er ein ebenso zärtlicher Vater wie Liebhaber sei (sie vermied das Wort ‹Ehemann›), und er hatte geantwortet, ja, er umarme und küsse seine beiden kleinen Jungen häufig, weil sein Vater ihm gegenüber so kalt gewesen sei. Dann hatte er mit einem Blitzen in den Augen hinzugefügt, er sei vielleicht kein so zärtlicher Ehemann, wie er sein sollte. Er war so verständnisvoll und gütig. Er wußte, wenn sie etwas fragen wollte und es dann unterließ, und antwortete immer darauf.

«Nun paß auf, was wir hier haben!» sagte er vergnügt und zog sie ins Wohnzimmer. Ellen sah dieses Zimmer zum erstenmal ohne Schonbezüge über den Möbeln. Reubens Wohnung amüsierte sie immer, weil seine Frau wie eine alte Dame alles, sogar die Lampenschirme, zugedeckt hatte, damit es während ihrer Abwesenheit nicht verstaubte. Daß der arme Reuben die Woche über hier wohnen mußte, daran schien sie nicht zu denken. Die einzigen Räume, die sie ihm gelassen hatte, waren Schlafzimmer und Küche.

Er hatte einen Sektkühler mit einer Flasche Dom Pérignon bereitgestellt. Daneben standen zwei Sektkelche, auf einer silbernen Platte befand sich eine geöffnete Büchse Beluga Malossol-Kaviar, den Ellen besonders gern aß, und ein Teller mit Toast, den er offenbar selbst geröstet hatte. Er hatte ihn sogar in kleine Vierecke geschnitten und die Kruste entfernt. Und die Krönung des Ganzen war ein Kästchen von Cartier.

«Herzlichen Glückwunsch, Liebling», sagte er.

«Ach, Reuben, das ist der schönste Geburtstag meines Lebens.»

Er holte einen Flaschenöffner und öffnete die Champagnerflasche mit einem befriedigenden Knall und dem Prickeln des eiskalten Dampfes, aber ohne etwas überfließen zu lassen. Ellen klatschte Beifall. «Das habe ich von einem Barmann gelernt», sagte er. «Ich habe nicht sehr kräftige Hände.»

Er goß den Champagner ein, sie tranken einander zu, und dann nötigte er sie, Kaviar zu essen, obwohl sie nicht hungrig war. Dann überreichte er sein Geschenk. Sie öffnete das Kästchen: es war ein zierliches Goldkettchen, das gerade um ihren Halsansatz paßte.

«Oh, leg sie mir an», sagte Ellen. Er tat es und küßte ihren Nacken über der Kette. «Ich werde sie nie abnehmen», sagte sie.

«Ich wußte nicht genau, ob ich es tun sollte», sagte er. «Aber ich liebe dich wirklich. Und falls er fragt, kannst du dir ja irgendwas ausdenken, nicht wahr?»

«Natürlich. Ich werde sagen, ich hätte sie von Margot.» Die Gucci-Tasche fiel ihr ein. Reuben hatte sie nicht einmal bemerkt, und wenn, hatte er sie schon vergessen. Sie konnte also die Tasche einfach in ihren Kleiderschrank legen, und wenn sie sie später trug, würde Hank sich keine Gedanken darüber machen.

«Zwei Geschenke?» fragte Reuben. «Deine Margot ist sehr spendabel.»

«Du verlierst nie deine Fähigkeit, mich zu überraschen», sagte Ellen.

«Hoffentlich nicht.»

Sie trug das Kettchen, während sie auf dem Bett lagen und sich liebten, und sie dachte, daß es nun wirklich sein Geschenk sei, weil es seine Haut berührt und – so stellte sie sich vor – nun auch den Duft seiner Haut an sich hatte. Obwohl sie die Kette nicht nur hier tragen würde, gehörte sie für immer zu den Augenblicken, in denen sie sich liebten. Der Gedanke gefiel ihr. Es gefiel ihr auch, daß er im Wohnzimmer die Überzüge von den Möbeln genommen und sie dort bewirtet hatte, damit sie sich nicht wie ein Eindringling vorkam. Er war wirklich ein sehr rücksichtsvoller Mann. Sicher würde er im Herbst eine andere Bleibe finden, wo sie sich beide sicher und behaglich fühlen konnten. Irgendwie konnte sie sich Reuben nicht in einem Motel vorstellen. Er war viel zu naiv, zu idealistisch. Wahrscheinlich hatte er einen guten Freund mit einer Junggesellenwohnung.

«Ich liebe dich», sagte er immer wieder. «Ich liebe dich, ich liebe dich.»

Das war so schön. Sie hätte es ewig hören können. «Ich liebe dich auch», sagte Ellen.

Stacey war den ganzen Nachmittag über mit dem Backen eines Geburtstagskuchens beschäftigt gewesen. Außerdem hatte sie für ihre Mutter eine Flasche Parfum gekauft. Jill schenkte ihrer Mutter ein Buch, das sie eigentlich selbst lesen wollte, und verbrachte den Tag mit seiner Lektüre. Danach wickelte sie es sorgfältig wieder in das Geschenkpapier. Natürlich hätte sie warten können, bis ihre Mutter es ausgelesen hatte und ihr borgte, aber es war für sie ein besonderes, heimliches Vergnügen, es vor ihr zu lesen. Jill las sehr schnell. Jetzt, da sie sich das Buch zu eigen gemacht und es wohlgeborgen in ihrem Kopf hatte, war es nur noch eine Schale wie eine alte, ausgequetschte Orange, genau das passende Geburtstagsgeschenk für ihre Mutter, die nicht mehr war als eine alte, ausgequetschte Schale.

Stacey brachte die letzten mühsamen Zuckergußdekorationen an. «So! Genau wie aus dem Laden.»

«Es ist zu schön für sie», sagte Jill.

«Wie Mami sagt: es ist sinnlos, etwas zu machen, wenn man

es nicht perfekt macht», sagte Stacey fröhlich. «Es ist Zeit, das Huhn in den Ofen zu schieben. Hast du den Salat gewaschen?»

«Noch nicht.»

«Jill! Ich kann doch nicht alles machen.»

«War doch alles deine Idee.»

«Aber du hast gesagt, du willst mir helfen», sagte Stacey.

«Nun jammere nicht.»

«Du verstehst das nicht, ich tue das alles, weil ich es gern tue. Die Geburtstagsfeier ist nur ein Vorwand.»

«Warum gibst du dann nicht eine Party für deine Freunde?»

«Sie hätte gesagt, es wäre zu teuer. Dies ist eines der großen Rätsel in unserer Familie. Du wirst sehen, sie und Dad werden begeistert sein.»

Jill setzte sich auf den Küchenstuhl. Sie hatte neuerdings oft Schwächeanfälle, tanzende Flecken vor den Augen und litt unter Übelkeit und Mattheit. Es gefiel ihr nicht, wie sie sich fühlte, ganz und gar nicht.

«Du siehst ja ganz grün aus», sagte Stacey. «Ist dir nicht gut?»

Jill biß sich auf die Lippe. «Es geht schon vorbei. Gib mir bitte ein Glas Mineralwasser aus dem Kühlschrank.»

Stacey kam sofort damit angeschossen. Jill trank ein bißchen und glaubte sich übergeben zu müssen. Kalter Schweiß bedeckte ihr Gesicht, lief an den Seiten hinunter. «Ich würde fast behaupten, daß du irgendwas gegessen hast», sagte Stacey, «aber da du es bist, ist es wahrscheinlich etwas, was du nicht gegessen hast.»

«Ob ich wohl Krebs habe?» sagte Jill.

«Krebs? Es ist entweder der Vierundzwanzigstundenvirus oder Hunger. Vielleicht auch beides.»

«Unser Hausarzt.»

«Wenn du noch bis Halloween durchhältst, Kleines, können wir dich als Skelett in die Häuser schicken.»

«Bäh!» sagte Jill. Sie fühlte sich ein bißchen besser. Sie wischte sich die Stirn mit dem Handrücken und merkte verwundert, daß ihr Haar naß war. Ihre Stirn fühlte sich kalt an, kein Fieber, weit entfernt davon. Ihre Hand war auch kalt. Ihre

Fingernägel sahen in dem fluoreszierenden Küchenlicht bläulich aus. Hoffentlich hielt sie das Essen durch. Auf der Küchenuhr war es Viertel nach sechs. Ihre Mutter war noch nicht zu Hause, und ihr Vater duschte, denn alle wollten sich heute fein machen. Stacey hatte angefangen, den grünen Salat zu waschen und musterte Jill mit ängstlichem Blick.

«Du siehst verheerend aus», sagte Stacey. «Ich möchte wissen, wie hoch dein Blutdruck ist.»

«Hast du nicht einen kleinen Meßapparat in deinem Zimmer?»

«Wetten, daß dein Blutzucker auch zu niedrig ist?»

«Also, ich will dir was sagen, Stace. Wenn ich sterbe, kannst du die Autopsie machen.»

«Und zwar hiermit», sagte Stace grinsend und schwenkte das Küchenmesser. «Aber du mußt schon bis nach dem Essen warten, jetzt brauche ich es noch.»

Ihr Vater kam in die Küche; er hatte eine saubere Sporthose und ein sauberes Sporthemd an und roch nach Fichtennadel. Er strahlte seine beiden Mädchen an. Welch reizende häusliche Szene, dachte Jill angeekelt. Stacey kriecht ihm in den Arsch, ich liege im Sterben, Dad führt seine Nummer vor, und Mami amüsiert sich mit ihrem Kerl. Ob sie wohl dran denkt, zum Essen nach Hause zu kommen?

Ellen kam um halb sieben nach Hause. Sie ging direkt in ihr Schlafzimmer, dann ins Bad, duschte und kam im Bademantel in die Küche. «Was ziehen wir heute abend an?» fragte sie gut gelaunt. «Also, Hank, du siehst wirklich nett aus. Dann werde ich wohl eine Hose anziehen», und sie ging in ihr Schlafzimmer, ohne eine Antwort abzuwarten.

Hank mixte einige Bloody Marys und brachte ein Glas für Ellen und eines für sich ins Schlafzimmer. Jill saß zusammengesunken auf dem Küchenstuhl. Die Kraft zum Aufstehen würde sie wohl nicht aufbringen.

«Ich gehe mich umziehen», sagte Stacey. «Jill, paßt du auf das Huhn auf? Nimm es raus, wenn die Küchenuhr klingelt. Jill?»

«Ja, ich hab's gehört.»

«Wenn es anbrennt, bist du dran schuld. Wenn die Küchenuhr nicht funktioniert – das passiert nämlich manchmal –, nimmst du es um sieben Uhr fünfzehn raus. Jill?»

«Ja.»

«Wenn der kleine Zeiger auf der Sieben und der große Zeiger auf der Drei steht.»

«Du kannst mich mal.»

«Ich werd mich beeilen, und dann kannst du dich umziehen. Wenn du nicht so bleiben willst.»

«Stacey», sagte Jill, «ich seh es deutlich vor mir: Wenn du erwachsen bist, brauchst du jemanden zum Bemuttern.»

«Du kannst mich auch mal.»

Jill hörte Staceys Radio ihre Lieblings-Volksmusik spielen und wartete darauf, mit welchem T-Shirt ihre Schwester sie heute abend beehren würde. Die Musik war manchmal leise, manchmal laut. Ihr war, als ob der Stuhl leicht schaukelte. Ihr Körper fühlte sich sehr schwer an, unendlich schwer, so schwer, daß sie ihn nicht bewegen konnte und unerbittlich auf die Erde gezogen wurde. Sie wog tausend Millionen Pfund, ein Körper aus Stein, gelähmt. Als sie herunterfiel, spürte sie es nicht einmal.

Sie kam offenbar in einem Auto zu sich, aber sie schlief ein, und als sie wieder zu sich kam, lag sie in einem fremden Zimmer im Bett. Der eine Arm war an ein Brett geschnallt, und in der Armvene steckte eine Nadel, die durch einen Schlauch mit einer großen Flasche über ihr an einem Stahlständer verbunden war. Die Armvene tat verdammt weh. An ihr Kopfkissen war mit Leukoplast eine Klingel geklebt. Sie klingelte mit der freien Hand. Krankenhaus. Aber welches Krankenhaus und wo?

Eine Schwester kam herein und lächelte, als sie sah, daß Jill wach war. «Wie geht's?»

«Ich habe Kopfschmerzen.»

«Na ja, Sie haben sich beim Fallen den Kopf verletzt. Es mußte genäht werden, aber der Arzt sagt, es wird keine Narbe bleiben. Sie haben Glück gehabt.»

Jill befühlte mit der freien Hand ihren Kopf. Er war diagonal verbunden, so daß die eine Augenbraue bedeckt war. «Wo ist meine Familie?»

«Sie warten draußen. Ich schicke sie rein.»

«Welches Krankenhaus ist das?»

«Payne Whitney.»

«Die *Klaps*mühle?»

Die Schwester lächelte genauso stur und unerschütterlich wie eines dieser Mädchen auf der Coca-Cola-Reklame. «Na, Sie werden doch nicht selbst glauben, daß Sie einen Knacks haben?»

«Nein. Warum bin ich dann aber hier?»

«Sie können von Glück sagen, daß Sie hier sind», sagte die Schwester und segelte hinaus; gleich darauf kam sie mit Jills Eltern und Stacey zurück. Ellen sah verweint aus, sie stürzte ans Bett und umarmte und küßte Jill, die sich vor Abscheu krümmte. Ihr Vater sah sie mit einem gespielt herzlichen Lächeln an und nahm ihre Hand in seine nette große Pranke. Stacey untersuchte natürlich die medizinischen Apparaturen, die man an Jill befestigt hatte, während sie schlief.

«Du hast einen Katheter», sagte Stacey triumphierend. Jill folgte Staceys Blick zum Fußboden, wo eine zum Teil mit Urin gefüllte Flasche stand, von der ein Röhrchen unter die Bettdekke führte und – wie sie mit einem stechenden Schmerz entdeckte, als sie sich bewegen wollte – mit ihrem Unterleib verbunden war. Sie kam sich vor wie ein Stück Fleisch. Ihre Augen füllten sich mit Tränen.

«Nun, da Sie wach sind, können wir das herausnehmen», sagte die Schwester fröhlich. «Würden Sie sich bitte umdrehen, Mr. Rennie?» Ihr Vater kehrte ihr den Rücken, und die Schwester zog mit einem flinken Griff die Röhre aus Jill heraus und nahm die Flasche mit. «Aber Jill, Sie müssen das Blechgefäß im Badezimmer benutzen, nicht die Toilette, weil wir alles, was aus Ihnen herauskommt, messen müssen. Klingeln Sie nach der Schwester, wenn Sie ins Badezimmer gehen müssen. Gehen Sie nicht allein, Sie könnten hinfallen.»

Jill blickte auf die Flasche an dem Ständer, die mit ihrem

Arm verbunden war. «Und das da?»
«Oh, das nehmen Sie mit. Auf Rädern.»
«Was heißt das, ‹nehmen Sie mit›? Wie lange?»
«Bis wir Sie auf fünfundachtzig Pfund hochgepäppelt haben oder Sie von selbst anfangen zu essen, je nachdem, was zuerst kommt.»
«Oh, mein Gott. Das ist ja wie die chinesische Wasserfolter.»
Die Schwester schenkte den anderen Familienmitgliedern ihr unaufhörliches Lächeln und ging hinaus. Ellen streichelte Jills Kopf. Wenn sie doch ihre Pfoten wegnähme, dachte Jill. Seit wann mochte sie hier sein? Lange konnte es nicht sein, im Zimmer waren keine Blumen und auch kein Fernsehgerät, und ihr Vater trug denselben Anzug wie vor Mutters Geburtstagsessen. O Gott, das Geburtstagsessen!
«Ach je, Mami», sagte Jill, «ich habe dir wohl deinen Geburtstag verdorben.»
«Was für einen Geburtstag?» antwortete ihre Mutter vergnügt. «Ich bin immer noch neununddreißig.»
«Es tut mir leid, daß ich krank geworden bin.»
«Und nun wirst du wieder gesund», sagte ihr Vater. «Das ist alles, was wir uns wünschen.»
«Wie lange muß ich hierbleiben?»
«Paar Wochen», sagte ihre Mutter.
«Also, das können wir uns nicht leisten», sagte Jill. «Ich werde zu Hause essen.»
«Niemand traut dir mehr, Jill», sagte ihre Mutter.
«Danke.»
«Diesmal wirst du wirklich gesund werden», fuhr ihre Mutter fort. «Dein Vater und ich haben eine sehr gute Krankenversicherung. Da du ein paar Wochen im Krankenhaus bleiben mußt, können wir von Glück sagen, daß wir dich hierher, aufs Land, in die Nebenstelle vom Payne Whitney bringen konnten. Es ist sehr hübsch hier, ganz wie auf einem Collegecampus. Es gibt Tennisplätze und Bäume . . .»
«Mit wem soll ich Tennis spielen, mit anderen Verrückten?»
«Ein Arzt wird sich täglich mit dir unterhalten, um herauszufinden, warum du diese fixe Idee hast, so dünn zu bleiben.

Du wirst brav mitarbeiten. Paß auf, alles wird gutgehen.»

«Wir werden dich immerzu besuchen», sagte Stacey. «Es ist nicht weit.»

«Und», schloß ihre Mutter triumphierend, «ich habe diese Wunde von einem Schönheitschirurgen nähen lassen. Du wirst die Narbe nicht einmal sehen können.»

Das war bestimmt dein erster Gedanke, dachte Jill. Daß deine schöne Tochter bloß keine Narbe im Gesicht behält. Alles, was du produziert hast, muß ja vollkommen sein.

«Mein Arm tut weh», sagte Jill. «Sag dem Doktor, er soll das Ding rausnehmen. Es tut wirklich weh.»

Ihr Vater sah einen Augenblick so aus, als würde er die Fassung gänzlich verlieren und in Tränen ausbrechen. Dann faßte er sich und klingelte. Als die Schwester schließlich kam, sagte er: «Meine Tochter sagt, sie hat Hunger.»

«Wundervoll!» sagte die Schwester. Kaum daß sie fort war, kehrte sie schon mit einem Tablett zurück, auf dem ein kleiner Pappbecher mit Pudding und einem Löffel stand. Prompte Zimmerbedienung. Sie kurbelte das Bett hoch und stellte das Essen auf den Bettisch, den sie über Jills Schoß schob.

«Ich bin Linkshänder», sagte Jill. «Ich kann nur essen, wenn Sie diese Schiene von meinem Arm nehmen.»

Die Schwester sah sie mißtrauisch an. «Sie *ist* Linkshänder», sagte Jills Mutter.

«Ich muß den Arzt fragen.»

«Also fragen Sie ihn», sagte Jill.

«Sie wollen mit mir handeln», sagte die Schwester.

«Was ist der Unterschied?» sagte Jill. «Wenn ich esse, haben wir beide gewonnen.»

Die Schwester ging hinaus und kam mit einem Tablett wieder, auf dem Leukoplast und Watte lagen, außerdem stand eine Flasche darauf, anscheinend Alkohol. Sie befreite Jill von der Foltermaschine, tupfte ihren Arm ab und klatschte ein Heftpflaster auf den Einstich. Jill konnte sogar durch das Pflaster eine Schwellung sehen. Sie schüttelte die linke Hand, weil die sich komisch anfühlte, und nahm den Löffel. Alle beobachteten sie. Wie eine Versammlung von Idioten sahen sie aus. Sie aß einen Löffel voll Pudding, der überraschend geschmacklos war, und schluckte ihn herunter. Sie hätte fast gewürgt, aber sie unterdrückte es, bis es verging. Das ist kein Essen, sagte sie sich. Es sieht nicht wie Essen aus. Und schmecken tut es bestimmt nicht wie Essen.

Alle hingen herum, bis sie den Pudding aufgegessen und ein Glas Wasser getrunken hatte, und dann hingen sie noch eine Weile herum, um sicherzugehen, daß sie sich nicht übergeben würde. Jill hatte nicht die Absicht, sich zu übergeben. Sie würde sich wie eine Heilige benehmen, und sobald sie das war, was man hier gesund nannte, würde man sie entlassen. Den Ärzten würde es nicht gelingen, sie zu einem abartig dicken Monstrum zu machen! Diese Gefahr bestand sicher nicht. Später konnte sie tun und lassen, was sie wollte, und ihr normales Leben wiederaufnehmen. Sie würde dem Arzt alles sagen, was er hören wollte. Vielleicht würde sie ihm sagen, sie wolle Mannequin werden. Das würde er glauben. Und er würde sie herauslassen müssen, solange sie noch schlank war. Niemand hatte je von einem dicken Mannequin gehört. Wenn sie nur erst alt genug wäre, um Geld zu verdienen, eine eigene Wohnung nehmen zu können. Es war teuflisch, der Gefangene seiner Familie zu sein, ihr auf Gnade und Ungnade ausgeliefert. Sie versuchten sich ihres letzten privaten Besitzes zu bemächtigen, ihres Körpers. Das würde sie nie zulassen. Sie war schlauer als sie, auch wenn sie die Macht hatten. Jill würde gewinnen, das wußte sie.

Schon zum zweitenmal in dieser Woche kam Kerry abends nicht zum Essen nach Hause. Margot war, sowie ihre Sendung zu Ende war, vom Studio in ihre Wohnung gerast, hatte zu kochen angefangen, gebadet, etwas Hübsches, Aufreizendes angezogen und dann gewartet. Sie spielte seine Lieblingsplatten, trank ein paar Gläser Wein, rief den Auftragsdienst noch zweimal an für den Fall, daß sie sich beim erstenmal geirrt hatten, als sie sagten, niemand habe angerufen, und wartete. Sie rief in seiner Wohnung an. Keine Antwort. Sie drehte die Flamme unter dem Kalbsfrikassee niedriger, damit es nicht anbrannte, rief noch einmal in Kerrys Wohnung an und trank die Flasche Wein aus. Sie haßte Frikassee, sie machte es nur, weil es das einzige war, was hoffentlich nicht anbrannte, wenn er später kam. Sie hätte natürlich ein Steak machen können, aber man roch es in der ganzen Wohnung, und das war nicht gerade romantisch. Sie hatte in beiden Zimmern die Klimaanlage eingeschaltet und parfümierte Kerzen angezündet. Maiglöckchen, weil es Juni war. Sie rochen nach billigen Bonbons, und sie blies die Kerzen wieder aus.

Sie hätte gern jemanden angerufen, sich mit jemandem unterhalten, denn sie war einsam und fürchtete sich, aber sie wollte das Telefon nicht blockieren. Warum, zum Teufel, hatte sie nicht zwei Leitungen? Aus Geiz, wahrscheinlich, da sie wußte, daß ihre Freunde sie im Büro anrufen konnten, wo es eine Million Leitungen gab und die Gespräche nichts kosteten. Selbst in all den Jahren, seitdem sie für sich selbst aufkam, hatte sie ihre anfängliche Angst, irgendwann kein Geld mehr zu haben, nicht ganz überwunden. Es hatte sie gewundert, daß sie «soviel Geld verdiente wie ein Mann», wie ihr Vater stolz sagte, aber sie fürchtete immer, daß ihr Glück sie im Stich lassen könnte. So war sie einerseits verschwenderisch, zum Beispiel indem sie Ellen diese Gucci-Tasche für über hundert Dollar schenkte, wo Ellen wahrscheinlich ein Gutschein für einen Delikateßladen, den sie zur Ernährung ihrer Familie verwenden konnte, lieber gewesen wäre. Auf der anderen Seite wagte sie in ihrer törichten Sparsamkeit nicht, sich zwei Telefonleitungen zu leisten. Jetzt saß sie hier wie eine Gefangene und wartete auf Kerry oder wenigstens seinen Anruf, und im Grunde wußte sie doch, daß er gar nicht anrufen, sondern auftauchen würde, sobald es ihm paßte, und keine Minute früher. Es war sinnlos, sich über das Telefon zu ärgern, sie hätte sich darüber ärgern sollen, daß sie sich gerade diesen Mann ausgesucht hatte.

Allmählich wurde Margot wütend. Sie entkorkte noch eine Flasche Wein. Seitdem sie mit Kerry zusammen lebte, hatte sie aus Nervosität abgenommen, sie konnte also heute abend trinken, soviel sie wollte. Wenn sie sich betrank, konnte sie ihm vielleicht sagen, was für ein rücksichtsloses Schwein er war. Er hatte kein Recht, sie so zu behandeln, als wäre sie nichts. Was war er denn? Ein kleiner Junge mit einem unveröffentlichten Roman, den er sie noch nicht einmal hatte lesen lassen. Vielleicht war es eine unreife Anfängerarbeit, narzißtisch wie sein Verfasser. Sicher war es so. Sein einflußreicher Vater hatte wahrscheinlich den Verleger dazu gekriegt, dem Kleinen aus Gnade einen Vertrag und einen Vorschuß zu geben. Der Verleger glaubte wahrscheinlich, Lawrence Fowler würde zehntausend Exemplare kaufen, um sie aufzuheben und später als Weihnachtsgeschenke zu verteilen; er konnte sich's ja leisten. Dieser elende Bengel. Warum kam er nicht? Er wußte sehr gut, daß sie die ganze nächste Woche die Elf-Uhr-Nachrichten und außerdem die frühen Abendnachrichten hatte, so daß sie keinen Abend richtig zusammen verbringen konnten. Diese Woche sollte etwas Besonderes sein. Nächste Woche konnte er sich nach Herzenslust rumtreiben. Was hatte er denn vor, das so viel wichtiger war, als hier bei ihr zu sein?

Es war halb elf, und Margot lief in der Wohnung auf und ab wie ein Tier im Käfig. Sie war nicht einmal hungrig, nur betrunken und wütend, aber nicht so betrunken, daß sie die Beherrschung verloren hätte. Sie würde ihn nicht anschreien, sie würde ihm nur ganz ruhig sagen, was sie verlangen konnte und wieso er unfair war. Er würde sich entschuldigen wie immer, aber diesmal würde sie nicht so leicht nachgeben. Sie würde ihm die Meinung sagen. Er hatte wirklich keine Ahnung, seine Entschuldigungen waren einfach ein Teil seines Charmes.

Viertel vor zwölf. Sie hörte seinen Schlüssel im Schloß, und das Herz drehte sich ihr um. Sie hatte gefürchtet, er wäre tot. Sie erinnerte sich daran, wie sie ein kleines Mädchen gewesen war, und die Eltern hatten sie abends mit dem Hausmädchen oder einer Kusine oder sonst einer Erwachsenen, die sie auftreiben konnten, allein gelassen. Margot, das brave kleine Mädchen, hatte still wie eine Mumie in ihrem Bett gelegen, schwitzend, schlaflos, bis zu dem Augenblick, da sie den Schlüssel im Schloß hörte. Es hatte so laut wie ein Schuß geklungen und durch die stille Wohnung gehallt. Sie hatte beim ersten Murmeln der gedämpften Stimmen ihrer Eltern selig geseufzt und war eingeschlafen, bevor sie ins Zimmer kamen, um nach ihr zu sehen.

«Kerry!»

«Hallo, Liebste.» Er sah ruhig und frisch aus, nicht einmal schuldbewußt. «Hier riecht es brenzlig.»

«Das Kalbfleisch», sagte sie gleichgültig. Sie wollte einfach nicht allein sein. Wie konnte man das jemandem sagen? Es war das Schlimmste, was man sagen konnte, denn dann würde er sagen, sie solle sich jemand anderen suchen.

Er ging in die Küche, guckte in die Kasserolle und drehte die Flamme ab. «Gerettet», sagte er. «Wir werden einfach den Bodensatz nicht mitessen. Entschuldige, daß ich so spät komme.»

«Oh, hast du das bemerkt?»

«Ja, entschuldige. Ich habe einem Freund beim Umzug geholfen. Ich weiß, ich hätte anrufen sollen, aber er hatte in der neuen Wohnung noch kein Telefon.»

«Das glaube ich dir nicht.»

«Brauchst du auch nicht», sagte er liebenswürdig. Er hängte sein Jackett in den Schlafzimmerschrank, dann kam er zu ihr und zerzauste ihr das Haar. «Du siehst ja so niedlich aus.»

«Ich bin furchtbar wütend», sagte Margot. «Du bist einfach zu rücksichtslos, das gefällt mir nicht.»

«O ja», sagte er, «das bin ich wohl. Du weißt doch, wie ich bin, ich vergesse immer alles. Ein geregeltes häusliches Leben liegt mir nicht. Haben wir Wein?»

Sie zeigte auf die Flasche, statt hinzustürzen und ihm geishahaft ein Glas zu kredenzen wie gewöhnlich. «Er ist ganz gut», sagte sie. Sie fürchtete sich vor weiterem Streit, war aber auch nicht bereit, sich mit ihm zu vertragen.

Kerry goß sich ein Glas Wein ein und setzte sich neben sie auf die Erde. *Ein geregeltes häusliches Leben liegt mir nicht*, dachte sie. Er brauchte nicht einmal einen Stuhl. Er braucht nichts zu essen, er braucht mich nicht. Er nippte an seinem Wein und sah sie mit einem traurigen, liebevollen Lächeln an.

«Du bist böse, Liebes, nicht wahr?» sagte er.

Sie zuckte die Achseln.

«Ich will wieder in meine Wohnung ziehen», fuhr er fort, «ich muß frei sein. Ich möchte auch mit anderen Mädchen zusammen sein, andere Leute sehen. Ich will allein sein können.»

Ihr war, als ob all die kleinen Wunden, welche die Jahre ihr zugefügt hatten, sich wieder öffneten. Sie hatte geglaubt, sie wären verheilt. Sie schmerzten genauso wie früher, als hätte es so etwas wie die heilende Zeit nie gegeben. Sie atmete mit Mühe.

«Wir werden uns weiter sehen», fuhr Kerry fort. «Wir werden uns von Zeit zu Zeit verabreden – ich liebe dich nämlich wirklich und möchte dich nicht verlieren.»

«Verabreden?» hauchte Margot. Am liebsten hätte sie ihm die geballte Faust in den Mund gestoßen.

«Wir bleiben doch Freunde, nicht wahr?» fragte er.

«Freunde? Du weißt ja gar nicht, was ein Freund ist.»

«Ich werde ein guter Freund sein, du wirst es sehen.» Er lächelte sie mit seinem alten gewinnenden Lächeln an, dessen er so sicher war. «Ich werde dir neue Bücherregale machen.»

«Wann willst du ausziehen?»

«Nun, wir können ruhig erst essen und den Abend zusammen verbringen. Oder was noch davon übrig ist. Ein bißchen reden wird dir guttun – du wirst all deinen Gefühlen Luft machen und mir dann nicht mehr böse sein. Du kannst mir ruhig sagen, was für eine Ratte ich bin. Und dann, morgen früh, schaffe ich meine Sachen hier raus.»

«Morgen früh?» fragte sie.

«Nun ja, es ist schon spät. Wenn du willst, kann ich auf der Couch schlafen.»

«Und du wirst morgen früh ausziehen, weil es am Tag bequemer ist. Es muß alles so gemacht werden, wie es für dich am bequemsten ist, nicht wahr?»

«Ja, ich bin ein schrecklicher, selbstsüchtiger Mensch», sagte Kerry gelassen.

«Ich auch. Ich wünsche, daß du jetzt ausziehst.»

«Jetzt?»

«Auf der Stelle.» Sie stand mit weit ausgebreiteten Armen

auf; wahrscheinlich sehe ich wie ein Racheengel aus, dachte sie. «Verschwinde», schrie sie ihn an. «Pack sofort deine Sachen zusammen und mach, daß du rauskommst!»

Verlaß mich nicht, wollte sie eigentlich sagen. Sie dachte es so intensiv, daß sie nicht begriff, wieso er es nicht hörte. *Geh nicht, verlaß mich nicht, es ist alles nicht wahr, du hast nichts gesagt.*

«Hör mal, wenn du willst, kann ich gleich gehen, und dann komme ich morgen, um mein Zeug zu holen, während du weg bist. Wir können eine Zeit ausmachen. Ich lege meinen Schlüssel dann auf den Ankleidetisch.»

Vielleicht überlegt er sich's noch. Sie sah ihn an, versuchte diese kühlen Augen zu ergründen. «Hör zu», sagte sie, «du bist jetzt frei. Du kannst kommen und gehen, wie du willst. Du hast einen Schlüssel. Laß uns darüber sprechen.»

«Ich hätte schon vor ein paar Wochen gehen sollen», sagte Kerry. «Ich wollte es dir sagen. Wenn ich damals, als ich es wollte, ausgezogen wäre, hätte ich dich nicht ständig durch meine Vergeßlichkeit und mein Zuspätkommen verletzt. Es wäre für uns beide besser gewesen.»

«Gibt es eine Neue?» Sie hätte sich für diese Frage umbringen können, sie war gegen die Spielregeln. Er schüttelte den Kopf: nein.

«Ich kann mich einfach nicht festbinden lassen, Margot. Ich muß selbständig sein.» Er ging ins Schlafzimmer und begann die paar Sachen, die er bei ihr gelassen hatte, zusammenzusuchen. Ihr wurde klar, wie wenig es im Grunde war. Der seidene Morgenrock, den sie ihm gekauft hatte, ein Paar Jeans, einige Hemden und Pullover. Aus dem Badezimmer holte er seine Zahnbürste. Er hatte immer ihren Kamm und ihre Bürste benutzt, eine Angewohnheit, die sie störte, aber jetzt hätte sie alles darum gegeben, daß er blieb und sie wieder benutzte. Er warf seinen Rasierapparat in den Papierkorb. Es war einer aus Kunststoff, wie man sie als Zugabe mit einem Päckchen Klingen bekam. Ob er ihn absichtlich gekauft hatte, um ihn wegwerfen zu können? Er hatte ihn überhaupt nur gekauft, weil er sich beschwert hatte, daß die Klinge in ihrem Apparat stumpf sei.

Er warf alles in eine Einkaufstüte, die er sich aus der Küche holte. Sie sah ihm zu, ging hinter ihm auf und ab, biß sich auf die Nägel, bis sie ihr weh taten. Als er mit Packen fertig war, nahm er seinen Schlüssel – ihren Schlüssel – von seiner Schlüsselkette und legte ihn auf den Ankleidetisch. Dann kam er zu ihr, legte ihr die Hände auf die Schultern und blickte ihr von oben her ins Gesicht.

«Du mußt wissen, Margot, daß mich noch nie eine Frau so angezogen hat wie du. Noch nie.»

Sie sagte nichts. Er ging. Sie lauschte, bis sie die Aufzugtür hinter ihm zufallen hörte, dann verschloß und verriegelte sie ihre Wohnungstür, ging in den Wandschrank in ihrem Schlafzimmer, schloß die Tür, setzte sich auf die Erde und schrie und schrie, bis sie völlig heiser war.

Juli
1975

Rachel Fowler fuhr im Sommer gern nach East Hampton, um das Wochenende in ihrem Haus zu verbringen. Es war dort so zwanglos, und alles roch so gut – die Luft, der Ozean, ihre sonnenwarme Haut. Sie vermied es jetzt – schon seit mehreren Jahren –, ihr Gesicht der Sonne auszusetzen, weil sie Angst vor Falten hatte, aber ihren Körper ließ sie in einem winzigen Bikini so braun wie möglich werden. Lawrence hielt es für reine Zeitverschwendung, in der Sonne zu sitzen. Er tat es zwar, war aber dabei immer von Büchern und Zeitungen umgeben. Allerdings drehte er sich von Zeit zu Zeit um, um gleichmäßig zu bräunen. Rachel freute sich diebisch darüber, daß er genauso eitel war wie alle anderen, es machte ihn verletzlich und liebenswert.

Kerry kam manchmal zum Wochenende heraus. Er hatte eine neue Freundin. Es wunderte Rachel, wie rasch er sich auf dieses Mädchen festlegte, nachdem er mit Margot Schluß gemacht hatte. Er wollte immer das, was er nicht haben konnte. Vielleicht war dieses Mädchen noch nicht ganz von ihm eingenommen und er überhäufte sie deshalb mit soviel Aufmerksamkeiten. Sie war ein schwarzes Mannequin – eigentlich beige –, erst zwanzig und sehr schön. Sie war so groß und so dünn, daß Rachel annahm, sie müsse Watussi-Blut haben. Sie verdiente hundert Dollar die Stunde. Sie hieß Haviland.

«Haviland!» hatte Kerry gesagt, als er sie kennenlernte. «Was ist das für ein Name?»

«Meine Mutter hat ihn beim Abwaschen unten auf einem Teller gelesen», sagte sie gelassen, und dann lachte sie über ihn.

Die arme Margot. Rachel und Lawrence gaben an dem Wochenende, das mit dem 4. Juli zusammenfiel, eine große Party und luden Kerry (mit seinem Mädchen) und auch Margot ein. Rachel hoffte, es würde für Margot nicht zu schrecklich sein. Sie konnte weder sie noch Kerry übergehen, und Kerry hatte sich geweigert, ohne Haviland zu kommen.

Nikki und Robert kamen als Logiergäste für das ganze Wochenende. Rachel wollte, daß Lawrence und Robert sich anfreundeten, damit sie zu viert ausgehen könnten. Es war so schön, ihre Busenfreundin für das ganze lange Wochenende bei sich zu haben, sie konnte es kaum erwarten. Wenn sie an Nikki dachte, wurde ihr warm und froh ums Herz. Es war, als hätte man eine Schwester, aber ohne die unter Geschwistern übliche Rivalität. Zur Vorbereitung auf das College hatte Rachel angefangen, Bücher über Psychologie zu lesen, denn vielleicht würde sie Psychologie als Nebenfach nehmen. Es gab so vieles, wovon sie gar nicht gewußt hatte, daß sie sich dafür interessierte. Sie war bei der New York University angenommen und würde also dorthin gehen.

Manchmal überlegte Rachel, ob ihr Gefühl für Nikki vielleicht mehr sei als nur schwesterliche Liebe. Fast schien sie für Nikki zu schwärmen, als wäre sie eine Zwölfjährige, die in die Lagerführerin verliebt ist, nur daß sie nie in einem Lager gewesen war – und war es jetzt nicht ein bißchen zu spät für solche Gefühle? Das war der Hauptgrund für Rachels plötzlich erwachtes Interesse für Psychologie. Sie wollte mehr über sich selbst wissen. Hoffentlich war sie nicht lesbisch. Wenn ja, würde das mit zunehmendem Alter schlimmer werden? Sie hatte die Krankengeschichte einer verheirateten Frau mit zwei Kindern gelesen, die im Alter von vierzig Jahren mit einer anderen Frau auf und davon gegangen war und seitdem nur noch erotische Beziehungen mit Frauen hatte. Ob ihr so etwas auch passieren konnte? Sie konnte sich nicht vorstellen, ihren Mann nicht mehr zu lieben. War es denn möglich, daß sie Nikki und Lawrence gleichzeitig liebte, und wenn es so war, wie nannte man das?

Manchmal konnte sie Nikkis Verhalten nicht verstehen. Sie zweifelte nicht daran, daß Nikki normal war, und doch konnte Nikki mit ihr so flirten, als sei eine von ihnen ein Mann.

Welche von ihnen, wußte Rachel allerdings nicht. Nikki benahm sich wie eine Frau, die mit einem Mann flirtet, aber zugleich übernahm sie die aktive Rolle, und da sie sehr viel welterfahrener war als Rachel, dachte diese manchmal, Nikki wäre der Mann. Mußte überhaupt eine von ihnen der Mann sein? Flirtete Nikki vielleicht einfach mit ihr, weil sie eben so war? *Wollte* Nikki, daß sie sich in sie verliebte? Und wenn ja, warum? Rachel traute sich nicht, über diese Dinge mit Nikki zu sprechen, weil sie fürchtete, zurückgewiesen zu werden; sie kaufte also weiter Bücher über Psychologie und hoffte, sich in einem davon selbst wiederzufinden.

Nikkis Tochter Dorothy arbeitete in der Nervenheilanstalt, in die Ellen Rennie ihre an Anorexie leidende Tochter gebracht hatte. Die arme Ellen. Rachel hatte Ellen und Hank auch zu ihrer Party eingeladen. Es mußte doch schrecklich für Ellen sein, ihre Tochter in einer Nervenheilanstalt zu haben, auch wenn es nur für einen Monat war. Vielleicht machte Ellen sich Vorwürfe. Das tat man immer, auch wenn man keine Schuld hatte. Ellen hatte ihre jüngere Tochter für den alljährlichen Besuch zur Großmama geschickt. Ob die Kleine sich vernachlässigt fühlt? dachte Rachel. Und der arme Hank – sein Geschäft ging noch immer so schlecht. Alle hatten geglaubt, im Sommer würden sich solche Autos besser verkaufen lassen, aber eigentlich wollte niemand Hanks große Wagen haben. Selbst Rachel, so wenig sie davon verstand, hätte ihm das sagen und ihn warnen können. Aber sie unterhielt sich auf solchen Festen nie mit den Männern über geschäftliche Dinge, besonders wenn sie ihnen hätte sagen müssen, daß sie etwas falsch machten.

Zum erstenmal seit langer Zeit wachte Rachel jetzt jeden Morgen mit dem Gefühl auf, daß es außer dem Dinner etwas gab, worauf sie sich freuen konnte. Das Bewußtsein, daß sie im Herbst ernsthaft arbeiten würde, machte die Muße dieses Sommers plötzlich kostbar. Sie hatte ihre Bücher und ihre Freunde und all ihre neuen Interessen. Und als bestes hatte sie ihre Gedanken. Manchmal mußte sie über etwas, was sie gelesen hatte, so lange nachdenken, daß sie jedes Zeitgefühl verlor.

Niemand hatte ihr je gesagt, wozu man in die Schule ging und studierte; um denken zu lernen. Sie hatte miserable Lehrer gehabt. Vielleicht konnte sie nach dem College – wenn sie dann nicht zu alt war – Pädagogik studieren und kleine Kinder unterrichten. Hochfliegende Pläne! Aber warum eigentlich nicht? Lawrence war ein Selfmade-Mann. Sie würde eine Selfmade-Frau werden.

Die Party fand Samstag abend statt. Margot, Ellen und Hank hatten Zimmer in einem Motel am Strand genommen. Ellen hatte ein schlechtes Gewissen, weil sie für die eine Nacht so viel Geld ausgaben, aber dann fand sie, daß die weite Rückfahrt nach New York um vier Uhr morgens mit einem wahrscheinlich betrunkenen Mann schlimmer war als das Geld für das Zimmer. Für Margot war es auch gut, einmal herauszukommen, obwohl sie in letzter Zeit etwas sonderbar war und zunächst überhaupt nicht mitfahren wollte, bis Ellen sie dazu überredete. Margot schien sich von ihnen allen zurückgezogen zu haben. Es war, als steckte sie in einem Panzer aus Eis. Keinem Menschen gönnte sie ein freundliches Wort. Es war lächerlich, sich von einem Mann so verletzen zu lassen. Ellen hatte ihr das gesagt, und Margot hatte verbittert genickt. Besonders, hatte Ellen hinzugefügt, von einem Mann, bei dem man von Anfang an gewußt hatte, daß es nicht ewig dauern würde.

«Es ist nicht Kerry», hatte Margot gesagt. «Ich hasse ihn. Ich empfinde nichts für ihn.»

«Warum bist du dann so deprimiert?»

«Wenn du eine Weile mit jemand zusammen gelebt hast, gewöhnst du dich daran, und wenn er dann nicht mehr da ist, ist das Alleinsein schlimmer, als man es in Erinnerung hatte.»

«Ich fände es himmlisch, allein zu sein», sagte Ellen. «Jetzt, wo die Mädchen weg sind, muß ich immer denken, wie angenehm es wäre, wenn Hank sich entschlösse, allein ein bißchen Ferien zu machen.»

«Damit du deinen Liebhaber anrufen kannst, er soll schnell rüberkommen», sagte Margot. «Ach, Ellen, du hast keine Ahnung, was es heißt, allein zu sein. Überhaupt keine Ahnung.»

Margot war nicht gern in East Hampton. Sie haßte neuerdings alle Orte, wo sich Jugend und Schönheit zeigte. Jeder Strand, wo die Leute sich auszogen und vor aller Welt ihre Körper zur Schau stellten, wo gertenschlanke, sonnenbraune junge Mädchen an ihre Stelle gerückt waren, deprimierte sie. Sie liebte ihr Büro, ihre Arbeit, die Fernsehkamera, wo sie die Königin war, wenn auch nur für Minuten. Sie liebte es, gut angezogen in New Yorker Restaurants zu sitzen. Sie wollte nicht als Ware taxiert werden. Sie scheute sich nicht, sich am Strand in einem winzigen Bikini unter die jungen Leute zu mischen. Sie wußte, daß ihr Busen nicht mehr so straff war wie vor zehn Jahren und bestimmt nicht so straff wie die winzigkleinen Brüste der jungen Mädchen. Das Schwierige daran war, daß es den Männern etwas ausmachte, und das war es, was sie übelnahm. Warum wurde eine Frau als sexueller Partner ausgeschaltet, bloß weil sie ein bißchen mehr Zellgewebe auf den Oberschenkeln hatte? Was war so perfekt an der Perfektion? Als sie zwanzig war, hatten die Jungen ihres Alters ihr ihre Intelligenz und ihren Ehrgeiz übelgenommen; jetzt lehnten die Männer ihres Alters sie ab, weil sie zu alt war. Woher nahmen sie überhaupt das Recht, sie abzulehnen?

Tennis langweilte sie. Leute, die den ganzen Tag über Tennis redeten, auch wenn sie nicht spielten, langweilten sie ebenfalls. Margot war ein Stadtmensch und schwamm nicht, weil es sportlich war, sondern weil sie sich abkühlen wollte, wenn es in der Nähe keine Klimaanlage gab. Im College hatte sie Bridge gespielt, aber sie hatte seit Jahren nicht mehr gespielt und alles vergessen. Eigentlich konnte sie sich außer Unterhaltung und Sex keinen Zeitvertreib denken, der ihr Spaß machte. Und die meisten Unterhaltungen schmeckten mehr nach Spielen, als ihr lieb war. Ihr Plan für das Wochenende des 4. Juli war, pflichtschuldigst zu Rachels Party zu gehen, sich zu betrinken und das ganze Wochenende hoffentlich so schnell wie möglich hinter sich zu bringen. Der einzige Grund, weshalb sie überhaupt hinging, war, daß der Gedanke, ganz allein in New York zu bleiben, ohne sich mit jemand unterhalten zu können, noch beängstigender war als die Vorstellung, von irgendwelchen

Idioten gemustert und abgelehnt zu werden.

Sie kam nicht darüber hinweg, daß Kerry sie verlassen hatte, weil sie zu alt war. Wäre sie seine Generation gewesen, sie hätte gewußt, wie sie ihn halten konnte. Aber, mein Gott, wann hätte sie es je verstanden, einen Mann der eigenen Generation an sich zu binden? Vielleicht hätte sie heiraten sollen. Dann würde sie einen Mann haben, der bei ihr aushalten mußte, wie sehr sie einander auch haßten. Wäre das besser als Einsamkeit? War es besser für Ellen? Nein, dachte Margot, ich bin ehrlich, und sie ist es nicht. Ellen *liebt* das Versteckspielen, sie findet es dramatisch. Ich habe nicht so viel Zeit, und spielen langweilt mich.

Die Fowlers wohnten in einem riesigen Haus auf einer Düne, weit genug vom Meer entfernt, daß die Erosion des Strandes ihnen nicht gefährlich werden konnte. Das Haus, zu dem auch ein geheiztes Schwimmbecken gehörte, hatte viele große, verschiebbare Glasfenster, durch die sich ein wunderbarer Ausblick bot. Aber das schönste von allem war der von Marmorstatuen und anderen Plastiken bevölkerte Rasen: Faune, Putten, Wasserspeier, Sonnenuhren, Silberkugeln verschiedener Art auf Zementsockeln – es war der vollendete Kitsch. Ein Spaß für die Fowlers, für ihre Freunde und Bekannten. Diese Sammlung aus herrlichstem Kitsch befand sich zwischen Bäumen und Blumenbeeten, zwischen kleinen Tischen mit Stühlen unter bunt gestreiften Schirmen, alles sanft von einer leichten Seebrise umspielt. Es war die perfekte Umgebung für eine Party und genau der richtige Ort, sich zu betrinken.

Die Party begann um sechs mit Cocktails. Dies Jahr hatte Rachel sich für rustikalen Schick entschieden: Würstchen und Buletten wurden im Freien gegrillt, und dazu gab es einfachen Wein aus Krügen. Sogar Plastikbecher zum Wegwerfen hatte sie gekauft. Der Barmann war ungefähr neunzehn und sehr attraktiv, wie Margot bemerkte, und außerdem nicht schwul. Ein begabter Junge aus der Gegend, der sich in den Sommerferien ein bißchen Geld verdiente, oder der Sohn von irgend jemand. Aber war nicht jeder der Sohn von irgend jemand? Sie mußte anfangen, die Männer unter einem anderen Aspekt zu sehen. Wenn ich mir das nicht abgewöhne, dachte Margot, während sie von dem Barmann ein Glas Wein entgegennahm und ihm zulächelte, könnte ich eines Tages eine ganz alte Dame sein, die einen Empfang für all ihre jungen Männer veranstaltet wie in diesem Film von der Gouvernante, der sie alle versichern, daß sie sie nie vergessen haben. Nein, ich darf mich nicht deprimieren lassen. Der Barmann interessiert mich nicht. Ein Lächeln macht noch keinen Flirt.

Margot wanderte über den Rasen und betrachtete die Gäste. Warum sahen diese schönen jungen Mädchen diese häßlichen alten Männer so bewundernd an? War das echt oder nur gespielt? Da saßen die geschiedenen Frauen, die noch keinen Liebhaber gefunden hatten, beieinander und blickten mit unverhohlenem Neid auf andere, die schon einen hatten. Ich beneide niemanden, dachte Margot. Ich hasse sie alle.

Sie bemerkte, daß es Ellen noch nicht gelungen war, Hank loszuwerden. Ellen mußte in Reuben verliebter sein als in ihre früheren Liebhaber. Sie hielt sich nur an Hank, weil sie Reuben treu bleiben wollte – das war so ihre Methode. Hank seinerseits ließ den Blick suchend umherschweifen, und Margot fragte sich, was er wohl tun würde, wenn er eine Frau fand, die ihm gefiel. Wahrscheinlich stottern und ihr Kleid mit Wein beklekkern. Ein charmanter Mann.

Lawrence und Robert, Nikkis Mann, waren in ein Gespräch vertieft. Rachel schwebte von einem zum anderen und war zu allen nett. Dabei hielt sie sich genau an die Zeit – zwei Minuten pro Gast –, so daß Margot dachte, Rachel könnte gut im Kontrollraum eines Senders arbeiten. Sie würde nicht einmal nach der Uhr zu sehen brauchen. Margot trank noch ein paar Glas Wein, knabberte an einer Karotte und sah sich um, ob einer der Männer, auch nur einer, auch nur ein ausgesprochener Versager, sich ein ganz klein wenig für sie interessierte. Sie hätte ebensogut unsichtbar sein können. Es waren zu viele Leute und zuviel Konkurrenz. Rachel brachte bei ihren Parties gern junge, schöne Menschen mit den älteren zusammen, mit denen sie und Lawrence wirklich befreundet waren; sie arrangierte ihre Gäste, so wie sie Blumen arrangierte. Aus den am Haus angebrachten Lautsprechern tönte Rockmusik, die von den jungen, schönen Menschen überhört wurde, weil man in diesem Jahr nicht tanzte. In diesem Jahr war man *cool.* Margot zählte, wie viele Damen lange Röcke und wie viele Hosen trugen, und dann zählte sie, wie viele Frauen sich mindestens seit zwei Wochen nicht die Achselhöhlen rasiert hatten. Das bedeutete, daß sie keinen Partner hatten. Wenn sie rasiert waren oder wenn sie sich überhaupt nicht rasierten und unter den Armen unberührte, lange Haare hatten, so hieß das, daß sie oder ihre Männer es so lieber hatten. Sie fing Gesprächsfetzen auf, trank ein Glas nach dem anderen und kam sich vor wie die unsichtbare Scarlett O'Neill aus einem ihrer Kinderbücher.

«Bei wem übernachten Sie? Ach, bei denen übernachte ich nächstes Wochenende.»

Was für ein Jonglieren um ein Wochenendbett unter den Heimatlosen! Und welche Gier nach einem Strom von Wochenendgästen bei den Hausbesitzern und Vermietern! Was sollte man machen, wenn es regnete und man allein war, weil man keine Gäste eingeladen hatte? Warum wurden die Großstadtbewohner jeden Sommer für zwei Monate verrückt?

Und dann sah Margot Kerry. Er kam gerade aus dem Haus, die Hand um das zierliche Handgelenk eines sehr großen, sehr schönen, sehr jungen schwarzen Mädchens gelegt. Sie trugen beide ausgeblichene Jeans und schäbige T-Shirts. Das Mädchen hatte ihre Sandalen an ihrer Gürtelschlinge hängen und trug keine Handtasche. Margot hatte gewußt, daß er hier sein würde, aber ihn zum erstenmal seit jenem furchtbaren Abend, an dem er sie verlassen hatte, zu sehen, war wie ein körperlicher Schlag. Sie empfand allein den Anblick seines strahlenden, hübschen Gesichts als persönliche Beleidigung. Er sah sie nicht. Er hatte zuviel damit zu tun, sich mit dem Mädchen zu streiten. Auf der Terrasse waren viele Leute, und Margot schlenderte hinter dem Paar her, nicht zu nah, aber nah genug, um mitzuhören.

«*Warum* kannst du nicht das ganze Wochenende bleiben?» fragte Kerry.

«Ich habe heute abend in der Stadt eine Verabredung.» Das

Mädchen hatte die gelassenste Stimme, die Margot je gehört hatte. Nicht flach, einfach lässig.

«Du bist mit mir zu der Party gekommen. Das war ausgemacht.»

«Ich *bin* ja bei der Party.»

«Wird er auf dich warten?»

Das Mädchen zuckte die Achseln. «Seine Show ist erst um elf aus.»

«Also ist er es immer noch. Ich dachte, du hättest ihn aufgegeben.»

Sie sah ihn nur an. Dieses Mädchen hat auch Katzenaugen, dachte Margot. Sie und Kerry, zwei Katzen. Er zitterte, Margot wußte nicht, ob vor Wut oder Enttäuschung. Sie wußte nur, daß sie ihn nie in solche Erregung versetzt hatte.

«Wenn du mit mir lebst», sagte Kerry, «wünsche ich nicht, daß du mit anderen Kerlen ausgehst.»

«Ich bin nun mal so», sagte das Mädchen ruhig. «Ich muß frei sein.»

Sie lebt mit *ihm*? Margot fühlte einen solchen Schmerz, daß sie nicht einmal genau wußte, woher er kam; es war einfach eine alles beherrschende Qual. *Kerry hat mich nie gebeten, mit ihm zu leben. Er hat mich besucht. Ich bin ihm nachgejagt. Er jagt ihr nach. Ich habe mich zum Narren gemacht.*

Margot flüchtete ins Haus. Dort war es kühl, und sie wollte sterben. Sie ging in Rachels Badezimmer und suchte im Medizinschrank nach Schlaftabletten. Nichts. Ein paar Beruhigungspillen, die nicht einmal ein Baby beruhigen würden. Eine Rasierklinge, sie konnte sich die Halsschlagader durchschneiden, die immer so hervortrat, wenn sie die Beherrschung verlor. Sie konnte sich in ein warmes Bad legen und bluten, bis sie bewußtlos wurde, und dann einfach ins Wasser rutschen und ertrinken. Der Kehldeckel schließt sich, und man findet nicht einmal Wasser in der Lunge. Hätte man sich nicht denken können, daß Rachel einen elektrischen Rasierapparat benutzte? Gott sei davor, daß sie sich an ihren Toilettenartikeln vergriff! Margot ging langsam wieder hinaus und nahm im Vorbeigehen von der Bar ein Glas und einen fast vollen Krug Weißwein mit. Ihn lässig an seiner Schlaufe von einem Finger baumeln lassend, schlenderte sie zum Strand hinunter. Es begann dunkel zu werden. Die Menschen waren nur noch Formen, nicht mehr erkennbare persönliche Feinde. Nichts als ein Haufen lärmender Leute. Sie setzte sich ans Ufer, schlang gegen die Kälte den langen Rock um die Beine und goß sich ein Glas Wein ein. Sie setzte den Krug fest in den Sand, wo das Wasser ihn umspülte und kühl hielt. Hinter ihr, weit oben vor dem Haus, zündeten sie die Holzkohlengrills an. Sie konnte den Rauch riechen, der sie an längst vergangene Sommer erinnerte, als sie jung und glücklich war, als Abende wie dieser eine Herausforderung und keine Niederlage gewesen waren. Damals wußte sie nie, welches Abenteuer ihr als nächstes begegnen würde. Jetzt wußte sie nur, daß es kein Abenteuer mehr gab. Sie würde immer allein sein. Ihre Einsamkeit war unvermeidlich, aber es war nicht unvermeidlich, daß sie ewig dauerte. Sie konnte sich umbringen, wenn sie wollte. Sie konnte hier sitzen und trinken, bis es völlig dunkel und sie total betrunken war, und dann konnte sie in den Ozean hinausgehen und sich ihm überlassen. Niemand würde es merken. Sie würden glauben, sie wäre zum Schwimmen gegangen, um wieder nüchtern zu werden. Sie würde nie die endgültige Demütigung ertragen müssen, daß Kerry erfuhr, daß sie nichts hatte, wofür es sich zu leben lohnte.

Rachel setzte ihren Becher ab, um einen Bekannten zu begrüßen, und als sie sich wieder umwandte, war der Becher fort. Es ärgerte sie, weil ihr das heute abend schon zum drittenmal passierte. Sie hätte keine Plastikbecher nehmen sollen, denn irgendein übereifriger Bediensteter sammelte sie ein und warf sie weg. Und der ihre war noch gar nicht leer gewesen. Bei reichen Leuten gingen die Dienstboten mit allem verschwenderisch um, ohne sich etwas dabei zu denken. Wenn sie nur denjenigen erwischen könnte, der die Sachen so schnell wegwarf . . . Sie sah sich um. Komisch, aber anderen Leuten kamen ihre Becher scheinbar nicht abhanden. Auf den Tischen ringsum standen halb ausgetrunkene Becher und volle Aschenbecher. Rachel konnte volle Aschenbecher nicht leiden. Sie ging zu einem der jungen Leute, die sie für den Abend engagiert hatte, und bat ihn mit ihrer weichen, freundlichen Stimme, sich ein bißchen darum zu kümmern. Dann ging sie zur Bar und sah nach, ob genug Eis und Wein, Mineralwasser, Fruchtsäfte und Diätgetränke vorrätig waren. Der liebenswürdige junge Barmann lächelte sie an.

«Wieder Ihren Becher verloren, Mrs. Fowler?»

«Ja, wie Sie sehen.»

«Die Leute müssen sich wirklich gut amüsieren.» Er gab ihr einen frischen Becher und füllte ihn mit Wein und Eis.

Vielleicht hat ein Gast den falschen Becher genommen, dachte Rachel. Aber warum stand dann nicht statt dessen sein Becher da? Was ist an meinem so Besonderes?

Sie hatte ein seltsam unheimliches, warnendes Gefühl, ohne zu wissen, was es war. Zum erstenmal im Leben war ihr in ihrem eigenen Haus unbehaglich zumute. Es war, als beherrschte sie das Ganze nicht mehr, als wäre irgend etwas oder irgend jemand hier eingedrungen, als wäre sie nur einer von diesen vielen Gästen. Warum hatte sie eigentlich all diese Leute eingeladen? Manche von ihnen kannte sie kaum, manche waren ihr ausgesprochen unsympathisch. Sie war längst nicht mehr die Gastgeberin, sie bildete es sich bloß ein; in Wahrheit hatte die Party, wie ein großes unkontrollierbares Ungeheuer, die Herrschaft übernommen.

Unter dem durchsichtigen Kleid wirkte Rachel fast nackt, und er konnte nicht entscheiden, ob es ihn freute oder wütend machte. Wie mochte ihrem Mann zumute sein bei so einer Party, wo alle Männer Rachels Körper sehen und sich ihren Phantasien überlassen konnten. Oder war er der einzige, der sie zu berühren glaubte, wenn er sie nur ansah? Er begehrte sie. Es war eine Qual, ihr so nahe zu sein, nachdem er sie so viele verrückte Stunden lang durch die Straßen der Stadt verfolgt hatte. Sie hatte heute abend mit ihm gesprochen, sie hatte bei der Begrüßung leicht seinen Arm berührt, dann hatte sie sich mit derselben Wärme seiner Frau zugewandt;

für Rachel waren sie alle gleich, er war für sie eigentlich kein Mann.

Während sie mit den Gästen sprach – nicht nah genug, um das Gespräch zu hören –, beobachtete er die Bewegungen ihres Mundes; er stellte sich vor, daß ihre weichen Lippen sich auf den seinen bewegten. Andere Gäste küßten sie zur Begrüßung – warum er nicht? Er fürchtete sich, sie zu berühren, weil sein Traum von ihr jetzt so dicht unter der Oberfläche seines Alltagslebens lag, daß er nicht wußte, ob er nicht die Beherrschung verlieren würde, wenn er sie erst einmal berührte. Er durfte hier nicht mit ihr allein sein, obwohl es sich leicht einrichten ließe. Er, der ihr stumm und ungesehen meilenweit durch die Straßen der Stadt gefolgt war, konnte sie in diesem Haus leicht in die Enge treiben, ihr dieses unanständige Kleid vom Leib reißen, sich ihres Körpers bemächtigen, in sie eindringen, sie beißen und verwunden und dann die geschändete Göttin mit zärtlichen Küssen bedecken.

Die Vernunft sagte ihm, daß zu viele Zeugen in der Nähe waren. Er behielt sich eisern in der Gewalt, er trank ein wenig, um sich zu beruhigen, aber nicht zuviel; Gott sei Dank, anscheinend hatten alle auf dieser Party so viel damit zu tun, einen guten Eindruck zu machen, daß sie nicht im geringsten daran interessiert waren, andere Leute zu beobachten. Nach einer Weile fühlte er sich frei genug umherzugehen, mit einigen Gästen zu sprechen und weiterzugehen, bevor er in ein langweiliges Gespräch verwickelt wurde. Die ganze Zeit ließ er Rachel nicht aus den Augen. Er bekam Kopfschmerzen. Sie nippte hin und wieder an ihrem Wein und hinterließ den Abdruck ihres Mundes auf dem Plastikbecher. Selbst so ein billiges Stückchen Kunststoff aus dem Warenhaus durfte die intime Berührung ihrer Lippen fühlen, aber er nicht. Sie stellte den Becher auf einen Tisch und streckte die Hände zwei Freunden entgegen. Im gleichen Moment nahm er den Becher und wandte sich rasch ab. So ungezwungen, als brächte er die beiden Becher zu Freunden, trug er Rachels und seinen Becher zu einem Tisch am Ende der Terrasse. Dort ließ er seinen Becher stehen. Er hob ihren Becher an die Lippen, dort, wo ihre

Lippen ihn berührt hatten. Er schmeckte ihren Lippenstift, bildete sich ein, ihren offenen Mund zu schmecken.

Dann mußte er von der Terrasse hinuntergehen in die sichere Dunkelheit des Gebüschs. Niemand konnte ihn sehen. Vielleicht hatte der Landschaftsgärtner diese Büsche angepflanzt, damit Liebende sich in ihrem Schatten ungesehen küssen konnten. Er küßte die Spuren von Rachels Lippen auf ihrem Plastikbecher und öffnete seinen Hosenschlitz.

Er kam mit solcher Gewalt, daß er erschauerte. Er fühlte den Seewind kalt im Nacken. Er war jetzt ein Teil ihres Lebens, ob sie es wußte oder nicht. Er warf den Becher fort. Er hatte ihn benutzt, also war er besudelt. Er zog den Reißverschluß seiner Hose zu, wischte sich mit dem Taschentuch den Schweiß vom Gesicht und kehrte zur Party zurück.

Er hatte sich nicht klargemacht, daß seine Begierde nach diesen Bechern, die ihre Lippen berührt hatten, so unersättlich sein würde, daß er einen zweiten und dann einen dritten nehmen mußte. Dreimal stand er erschauernd im Gebüsch, die Lippen auf dem Abdruck der ihren, in der Hand seinen schmerzenden, verhaßten Schwanz. Er fühlte sich völlig ausgelaugt. Aber seltsam, da war nicht das übliche Schuldgefühl. Endlich schien es gestorben zu sein. Statt dessen fühlte er, wie eine andere Empfindung auftauchte, die er überhaupt nicht verstehen konnte, denn sie richtete sich nicht gegen ihn selbst, sondern gegen Rachel.

Es war Zorn.

Margot leerte allein am Strand den Krug Wein und lag benommen in der steigenden Flut. Das Wasser umspülte blubbernd und brennend ihre Beine bis zur Taille hinauf, dann ging es im nassen Sand langsam zurück. Auf und ab, auf und ab, der ganze mondbeschienene Strand war von der Flut wie mit Rüschen besetzt. Das Wasser nahm den leeren Krug und zog ihn ein Stückchen zum Ozean hin, gab es dann auf, spielte damit und war doch nicht stark genug, ihn endgültig fortzuschwemmen. Sie stieß den Krug mit ihrem großen Zeh an, und er kugelte auf die andere Seite. Das Wasser strudelte darum herum, spülte darüber weg und dann an ihrem Körper entlang bis zu den Brüsten, dann ging es wieder zurück. Ihre Haarspitzen waren ganz naß. Sie mußte sich entschließen: entweder aufstehen und ins Meer hinausschwimmen oder die Idee aufgeben. Wenn sie so wie jetzt liegen blieb, würde sie nichts weiter davon haben als die Nase voll sandiges Salzwasser.

Sie wälzte sich auf den Bauch und legte das Gesicht auf die gekreuzten Arme, um es vor dem Sand zu schützen. Sie fühlte sich so schwer – naß, sandig und betrunken, nicht ganz sicher, warum sie sich hatte umbringen wollen, aber auch nicht ganz sicher, daß sie es nicht wollte. Es müßte hübsch sein, einfach lange, lange zu schlafen und sich beim Aufwachen auf nichts zu besinnen, was ihr je weh getan hatte. Sie spreizte die Beine und ließ die Brandung dazwischen heraufließen. Es war ein gutes, sinnliches Gefühl. Am liebsten hätte sie ihren Schlüpfer ausgezogen, aber sie war zu faul.

Ein Mann kam den Strand entlang. Sie sah ihn näher kommen, er war ziemlich groß, gut gewachsen, jung, und er trug irgend etwas in der Hand. Als er näher kam, sah sie, daß es der Barmann war und daß er eine Büchse Bier in der Hand hatte. Er war barfuß. Er hatte sie bemerkt und kam heran, um nach ihr zu sehen.

«Hei», sagte er.

«Hei.»

«Was machen Sie da im Wasser?»

«Warum sind Sie nicht hinter Ihrer Bar?»

«Ich habe Pause», sagte er.

«Und dies ist *meine* Pause.»

«Macht das Spaß?» fragte er. Er war völlig kühl, unverbindlich. Er machte sich nicht lustig über sie, war nicht jungenshaft neugierig, nichts.

«Das Meer ist mein Liebhaber», sagte Margot. «Aber es läuft mir immer wieder davon.» Sie lachte.

Er zog sich aus. Unter dem Anzug trug er nur ein winziges Höschen. Es war nicht fair. Er faltete Hose und Hemd säuberlich zusammen und legte sie ein Stück vom Wasser entfernt ganz oben auf eine Sanddüne. Er zerdrückte die leere Bierdose in der Hand, wie er es wahrscheinlich im Fernsehen gesehen hatte, und warf sie weg. Dann stand er über ihr und betrachtete sie neugierig, als hätte sie der Ozean an den Strand gespült. Was sah er in ihr, eine Seejungfrau oder ein Walroß?

«Wollen Sie schwimmen?» fragte er.

«Nein.»

«Sie sollten den Sand aus Ihrem Kleid schütteln. Wie wär's, wenn Sie Ihre Sachen ausziehen, und wir waschen sie?»

Das klang vernünftig. «Machen Sie mir den Reißverschluß auf», sagte Margot.

Er half ihr beim Ausziehen des langen Kleids, das schwer war von Meerwasser und Sand, und dann tauchte er, wie sich's gehörte, in eine herankommende Welle, das Kleid wie eine Fackel in der Hand, damit sie ihn im Dunkeln finden könnte. Sein sonnengebräunter Körper verschwand im tiefen Wasser, aber sie sah hin und wieder seinen Kopf auftauchen, als er zu ihr zurückschwamm. Er stand am Ufer und wrang ihr Kleid aus und schüttelte es. Es flatterte mit einem knallenden Geräusch im Wind. Dann legte er es zu seinen Sachen, oben auf die mit Strandhafer bewachsene Düne. Warum war er so nett zu ihr? Margot stand auf und ging ins Wasser. Es war sehr kalt. Sie wartete, bis eine Serie von hohen Wellen vorüber war, dann lief sie hinaus und schwamm im schultertiefen Wasser, bis ihre Haut sich wieder glatt anfühlte. Sie legte sich auf den Rücken und ließ das Wasser ihr sandiges Haar ausspülen. Später würde es klebrig und salzig sein, aber es gab kein Später. Eine Welle brach sich über ihr, krachte auf sie nieder, begrub sie unter sich. Meerwasser drang in ihren Mund, und sie mußte sich übergeben. Dann fing sie an zu weinen. Sie weinte und weinte, während sie versuchte, sich durch die knietiefe Brandung ans Ufer zurückzukämpfen, bis sie seinen Arm um sich fühlte. Er hob sie auf und trug sie zurück zur Düne.

Er hatte dort ein Handtuch versteckt. Sie legten sich darauf, und er zeigte ihr seine Vorräte: noch zwei Dosen Bier, ein Päckchen Pfefferminzpastillen, ein halbleeres Päckchen Mentholzigaretten, ein Butan-Feuerzeug und einen metallenen Kamm. Er war genau wie ein kleiner Junge, der mit seinen

Schätzen für eine Stunde von zu Hause weggerannt ist. Margot hörte auf zu schnüffeln und lächelte ihn an. Er lächelte auch, dann bot er ihr eine Zigarette an, die sie ablehnte, und eine Dose Bier, die sie annahm. Sie fand ihn anbetungswürdig. Als er sie küßte, zog sie Büstenhalter und Schlüpfer aus, und dann liebten sie sich.

Nikki war entzückt von dieser Party, von dem ganzen Wochenende. Als sie bemerkte, daß Margot zurückgekommen war – sie sah so aus, als wäre sie in Kleidern zum Schwimmen gegangen, und machte ein Gesicht wie die Katze, die den Kanarienvogel gefressen hat –, war sie sehr erfreut. Sie sah sich nach einem ebenso nassen und schuldbewußten Mann um, aber wer es auch sein mochte, er hatte sich offenbar diskreter ins Haus geschlichen. Vielleicht der Ehemann von irgend jemand, dachte Nikki. Hoffentlich nicht meiner. Sie kicherte bei dem Gedanken, daß Robert sie mit jemand betrügen könnte, vor allem mit einer von ihren besten Freundinnen, es war eine vollkommen lächerliche Vorstellung. Sie hatte Glück gehabt, er hatte sie nie betrogen. Er war sogar so rücksichtsvoll gewesen, beim Essen neben ihr zu sitzen. Sie fand ihn leicht in der sich auflösenden Menge und legte den Kopf an seine Schulter.

«Bettchen gehen?» fragte sie.

«Immer», sagte er.

«Ich habe eine Idee.»

«Was?»

«Wir brechen morgen früh zeitig auf, und du fährst mich nach New York. Wir gehen in meine Wohnung und weihen das Bett ein.»

Er wich zurück. «Ich verabscheue Frauen, die mit Sex Geschäfte machen», sagte er ärgerlich.

«Tu ich doch nicht!»

«Doch, tust du. Du bist genau wie alle anderen.»

«Du bist scheußlich, Robert!» Nikki fühlte, daß ihr die Tränen kamen. «Immer mußt du alles verderben.»

«Nein, tu ich nicht», sagte er. «Du verdirbst alles.»

«Ich habe so nett an dich gedacht», sagte sie. «Richtig nett. Und dann mußt du wieder so scheußlich sein.»

«Komm mir nicht mit deiner Heulbaby-Nummer. Immer wenn du was durchsetzen willst, spielst du das kleine Mädchen. Ich hab's satt.»

«Gute Nacht, Robert», sagte Nikki und ging ins Haus, in ihr Zimmer, und schloß die Tür. Er folgte ihr nicht, um nach ihr zu sehen, und sie wußte, er würde sie warten lassen. Als er schließlich in das große Doppelbett kam, das Rachel extra für sie in ihr bestes Gästezimmer gestellt hatte, war Nikki nahe am Einschlafen, nachdem sie an Stelle von Schafen die Geräusche der abfahrenden Wagen gezählt hatte. Die Uhr auf dem Nachttisch zeigte auf halb vier.

«Wo warst du, Geschirr spülen?» fragte sie.

«Gute Nacht», sagte Robert und drehte ihr den Rücken zu. Er schlief sofort ein, und sie wußte nicht, ob sie sich freute oder traurig war. Sie wußte nicht mehr, was sie für ihn empfand. Aber obwohl sie ihm böse war, schlief sie zu ihrer Überraschung ganz leicht ein, nur weil er neben ihr im Bett lag. Die Gewohnheit war doch etwas Merkwürdiges.

Ellen, Hank und Margot brachen am Sonntag, kurz vor Mittag, nach New York auf, da sie ihr Zimmer im Motel räumen mußten. Auf der Fahrt waren sie ziemlich schweigsam. Margot hatte einen Kater, Hank unterhielt sich nicht gern, wenn er fuhr, und Ellen hatte es satt, vor sich hin zu plappern.

Nikki und Robert saßen bei einem späten Frühstück zusammen mit Rachel und Lawrence auf der Terrasse. Das Personal hatte so gut aufgeräumt, daß man kaum noch merkte, daß hier am Abend zuvor eine Party stattgefunden hatte. Robert wollte Nikki nach Sayville fahren und sie in den Zug nach New York setzen, wie sie es geplant hatten. Er würde dann nach Wilton weiterfahren.

«Aber das ist unmenschlich!» sagte Rachel. «Und außerdem ist es ein Umweg. Du könntest sie direkt nach New York fahren und dann den East River Drive nach Wilton.»

«Ich habe eine Karte –», sagte Robert.

«Ich werde dir eine Karte von den Abkürzungen machen», sagte Rachel.

Nikki freute sich, daß Rachel, die sonst immer Männern gegenüber nachgiebig war, ihre Partei ergriff. Robert war so eigensinnig und kindisch. Jetzt war nicht nur ihre Wohnung verbotenes Terrain, sondern er hatte anscheinend beschlossen, es auf ganz New York auszuweiten. Diese Stadt scheint nicht groß genug für uns beide zu sein, du Racker. Sie unterdrückte ihr Kichern und versteckte sich hinter der Kaffeetasse.

Kerry blieb noch für ein paar Tage da, nur mit dem Personal. Haviland hatte darauf bestanden, mit irgendwelchen Leuten in deren Wagen nach New York zu fahren, um ihre Verabredung einzuhalten. Er hatte ihr gesagt, sie solle packen und seine Wohnung verlassen, bevor er zurückkam. Er konnte darauf wetten, daß sie noch da sein würde, wenn er ankam. Schließlich war er eine Rückversicherung gegen ihren anderen Freund, genau wie dieser eine Rückversicherung gegen ihn war. Er wachte zeitig auf, ging schwimmen und lag nun mit der Literaturbeilage der *Times* am Strand.

Der Hausdiener trug das Gepäck der Gellhorns in ihren Wagen. Nikki legte die Arme um Rachel und gab ihr einen Kuß. «Danke dir tausendmal. Ich rufe dich morgen in der Stadt an.» Sie wollte Lawrence nur die Hand geben, weil sie großen Respekt vor ihm hatte, aber er gab ihr zu ihrer Überraschung einen Abschiedskuß. Robert gab Rachel keinen Kuß. Wahrscheinlich war er verärgert, weil es für ihn eine Machtprobe gewesen und er unterlegen war. Rachel und Lawrence wollten nach dem Essen zurückfahren, um nicht in den Hauptverkehrsstrom zu geraten. Nikki wäre wirklich gern mit ihnen zusammen hiergeblieben, aber sie mußte mit ihrem Mann fahren, so wollte es die Etikette. Wenn ihr Robert nicht so fremd gewesen wäre, das wurde ihr jetzt klar, hätte sie ihm ohne Hemmungen sagen können, daß sie lieber mit den Fowlers nach Hause fahren wollte. Sie war ihm gegenüber aber immer besonders korrekt und nett, wenn sie mit seiner Haltung nicht einverstanden war.

Robert schaltete während der ganzen Fahrt nach New York das Radio nicht aus, und sie sagten beide kein Wort. Wenn ich nach Hause komme, dachte Nikki, werde ich mir das Haar waschen und ins Bett gehen und mir irgendwas im Fernsehen anschauen. Ich war dieses Wochenende mit so vielen Leuten zusammen, daß es eine Erlösung sein wird, allein zu sein. Vermutlich war Robert insgeheim auch froh, sie loszuwerden.

Er hielt vor ihrem Haus, ließ aber den Motor laufen. «Hast du alles?»

«Willst du nicht raufkommen und mal verschwinden oder so?»

«Nee.»

«Dann vielen Dank für die Fahrt. Ich rufe dich morgen an oder du mich.»

«Du weißt, daß ich anrufen werde.»

«Wiedersehen.» Sie nahm ihr Köfferchen, stieg aus und schloß die Haustür auf. Im Briefkasten, der in dem kleinen Vestibül hing, fand sie einen Stapel Post, und als sie durch die mit Eisenfiligran verzierte Glastür zurückblickte, war Robert schon fort. Gauner, dachte sie.

Nikki öffnete ihre Wohnungstür, verwundert darüber, daß sie nicht zweimal herumgeschlossen hatte, und ließ ihre Post vor Entsetzen fallen. Sie rutschte über den kahlen Fußboden. Die Wohnung war ausgeplündert, demoliert, systematisch ausgeraubt. Ihr war, als müßte sie ersticken. Sie lief durch die verheerten Räume: ihr Teppich war fort, ihr Farbfernseher, ihr Kassettengerät, ihre Radiouhr, ihr Mixer, ihr Toaströster, ihre *Bettdecke*, verdammt noch mal, natürlich ihr Schmuck und fast ihre gesamte Garderobe. Die Klimaanlage war noch da, weil sie zu schwer war. Das hieß, daß es wahrscheinlich nicht mehrere waren, sondern ein einzelner. Ihr Einbrecher war wiedergekommen.

Oh, wie gern hätte sie ihn eigenhändig erwürgt! Sie würde ihn in die Eier treten, sie würde ihn umbringen! Sie fühlte sich persönlich beleidigt, das war *ihr* Einbrecher, er hatte *ihr* Privatleben beschmutzt. Erst nach ein paar Minuten wurde ihr klar, daß er sie hätte umbringen können.

Wie war er nur hereingekommen? Das Schloß an der Vordertür war unberührt. Über den Balkon, natürlich. Das Fenster stand noch offen. Er war durchs Fenster hereingekommen, das sie niemals zumachte – nicht daß ein Fensterriegel ihn gehindert hätte –, und hatte, während die anderen Mieter, wie es hier üblich war, über das Wochenende fort waren, alles, was er von ihren Sachen zu Geld machen konnte, zur Wohnungstür hinausgetragen. Daher war die Tür nur einmal zugeschlossen gewesen; sie hatte doch gewußt, daß sie beim Weggehen zweimal herumgeschlossen hatte.

Warum war Robert, dieser Schuft, jetzt nicht hier. Dann dachte sie darüber nach und stellte sich vor, wie selbstgerecht, überheblich und voller Haß Robert gewesen wäre. Er hätte ihr zu verstehen gegeben, sie habe nur bekommen, was sie verdiente, weil sie ihn und ihr hübsches, friedliches Landhaus verlassen hatte. Es wäre unerträglich gewesen. Nein, sie würde es Robert nie sagen. Sie würde nicht einmal den Einbruch bei der Versicherung melden, denn wenn sie das tat, würde die Prämie erhöht werden, und er würde dahinterkommen. Sie mußte einfach sparen und sich krumm legen, bis sie alles ersetzt hatte. Vielleicht sollte sie die Polizei benachrichtigen. Sie würden ihre Sachen vielleicht nie finden, aber versuchen konnte man es ja. Sie fühlte sich völlig verloren; tausenderlei Dinge waren zu tun, aber sie hatte zu nichts Lust, sie wollte nur ins Bett gehen, sich die Decke über den Kopf ziehen und weinen. Warum mußte er ihre schöne Wohnung zerstören? Sie ließ nie jemanden herein, wenn es nicht ein besonders guter Freund war. Wer war dieser Fremde, der sich hier als Besitzer fühlte, der einfach einbrach und sich alles nahm, was er wollte? Nun mußte sie ein Eisengitter und Vorlegestangen an ihren Fenstern anbringen lassen, dann wären die Einbrecher ausgeschlossen, aber sie würde auch eingeschlossen sein. Sie konnte ebensogut im Gefängnis sein. Gefangen. Ein Baby in seinem Ställchen.

Sie rief bei der Polizei und beim Schlosser an. Sie fürchtete nicht, daß der Einbrecher heute nacht wiederkommen würde. Er wußte, daß sie zu Hause war, daß alle, die das Wochenende außerhalb verbracht hatten, wieder zu Hause oder auf dem

Heimweg waren. Außerdem war nichts mehr für ihn zu holen außer der Klimaanlage und den Möbeln. Er mußte sich eben bis zu einem der nächsten Wochenenden gedulden. Sie würde nicht fortgehen. Weder heute abend noch nächstes Wochenende. Sie hatte auch ihre Rechte in der Welt. Nikki saß in ihrer entweihten Wohnung und wartete auf die Männer in Uniform und den Mann mit den Gefängnisgittern. Sie hätte gern etwas getrunken, aber als sie den Schrank aufmachte, sah sie, ohne auch nur überrascht zu sein, daß der Einbrecher auch all ihre Alkoholika mitgenommen hatte.

Für Jill Rennie war es eine Überraschung, über die sie nie ganz hinwegkam, daß in der Nervenheilanstalt auf dem Lande die Fenster nicht vergittert waren und die Zimmertüren nicht abgeschlossen wurden. Sie hatte Wahnsinnige, Aufseher und Zwangsjacken erwartet, kurzum alles, was sie in Horrorfilmen gesehen hatte. Aber eigentlich war es ganz nett hier. Die Kinder waren etwas wunderlich, aber das waren auch manche von den ‹normalen› Kindern in der Schule. Die Patienten waren je nach Alter, Geschlecht und Grad der Gewalttätigkeit getrennt. Da sie weder gewalttätig noch ein Selbstmordkandidat war, durfte sie ihre Tage so verbringen, wie sie wollte, vorausgesetzt, daß sie aß, was man ihr vorsetzte und zu ihrer täglichen Sitzung bei dem Psychiater erschien. Sie bekam reguläre Mahlzeiten in kleinen Portionen, außerdem eine Art Milchgetränk, in dem besondere Aufbaustoffe enthalten waren. Eine Patientin erzählte ihr, daß dieses Getränk allein tausend Kalorien enthalte, und wenn man es nicht trank, werde man wieder auf künstliche Ernährung gesetzt. Voriges Frühjahr war ein anderes Mädchen, das auch an Anorexie litt, hiergewesen, und der war es so ergangen. Die Patientin, die ihr das erzählte, war eine vierzehnjährige ehemalige Rauschgiftsüchtige, und Jill wußte nicht recht, ob sie ihr das mit den Kalorien glauben sollte. Das mit der künstlichen Ernährung glaubte sie sofort.

Es gab Kunst-, Handwerks- und Malunterricht, man konnte bestimmten Hobbies nachgehen und Sport treiben. Jill hatte das übliche Korbflechten erwartet, aber das gab es nicht. Sie führte ein Tagebuch über die anderen Patienten, weil sie meinte, eines Tages könne vielleicht ein gutes Buch daraus werden. Die meisten Patienten stammten aus gutbürgerlichen Kreisen oder waren reich. Das mußte man auch sein bei diesen Preisen. Es gab auch viele Legenden über frühere Patienten, die sie aufschrieb. Ein Mädchen hatte, um sich das Leben zu nehmen, zehn Stück Tischsilber verschluckt, dann hatte sie einen Waschlappen gegessen, und schließlich, als es ihr wieder gutging und man sie für geheilt erklärte, war sie in der Halle, wo sie ihre hocherfreuten Eltern begrüßen sollte, einfach an diesen vorbeigegangen und aus dem Fenster gesprungen. Dieses Fenster war jetzt mit Drahtglas versehen.

Am Tag nach Jills Ankunft kam eine Helferin namens Dorothy Gellhorn zu ihr. Wie sich herausstellte, war ihre Mutter – Nikki Gellhorn – mit Jills Mutter befreundet. Dorothy war neunzehn und wollte Psychologin werden. Jill merkte immer, wenn Dorothy sie zu therapieren versuchte, aber es machte ihr nichts aus, weil Dorothy noch eine Amateurin war. Sie wurden ganz gute Freundinnen. Dorothy wußte immer interessante Geschichten zu erzählen. Am liebsten hatte Jill die von dem rätselhaften Mörder. Der rätselhafte Mörder war ein Junge – oder war einer gewesen –, der seine beiden Eltern umgebracht hatte. Da sie wahnsinnig reich waren und er als einziges Kind ihr Vermögen geerbt hatte, war er nicht in die staatliche Irrenanstalt für kriminelle Geistesgestörte gesteckt worden, sondern lebte hier von dem Vermögen seiner ermordeten Eltern in strenger Abgeschlossenheit. Er mußte jetzt ungefähr vierzig Jahre alt sein. Dorothy hatte ihn nie gesehen. Niemand durfte zu ihm außer seinem Krankenpfleger. Jill fand, er hätte ebensogut tot sein können. Aber vielleicht fand er, daß es ihm jetzt besser ging als damals bei seinen Eltern. Wie kam sie dazu, sich über die Logik eines anderen zu erheben? Ob er die Tat geplant oder im Affekt gehandelt hatte? Er mußte damals fünfzehn gewesen sein. Das Haus, wo er untergebracht war, lag ziemlich weit weg am anderen Ende des Geländes.

Als Entschädigung für die interessanten Geschichten hielt Jill Dorothy auf dem laufenden über das, was ihr Psychiater gesagt und sie gefragt hatte. Alle Leute hier bemühten sich sehr, Jill fühlen zu lassen, daß sie sie wirklich gern hatten und sich für ihr Schicksal interessierten, aber Jill konnte sich des Gedankens nicht erwehren, daß sie für sie ein interessanter und ungewöhnlicher Fall war. Rauschgiftsüchtige und Pillenschlucker und Selbstmordkandidaten hatten sie hier dutzendweise. Zwölfjährige Mädchen, die zum Entsetzen ihrer Mütter mit jedem bumsten – na und? So was gab es in den Slums alle Tage, und die Eltern dachten nicht daran, ihre Kinder in eine Nervenheilanstalt zu stecken. Aber reiche Leute konnten eine solche Schande im eigenen Haus nicht ertragen. Manche dieser Eltern wohnten gar nicht in New York, einige nicht einmal in Amerika. Sie reisten den ganzen Sommer herum und bildeten sich ein, die Verantwortung für ihr wunderliches Kind los zu sein.

Was die anderen Patientinnen betraf, so wollte Jill sich mit keiner allzu eng befreunden. Ihr Aufenthalt hier würde nur kurz sein, so daß sie ein Mädchen, das sie vielleicht liebgewann, später vermissen würde. Sie hatte Dorothy gern, aber die war zu alt, um außerhalb der Anstalt ihre Freundin zu sein. Sie hatten verschiedene Interessen. Dorothy mochte Männer und Sex, sie hatte einen Freund und berufliche Pläne. An ihren freien Tagen ging sie mit anderen Helferinnen zu Parties und rauchte Pot. Jill hatte sie nie in Zivil gesehen, nur in dieser Uniform mit der Aufschrift *Miss Gellhorn* auf der Tasche. Die Patientinnen durften anziehen, was sie wollten.

Jills Kleider paßten nicht mehr, sie waren zu eng geworden. Ihre Eltern besuchten sie und brachten ihr neue, vorgewaschene Jeans und einige T-Shirts. Auch ein paar Taschenbücher brachten sie mit, obwohl es hier eine Bibliothek gab. Sie versuchten sich so zu benehmen, wie sie sich vollkommene Eltern vorstellten, damit die Ärzte nicht glauben sollten, daß sie an Jills exzentrischem Benehmen schuld wären. Sie waren so lieb zueinander, daß es Jill den Magen umdrehte. Sie war müde und erleichtert, wenn sie endlich wieder abfuhren. Dann ging sie ins Badezimmer, vergewisserte sich, daß niemand sie belauschte, und übergab sich. Danach war ihr viel besser. Wie gut, daß sie es noch konnte. Sie mußte sich ihre Eigenart bewahren, bis die Ärzte ihr Ende dieses Monats ihren Körper wiedergaben.

«Hallo, Jill», sagte sie zu ihrem Spiegelbild. Es hatte keine Ähnlichkeit mit ihr, und sie mußte sich immer wieder darauf besinnen, wer es war. Es sah aus wie eine aufgedunsene Fremde. Ein Schwein mit einem Apfel im Maul, den man zerschneiden und essen konnte. «Keine Angst, meine liebe Jill», sagte sie zu dem armen Schweinchen, das heute vor dem Frühstück fünfundneunzig Pfund gewogen hatte, «sobald wir hier raus sind, mache ich dich wieder gesund.»

August 1975

Jill wurde am letzten Julitag aus der Nervenheilanstalt entlassen. Ihre Familie war zunächst über die augenscheinliche Veränderung entzückt, dann hörte sie prompt auf, von ihr Notiz zu nehmen. Das war keine Lieblosigkeit; Jill schien wohl und munter zu sein, und sie hatten ihre eigenen Probleme. So verging der August, ohne daß ihre ‹Verabredung› zum Lunch oder Abendessen außerhalb mit irgendwelchen Freunden oder die Tatsache, daß sie wieder abnahm und nach den wenigen Mahlzeiten, die sie zu Hause einnahm, sofort ins Badezimmer ging und sich übergab, irgend jemandem auffielen. Sie feierte ihren sechzehnten Geburtstag, und alle nahmen an, sie hätte endlich Interesse für Geselligkeiten gewonnen. Sie ersetzte ihre neuen Jeans und T-Shirts durch andere, viel kleinere, ohne daß es jemand bemerkte, Jeans sahen alle gleich aus.

Hank hatte geschäftliche Sorgen. Der Benzinpreis war wieder gestiegen, und obwohl die Landstraßen von sommerlichen Autofahrern verstopft waren, fuhr kaum jemand einen von seinen großen Wagen. Es war unmöglich, eine Konzession für Mittelklassewagen zu bekommen. Er versuchte, nicht an das zu denken, was hätte sein können, sondern lieber an das, was kam und schlimm sein würde, der Bankrott. Er hatte Angestellte entlassen, sein Personal bis auf ein Minimum reduziert. Böswillige Gerüchte kamen auf. Die Angst verbreitete sich in seinem Büro wie eine giftige Wolke. Er blieb unentschieden, hilflos, ängstlich.

Stacey war erleichtert von ihren Besuchen bei den Großmüttern zurückgekehrt. Ihr alljährlicher Besuch bei den Greisinnen erforderte viel Geduld. Sie war froh, wieder in der Stadt zu sein, die sie liebte, wo sie gehen konnte, wohin sie wollte, stundenlang in der Public Library und in Museen sitzen und sich mit ihren Schulfreundinnen (den ärmeren, die im Sommer nicht wegfahren konnten) herumtreiben konnte. Selbst die Hitzewelle im August machte ihr nicht viel aus. In den meisten Gebäuden war es kühl.

Ellens Problem war Reuben Weinberg. Ihr Verhältnis mit ihm war mehr ein Vergnügen als ein Problem, weil seine Frau noch verreist war und Hank sich leicht etwas vormachen ließ. Sie und Reuben planten, Ende August für ein Wochenende wegzufahren. Er ließ in einem kleinen alten Gasthaus in Connecticut ein Zimmer reservieren und mietete einen Wagen. Ellen sagte Hank, sie werde dieses Wochenende bei Nikki in Wilton verbringen, weil Nikkis Mann geschäftlich verreisen müsse und Nikki nicht gern allein sei.

«Weißt du, wir werden uns mit lauter langweiligem Frauenkram beschäftigen», sagte Ellen zu Hank. «Wahrscheinlich auf Antiquitätensuche gehen. Du kannst dich um die Kinder kümmern.»

«Schon gut», sagte er gelassen. «Amüsier dich gut.»

Ellen informierte auch Nikki, um ihr Alibi hieb- und stichfest zu machen. «Aber ich war seit dem Einbruch nicht zum Wochenende auf dem Lande», sagte Nikki. «Wenn Hank anruft, wird Robert sich melden, nicht ich.»

«Hank ruft nie an», sagte Ellen.

«Und wenn er irgendwann fragt?»

«Dann sagst du ihm, wir hätten uns gut amüsiert. Du verstehst aber auch wirklich nichts vom Schwindeln. Wenn Hank fragt, will er gar nicht, daß man ihm antwortet.»

«Ich glaube, es kommt auf den Ehemann an», sagte Nikki. «Meiner glaubt, ich hätte hier in New York eine große Liebesaffäre. Hab ich aber nicht. Deiner ist eben ein ganz anderer Typ.»

«Du hast Robert nichts von dem Einbruch erzählt», sagte Ellen, «und er hat nicht einmal einen Verdacht. Wann wirst du aufhören zu glauben, dein Mann hätte Röntgenaugen und könnte mit einem Satz über Wolkenkratzer springen?»

«Das glaube ich schon seit einer ganzen Weile nicht mehr», sagte Nikki.

An dem verabredeten Wochenende traf Ellen sich mit Reuben an einer Tankstelle. Sobald sie die Stadtgrenzen hinter sich hatten und an Stelle der häßlichen Gebäude grünes, sprießendes Leben trat, war ihr, als hätten sich all ihre Probleme aufgelöst. Wie wunderbar, die Vergangenheit abzuschütteln, eine neue Chance zu haben! Sie sah Reuben an, der sich auf das Fahren konzentrierte, aber er bemerkte ihren Blick und wandte sich zur Seite, um ihre Hand zu nehmen und ihr zuzulächeln.

«Ich liebe dich», sagte er.

«Ich liebe dich», antwortete Ellen.

Liebte sie ihn wirklich? Mehr als die anderen? Er gab ihr das Gefühl, eine selbständige Frau zu sein, nicht die gequälte Dulderin, als die sie sich zu Hause fühlte. Sie liebte ihn, aber sie merkte jetzt – und hatte es schon seit einiger Zeit gemerkt –, daß sie ihn bewußt ausgesucht hatte, genau wie all ihre anderen Liebhaber bis auf Kerry – der war ihr einziger Fehltritt. Während ihrer ganzen Ehe hatte sie ihren größeren Fehltritt, nämlich Hank zu heiraten – oder sich von ihm heiraten zu lassen –, durch besondere Vorsicht gutzumachen gesucht. Ihr Liebesleben allein war es, das sie am Leben erhielt. Ohne das würde sie austrocknen und sterben oder verrückt werden. Aber genügte das jetzt, mit vierzig? Dieser nette Mann, der sie liebte, kam vielleicht eines Tages für eine Heirat in Betracht wie die anderen vor ihm. Was sollte sie dann tun? Ihm den Laufpaß geben wie all den anderen oder ihn ernsthaft in Betracht ziehen? Sie war jetzt vierzig, das mittlere Alter begann, und sie würde nicht ewig immer wieder Liebschaften haben können. Wie gut wäre es, zur Ruhe zu kommen, Hank loszuwerden, ein neues Leben anzufangen und treu zu sein. Wie friedlich würde es sein, und doch würde es Spaß machen, denn mit Reuben zusammen sein machte Spaß. Dieses Wochenende würde eine Probe für sie beide sein. Ellen hatte nie ein Wochenende erlebt, an dem ein Mann nicht seinen Augenblick der Wahrheit gehabt hätte.

«Wie ich höre, hat Mary Logan ihren Verleger satt», sagte Reuben. «Ich treffe mich nächste Woche mit ihrem Agenten zum Essen – mal sehen, ob ich sie für uns gewinnen kann. Sag's aber nicht weiter.»

«Nein, natürlich nicht», sagte Ellen. Es war schön, in diese kleinen Geheimnisse eingeweiht zu werden, dem Zentrum der Macht so nahe zu sein!

Das Gasthaus befand sich am Rande eines kleinen Städtchens, ungefähr zwei Stunden von New York entfernt. Es lag in einer malerischen Landschaft, Bäume, Hügel und ein See mit einer alten Wassermühle. Der See wimmelte von Forellen und Barschen, die im Gasthaus zubereitet wurden. Ellen und Reuben gingen in ihr Zimmer, schliefen zusammen, duschten zusammen und gingen hinunter, um auf der Terrasse einen Aperitif zu trinken und den Sonnenuntergang zu betrachten.

«Stell dir vor», sagte Reuben, «Herbert Ellis hat mich letzte Nacht um vier Uhr morgens mit R-Gespräch angerufen, um sich darüber zu beschweren, daß in dem Bahnhofskiosk von Everflow, Idaho, keines seiner Bücher ausliegt.»

«So eine Frechheit!»

«Nun, dieses Wochenende kann er mich nicht finden.» Er lächelte und nahm ihre Hand.

Sie aßen bei Kerzenlicht an einem Tisch in der stillsten Ecke des Speisesaals, bedient von einer Kellnerin im Kostüm der Revolutionszeit.

«Was möchtest du morgen machen?» fragte Reuben.

«Mich einfach nur umsehen. Und du?»

«Das klingt gut.»

Nach dem Essen tranken sie auf der Terrasse ihren Cognac, bis die Moskitos sie hineintrieben. Sie gingen in ihr Zimmer, liebten sich, um dann, zusammengekuschelt in dem zu kleinen Doppelbett mit dem altväterischen Betthimmel zu schlafen, das für die Zwerge einer früheren Generation gefertigt zu sein schien.

Am Samstag schien die Sonne. Nach dem Frühstück stiegen sie in den Wagen und erforschten die Gegend. Sie sprachen nicht viel, waren sich aber sehr nahe. Für Ellen war es so, als kennte sie ihn schon lange. Es würde keine unangenehmen Überraschungen geben. Als sie eine Scheune mit einem Schild *Antiquitäten zu verkaufen* sah, stieß sie einen Freudenschrei aus.

«Oh, laß uns hineinsehen!»

Er parkte, und sie gingen in die Scheune, sahen sich alles an und schätzten die Sachen ab, die ihnen gefielen. Ellen hatte kaum Geld bei sich und beabsichtigte lediglich, sich die Sachen anzusehen. Sie konnte ohnehin nicht zwischen Echtem und Nachgemachtem unterscheiden. Sie blieben vor einem Tablett mit alten Schmuck stehen.

«Diese Trauringe machen mich immer traurig», sagte Reuben.

«Warum?»

«Ich frage mich, wem sie gehört haben und warum sie hier gelandet sind.» Er nahm einen Ring auf und zeigte ihn ihr. «Siehst du da drin? Da sind die Namen eingraviert. Sie müssen einander geliebt haben. Vielleicht ist sie gestorben, und der Ring wurde mit all ihren Sachen versteigert ... Oder vielleicht war die Ehe unglücklich und sie hat ihn verkauft.»

«Damals ließ man sich nicht scheiden», sagte Ellen.

«Ich möchte wissen, ob sie glücklich oder unglücklich waren», sagte er. «Du trägst einen Ring und bist nicht glücklich. Ich trage einen Ring und bin auch unglücklich. Weiß der Himmel, ob meine Frau glücklich ist. Wir sprechen nie darüber. Ist dein Mann glücklich?»

«Ich glaube, ja», sagte Ellen. «Ich weiß es nicht.»

«Damals war das gar keine Frage», sagte Reuben. «Man nahm sein Schicksal hin. Heute ist alles anders; man kann es kaum noch erwarten, das zu ändern, was einem nicht paßt. Du und ich, wir sitzen zwischen den Stühlen. Wir leben mit Wertmaßstäben, die nicht mehr gelten, aber wir sind daran gewöhnt. Es sollte anders, besser sein.»

«Darf ich Ihnen behilflich sein?» Der Besitzer, der im Hintergrund gewartet hatte, trat auf sie zu.

«Woher haben Sie diese Ringe?» fragte Reuben.

«Ach, von überall her. Das ist ein alter, hundert Jahre alt. Sehen Sie die Farbe? Achtzehn Karat.»

«Ich möchte keinen Ring, der jemand anders gehört hat», sagte Ellen. «Er könnte Unglück bringen.»

«Die jungen Leute sind sehr scharf darauf», sagte der Besitzer. «Antiquitäten sind bei ihnen ganz groß. Das kommt von der ganzen Nostalgie-Welle. Eine Antiquität zählt nicht als Schmuck, sondern mehr als etwas Historisches. Ich verkaufe viele alte Trauringe an junge Leute.»

«Die jungen Leute sind so romantisch», sagte Ellen.

«Wir auch», sagte Reuben. «Außer daß unsere Trauringe Antiquitäten *sind.*» Er lächelte, und der Besitzer erwiderte sein Lächeln und stellte die Schmuckkassette fort.

«Sehen Sie sich nur um, bis Sie etwas finden, was Ihnen gefällt», sagte er und überließ sie ihrem Stöbern.

«Ich hätte Lust auf einen Drink», sagte Reuben.

Sie fuhren zum Gasthaus zurück und setzten sich auf die schattige Veranda mit der Aussicht auf den See, und Reuben bestellte Champagner. Als der sofort, gut gekühlt, in einem silbernen Eiskübel gebracht wurde und Ellen das Etikett «Dom Pérignon» sah, sagte sie sich, daß er ihn vorher bestellt haben mußte. Wann? Heute vormittag nach dem Frühstück? Gestern abend? Von der Stadt aus?

«Es hat dich doch nicht verletzt, daß ich gesagt habe, unsere Ringe wären Antiquitäten?» fragte er sie.

«Ich war ein bißchen gekränkt», sagte sie lächelnd, «aber solange du damit nicht die Träger meinst . . .»

«Nein, wir sind jünger denn je. Unsere Ehen sind alt.» Er schenkte ihnen wieder ein. Ellen fühlte sich ein bißchen beschwipst. Sie trank selten vor dem Lunch. «Ich möchte, daß du über etwas nachdenkst», sagte Reuben.

«Ja, was denn?»

«Soll es nur eine dieser unzähligen romantischen Liebesaffären sein, oder soll es mehr sein, eine Bedeutung für uns haben?»

«Zufällig habe ich auch darüber nachgedacht», sagte sie.

«Und . . .?»

«Ich glaube, man kann das nicht so einfach entscheiden. Ich habe darauf noch keine Antwort gefunden. Du?»

«Ja. Ich weiß, daß sie von Bedeutung ist. Für mich jedenfalls. Ich wollte dir das sagen, damit du dich nicht fürchtest, wenn du bemerkst, daß sie auch für dich sehr wichtig sein könnte.»

Ellen seufzte. «Ich fürchte, sie ist es schon jetzt.»

Er strahlte sie an. «Dann gehören wir vielleicht zu den wenigen Glücklichen.»

«Welchen Glücklichen?»

«Denjenigen, denen es gelingt, ihr Leben gerade dann zu ändern, wenn sie glauben, sie hätten die Hoffnung darauf endgültig aufgegeben.»

Zum erstenmal in ihrem Liebesleben fragte Ellen nicht danach, was aus ihren oder seinen Kindern werden sollte. Sie trank ihren Champagner und sah ihm in die Augen. Er war wie die anderen. Er war nichts Besonderes, er war nur gerade zur rechten Zeit gekommen. Die rechte Zeit nutzen. Das war das ganze Geheimnis der Liebe. Ihr wurde klar, daß sie keinen der anderen überhaupt geliebt hatte. Die Liebe gehörte einfach zu ihrer speziellen Moral. Aber diesen konnte sie lieben, sie konnte ihn anbeten, weil er sie retten würde. Nein, weil sie sich von ihm *retten lassen* würde.

«Glaubst du mir?» fragte er.

«Ja.»

«Wirst du mir vertrauen?»

«Soll ich?»

«Ja», sagte Reuben. «Weil ich dir nicht weh tun werde. Das könnte ich nie.»

Und ich werde dir auch nicht weh tun, dachte Ellen. Sie sagte es nicht, denn der Gedanke, daß sie dazu durchaus imstande war, würde ihn zu sehr erschrecken.

Nikki merkte, daß sie sich veränderte, und das gefiel ihr. Sie sah ihre Umwelt nicht mehr in einem so romantischen Licht, und statt darüber enttäuscht oder verbittert zu sein, gab es ihr ein Gefühl größerer Sicherheit. Ihr Leben lang hatte sie wie in einem Rudel gelebt, und jetzt brauchte sie nur für sich selbst zu sorgen. Sie telefonierte täglich mit Robert, aber wenn er fragte, mit welchem Zug sie am Freitag nach Hause kommen würde, hatte sie immer irgendeine Ausrede – wichtige Termine im Büro, eine unerwartete Arbeit. Die Hitzewelle im August war ein guter Vorwand, denn sie hatten in ihrem Landhaus keine Klimaanlage. An einem Wochenende erfand sie eine Eierstockzyste. Gynäkologische Probleme stießen Robert immer ab, und nachdem er gefragt hatte, ob sie allein zurechtkomme, ließ er das Thema fallen. Er bot ihr nie an, in die Stadt zu kommen. Er hatte ihr gegenüber nie nachgegeben, ohne daß sie eine Menge Ausreden gebrauchen mußte, und jetzt hatte sie nicht die Absicht, ihm etwas vorzumachen. Zu ihrem Bedauern hatte sie noch immer nicht den Mut gefunden, ihm zu sagen, daß sie die Wochenenden mit ihm auf dem Lande ungemütlich fand, daß sie sich unbehaglich fühlte. Die heimliche Entschuldigung, die sie vor sich selber gebraucht hatte, die Angst vor einem zweiten Einbruch, galt nicht mehr. Ihre Fenster waren vergittert, ihre Tür hatte ein Sicherheitsschloß, und sie fürchtete sich nicht. Samstags ging sie durch die Geschäfte – überall war Ausverkauf – und kaufte sich neue Garderobe. Zum Glück hatte sie nur ihre Sommerkleidung in ihrer Wohnung gehabt. Die Wintersachen lagen in Wilton, wohlversehen mit Mottenkugeln – eine Gewohnheit, die sie von ihrer Mutter übernommen hatte.

Die Radiouhr, der kleine Fernsehapparat, das Kassettengerät, alles hatte Nikki ersetzt. Die Polizei hatte nichts von ihren Sachen gefunden. Sie hatte das eigentlich auch nie erwartet. Sie ließ sich bei einer Organisation registrieren, die ihre Sozialversicherungsnummer auf der Polizeiwache in einen Computer fütterte, und versah mittels eines besonderen Stempels, den ihr die Polizei lieh, alle ihre Wertgegenstände mit dieser Nummer. Man schien von dem Gedanken auszugehen, daß ein Einbrecher nichts stehlen würde, was registriert war, weil er das nicht weiterverkaufen konnte. Sie war sehr stolz auf sich, weil sie Robert nichts von dem Einbruch erzählt hatte.

Das letzte, was sie ersetzte, war der Teppich, aber statt Fell nahm sie einen zurückgesetzten Rya-Teppich. Fell hatten sowieso nur *Neureiche*, fand sie. Sie kaufte auch keine neue Bettdecke. Bettdecken hatten nur ältliche Vorstadtdamen. Sie kaufte eine Schlafdecke, auf die sie sich auch zum Lesen aufs Bett legen konnte; auf diese Weise brauchte sie auch morgens weniger Zeit zum Bettmachen. Sie war nicht mehr so ordentlich wie früher. Sie richtete sich in allem danach, wie wichtig es für sie selbst war, nicht für andere Leute. Vielleicht war es die Hitze oder daß es im Sommer abends so viel länger hell blieb, jedenfalls entdeckte Nikki, daß sie nicht mehr so wild darauf war, jeden Abend zum Essen verabredet zu sein. Sie gewöhnte sich an ihre eigene Gesellschaft und fand Gefallen daran.

Im Verlag beantragte sie automatisch eine Gehaltserhöhung wie immer im August. Zu ihrer großen Überraschung bekam sie nicht nur die Erhöhung, um die sie gebeten hatte, sondern sie wurde auch befördert. Sie war nun geschäftsführende Lektorin. Alle leitenden Angestellten waren um eine Stufe höhergerückt. Sie bekam neues Briefpapier mit ihrem Namen und Titel. Ihre Frühjahrsbücher hatten sich alle gut verkauft, und sie hatte zwei gute Autoren für den Verlag gewonnen, aber was ihre Beförderung anging, so hatte sie den Verdacht, daß der Hauptgrund dafür die Änderung ihrer Haltung und ihres Auftretens im Verlag sei. Sie lehnte es nicht ab zu flirten und war entgegenkommend wie früher, aber sie war doch stärker und selbstsicherer, und hin und wieder ließ sie die Maske ganz fallen und gab den anderen zu verstehen, daß sie wußte, wie gescheit sie war. Das schien niemand übelzunehmen – im Gegenteil, sie wurde um so mehr respektiert. Wahrscheinlich haben sich alle anderen Frauen schon vor mir emanzipiert, dachte Nikki reumütig. Was ich alles versäumt habe!

Sie hatte beschlossen, diesen Sommer keinen Urlaub zu nehmen. Robert hatte sich zu dieser Frage nicht geäußert. Als sie einmal beiläufig vorschlug, in diesem Herbst ihren Urlaub zusammen zu nehmen und zu verreisen, statt die Ferien in ihrem Landhaus zu verbringen, antwortete er vage, das wäre vielleicht eine gute Idee, vorausgesetzt, daß er bis dahin alle dringenden Arbeiten bewältigen könne. Sie merkte, daß er sich ebensowenig auf eine gemeinsame Reise freute wie sie. Im Herbst gab es in New York so viel Sehenswertes, und Nikki beschloß, häufig ins Theater zu gehen. Wenn Robert keine Lust hatte, konnte sie Rachel, Margot oder Ellen mitnehmen.

Unter den weiblichen Angestellten von Heller & Strauss – von der jüngsten Stenotypistin bis zur ältesten Lektorin – ging das Gerücht um, daß der Verlag Aussicht habe, John Griffin einzufangen. Autobiographien von Filmstars waren in diesem Jahr ‹in›, und es überraschte Nikki nicht, daß John Griffin zu diesen Autoren gehörte; wenn jeder Taxifahrer glaubte, seine Lebensgeschichte schreiben zu können, warum nicht jeder Schauspieler? Überraschend war jedoch, daß John Griffins Buch ein ernsthafter Roman werden und daß sie ihn lektorieren sollte. Nach der Vorstellung, die sie von John Griffin hatte, bezweifelte sie, daß er so viel Achtung vor einer Frau hätte, daß er es akzeptierte, wenn sie in seinen Text eingriff. Er konnte nicht auf die Straße gehen, ohne daß ihm die Frauen nachliefen. Seine zwei Ehen (und Scheidungen) waren stürmisch und willkommener Stoff für die Presse gewesen, ebenso seine Liebesaffären. Es war bekannt, daß er sich unter Männern erholte und weder geschäftlich noch freundschaftlich etwas mit Frauen zu tun hatte. Frauen waren zum Heiraten und Kinderkriegen da oder um sie zum eigenen Vergnügen zu Außenaufnahmen in Europa mitzunehmen. Hoffentlich war sein Manuskript nicht schlecht und sie kamen gut miteinander aus. Es wäre ein gemeiner Trick, wenn sie nur mit ihm zusammenarbeiten sollte, weil man wußte, wie raffiniert sie flirten konnte.

Er kam allein, ohne seinen Agenten. Er war größer und sah noch besser aus als auf der Leinwand, oder vielleicht erschienen Filmstars einfach überlebensgroß. Seine Haut war sonnengebräunt, die Zähne untadelig (echt?), und seine Augen waren tiefblau. Er war in Anzug und Krawatte, hatte sogar eine Aktentasche bei sich und schüttelte Nikki die Hand. Soweit gefiel ihr sein Auftritt. Was ihr nicht gefiel, war, daß er offenbar darum gebeten hatte, sie kennenzulernen, bevor er ihr sein Manuskript anvertraute, und sie nahm so ein Ausprobiertwerden übel, obwohl sie es von zu Hause her kannte.

«Hoffentlich gefällt es Ihnen bei Heller & Strauss», sagte Nikki liebenswürdig. «Wir werden tun, was wir können, um Ihnen zu helfen, und wir sind alle auf Ihrer Seite. Ich kann es nicht erwarten, Ihr Buch zu lesen.»

«Die hundert Seiten», sagte er. «Für den Rest habe ich bisher nur einen Entwurf.»

«Großartig. Hundert Seiten ist sehr schön.»

«Ich weiß, daß ich Hilfe brauchen werde», sagte er unbefangen. «Ich habe noch nie ein Buch geschrieben, und manchmal laufen meine Gedanken schneller als meine Worte.»

«Dafür bin ich ja da.»

Er blickte zu der offenen Tür ihres Büros. Im Flur waren fast alle weiblichen Angestellten von neunzehn bis neunzig versammelt und starrten ihn an.

«Ach Gott, entschuldigen Sie», sagte Nikki. Sie ging zur Tür und schloß sie. «Es wird nicht wieder vorkommen.»

Er zuckte die Achseln. «Ich bin es gewohnt, aber wenn es um mein Kind – mein Buch – geht, bin ich ein bißchen empfindlich.»

«Sie bekommen nichts davon zu lesen», sagte Nikki, «bevor es erschienen ist, natürlich. Ich werde es lesen und unser Cheflektor, Pete, den Sie schon kennen, und weiter niemand. Ihre Arbeit wird uns immer heilig sein. Was Ihre Person betrifft, so kann ich, sobald Sie aus diesem Zimmer hinaus sind, für nichts garantieren.» Sie lächelte, aber ohne zu kichern. Die neue Nikki. Sie war stolz auf sich.

Er öffnete seine Aktentasche, nahm einen Schnellhefter mit einem dünnen Manuskript heraus und reichte ihn ihr. «Da ist es», sagte er. Dann nahm er es zurück und schrieb etwas auf den Hefter. «Das ist meine private Telefonnummer. Bitte, rufen Sie mich an, wenn Sie es gelesen haben, auch wenn's mitten in der Nacht ist. Über das Geschäftliche können Sie mit meinem Agenten sprechen, aber über Änderungen sprechen Sie bitte mit mir.»

«Natürlich», sagte Nikki.

«Wo kann ich Sie erreichen, wenn Sie nicht im Verlag sind?» Sie schrieb ihre Privatnummer auf und gab sie ihm. Er warf einen Blick darauf und steckte den Zettel in die Tasche.

«Das ist eine Geheimnummer», sagte Nikki. «Schicken Sie sie nicht mit dem Anzug in die Reinigung.»

«Sie würden sich wundern, wie gut ich aufpassen kann.»

«Davon bin ich überzeugt.»

Er stand auf. «Wann werde ich von Ihnen hören?»

«Ich werde Sie morgen früh als erstes anrufen. Ist zehn zu früh?»

«Ich werde darauf warten.» Er schüttelte ihr wieder die Hand, und sie ging mit ihm den Flur entlang zum Fahrstuhl. Selbst die Männer starrten ihn an. Während sie mit John Griffin auf den Fahrstuhl wartete, erlaubte sie sich, ihn verstohlen zu mustern. Fast zu gut aussehend, aber anscheinend nett und aufrichtig, wenigstens was sein Buch betraf. Vielleicht würde er ihr erst später Zähne und Krallen zeigen. Nun, das taten viele Schriftsteller, auch wenn sie keine Filmstars waren. Er schien Vertrauen zu ihr zu haben. Sie war froh, daß sie vor ihm nicht ihre übliche Rolle gespielt hatte.

Als Nikki wieder in ihr Büro ging, war sie sich der neidvollen Blicke bewußt, die alle ihr zuwarfen. Reuben zwinkerte ihr zu, als wäre sie mit John Griffin schon halb im Bett. Wie anders wurde sie hier im Verlag gesehen als draußen! Hier war sie das Sexsymbol, draußen in Wilton war sie nur eine unter vielen Vorstadthausfrauen. Hier bedeuteten ihre Intelligenz und Tatkraft viel, sie wurde respektiert, sie fühlte sich ihrer selbst sicher. Wenn John Griffin aus irgendeinem Grunde in Wilton aufgetaucht wäre, würde er sie nicht einmal bemerkt haben, und sie hätte es auch gar nicht erwartet. Hier brauchte er ihre Ermutigung, ihren Zuspruch, ihre Begabung und wartete auf ihr Urteil. *Das* war ihre Welt, nicht Wilton. Zum erstenmal wurde Nikki klar, wie häufig Robert ihr Ego gedemütigt hatte, wenn sie nach Hause kam, und wie oft sie gezwungen gewesen war, es wieder ganz neu aufzubauen.

Nachts las sie die ersten hundert Seiten und den folgenden Entwurf des Griffinschen Romans. Er hatte unrecht gehabt, als er sagte, daß seine Gedanken seinen Worten davonliefen. Seine Worte liefen seinen Gedanken davon, seitenlang. Das Vorhandene versprach eine ausgezeichnete Handlung. Durch viel Arbeit und die notwendigen Kürzungen konnte ein Bestseller daraus werden. Die Erzählung selbst fing eigentlich erst auf Seite 75 an. Wie konnte man einem Autor sagen, er solle die ersten fünfundsiebzig Seiten seines ersten heißgeliebten Romans wegwerfen? Sie wußte wie, sie hatte es schon öfter getan.

Ihn auf den richtigen Weg bringen, seine Zuversicht und Begeisterung stärken und dann, wenn er genug geschrieben hatte, um zu wissen, daß er kein Versager war, ihm behutsam beibringen, wieviel besser die Erzählung sein würde, wenn er sie dort anfangen ließe, wo sie wirklich begann. Manchmal brachte sie es sogar fertig, daß ein Autor tatsächlich glaubte, die Kürzung sei seine eigene Idee.

Sie rief John Griffin am nächsten Morgen pünktlich um zehn Uhr vom Büro aus an. Er meldete sich beim ersten Läuten.

«Guten Morgen. Hier ist Nikki Gellhorn. Ich glaube, Ihr Buch wird kolossal aufregend werden.»

«Ja, aber hat es Ihnen gefallen?»

«*Sehr* gut. Ich werde *sehr gern* mit Ihnen daran arbeiten und so viel Zeit dafür aufwenden, wie Sie wollen. Die Handlung ist wunderbar – etwas ganz Ungewöhnliches. Könnten Sie heute nachmittag in den Verlag kommen, damit wir ausführlich darüber sprechen können?»

«Ja, um drei Uhr?»

«Ausgezeichnet.»

Während der gemeinsamen Arbeit sprachen sie über den Handlungsverlauf, die Entwicklung der einzelnen Charaktere und wo es galt, bestimmte Akzente zu setzen, und er machte sich in einer winzigen, unleserlichen Handschrift eifrig Notizen. Gegen sechs Uhr war Nikki erschöpft, aber er war aufgeregt und brannte darauf, weiter an seinem Buch zu schreiben. Er dachte jetzt nur daran, vorwärts zu kommen.

«Bei vielem, was ich geschrieben habe», sagte er, «war ich ängstlich bemüht und auf Erfolg bedacht. Manches davon erscheint mir heute nicht mehr sehr sinnvoll. Ich meine, es bringt die Sache nicht weiter. Verstehen Sie, was ich meine?»

«Genau», sagte Nikki.

«Ich möchte jetzt weitermachen, aber vielleicht können wir alles später noch einmal überarbeiten und das, was überflüssig ist, herausnehmen. Mir war nicht klar, daß ich weiter nichts zu tun habe, als die Geschichte zu erzählen. Aus irgendeinem Grunde glaubte ich, ich müßte alles verschönern, sonst würde mich niemand ernst nehmen.»

«Erzählen Sie's auf Ihre Weise, und es wird großartig werden», sagte Nikki.

Er sammelte seine Notizen ein und steckte sie in die Aktentasche.

«Wann möchten Sie mehr sehen?»

«Sobald Sie wollen.»

«Wie wär's mit fünfundzwanzig Seiten? Wäre Ihnen das recht?»

«Ich bin täglich hier. Geben Sie es mir, und ich werde es sofort lesen.»

«Wissen Sie», sagte er, «es arbeitet sich sehr leicht mit Ihnen.»

«Aber mit Ihnen auch», sagte Nikki. Als er ging, gab er ihr einen leichten Kuß auf die Wange. Sie war froh, daß alle außer Pete nach Hause gegangen waren. Der kleine Anerkennungskuß hätte ihr eine Menge Witzeleien eingebracht.

Während der nächsten zwei Wochen arbeitete John wie eine Maschine. Er brachte ihr die fertigen Seiten, und sie las sie und ermutigte ihn, fragte ihn manchmal nach seinen Vorstellungen, um ihn auf dem rechten Weg zu halten. Sie wußte, daß sie viel streichen mußte, wenn er mit dem ganzen Roman fertig war, aber es würde nicht so schwierig werden, wie sie gefürchtet hatte. Sie würde nicht in die Haupthandlung eingreifen müssen. Das fürchtete Nikki immer, und die Autoren auch – mit Recht.

Eines Tages lud er sie zum Essen ein. Sie nahm an, und sie gingen gleich vom Büro aus, weil er es so wollte. Überall sahen die Leute sie an; ihn, weil er ein Filmstar war, sie, weil sie nicht wußten, wer sie war und wieso sie mit ihm zusammen war. Er ging mit ihr ins «21», wo die Geschäftsführung weder Tischwechsel noch Autogrammjagd erlaubte, aber sie konnten nicht verhindern, daß sie angestarrt wurden. Nikki genoß es.

Sie saßen so, daß die Leute sie nach Herzenslust anstarren konnten. Das Restaurant sah wie ein Speakeasy aus, was es auch einmal gewesen war, mit einer langen Theke und rotkarierten Tischtüchern. An der Decke hingen alle möglichen Modellspielsachen: Lastwagen, Flugzeuge, Autos, Sportausrüstung – alles Werbegeschenke der betreffenden Firmen. Eigentlich, dachte Nikki, sah es nicht wie ein Speakeasy aus, sondern wie das Zimmer eines kleinen Jungen. Und all die kleinen Jungen, die nun erwachsen und reich waren, standen oder saßen an der Bar.

Sie sprachen eine Weile über das Buch, später über Musik und Politik, zwei Themen, über die er sehr viel mehr wußte als sie. Dann erzählte er amüsante, witzige Geschichten, die sich während der Dreharbeiten zu einigen seiner Filme ereignet hatten. Sie freute sich, daß sie fast alle gesehen hatte. Hier im Restaurant waren sie mehr in seiner als in ihrer Welt, sie fühlte sich nicht so sicher wie in ihrem Büro, aber sie machte sich klar, daß sie noch immer seine Lektorin war, daß er sie brauchte.

«Sind Sie verheiratet?» fragte er. «Oder geschieden?»

«Nein, ich bin verheiratet», sagte Nikki. «Wir sind . . . halb getrennt.»

«Was heißt das?»

«Er lebt auf dem Lande, und ich lebe hier. Wir haben uns eine Zeitlang nicht gesehen, aber keiner von uns hat es bisher zugegeben. Vielleicht klingt das komisch. Ich bin selbst noch nicht ganz daran gewöhnt. Ich weiß nicht, was daraus wird. Und Sie?»

«Ich habe eine Wohnung in New York und ein Haus in Malibu. Die Leute glauben, ich lebe in Kalifornien, aber ich tue es nicht, wenn es anders geht. Ich bin gern in New York.»

«Ich auch!»

«Wie gefällt es Ihnen, allein zu leben? *Falls* Sie allein leben, meine ich.»

«O ja, ich lebe allein», sagte Nikki. «Es gefällt mir.»

«Meine beiden ehemaligen Frauen haben nach der Scheidung sofort wieder geheiratet. Sie konnten einfach nicht allein sein. Aber in Hollywood ist es auch schwerer für eine Frau. Das ist so ein Ort für verheiratete Leute. Und es gibt eine Menge Konkurrenz von Neunzehnjährigen – jede Gewinnerin eines Schönheitswettbewerbs aus Klein-Muckelsdorf will ein Filmstar werden. Ich mag junge Mädchen nicht. Wenn sich das ändert, weiß ich, daß ich alt werde.»

«Hurra», sagte Nikki. «Ein Erwachsener.»

«Sie können's ruhig glauben. Ich bin fünfzig.»

«Ich dachte, Sie wären zweiundvierzig.»

«Das ist mein offizielles Alter. Wie alt Sind Sie?»

«Zweiundvierzig.»

«Sie haben das so schnell gesagt, daß ich Ihnen glaube. Aber Ihrem Aussehen nach würde ich es nicht glauben. Sie sehen wie dreißig aus.»

«Ich fühle mich auch wie dreißig.»

«Ich auch», sagte er. «Darum versuche ich, in meinem Alter Schriftsteller zu werden, *ohne* meine Memoiren zu schreiben.»

«Sie würden doch das Filmen nicht aufgeben!»

«O nein, dafür liegt mir zuviel am Geld. Ich glaube nicht, daß ich mit diesem Buch ein Vermögen verdienen werde, obowhl mir das natürlich sehr lieb wäre.»

«Ich will Ihnen ein Geheimnis verraten», sagte Nikki. «Wenn es Sie nicht so eingebildet macht, daß es nicht mehr möglich ist, mit Ihnen zu arbeiten. Ich glaube, Ihr Buch wird ein großer Bestseller.»

«Wirklich?»

«Ja, wirklich. Man weiß so etwas nie bestimmt, und wir können uns alle irren, aber ich habe bei diesem Buch ein solches Gefühl.»

Er beugte sich herüber und gab ihr einen leichten, glücklichen Kuß auf den Mund. «Danke.»

«Ich danke *Ihnen*«, sagte Nikki. «Sie sind drauf und dran, mich zur Berühmtheit zu machen. Ich glaube, die Dame da drüben ist gerade in Ohnmacht gefallen. Wenn es nicht am Gewicht ihrer Ohrringe liegt.»

Nach dem Essen brachte er sie in einem Taxi nach Hause. Sie bat ihn nicht, noch auf einen Drink mit heraufzukommen, obwohl sie wußte, daß er mitgekommen wäre. Aber vielleicht war es keine gute Idee. Sie hatte noch nie einen Mann mit hinaufgenommen, und da sie von ihrem Mann getrennt lebte, könnte es zu sehr nach einer Aufforderung aussehen, mit ihr ins Bett zu gehen. Sie konnte sich nicht vorstellen, daß irgendeine Frau John Griffin in ihre Wohnung mitnehmen würde, ohne daß eine solche Aufforderung dahinterstand. Er bat den Taxichauffeur, zu warten, ging mit ihr bis zur Haustür, wartete, bis sie aufgeschlossen hatte, und dann gab sie ihm die Hand.

«Danke, es war wunderschön», sagte sie.

«Das fand ich auch.»

Erst als sie oben in Sicherheit war und allein im Bett vor dem Fernsehapparat lag, fiel ihr ein, daß sie überhaupt nicht auf den Gedanken gekommen war, *ihn* zum Essen einzuladen. Schließlich war sie seine Lektorin, die Firma hätte es bezahlt, und es war so üblich. Aber er hatte von Anfang an deutlich zu erkennen gegeben, daß *er sie* ausführen wollte. Was weiß er, wie Autoren sich verhalten, dachte sie, er ist Filmstar. Und irgendwie ein altmodischer Mann. Ich glaube, ich habe eben mein erstes Rendezvous mit ihm gehabt.

John bat sie am folgenden Mittwoch wieder, mit ihm zu essen. «Furchtbar gern», sagte Nikki, «aber diesmal müssen Sie mein Gast sein.» Er sah verstimmt aus. «Auf Kosten des Hauses», sagte sie rasch. «Man *erwartet* von mir, daß ich Sie zum Essen einlade. Ich möchte mich nur revanchieren.»

«Ich möchte mit Ihnen essen, nicht mit der verdammten Firma», sagte er. «Ich kann es mir leisten.»

«Das weiß ich.»

«Seien Sie nicht so unsicher. Sie schulden mir nichts. Ich werde mich nicht auf Sie stürzen. Warum lachen Sie?»

«Weil jede Frau alles darum geben würde, wenn Sie sich auf sie stürzten, und Sie versprechen mir, mich nicht zu belästigen.»

«Mein Geschlechtsleben ist größtenteils nur ein Mythos», sagte er. «Ich treibe keinen Gruppensex, ich mache mir nichts aus diesen faden Skalpjägerinnen in der Großstadt und ebensowenig aus all diesen Schwachsinnigen. Es ist schwer, eine intelligente, menschliche Frau zu finden, die nicht schon in einen anderen verliebt ist. Ich habe Sie zufällig auf eine freundschaftliche Weise gern. Sie sind hübsch, Sie sind menschlich, und Sie sind sehr gescheit. Sie suchen nicht nach irgend etwas. Ich bin gern mit Ihnen zusammen, das ist alles. Können wir nicht heute abend zusammen essen; wenn Sie Zeit haben?»

«Furchtbar gern.»

In gewisser Weise war sie ein bißchen enttäuscht, daß er so offenkundig nicht hinter ihr her war. Vermutlich konnte sie, was er auch sagte, mit den schönen Frauen, die er immerfort um sich hatte, überhaupt nicht konkurrieren. Einerseits war es ein Kompliment, als Freund angesehen zu werden, andererseits war sie so erzogen, daß sie glaubte, mit einem Mädchen, das wie ein Junge betrachtet wurde, könne etwas nicht stimmen. Sie mußte sich erst wieder ins Gedächtnis rufen, daß sie ja die neue Nikki war.

Er ging mit ihr ins «Romeo Salta», und der Geschäftsführer strahlte, als er John erkannte. Sie fand es sehr schön, daß so viel Aufhebens um sie gemacht wurde. Der vordere Raum war groß und luftig, wirkte aber gemütlich und warm; an den Wänden hingen Ölgemälde, und im Hintergrund konnte man in die Küche sehen. Sie saßen nebeneinander auf einer Lederbank an der Wand. Zum erstenmal wurde Nikki klar, wieviel die Gäste zur Unterhaltung in einem Restaurant beitragen, und heute abend mußte sie für die Unterhaltung sorgen. Aber sie vergaß das rasch. Sie fühlte sich wohl mit John. Als sie gegessen hatten, fand sie es schade, den Abend schon zu beenden. Wenn sie ihn nur zu einem Drink hinaufbäte? Warum eigentlich nicht? Er war ja ungefährlich.

Im Taxi machte sie ihm ganz beiläufig den Vorschlag, und er sah erfreut aus. Er wirkte sehr groß in ihrer kleinen Wohnung. Sie stellte die Klimaanlage an, suchte eine Kassette aus, von der sie wußte, daß sie ihm gefallen würde, während er sich in der Wohnung umsah.

«Das ist ja hier wie in einer Festung», sagte er. «Wieso brauchen Sie all diese Schlösser und Gitter?»

«Es ist einmal eingebrochen worden!»

«Sie sollten in einem Haus mit einem Portier wohnen.»

«Vermutlich. Aber ich habe diese Wohnung gern.»

«Sie sollten nach Kalifornien kommen.»

«Sicher. Cognac?»

«Sehr schön.»

Sie goß für sie beide Cognac ein, und sie setzten sich auf die

Couch. «Wie ist Ihre Wohnung?» fragte sie.

«Ungemütlich, verglichen mit Ihrer. Ich finde Ihre Wohnung wunderschön. Sie ist freimütig und sachlich wie Sie.» Dann setzte er sein Glas ab und küßte sie.

Sie wußte nicht, was tun. Sie sollte ehrlich sein, ohne Spielereien, aber wie konnte sie so sein, wenn sie nicht einmal wußte, was sie wollte? Sie konnte nicht glauben, daß John Griffin tatsächlich mit ihr ins Bett gehen wollte, aber heute abend war er in ihrer Wohnung und küßte sie, sie hatte ihn dazu aufgefordert, und Erwachsene beschränkten sich nicht bloß auf Zärtlichkeiten. Hätte sie doch schon vorher ein Verhältnis gehabt, dann würde sie wissen, was sie zu tun hatte. Dann stand er auf, nahm sie bei der Hand und führte sie in ihr Schlafzimmer. Offenbar konnte man jetzt nichts anderes tun, als es durchzustehen. Sie wünschte es sich, warum sollte sie es nicht zugeben? Sie hatte gespürt, daß bald jemand kommen würde; welch ein Glück, daß es dieser war, so attraktiv und sexy, gern zu haben schien er sie auch.

Er liebte sie die ganze Nacht in allen möglichen sportlichen Positionen, von denen sie nie gehört hatte. Alles erschien ihr etwas unwirklich. Sie genoß es ungeheuer, zugleich aber war ihr, als stünde sie als Beobachter neben sich selbst. Ich liege mit John Griffin im Bett, sagte sie sich. Ist er so gut, weil er glaubt, daß er es sein muß, oder benehmen sich alle Männer so, wenn sie zum erstenmal mit einer neuen Frau ins Bett gehen? Woher soll ich das wissen? Ich bin nie mit jemand ins Bett gegangen außer mit meinem Mann, und er macht das alles nicht. Vielleicht lernen die Männer so was von ihren Frauen und Freundinnen. Weiß Gott, Robert hat bestimmt nichts von mir gelernt!

Schließlich, gegen Morgen, schlief er ein. Er schnarchte, und das amüsierte sie, weil sie sich vorstellte, wie entsetzt seine Verehrerinnen sein würden. Sie stieß ihn an, und er wälzte sich auf die andere Seite und hörte auf zu schnarchen, und dann stellte sie den Wecker, um selbst noch zwei Stunden zu schlafen, und erschöpft, aber auch belebt schlief sie ein. Sie fühlte sich ihm sehr nah. Er war ein sehr, sehr netter Mann.

Morgens machte sie Kaffee. Er schien nicht müde zu sein. Sie war eigentlich auch nicht müde. Hoffentlich konnte sie das mit dem Beruflichen in Einklang bringen. Schließlich mußte sie ja sein Buch lektorieren und ihm sagen, was er noch daran tun mußte. Sie wußte nicht einmal, ob es einen Unterschied in der Zusammenarbeit machte, ob man miteinander schlief oder nicht. Zu ärgerlich, daß sie so unerfahren war.

Sie ging ins Büro und er nach Hause an die Arbeit. Als sie zum erstenmal allein war, überwältigte sie das schlechte Gewissen gegenüber Robert. Wie hatte sie ihm so etwas antun können? Ihn zu betrügen, war ein Verbrechen gegen seine Männlichkeit, es hieß ihn von etwas ausschließen, was bisher sein Reich gewesen war. Es hieß Geheimnisse haben. Es hieß lügen. Es hieß, daß er nicht mehr an erster Stelle stand. Es hieß sich über ihn lustig machen, und selbst wenn man es nicht tat, würde er es glauben. Es hieß ihn kränken. Es war grausam. Sie hatte ihn gestern abend nicht angerufen, und sonst pflegte sie ihn dann am nächsten Morgen vom Büro aus anzurufen, aber sie fürchtete, daß er ihrer Stimme das schlechte Gewissen anhören würde, und so rief sie ihn nicht an. Hoffentlich rief er sie nicht an. Nein, Robert hatte im Büro so viel zu tun, er würde mit dem Anruf bis abends warten. Vielleicht hatte sie sich bis dahin so weit gefaßt, daß sie ihn täuschen konnte. *Täuschen.* Was für ein häßliches Wort. Ach, armer Robert, er hatte sie verdächtigt und ihr Vorwürfe gemacht – und nun hatte sie es getan, so hingerissen vom Augenglick, daß sie an ihn nur gedacht hatte wie an einen früheren Liebhaber.

Sie bemühte sich, nicht an John Griffin zu denken, aber selbst während sie sich Robert gegenüber schuldig fühlte, wartete sie hoffnungsvoll auf einen Anruf von John. Wenn er sie nicht anrief, konnten sie beide so tun, als wäre nichts geschehen. Aber man konnte das nicht einfach ignorieren, als passierte so etwas alle Tage und bedeutete weiter nichts. Für sie bedeutete es etwas. Sie würde ihm nie sagen, wie wichtig es für sie war, dazu war sie zu stolz, aber sie wußte, daß es sehr schmerzlich für sie sein würde, wenn er nicht anriefe.

Als sie nach dem Lunch ins Büro zurückkam, klingelte das

Telefon. Laß es John sein. Bitte, laß es John sein und nicht Robert. Ich will auch ganz brav sein.

Es war John. «Hast du heute abend Zeit, mit mir essen zu gehen?» fragte er.

«Ja», sagte Nikki.

«Ich hole dich um sieben in deiner Wohnung ab.»

Auf dem Heimweg vom Büro kaufte sie Wein und Wodka. Es war besser, wenn sie Robert anrief, sonst würde er anrufen, wenn John da war, und wie sollte sie mit dieser Situation fertig werden? Sie stellte den Wein und den Wodka in den Kühlschrank und setzte sich neben das Telefon. Sie nahm den Hörer auf und legte ihn wieder hin. Mochte Robert sie anrufen. Wenn ihre Stimme irgendwie komisch klang, konnte sie sagen, sie käme gerade aus der Badewanne.

Während sie badete und sich anzog und frisches Make-up auflegte, war sie so aufgeregt wie vor zwanzig Jahren, als sie sich für ihr erstes Rendezvous vorbereitete. Natürlich konnte man die dazwischenliegenden Jahre nicht wegwischen, aber sie waren in den Hintergrund gedrängt. Alles war wieder neu. Als sie John die Tür aufmachte, überraschte es sie, wie gut er aussah, so als hätte ihr Prinz sich in einen Frosch verwandeln müssen, nur weil er mit ihr die Nacht verbracht hatte.

Sie tranken etwas, dann gingen sie zum Essen zu Orsini. Er schien sich keine Sorgen darüber zu machen, was ihr Mann denken würde, und Nikki tat es auch nicht, solange sie in der Öffentlichkeit waren. Sie wollte ein gutes Buch von ihm haben, jedermann wußte, daß Filmstars viel persönliche Aufmerksamkeit verlangten, es war also durchaus normal, daß man sie so häufig zusammen sah. Sie fragte ihn, was er heute geschrieben habe, er erzählte es ihr, er schien begeistert, und sie fühlte sich gerechtfertigt. Dann sprachen sie von anderen Dingen. Sie erwähnten dabei nicht einmal, daß sie gestern abend miteinander geschlafen hatten. Vielleicht redete man nicht darüber – woher sollte sie das wissen?

Das Restaurant war sehr dunkel und romantisch, mit kleinen Lampen auf den Tischen. Sie hielten sich nicht bei den Händen, obwohl sie es hätten tun können, niemand hätte sich darum gekümmert. Nach dem Essen brachte er sie nach Hause und kam ganz selbstverständlich mit hinauf. Sie stellte die Telefonglocke ab.

Es war dasselbe wie in der vorigen Nacht. Sie dachte, daß sie wahrscheinlich sterben würde, wenn sie diese Nacht nicht richtig schliefen, aber im Augenblick war sie nicht müde. Alles erschien ihr so unwirklich. Tat Ellen das mit ihren Liebhabern, und Margot? Aber doch nicht jede Nacht? Sie wußte nicht, ob John sie unwiderstehlich sexy fand oder ob seine sexuellen Bedürfnisse ungewöhnlich groß waren oder ob das eben so war, wenn eine Affäre zum baldigen Ende verurteilt war. Nicht einen Augenblick konnte sie sich vorstellen, daß sie die Frau eines Filmstars wäre. Sie hätte die Spannung nicht aushalten können, und warum sollte er auch gerade sie wählen?

Der nächste Tag war ein Freitag. John hatte sie abends zum Essen eingeladen. Nikki hätte Robert anrufen und ihm sagen müssen, daß sie nicht nach Hause kam, aber sie brachte den Mut nicht auf. Wenn sie ihm doch einfach hätte sagen können: Ich muß heute abend mit einem Autor essen, er hat Probleme mit seinem Buch. Wie leicht wäre das gewesen, hätte sie nicht das Gefühl gehabt, daß Robert sie zu gut kannte. Immer war sie böse gewesen, weil sie das Gefühl hatte, Robert verstände sie nicht; nun sah sie ihn plötzlich als scharfsichtigen Gedankenleser. Welche Macht verlieh sie aus lauter Schuldgefühl diesem Mann, den sie seit so vielen Jahren kannte! Sie ging zeitig nach Hause und wusch sich das Haar, und als John kam, um sie abzuholen, sagte sie nach einem Drink, sie wäre am Verhungern, nur damit sie schnell die Wohnung verließen. Er sagte, es freue ihn, daß sie so hungrig sei, denn er habe im «Côte Basque» einen Tisch bestellt.

Nikki war nie dort gewesen, sie wußte nur, daß es ein anspruchsvolles Restaurant war, wo Frauen im Hosenanzug nicht hereingelassen wurden. Sie war froh, daß sie sich sehr elegant angezogen hatte. Im vorderen Raum waren eine Bar, Wandbänke und ein Servierwagen mit unglaublichen Desserts. Im Hauptraum waren die Wände mit Fresken geschmückt, die das Baskenland zeigten, und auf den Tischen standen frische

Blumen. Sie saßen vorn, anscheinend auf einem Platz, wo man gesehen wurde. Wenn man seinen Mann heimlich betrügen wollte, sollte man es möglichst nicht mit einem Filmstar tun.

Nach dem Essen brachte er sie nach Hause und hielt sie die ganze Nacht wach. Samstag schliefen sie den ganzen Tag. Nikki stellte zu ihrer Erleichterung fest, daß er doch ein Mensch war. Als sie aufwachten, stellte sie die Telefonglocke wieder an, dann gingen sie aus, um Lebensmittel für das Abendessen und das Sonntagsfrühstück zu kaufen.

Die Leute in ihrem Supermarkt rissen Mund und Augen auf, als sie ihn sahen, und sobald eine Frau um sein Autogramm bat, schien jedermann im Laden eines haben zu wollen. Er signierte gutmütig. Als sie entronnen und wieder in ihrer Wohnung waren, sagte er, er müsse ein paar Sachen holen und werde gleich wieder zurück sein.

Sie war beim Kochen und bester Stimmung, als er wieder erschien. In einem kleinen Koffer hatte er Toilettensachen und einen Morgenrock, Unterwäsche und Socken, Jeans und einige Hemden – bestimmt mehr, als er für den Sonntag brauchte.

«Welche Schublade kann ich haben?» fragte er wie ein Zimmergenosse im College.

«Nimm die untere.»

«Du kriegst dafür auch eine Schublade in meiner Wohnung», sagte er.

«Gut. Ich bin für Gleichberechtigung. Wäschst du auch ab?»

«Ja, wenn du kochst. Wenn ich koche, wäschst du ab. Und ich bin ein großartiger Koch.»

Meine Freunde würden das nicht glauben, dachte sie, ich glaube es selber nicht einmal. Sie machte gerade die Weinflasche auf, als das Telefon klingelte. Sie fuhr zusammen.

Es war Robert. «Wenn ich recht verstehe, kommst du nicht heraus?» fragte er in ärgerlichem Ton.

Roberts trockene Stimme erschien ihr noch unwirklicher als der Mann, der seine Unterwäsche ordentlich in ihrer Schublade unterbrachte. Sie zwang sich, Robert als einen total Fremden zu betrachten, nur so konnte sie damit fertig werden.

«Nein – ach nein, es tut mir leid. Ich habe anzurufen versucht, und du warst nicht da», log sie.

«*Ich* habe angerufen, und *du* warst nicht da», sagte Robert.

«Ich habe gearbeitet.»

«Sie nutzen dich aus», sagte Robert.

«Ja, ich weiß.»

«Kommst du nächstes Wochenende?»

«Natürlich», sagte Nikki, trotz aller Anstrengungen schuldbewußt.

«Es ist das Labor Day-Wochenende», sagte er.

«Schon?»

«Ja, der 1. September. Es ist dieses Jahr früh. Wir haben eine Postkarte von Lynn. Sie wird mit ihrem Freund kommen und uns das Vergnügen ihrer Gesellschaft machen. Dorothy kommt auch, wenn sie nicht arbeiten muß, aber selbst wenn, kann sie einen Abend frei nehmen und zu uns kommen. Es wird ein richtiger Familientag. Ich dachte, wir könnten einen Abend ein Picknick machen und am anderen Abend vielleicht in ein nettes Restaurant gehen.»

«Ich werde Freitag frei nehmen und zeitig hinauskommen», sagte Nikki.

«Kannst du nicht Donnerstag nach Büroschluß kommen?»

«Ja, das werde ich machen. Ich werde mein Köfferchen mit ins Büro nehmen, dann kriege ich den Sechs-Uhr-Zug.»

«Was machst du heute abend?» fragte Robert.

«Nur zu Hause ein bißchen was essen und dann ein Manuskript zusammenstreichen. Morgen muß ich den ganzen Tag mit der Autorin arbeiten. Sie ist von außerhalb.»

«Da hat sie sich ja die richtige Zeit ausgesucht, um nach New York zu kommen», sagte Robert.

«Ja, ich weiß.»

«Ich werde auch einen ruhigen Abend haben. Ich habe mir Arbeit aus dem Büro mitgebracht, und dann werde ich mich ausschlafen.»

«Wir sehen uns also in ein paar Tagen», sagte Nikki. «Ich rufe dich morgen abend an.»

«Gute Nacht», sagte er.

«Gute Nacht.» Sie hängte ein und wandte sich langsam zu John um. Er schien kein Wort gehört zu haben. «Ich muß nächstes Wochenende nach Hause fahren, um meine Kinder zu sehen», sagte sie, denn wie ausdruckslos seine Miene auch war, sie wußte, daß er alles gehört hatte. Schließlich war er Schauspieler.

«Natürlich», sagte er. «Wie alt sind sie?»

«Sie werden im Oktober zwanzig. Es sind Zwillinge, Mädchen. Sie sind drei Tage nach meinem Geburtstag geboren, daher feiern wir immer zusammen und machen ein großes Fest daraus. Wir sind gute Freunde. Ich liebe sie nicht nur, ich habe sie auch richtig *gern.*»

«Das heißt, daß du eine gute Mutter warst.»

«Das hoffe ich. Hast du Kinder?»

«Drei. Zwei Jungen und ein Mädchen. Sie sind alt genug, um mit mir auch befreundet sein zu können. Sie wollen alle Regisseur werden. Damit ist wohl gesagt, wie sie über ihren alten Herrn denken.»

«Es ist schwer, in die Fußstapfen der Eltern zu treten», sagte Nikki. «Meine Töchter wollen nichts mit einem Verlag zu tun haben. Ich will nicht bloß Hausfrau sein wie meine Mutter. Möchtest du dasselbe machen wie dein Vater?»

«Bergmann sein? Nein, weiß Gott nicht!» Er lachte.

«Im Kohlenbergwerk?»

«Gibt es eine andere Art?»

«Ich habe in deinem Lebenslauf nie etwas davon gelesen.»

«Ich mache nicht gern Gebrauch davon. Ich bin ich, nicht meine Vergangenheit. Er verunglückte, als ich sechzehn war. Ich machte mich älter als ich war, und meldete mich bei der Marine. Ich mußte einen Freund bitten, mich bei der ärztlichen Untersuchung zu vertreten, weil ich als Kind Gelenkrheumatismus und seitdem ein schwaches Herz hatte. Das hätte mich vor dem Militärdienst, aber nicht vor dem Bergwerk bewahrt. Bei der Marine kam der Schwindel nie heraus, bis mein Schiff torpediert und ich im Lazarett untersucht wurde. Sie warfen mich raus – in allen Ehren natürlich. Dann besuchte ich auf GI-Vergünstigung die Schauspielschule, und das übrige ist, wie man so sagt, Geschichte.»

Sie wandte sich wieder der Weinflasche zu und dachte über den kleinen Jungen mit dem geschwächten Herzen nach, dessen Vater im Bergwerk umgekommen war, und ihr wurde klar, wie geschickt er ihr die Verlegenheit darüber erspart hatte, daß sie eben vor ihrem Liebhaber mit ihrem Mann telefoniert und ihn belogen hatte. Offensichtlich war John in solchen Sachen routiniert.

«Ich habe dich sehr lieb», sagte sie und gab ihm ein Glas Wein.

«Ich habe dich auch lieb. Du bist eine gute Frau.»

«Wollen wir um sieben essen?»

«Wann immer es soweit ist.»

Ist das richtig, überlegte sie, oder hätten wir sagen sollen, wir sind ineinander verliebt? Aber das sind wir nicht. Ich bin verrückt nach ihm, und ich habe ihn von Herzen gern, aber Liebe ist das nicht. Liebe ist, wenn man jemanden wirklich kennt. Aber ich wollte, er hätte gesagt, daß er mich liebt. Ich hätte es nicht geglaubt, aber trotzdem wollte ich, er hätte es gesagt.

Als Nikki Donnerstag abend aufs Land fuhr, war sie sehr niedergeschlagen. Sie sagte John, ihr Mann stehe im Telefonbuch, aber er möchte nur anrufen, wenn er ein Problem mit seinem Buch habe, weil lügen ihr so schwerfiel. Sie war noch nie gegen einen Mann so offen gewesen, aber es schien ihn nicht zu kränken. Hinterher fand sie, sie hätte lieber gar nichts sagen sollen. Vielleicht machte John sich jetzt Gedanken über ihren Interessenkonflikt in dieser Situation, vielleicht würde er versuchen, sie entweder als Geliebte oder als Lektorin loszuwerden. Wenn sie die Wahl haben sollte, würde es wichtiger sein, ihn als Autor zu behalten. Sie lernte täglich etwas über sich selbst. Es war, als hätte sie sich nach dem Entschluß, ihr Leben zu ändern, für alle möglichen Erkenntnisse und Einsichten aufgeschlossen. Sie hatten immer in ihr geschlummert, aber sie hatte sie zurückgehalten.

Robert holte sie am Bahnhof ab. Als sie auch Lynn im Wagen sitzen sah, war sie unendlich erleichtert. Sie küßte beide.

«Wo ist dein Herzallerliebster?» fragte sie Lynn.

«Er ist zu Hause geblieben und kocht einen Riesentopf Chili zum Abendessen. Das ist seine Spezialität. Wir haben eine herrliche Zeit gehabt, aber ich freue mich, wieder zu Hause zu sein. Ich bin zu sehr an Komfort gewöhnt, ganz zu schweigen von einer Badewanne, die ich nicht dreimal zu scheuern brauche, bevor ich mich traue hineinzusteigen.»

Zwischen dem Anhören von Geschichten aus Europa und dann Dorothys überraschender Ankunft um Mitternacht war es leicht, sich natürlich zu benehmen. Es war eine so warme, gemütliche Runde, eine Familie, in der alle einander lieb hatten, und Nikki merkte, daß Robert sich offensichtlich Mühe gab. Sie selbst gab sich bestimmt mehr Mühe denn je. John erschien ihr sehr ferngerückt, ein Traum, den sie gehabt hatte, oder vielleicht ein Alptraum; nichts, was zu diesem Familienfest gehörte. Doch als Nikki mit Robert zu Bett ging, erstarrte sie vor Angst. Würde er eine Veränderung an ihr spüren? Aber das war albern, das war so wie die Greuelgeschichten ihrer Mutter in ihrer Jugend, daß junge Männer genau merkten, was für schlimme Dinge man getan hatte, bevor man ihnen begegnet war.

Robert rückte an ihre Seite und nahm sie in die Arme. «Es ist so lange her», sagte er.

«Ja», flüsterte sie. Als er sie liebte, bemühte sie sich, nicht zu anders zu sein, nichts von dem zu tun, was sie neuerdings gelernt hatte, sich genauso zu benehmen wie früher. Zu ihrem Erstaunen brauchte sie keinen Orgasmus vorzutäuschen, er kam einfach. Robert schien sie nicht verändert zu finden, und sie wußte, daß die Warnungen ihrer Mutter fauler Zauber gewesen waren. Das Schlimmste war überstanden. Jetzt konnte ihr nichts Schlimmes mehr zustoßen.

Sonntag abend lief im Fernsehen einer von John Griffins alten Filmen. Lynn und Dorothy kannten ihn nicht und bestanden darauf, ihn zu sehen. Als Nikki ihn – jünger als heute – auf dem Bildschirm sah, kam er ihr wie ein Fremder vor. Schwer zu glauben, daß er ihren Weg gekreuzt hatte. Doch Dienstag würde sie ihn wiedersehen und vielleicht noch oft danach. Hoffentlich verriet ihr Gesicht Robert nichts. Sie hätte den Mädchen gern erzählt, daß er einer ihrer Autoren war, daß sie ihn tatsächlich kannte, denn sie würden das bestimmt sehr aufregend finden, aber sie traute sich nicht. Nicht vor Robert. Ihr Gefühl von Unwirklichkeit trug sie in diesem Versteckspiel nur bis hierher. Sie sagte, sie kenne den Film schon, und floh in die Küche, wo sie aus einer fertigen Teigmischung einen Kuchen buk, den sie nach dem Film aßen.

«Das ist wie in alten Zeiten», sagte Robert glücklich. «Deine Kuchen haben mir gefehlt.»

Montag abend fuhr Robert sie zum Bahnhof. Es war seine Art des Entgegenkommens, daß er sie nicht drängte, bis Dienstag früh zu bleiben. Sie hatten in den ganzen vier Tagen, die sie zu Hause gewesen war, keinen Streit gehabt.

«Ich will dir was sagen, Nikki», sagte er, «willst du mir nicht nächstes Wochenende einen Schlüssel für deine Wohnung mitbringen? Dann könnten wir uns vielleicht für übernächste Woche verabreden und in New York ins Theater gehen, und ich bleibe über Nacht.»

Sie blickte auf sein Profil in dem dunklen Wagen. Sie konnte seinen Ausdruck nicht erkennen. Das mußte sehr schwer für ihn gewesen sein. Aber er wollte sie wiederhaben, er wollte es versuchen. Robert hatte nie ein Gefühl für den richtigen Augenblick gehabt.

«Ein guter Gedanke!» sagte Nikki.

«Das heißt», sagte er, «wenn du mich noch haben willst. Wenn du nicht jemand anderen gefunden hast.»

Nikki legte die Hand leicht auf Roberts Knie. «Meine Wohnung wird dir gefallen», sagte sie.

«*Unsere* Wohnung.»

«Ich liebe dich.»

Als sie sicher in dem durch die Dunkelheit brausenden Zug saß, begann sie am ganzen Körper zu zittern. Sie legte die hohlen Hände auf die Rücklehne des Sitzes vor ihr und barg das Gesicht in den Händen. Sie wollte nicht, daß einer der Mitreisenden sie weinen sah. Sie weinte nicht aus Erleichterung oder Enttäuschung, sondern einfach aus Müdigkeit und weil sie nicht wußte, wie sie damit fertig werden sollte. Sie *wollte* ihre

Ehe erhalten. Sie konnte Robert nicht abweisen, wenn er ihr seinen Stolz opferte. Das hieß, daß er sie liebte. Und sie liebte ihn auch, und sei es auch nur, weil er in all diesen Jahren so sehr ein Teil ihres Lebens geworden war, daß er mehr war als nur ein Ehemann; er war ein Stück Familie, ihr Zwilling. Aber jetzt konnte sie John noch nicht aufgeben. Sie würde es immer bereuen, wenn sie diese Beziehung nicht bis zu ihrem natürlichen Ende erlebte. Sie würde immer denken, daß sie etwas Wunderbares hätte haben können, hätte sie es nicht weggeworfen. John hatte ihr auch in seiner Wohnung eine Schublade angeboten. Nun gut, wenn es denn so sein sollte! Sie würde beide haben, und wenn sie daran zugrunde ging.

September
1975

Seit jener Nacht am Strand von East Hampton hatte Margot drei Leben nebeneinander geführt. Das erste war ihr Arbeitsleben, in dem sie als tüchtiger Roboter fungierte. Kein Kollege von der Nachrichtensendung, niemand im Studio, niemand im Büro wußte etwas über ihr Privatleben. Sie war unerreichbarer denn je, fast erstarrt. Ihre Augen hatten einen unglücklichen Ausdruck, der zugleich so drohend war, daß niemand ihr nahezukommen wagte. Das zweite war ihr geheimes Liebesleben, das sie zwang, an jedem einigermaßen anständigen Ort nach Männern mit ähnlichen Absichten wie den ihren zu suchen. Das waren die Lunchrestaurants, wo ein Hamburger auf einem Brötchen 3,50 Dollar kostete und die Gäste alle schlank und jung und wie Karikaturen von armen Leuten gekleidet waren. Es war das Warenhaus Bloomingdale am Samstagvormittag. Es waren ein paar sorgfältig ausgesuchte Bars im Village oder in der Stadtmitte, wo Zeitungsreporter und Werbeleute sich herumtrieben. Sie nahm jede Einladung zu einer Party an, die im Büro auf irgendeinem Schreibtisch lag. Den anderen war es zu langweilig hinzugehen, aber wenn sie es doch taten, traf sie auf der Party so schnell die gewünschte Verabredung, daß sie nichts von ihren Absichten ahnten. Sie wollte mit möglichst vielen jungen Männern schlafen, und sie mußten attraktiv und berufstätig sein, und es durften keine Verrückten sein. Man war nie ganz sicher, ob diese Eigenschaften wirklich vorhanden waren, außer bei der ersten, die etwas Subjektives war. Sie war mit jedem Mann nur einmal zusammen, obwohl einige von ihnen sie später anriefen. Immer behielt sie ein tiefes Gefühl von Schuld und Unbefriedigtheit zurück, und das trieb sie wieder hinaus, um einen anderen zu suchen, der die Gegenwart des vorigen auslöschen konnte. Den Barmann aus East Hampton hatte sie nie wiedergesehen.

Das dritte Leben war das ihrer heimlichen Depressionen. Sie tauchten manchmal in Gestalt einer Reise in die Vergangenheit auf. Es war, als könnte sie sich plötzlich an alle Einzelheiten aus ihrer Vergangenheit erinnern. Jedes unerfreuliche, gedankenlose Wort, das ihre Mutter, eine Tante oder eine Lehrerin einmal zu ihr gesagt hatte, kehrte zurück und gleichzeitig der Schmerz, den es ihr damals zugefügt hatte. Sie kochte vor Wut. Sie dachte an alle Beleidigungen, durch die sie eingeschüchtert worden war oder die sie geglaubt hatte. Sie erinnerte sich daran, wie oft Männer, die etwas von ihr wollten, oder Frauen, die sich durch ihren Erfolg bedroht fühlten, ihr Unweiblichkeit vorgeworfen hatten und wie sie klein beigegeben und sich bemüht hatte, ihnen zu gefallen. Sie trauerte versäumten Gelegenheiten zum Zurückschlagen nach, Worten, die sie nicht ausgesprochen hatte, alten, längst überlebten Bindungen, die sie viel früher hätte abbrechen sollen. Sie fühlte, wie sie ihr Leben vergeudet hatte. Keines der guten Dinge, die sie jetzt hatte – ihre Arbeit und ihre Freunde, ihre Gesundheit, ihr Geld und ihr gutes Aussehen –, konnte daran etwas ändern. Die Feinde hatten ihr ihre besten Jahre gestohlen.

Wenn Margot abends nicht ausging, um sich einen Mann zu angeln, blieb sie zu Hause, trank Wodka mit Tonic und hörte alte Schallplatten, die ihr die Erinnerung noch lebhafter zurückbrachten. Sie konnte sich nicht auf neue Musik konzentrieren. Sie irritierte sie. Mit der Gier eines Masochisten kroch sie in die Vergangenheit, die ihr so übel mitgespielt hatte. Sie hätte keinem Menschen trauen sollen. Sie hätte alles ganz anders machen sollen. In Gedanken führte sie zornige Gespräche mit diesen Schattenfeinden der Vergangenheit, in denen sie ihnen sagte, wie sehr sie sie verabscheute. Sie projizierte diese Szenen in die Gegenwart und stellte sich vor, die Polizei käme zu ihr, um ihr mitzuteilen, daß Kerry umgebracht worden sei und daß sie jeden, der in seinem Adressbuch stand, verhören müßten, obwohl sie selbst nicht verdächtig war. «Was haben Sie denn erwartet?» sagte sie dann zu den Polizisten. «Er hatte so sonderbare Freunde, es wundert mich nur, daß er nicht längst ermordet worden ist.»

Ellen war mit sich selbst beschäftigt, wie es für sie charakteristisch war, und merkte nicht, daß Margot sich verändert hatte. Am Telefon gab sie ihr endlose seismographische Berichte von ihren Orgasmen mit Reuben, ihrem seelischen Aufruhr, weil die Affäre so ernst wurde, und ihrer hämischen Freude darüber, daß sie es war. Nun konnte Margot es ihr heimzahlen. Sie erzählte Ellen von den besten ihrer Bekanntschaften, wobei sie jedes Erlebnis nach besten Kräften ausschmückte; sie erzählte es Nikki, sie erzählte es Rachel. Alle schienen sich zu freuen, daß sie Kerry so gut überwunden hatte und so beliebt war. Die einzige, die eine entmutigende Bemerkung machte, war natürlich Ellen. «Warum müssen sie denn so jung sein?» fragte sie. «Das hat doch keine Zukunft.»

«Du bist mir die Richtige, über Zukunft zu reden.»

«Na schön. Nächstes Mal werde ich es mir besser überlegen.»

«Planst du ein nächstes Mal?»

«Vielleicht . . .»

Mehr von Ellens Prahlerei konnte Margot nicht ernst nehmen. Ellen würde Hank nie verlassen, sie war ein Feigling.

Margots vierzigster Geburtstag kam näher. Ellen beschloß, daß sie dieses Jahr die Freundin nicht zum Lunch einladen, sondern ihr als Überraschung eine Abendgesellschaft bei Maxwell's Plum geben und nur ihre besten Freundinnen, Nikki und Rachel, dazu einladen würde. Eine richtige Überraschung konnte es allerdings nicht werden, denn wenn sie es Margot nicht vorher sagte, würde die vielleicht gar nicht kommen, weil sie irgendwo einen jungen Mann kennengelernt hatte. Margot freute sich auf die Party. Sie sah sich fröhlich trinkend auf dem Deck der *Titanic*, während die übrige Welt in Rettungsboote verfrachtet wurde. Das Bild wandelte sich rasch: sie selbst war zum Untergang verurteilt und blieb hysterisch auf der *Titanic* zurück, während ihre Eltern, alle Männer, die sie je geliebt hatte, und all ihre Freundinnen gerettet wurden. Dann sah sie sich zwischen lauter Fremden in einem überfüllten Rettungsboot, und während sie an einen sicheren Ort gerudert wurde, standen diejenigen, die sie liebte, an die Reling gedrängt und sahen tapfer dem Tode entgegen. Bei dieser Vorstellung mußte sie weinen. Sie wollte nicht entscheiden müssen, welche ihrer Phantasien ihr die liebste war – sie waren alle grauenhaft. Warum quälte sie sich so? Sie schien in letzter Zeit ihre Gedanken so wenig unter Kontrolle zu haben.

Sie bat ihren Arzt um ein neues Rezept für Schlaftabletten. Es war ein Barbiturat, und nach den neuesten Bestimmungen konnte man davon einen Vorrat für einen Monat kaufen, bekam aber das Rezept erst im nächsten Monat erneuert. Sie nahm nicht häufig Schlaftabletten, überhaupt keine, wenn ein Mann bei ihr war, sie sammelte sie. Man konnte nie wissen. Trinken schläferte die Vorstellungen und Phantasien ein, und wenn nicht, so verlieh es ihr wenigstens den Mut, auszugehen und sich nach männlicher Gesellschaft umzusehen. Es war zweifelhaft, ob sie sich einen Mann angeln könnte, ohne vorher ein paar Glas getrunken zu haben. Es war allen Anschauungen über Initiative, zu denen sie erzogen war, völlig entgegengesetzt. Am Tag, wenn sie ihren Text vorbereitete, trank sie überhaupt nicht, auch vor der Sendung nicht. Sie war sehr vorsichtig geworden. Früher hatte sie, wenn sie sich zum Lunch mit einer Freundin traf, ein bis zwei Glas Wein getrunken; jetzt trank sie nur abends. Der Alkohol förderte neuerdings alle ihre negativen Seiten zutage. Sie wußte nie, was aus ihr werden würde: Abenteurerin oder Einsiedlerin.

An ihrem Geburtstag trafen Margot, Ellen, Nikki und Rachel sich um halb neun bei Maxwell's Plum. Es war schon sehr voll. In der Mitte des Restaurants befand sich eine große, erhöhte Bar, an der junge Leute saßen, die Bekanntschaften machen und Liebe dieser oder jener Art finden wollten. Alle hatten sich für die Abenteuer des Abends sorgfältig angezogen und herausgeputzt. Entlang den Wänden standen die Tische in der Art eines Straßencafés, und hier konnten junge Paare in Bluejeans stundenlang bei einem Hamburger sitzen und das Treiben beobachten. Das ganze Lokal war in extravagantem Art Deco ausgestattet, und von der Decke hingen ausgestopfte oder aus Keramik modellierte Tiere. Aber das Hübscheste war der etwas erhöhte, offene Raum im Hintergrund, den man von der Bar aus gut sehen konnte, mit einem vielfarbigen, glitzernden Plafond aus Tiffany-Glas, Art Deco-Beleuchtung, Blumenbuketts auf den Tischen und einer unendlich langen Speisekarte. Ellen hatte in diesem kostspieligen hinteren Raum einen Tisch reserviert, und alle waren in großer Toilette. Sie wollten Margot zeigen, wie nett es war, eine weltläufige, finanziell gesicherte, erwachsene Dame zu sein, damit ihr Geburtstag sie nicht betrübte.

Sie leerten zwei Flaschen Wein. Das ging schnell bei vier Personen. Während des Essens bestellten sie eine dritte Flasche. Margot erwog, die ganze Rechnung auf ihre Kreditkarte setzen zu lassen, so daß Ellen ihren Anteil nicht zu bezahlen brauchte, und dabei merkte sie, daß sie beschwipst war. Sie waren alle guter Laune. Nikki und Rachel hatten sich zusammengetan und ihr einen Rykiel-Sweater gekauft, den sie gerne haben wollte, und Ellen hatte ihr ein Collier von Elsa Peretti geschenkt.

«Diese Beute ist es wert, vierzig zu werden», sagte Margot dankbar, ohne es wirklich zu meinen.

Sie waren vergnügt, sie lachten und kreischten wie die Schulmädchen. «Ich muß euch von der Inschrift erzählen, die ich gerade an der Wand der Toilette gesehen habe», sagte Nikki. «Da stand ‹Sex ohne Liebe ist noch schlimmer›.» Alle kreischten vor Lachen. «Schlimmer als was?» fragte Nikki. Sie lachten noch mehr.

«Ich muß sowieso pinkeln gehen, da werde ich was dazuschreiben», sagte Margot und stand auf. Sie mußte durch den ganzen hinteren Raum gehen, um zur Treppe zu kommen, und blickte auf die überfüllte Bar hinab. Ein paar ganz passable Männer standen dort in der Hoffnung, ein Mädchen zu finden. Als sie die Treppe wieder herunterkam, hatte sie einen besseren Überblick und sah einen, der ihr zusagte. Er war groß, gut gebaut und sonnengebräunt, mit dunklem Haar und hellen Augen, und trug das unvermeidliche taillierte Hemd und, über eine Schulter geworfen, eine Wildlederjacke. Er hielt ein Glas in der Hand, in dem etwas war, was wie ein «Gespritzter» aussah. Bestimmt suchte er Anschluß. Sie ging zu ihm hinüber und sah ihn mit einem zerstreuten Halblächeln an.

«Ich kenne Sie», sagte er.

«So?»

«Sie sind beim Fernsehen. Margot King! Richtig?»

«Richtig.»

«Wollen Sie was trinken?»

Sie nickte zu dem Tisch mit den Freundinnen hinüber. «Ich mache gerade ein Interview. Später?»

Er sah zu dem Tisch hinüber, und sein Blick blieb an Rachel haften. Fast hätte er sich die Lippen geleckt. «So ein Zusammentreffen, ich bin selber in der Marktforschung.»

«Lesbierinnen», sagte Margot. «Sehr langweilig. Das dauert noch, bis ...» Sie sah nach ihrer Uhr. «Wollen Sie nicht um elf in meine Wohnung kommen?»

«Werden Sie da sein?»

«Natürlich.» Sie schrieb ihre Adresse auf seine Serviette und ging zu ihrem Tisch zurück.

«Wer war das?» fragte Ellen.

«Ein Bekannter.»

«Wie heißt er?»

«Ich habe keine blasse Ahnung», sagte Margot und lächelte zu dem gutaussehenden jungen Mann hinunter, der jetzt im ganzen Raum nur sie zu sehen schien. Er hielt zwei Finger hoch, was wohl elf bedeuten sollte. Margot nickte.

«Was soll das heißen?» fragte Nikki.

«V für ‹Victory›», sagte Margot.

«Hast du diesen fremden Mann angesprochen?» fragte Rachel entsetzt.

«Sicher», sagte Margot. «Hast du das in deiner trüben, schlimmen Vergangenheit nie getan?»

«Wer weiß wie oft», sagte Rachel.

«Na also, ich lebe noch in meiner trüben, schlimmen Vergangenheit», sagte Margot.

«Es ist unglaublich», sagte Nikki. «Du gehst durch den Raum, und sie fallen dir zu Füßen.»

Alle nickten und lächelten bewundernd, aber Margot wußte nicht recht, ob sie es ernst meinten oder sie für verrückt hielten und nur nett zu ihr waren, weil sie Geburtstag hatte.

Sie war Viertel vor elf zu Hause, räumte ihre Geburtstagsgeschenke weg, putzte sich die Zähne, kämmte sich das Haar, trank ein Gläschen und wartete. Er erschien zehn Minuten nach elf. Zu unsicher, um auf der Straße zu warten, falls ich noch nicht zu Hause war, dachte sie. Er hat mich weggehen sehen, aber er war sich noch nicht sicher. Das heißt, er wird sich mehr Mühe geben. Unsichere tun das immer. Es nützt ihnen gar nichts; ich liebe die Vorstellung mehr als den Akt selbst, aber ich werde ihn glücklich wegschicken.

Frühmorgens mußte er in sein Büro. Er zog einen sorgfältig zusammengelegten Schlips aus der Jackettasche. «Bin gestern abend rasch zu Hause vorbeigegangen, um ihn zu holen», sagte er, als wäre das enorm gescheit von ihm. Margot gab ihm eine noch eingewickelte neue Zahnbürste, damit er ihre nicht benutzte. (Das hatte der erste junge Mann, den sie aufgelesen hatte, getan, und daraufhin hatte sie bei Woolworth ein Dutzend gekauft.) Sie tat so, als wäre sie zu verschlafen, um ihm Frühstück anzubieten. Als er ging, war sie erleichtert. Sie warf die Rasierklinge, die er benutzt hatte, in den Abfall und wechselte die Bettwäsche.

Rachel hatte ihr erstes Studienjahr an der New York University begonnen. Sie hörte amerikanische Geschichte, Staatswissenschaft, Volkswirtschaft (als Einführung zum Studium des Bankwesens) und Psychologie. Sie kam immer zeitig zu den Vorlesungen, so daß sie einen guten Platz bekam, in der Mitte der vierten Reihe; sie dachte daran wie an einen Parlamentssitz. In Hemd und Jeans, die Bücher auf dem Schoß, saß sie dort und sah all die anderen Studenten in den Hörsaal kommen. Wie viele es waren! Nie im Leben hatte sie so viele junge Leute zu gleicher Zeit zusammen gesehen. Hier hatten sie bei der Einschreibung für die Vorlesungen in endlosen Schlangen angestanden. Überfüllte Buchläden, anstehen in der Bibliothek, anstehen beim Essen, anstehen für alles. Der Professor benutzte ein Mikrofon. Diese Massen von jungen Menschen, wie war ihnen zumute? Anonym, ehrgeizig, ängstlich? Sie war froh, daß sie wußte, was die Zukunft für sie bereithielt, daß sie nicht nach dem Examen mit all diesen Leuten um eine Stellung kämpfen mußte. Rachel war so fasziniert von den Gedanken, mit denen ihre Professoren sie bombardierten, so beschäftigt mit Hausarbeit und Referaten, die von ihr verlangt wurden, daß sie noch nicht dazu gekommen war, sich mit jemandem anzufreunden. Aber sie kam sich nicht sonderbar oder als Außenseiterin vor, weil sie älter war als die anderen Studenten. Sie schienen die berühmte Kluft zwischen den Generationen gar nicht zu empfinden. Niemand schien sich darüber Gedanken zu machen, wieso sie hier war, und Jungen und Mädchen lächelten ihr zu, wenn sie im Flur an ihr vorbeigingen, als wäre sie eine von ihnen.

Ein Junge setzte sich in der Psychologie-Vorlesung immer möglichst neben sie. Er hatte sich ihr vorgestellt – er hieß Andy. Er war etwa ebenso groß wie sie, ein knochiger junger Mann mit schulterlangem rotem Haar, einem Schnurrbart und einem kleinen Backenbart. Sein Barthaar war braun. Er hatte frische, reine Haut wie ein Kind und arglose braune Augen. Ohne die vielen Haare im Gesicht hätte er etwa wie ein Sechzehnjähriger ausgesehen, fand sie. Komisch, wie jung diese Studenten ihr erschienen. Andy war hier eigentlich der einzige, der nennenswerte Anstrengungen machte, sich mit ihr anzufreunden, und Rachel war ihm dankbar dafür. Er unterhielt sich immer mit ihr vor und nach der Vorlesung, störte sie aber während der Vorlesungen nie durch Getuschel. Er machte ebenso wie sie gewissenhaft Notizen.

Sie merkte nach einiger Zeit, daß er für sie schwärmte, und der Gedanke entzückte sie. Sie erzählte Lawrence von ihm, und der sagte nur, es wundere ihn, daß nicht mehr Jungen für sie schwärmten. Er war ihr bei ihrem Studium so hilfreich gewesen, hatte ihre gesellschaftlichen Verpflichtungen verkleinert und alles so eingerichtet, daß sie Zeit zum Studieren hatte. Er sprach sogar mit ihr über seine Arbeit, erklärte ihr, was er machte und ob das, was sie in ihren Volkswirtschaftskursen lernte, für seine tägliche Arbeit von Bedeutung war oder nicht. Lawrence schien stolz auf sie zu sein, und Rachel war selber auf sich stolz. Die anderen Studenten hatten ebensolche Angst vor dem Versagen wie sie, darum erschien ihr alles nicht mehr so beängstigend. Sie waren ja alle Neulinge.

An einem schönen Herbsttag fragte Andy sie nach der Vorlesung, ob sie Lust habe, ein Weilchen mit ihm im Washington Square Park in der Sonne zu sitzen. Sie hatte eine Freistunde zwischen zwei Vorlesungen, und sie fühlte sich heute so jung, daß sie sich sagte, ein paar Minuten im gefürchteten Sonnenschein würden sie nicht gleich in eine Backpflaume verwandeln, und so sagte sie ja. Unterwegs kaufte er von einem Karren ein Würstchen mit Sauerkraut und bot ihr auch eines an, aber sie lehnte ab.

«Mein Frühstück», sagte er. Er kaufte sich auch eine Coca-Cola.

Ob er wohl Geld hatte? Man konnte es bei diesen jungen Leuten nie wissen, sie sahen alle arm aus.

Der kleine Park war voll von Studenten und älteren Leuten, die Mittagspause oder nichts zu tun hatten. Zwei Mädchen spielten Geigenduos, zu ihren Füßen lag ein Strohhut, in den die Vorübergehenden Geldstücke und manchmal sogar einen Dollarschein warfen. Alte Männer saßen unter den Bäumen und spielten Schach. Auf dem Spielplatz tummelten sich Kinder, von ihren Müttern bewacht, in der Sonne.

Rachel und Andy fanden Platz auf einer Bank und setzten sich. «Wo sind Sie her?» fragte sie.

«Iowa. Und Sie?»

«New York.»

«Ich meine, vorher.»

«Ach so», sagte Rachel. «Kansas City. Habe ich noch einen Akzent?»

«Na ja, für mich haben die anderen alle einen Akzent. Ich finde den New Yorker Akzent wirklich komisch. Sie sprechen das *r* nicht aus.»

Rachel lachte. «Und wie sind Sie schließlich hierhergekommen?»

«Das ist eine lange Geschichte. Als ich von der höheren Schule abging, beschloß ich, nach Kalifornien zu fahren. Ich hatte einen Duster mit Spezialmotor, selbst eingebaut, und Rennreifen. Er war etwa zwei Jahre alt und hatte so an die zweiundvierzigtausend Kilometer drauf, aber ich dachte, ich würde ohne Schwierigkeiten hinkommen. Na ja, ich kam bis Los Angeles, dann brach die Kiste zusammen, und die Reparatur sollte fünfhundert Dollar kosten. Es bestand keine *Möglichkeit* für mich, fünfhundert Dollar aufzubringen – ich hatte nicht mal einen Platz zum Schlafen. Also jedenfalls, ich lernte ein paar andere Typen kennen und zog zu ihnen, und dann hatte einer von ihnen die Idee, ich sollte bei einer Fernsehshow mitmachen und versuchen, einen neuen Wagen zu gewinnen. Oder wenigstens etwas Geld. Der Vater von dem einen Mädchen kannte jemand, der wiederum jemand kannte, ich bewarb mich also für eine Masse Shows, und dann wartete ich ungefähr zwei Monate, und dann nahmen sie mich für diese Tombolashow ‹Das Glücksrad› – mal davon gehört?»

Rachel schüttelte verneinend den Kopf.

«Na ja», sagte Andy, «man dreht ein Rad und kriegt Geld, wenn man die Buchstaben errät, und wenn man das Rätsel rät, gibt man das Geld für Preise aus. Man darf das Geld nicht behalten, man muß es ausgeben. Ich hoffte immer noch, den Wagen zu gewinnen, verstehen Sie? Aber dann habe ich eine Reise nach New York gewonnen. So bin ich hergekommen. Mir gefällt es hier wirklich. Das war komisch, denn alle meine Bekannten hatten gesagt, ich würde es gräßlich finden. Aber ich finde New York großartig. Da habe ich meine Eltern angerufen und ihnen gesagt, daß ich hier aufs College gehen will. Sie waren hocherfreut, denn sie hatten mich schon aufgegeben und gedacht, ich wäre Landstreicher geworden. Mein Vater wollte ursprünglich, daß ich aufs College gehe. Er ist Arzt. Sie schickten mir also Geld, und ich bewarb mich bei der New York University und wurde angenommen, und nun bin ich hier. Darum bin ich älter als die anderen, weil ich ein Jahr verloren habe.»

«Wie alt sind Sie?» fragte Rachel.

«Neunzehn.»

«Kein Wunder, daß Sie mich gern mögen, ich bin ja auch älter als die anderen», sagte Rachel, ihn anlächelnd.

«Wieso haben Sie sich jetzt entschlossen, aufs College zu gehen?»

«Vorher war ich noch nicht reif dafür», sagte sie.

Er lachte. «Mein Vater hätte *Sie* bestimmt aufgegeben!»

«Na ja, inzwischen habe ich geheiratet», sagte Rachel.

«Sind Sie noch verheiratet?»

«Klar.»

«Und was meint Ihr Mann dazu?»

«Er hilft mir viel.»

«Fühlt er sich nicht bedroht?»

«Nein. Das zeigt, wie reif er ist. Er ist sehr selbstsicher. Er muß sich seine Selbstbestätigung nicht auf meine Kosten suchen.»

«Ttcha», sagte Andy nachdenklich. «Wissen Sie, bei uns jungen Leuten ist es nicht viel anders. Eine Menge Jungen fühlen sich von den Mädchen bedroht, wenn sie's auch nicht zugeben wollen. Eine Menge von ihnen sind richtige männliche Chauvinisten, auch wenn sie achtzehn Jahre alt sind. Sie sind so erzogen worden. Ich nicht. Aber es ist komisch, sie sehen Mädchen überhaupt nicht als Menschen an. Ihre Väter haben ihre Mütter nie als Menschen behandelt, und sie haben das einfach als selbstverständlich hingenommen. Eine Menge junge Leute sind viel mehr beschützt worden, als sie wissen – oder wenn sie es wissen, wollen sie es nicht wahrhaben.»

«Was werden Sie als Hauptfach nehmen?» fragte Rachel.

«Vielleicht Psychologie. Und Sie?»

«Nun, ich wollte es mit dem Bankwesen versuchen, aber eigentlich ist Psychologie mein Lieblingsfach. Ich glaube, vielleicht nehme ich doch Psychologie als Hauptfach.»

«Und dann? Weiterstudieren?»

«Darüber habe ich noch nicht nachgedacht», sagte Rachel.

«Aber wenn Sie nicht weiterstudieren, werden Sie nie eine anständige Stellung kriegen», sagte er. «Selbst wenn Sie Sozialfürsorgerin werden wollen . . .»

Da sitzen wir und sprechen über meine Zukunft, als wäre ich ein junger Student wie er, dachte Rachel amüsiert und geschmeichelt. Er denkt nicht, daß ich eine Ehefrau bin, die zum Spaß in Vorlesungen geht. Er weiß wirklich, daß mir etwas daran liegt. Er ist nie auf den Gedanken gekommen, daß ich einfach weiter die Frau meines Mannes sein und meine Befriedigung darin finden könnte, Gesellschaften zu geben und dergleichen.

«Ich habe gedacht, vielleicht könnte ich Pädagogik studieren und Kinder unterrichten», sagte Rachel. «Ich würde ihnen gern beibringen, mehr Freude am Lernen zu haben als ich, wie ich klein war.»

«Haben Sie Kinder gern?»

«Darüber habe ich eigentlich noch nie nachgedacht.»

«Na ja», sagte Andy, «Sie sollten sie lieber gern haben, wenn Sie Kinder unterrichten wollen.»

«Da haben Sie recht.»

«Haben Sie Kinder?»

«Nein.»

«Anderer Leute Kinder sind sowieso nicht dasselbe», sagte er. «Man hat keine Schuldgefühle wegen ihrer Probleme, und man wird nicht so böse auf sie.»

«Wetten, daß ich böse auf sie sein würde», sagte Rachel.

«Das ist normal.»

«Wissen Sie, Andy, Sie sind sehr gescheit und reif für Ihr Alter.»

«Nicht doch», sagte er ärgerlich. «Ich rede nicht über Ihr Alter, also machen Sie sich nicht über meines lustig.»

«Ich wollte mich nicht lustig machen. Ich fände es herrlich, neunzehn zu sein.»

«Damit Sie dann alles noch einmal und besser machen könnten. Das sagt mein Vater immer.»

«Na schön», sagte sie. «Jetzt haben Sie mir eins ausgewischt.» Sie lachten beide.

«Hören Sie», sagte er, «im Village Cinema läuft *Freaks* wieder. Waren Sie schon drin?»

«Nein.»

«Ich auch nicht. Aber wir sollten es uns ansehen, wenn wir uns für Psychologie interessieren. Wollen wir nachher zusammen hingehen?»

«Ich habe noch zwei Vorlesungen», sagte Rachel.

«Ich meine, nach den Vorlesungen.»

«Dann muß ich nach Hause.»

«Ach so.»

Sie merkte, daß sie ihn gekränkt hatte. Er benahm sich so zwanglos, und sie fühlte sich so gänzlich außerhalb seiner Welt, daß sie vergessen hatte, daß er wirklich für sie zu schwärmen schien. «Ich habe eine bessere Idee», sagte sie. «Mein Mann und ich geben Freitag abend in unserer Wohnung eine Party. Wollen Sie nicht kommen?»

«Muß ich da einen Anzug anziehen?»

«Nein. Nur nicht gerade Jeans.»

«Okay. Ich komme gern. Soll ich was mitbringen?»

«Ein Mädchen, wenn Sie wollen. Aber nicht, wenn Sie keine Lust dazu haben.»

«*Wollen Sie*, daß ich ein Mädchen mitbringe?»

«Nur wenn Sie es wollen. Es kommt wirklich nicht darauf an. Nicht alle meine Freunde sind so uralt wie ich. Ich glaube, Sie werden sich gut amüsieren.»

«Ich werde noch über das Mädchen nachdenken», sagte er. «Aber eigentlich habe ich gemeint, ob ich eine Flasche Wein oder so was mitbringen soll?»

Hoffentlich wird er nicht ohnmächtig, wenn er unsere Wohnung sieht, dachte Rachel. Ich sehe ihn mit einer Flasche billigen Rotwein in einer Tüte in der Hand, während das Hausmädchen ihm den Mantel abnimmt. «Nein, vielen Dank», sagte sie. «Nett von Ihnen, daß Sie daran gedacht haben. Aber bringen Sie nur sich selber.»

Er schien sich zu freuen. Er schrieb ihren Nachnamen und ihre Adresse in sein Notizbuch. «Um wieviel Uhr?»

«Acht. Und es gibt etwas zu essen.»

«Oh, gut, ich lasse mich gern zum Essen einladen!»

Sie sah nach der Uhr. «Ich muß jetzt zur Vorlesung.»

«Ich begleite Sie.»

Sie schlenderten aus dem Park zu dem Gebäude, wo Rachel ihre nächste Vorlesung hatte. Andy erinnerte sie an den kleinen Jungen in der sechsten Klasse, der ihr die Bücher getragen hatte und auch rothaarig gewesen war. In Wirklichkeit hatte er ihr gar nicht die Bücher getragen, sondern sie geohrfeigt, aber daran hatte sie gemerkt, daß er für sie schwärmte. Selbst damals schon hatte sie anziehend auf komische kleine Jungen gewirkt.

Die große Anzahl von Studenten hatte es ihm leichtgemacht, seit Semesterbeginn Rachel regelmäßig zu folgen. Niemand achtete darauf, daß er offensichtlich älter war; man hielt ihn für einen Professor oder auch für einen Gasthörer. Er verlor sich in der Menge, ließ sich treiben und behielt sie immer im Auge. Er bemerkte, daß sie aus einer bestimmten Vorlesung jedesmal mit demselben rothaarigen Jungen herauskam, und er sah sie mit ihm zum Washington Square Park gehen. Als er sie nebeneinander ins Gespräch vertieft auf einer Bank sitzen sah, bäumten sich seine Eingeweide auf, und ihm wurde übel. Eine Welle von Haß gegen diesen Jungen überkam ihn, die sich dann gegen sie kehrte. Natürlich hatte der Junge sie gern, wer betete sie nicht an? Aber warum führte sie ihn an der Nase herum? Er wußte, was der Junge wollte. Alle wollten das. Aber wollte sie es? War sie hier, mitten in der Stadt, fern von allen, die sie kannten, weit fort von ihrem anerkannten, über jeden Zweifel erhabenen Leben, wirklich eine andere? Warum vergeudete sie ihre Zeit mit diesem jungen Hippie, wenn sie nicht vögeln wollte wie all die anderen Huren? Seine Göttin in diesem häßlichen Teenageranzug – verwaschene Jeans, schlampiger Pullover – neben einem dreckigen, nach Sauerkraut stinkenden Jungen, ihr Bein dicht neben dem seinen, ihr weicher Mund ihm zulächelnd. Er schloß und öffnete die Hände, als wollte er sie erwürgen.

Sobald er sich Rachel tot vorstellte, traten ihm die Tränen in die Augen. Er konnte sie nicht töten, er liebte sie doch. Aber er wollte sie diesem bärtigen Jungen entreißen und wieder dorthin bringen, wo sie hingehörte. Es war nicht richtig, daß sie hier unter diesen jungen Leuten war. Sie gehörte nicht hierher. Sie verschenkte sich stückweise an Leute, die sie nicht verdienten, und damit erniedrigte sie sich. Sie mußte bestraft werden. Er wußte noch nicht, wie die Strafe aussehen sollte, aber es würde ihm schon etwas einfallen.

Nikki erkannte, daß sie sich jemandem anvertrauen mußte. Die Anstrengung, zwischen ihrem Mann und ihrem Liebhaber hin und her zu jonglieren, war mehr, als sie ertragen konnte; sie mußte mit einem Menschen darüber sprechen, der ihr versichern konnte, daß sie nicht im Begriff war, den Verstand zu verlieren. Sie war entschlossen gewesen, es niemandem zu erzählen, weil sie auf Frauen, die sich mit ihren sexuellen Eroberungen brüsteten, immer etwas herabgesehen hatte, aber dies war mehr als eine Eroberung; es war ein echtes Problem, das Problem, wie sie ihr Leben zusammenhalten sollte. Robert hatte jetzt seinen Schlüssel zu ihrer Wohnung und hatte sich angewöhnt, zweimal wöchentlich zu kommen und bei ihr zu übernachten. Er sprach immer von «unserer» Wohnung, obgleich er ihr nie anbot, sich an der Miete zu beteiligen. Aber das hätte sie ihm nicht erlaubt, auch wenn er es gewollt hätte. Diese Wohnung war ihre Sicherheit. Robert bemühte sich wirklich, anders zu sein, aber wenn er ein Recht auf die Wohnung hätte, würde sie kein Refugium mehr haben, das ihr allein gehörte, und dann hätte er machen können, was er wollte. Das wußten sie beide ganz genau. Er betrachtete die Wohnung als ihre Waffe, und Nikki war sich nicht sicher, ob er nicht teilweise recht hatte. Wenn ein Versteck eine Waffe war, dann stimmte es.

Wenn sie wußte, daß Robert nicht nach New York kam, verbrachte sie die Nacht mit John in seiner Wohnung. Sie kam um halb acht Uhr abends zu ihm und brachte in ihrer Einkaufstasche Kleider zum Umziehen für den nächsten Bürotag mit. Sie ließ ein paar Toilettengegenstände und dergleichen bei ihm. Sie wollte nicht zuviel dort lassen. Sie wollte nicht mehr zu ihm gehören als zu Robert. Sie wollte nur sich selbst gehören. John schien das viel besser zu verstehen als Robert, aber er war ihr Liebhaber, nicht ihr Ehemann, daher war das Verstehen für ihn leichter.

Sie hatte wirklich den Wunsch, ihre Ehe aufrechtzuerhalten. Darum übernachtete sie, wenn Robert auf dem Lande blieb, in Johns Wohnung, nur für den Fall, daß Robert beschloß, überraschend in die Stadt zu kommen und seinen Schlüssel zu benutzen. Sie wollte ganz sicher sein, daß Robert nie etwas von John erfuhr. Wenn er es erfuhr, würde er sie verlassen, ob er es wollte oder nicht, aber so war er nun einmal.

Sie beschloß, es Rachel zu erzählen. Rachel war nicht die klügste ihrer Freundinnen, aber die diskreteste. Außerdem hatte Rachel eine bewegtere Vergangenheit, als Nikki je gehabt hatte, also wußte und verstand sie vielleicht mehr von den Gefühlen, mit denen Nikki allein nicht zurechtkam. Sie verabredeten sich zum Lunch an einem Tag, an dem Rachel nach zwölf keine Vorlesungen hatte.

Nikki kam als erste in das Restaurant und saß, als Rachel hereinkam, bei einem Aperitif. Rachel sah strahlend aus. Sie trug wollene Hosen, einen Kaschmirpullover und einen Wildledermantel. Ihr Gesicht leuchtete vor Glück. Nikki betrachtete sich selbst in dem Spiegel neben der Wandbank, auf der sie saßen, und fand, daß sie bedrückt und müde aussah. Was hatten Sex und Liebe für einen Sinn, wenn man dann so aussah?

«Du siehst so prachtvoll aus, daß ich glaube, ich werde mich auch im College anmelden», sagte Nikki.

Rachel lächelte. «Ich finde es einfach herrlich. Ich freue mich so, dich zu sehen! Wie geht's dir, alles in Ordnung?»

«Trink erst was», sagte Nikki. «Dann werden wir reden.»

«Mineralwasser, bitte», sagte Rachel zum Kellner. «Mit Eis und Zitrone. Ich muß heut nachmittag arbeiten», sagte sie zu Nikki. «Jeder meiner Professoren denkt, man hörte einzig und allein seine Vorlesung.»

«Robert hat angefangen, in meiner Wohnung zu übernachten», sagte Nikki.

«Na, das ist doch wundervoll! Ich wußte ja, daß er einlenken würde. Findet er sie schön?»

«Ja. Er bemüht sich sehr, nett zu sein.»

«Aber du scheinst Sorgen zu haben.»

«Sehe ich furchtbar aus?» fragte Nikki.

«Nein, das nicht. Du siehst nur so aus, als hättest du unter Druck gestanden. Niemand würde es bemerken, der dich nicht so gut kennt wie ich.»

«Ich möchte dir etwas erzählen – aber nur dir.»

«Natürlich», sagte Rachel.

«Ich habe ein Verhältnis mit John Griffin. Robert weiß es nicht.»

Rachel strahlte. «Das ist ja phantastisch! Ich habe immer für John Griffin geschwärmt, er ist mein Lieblingsschauspieler. Du solltest glücklich sein. Er kann jede Frau der Welt haben, und er hat dich ausgesucht. Ist er nett?»

«Ja, sehr nett.»

«Ist er gut? Oh, das hätte ich nicht fragen sollen, ich nehme es zurück.»

Nikki fand es interessant, daß Rachel sie nicht fragte, ob sie in ihn oder er in sie verliebt sei. Offenbar war Rachel klüger, als sie erschien. Ellen hätte wilde Leidenschaft angenommen, und Margot hätte wenigstens danach gefragt. «Ja, er ist gut», sagte sie.

«Es ist schwierig für dich, nicht wahr?» sagte Rachel mitfühlend. «Manche Frauen blühen auf, wenn sie ein Verhältnis haben, aber du nicht. Ich würde damit nicht fertig, das weiß ich.»

«Nicht das Jonglieren ist das Schwere», sagte Nikki. «Auch nicht die Schuldgefühle. Ich habe die Schuld auf mich genommen, als ich beschloß, nicht mit John Schluß zu machen, obwohl Robert zurückgekommen war. Das Schwierige ist . . . Ich möchte, daß es mit Robert funktioniert, ich will es wirklich, aber ich habe das Gefühl, daß es nicht funtionieren würde ohne . . . nun, ohne John. Ich meine, er ist irgendwie eine Krücke für mich. Er gibt mir Selbstvertrauen. Und Robert spürt das und fürchtet, er könnte mich verlieren. Darum bemüht er sich, noch netter zu sein.»

«Was wirst du tun?»

«Ich weiß nicht. Es wird sich schließlich alles von selbst lösen.»

«Deshalb bist du so erschöpft», sagte Rachel nachdenklich.

«Was?»

«Abwarten, daß es sich von selbst löst. Du bist nicht der Mensch, der anderen die Führung seines Lebens überlassen kann, Nikki. Vielleicht warst du es einmal, aber jetzt nicht mehr. Du mußt das Gefühl haben, daß du dein Leben unter Kontrolle hast. Wir alle müssen das.»

«Ich kann keinen von ihnen unter Kontrolle haben, aber ich will es auch nicht», sagte Nikki. «Ich könnte John wegschicken – das wäre Kontrolle. Aber ich kann ihn nicht dazu bringen, sich wahnsinnig in mich zu verlieben und mich zu bitten, meinen Mann zu verlassen, und das würde ich auch nicht wollen. Robert ist gerade jetzt wunderbar, aber ich habe nie das Gefühl, daß es von Dauer ist. Ich glaube, er will mich einfach zurückhaben. Wenn er mich davon überzeugen könnte, daß er mich wirklich ernst nimmt – meinen Wert, meine ich –, dann würde ich mich wieder sicher fühlen. Ich habe mich einfach so lange nicht sicher gefühlt.»

«Was soll Robert denn genau tun?»

«Ich weiß nicht. Er wird es tun müssen, und dann werde ich's wissen.»

«Liebst du ihn?»

«Robert?» fragte Nikki.

«Ja. Liebst du ihn?»

Nikki dachte ein Weilchen nach. «Ich weiß nicht», sagte sie. «Ich bin so müde. Manchmal wünschte ich, sie würden beide weggehen und mich in Ruhe lassen.»

Ellen hatte dem frühzeitigen Labor Day mit bösen Vorahnungen entgegengesehen, denn er bedeutete das Ende des Sommers und die Rückkehr von Reubens Frau und seinen zwei Kindern in die Stadt. In ganz New York wurden die Strohwitwer wieder Ehemänner und ließen sich von ihren Sommerfreundinnen scheiden, die nun wieder auf die hastigen Liebesstunden am Nachmittag, den «Spaziergang» nach dem Abendessen, das endlose Warten auf einen Telefonanruf angewiesen waren. Ellen erwartete mehr von Reuben, aber es war wichtig, ihm das

Arrangement zu überlassen. Jetzt würde sich's zeigen. Er enttäuschte sie nicht.

Er hatte einen unverheirateten Freund, der ihm seine Wohnung lieh. Dort trafen Ellen und Reuben sich zum Lunch oder während der Woche nach der Arbeit, und freitags nahmen sie den Nachmittag frei und trafen sich gleich nach dem Lunch. Ellen vergewisserte sich, daß Reubens Freund nicht wußte, wen er in seine Wohnung mitbrachte, daß er nicht einmal etwas von ihrer Existenz wußte. Es war eine nette kleine Wohnung – Schlafzimmer, Wohnzimmer und Küche –, aber sie wirkte etwas provisorisch. Der Wohnungsinhaber hatte eine Scheidung hinter sich, die ihn fast seinen gesamten materiellen Besitz gekostet hatte; er hatte für Frau und Kinder hohe Alimente zu zahlen, und seine Wohnung war mit ausrangierten Möbeln eingerichtet. Ellen fand die Atmosphäre nicht gerade zuträglich für ihre Romanze mit Reuben.

Sie kaufte einige winterfeste Topfpflanzen, die sie in Strohkörbe setzte und im Wohn- und Schlafzimmer verteilte. Das machte schon einen riesigen Unterschied. Wenigstend sah es nicht mehr so verlassen aus. Sie sagte, die Pflanzen seien ein Geschenk für den Hausherrn als Zeichen ihrer Dankbarkeit.

«Ich verstehe nicht, wie man so leben kann», sagte Ellen. «Er sollte sich eine Freundin anschaffen. Junggesellen haben die niedrigste Lebenserwartung, und ich verstehe jetzt warum. Hast du in seinen Kühlschrank gesehen?»

«Du hast diese Situation schon dadurch verändert, daß du einfach hier bist», sagte Reuben. «Wo du hinkommst, erweckst du alles zum Leben.»

«Wirklich? Danke.»

«Es ist nicht die beste Lösung unseres Problems», sagte er, «aber ich fand es hier sicherer als in einem Hotel, und netter.»

«Ich will weiter nichts, als bei dir sein», sagte Ellen.

«Und ich bei dir.»

Die Telefonzentrale bei Heller & Strauss war ab fünf Uhr nicht mehr besetzt, und Ellen hielt es nicht für nötig, Hank oder den Mädchen ihre Durchwahlnummer zu geben; wenn sie also sagte, sie habe abends länger zu arbeiten, mußten sie ihr glauben. An manchen Abenden kam sie nicht rechtzeitig nach Hause, um das Essen vorzubereiten, aber sie kamen ganz gut ohne sie zurecht und machten sich selbst etwas. Sie war froh, daß Jill und Stacey alt genug waren, für sich selbst zu sorgen. Reubens Frau war es gewohnt, daß er abends lange arbeitete. Der einzige Unterschied zu seinem bisherigen Leben war, daß er eher vom Büro wegging; nach Hause kam er zur selben Zeit wie früher.

Ellen merkte, wieviel Zeit Reuben für ihr Verhältnis opferte – Zeit, die für gewöhnlich seiner Arbeit gehört hatte. Wenn sie sich nachmittags in ihrer geliehenen Wohnung trafen, hatte er immer Manuskripte bei sich, die er zum Redigieren mit nach Hause nahm. Er stöhnte über eines, das tausend Seiten lang war, und sagte, er habe gehofft, die Papierknappheit würde solchen Büchern ein Ende machen. Aber er liebte seine Arbeit, auch wenn er sich beklagte. Geschäftliche Verhandlungen waren für ihn ebenso aufregend wie schöpferische Arbeit. «Sieh mal dies hier, der perfekte Katastrophenroman – ich habe ihn billig erworben, er erfordert eine Menge Arbeit, aber ich kann ihn gut für eine sechsstellige Summe an einen Taschenbuchverlag verkaufen.» Ellen wünschte sich, in ihrem Leben auch etwas so Interessantes, Ausfüllendes zu haben. Reubens Gedanken waren immer zum Teil bei seinen Verpflichtungen, aber schließlich war sie ja erwachsen und wollte gar keinen Mann haben, der um ihretwillen seine Karriere vernachlässigte. Sie hatte genug an einem Versager.

Qualvoll waren die Wochenenden. Reuben vergrub sich in Manuskripte und bemühte sich, seinen beiden Söhnen besondere Aufmerksamkeit zu schenken. Er vernachlässigte seine Frau in solchem Maße, daß sie sich Sorgen um seine Gesundheit machte; nie kam sie auf den Gedanken, daß er vielleicht an eine andere Frau dachte. Ellen, die keine Wochenendarbeit hatte, machte weite Spaziergänge, säuberte die Wohnung und schrie ihre Töchter an. Sie dachte fortgesetzt an Reuben. Sie hatte mit dem Gedanken gespielt, ihm wie zufällig an irgendwelchen glaubhaften Orten zu begegnen, in einem Museum oder Warenhaus, aber sie hatten diese Idee wieder verworfen, weil das Theaterspielen zu quälend gewesen wäre. Sie sehnten sich nach einem zweiten gemeinsamen Wochenende oder auch nur nach einer ganzen Nacht, aber wie sollten sie das einrichten?

«Es ist viel schlimmer, als ich geglaubt habe», sagte Reuben zu ihr.

«Inwiefern?»

«In jeder Weise. Ich bin von dir besessen. Ich kann dieses Theater zu Hause nicht aufrechterhalten. Ich möchte meine Frau verlassen und ganz mit dir zusammen leben.»

«Ach ja, das wäre schön . . .»

«Nein, ich scherze nicht. Ich meine es ernst, Ellen. Würdest du deinen Mann verlassen?»

«Ich . . . ich habe noch nicht richtig darüber nachgedacht – nur so als Wachtraum. Was würden wir dann tun?»

«Ich würde dich natürlich heiraten. Ich bin ein Mann, der verheiratet sein muß. Ich will nur eine Frau haben. Warum sollte man nicht heiraten, wenn man nicht herumvagabundieren will? Ich will, daß wir beide, du und ich, ein richtiges Heim, ein gemeinsames Leben haben. Wir könnten jede Nacht zusammen in einem Bett schlafen, unseren Urlaub zusammen nehmen, alle Wochenenden für uns haben. Du würdest meine Kinder sehr gern haben, Ellen. Und ich weiß, daß ich deine gern haben würde. Wir würden ein normales Leben führen, statt uns wie Verbrecher zu verstecken.»

Nun gut, sagte Ellen sich, nun mußt du dich entscheiden. Entweder machst du so wie sonst immer jetzt Schluß, oder du versuchst Zeit zu gewinnen, oder du tust den entscheidenden Schritt. Etwas anderes gibt es nicht.

«Du siehst so jämmerlich aus», sagte er zärtlich. «Warum machst du so ein trauriges Gesicht?»

«Ich denke nach.»

«Klingt meine Idee so entsetzlich? Wenn ja, nehme ich sie zurück.»

«Nein, nimm sie nicht zurück. Sie gefällt mir. Würdest du es wirklich tun?»

«Ich werde es tun, wenn du es willst.»

«Also gut», sagte Ellen.

Sie hatte nicht die Absicht, Hank etwas zu sagen, bevor sie sich Reubens völlig sicher war; im Grunde wollte sie dieser ganzen ungeheuerlichen Idee nicht wirklich ins Auge sehen, solange Reuben nicht bewiesen hatte, daß er ernst meinte, was er gesagt hatte. Nicht daß sie ihm nicht glaubte, er war genauso wie die anderen, aber diesmal wurde von ihr mehr gefordert, und sie mußte sich schützen.

Am letzten Montag im September trafen Ellen und Reuben sich zur Mittagszeit in der Wohnung. Sie gingen zusammen ins Bett wie immer, dann aßen sie, ohne aufzustehen, belegte Brötchen und tranken Wein.

«Ich habe es ihr am Wochenende gesagt», sagte Reuben. Es klang fast zu beiläufig, aber etwas in seinem Ton überzeugte Ellen davon, daß er die Wahrheit sprach und nur seine übermächtige Gemütsbewegung zu beherrschen suchte.

«Und wie hat sie reagiert?»

«Sie hat mir Lebewohl gesagt. Sie ist eine stolze Frau.»

«Was hast du ihr gesagt?»

«Ich habe gesagt, ich wolle von ihr getrennt leben und mir die Sache überlegen, weil ich das Gefühl habe, daß unsere Ehe am Ende ist. Ich habe ihr nichts von dir gesagt, weil sie weiß, wer du bist, und ich wollte es nicht für dich noch schwerer machen, wenn du es Hank sagst.»

«Hat sie gefragt, ob es jemand anders gibt?»

«Ja», sagte Reuben. «Das ist wohl natürlich. Ich sagte ja, aber ich wolle ihr nicht sagen, wer es ist.»

«Danke.»

«Nun bist du an der Reihe.»

«Ich weiß», sagte Ellen. «Ich werde es tun. Aber wo willst du wohnen?»

«Ich ziehe dieses Wochenende ins Salisbury. Das ist ein Apartmenthotel in der Siebenundfünfzigsten Straße. Ich werde Wohnzimmer, Schlafzimmer, Bad und eine richtige Küche haben. Dort können wir wie Menschen leben. Du kannst dieses Wochenende mit mir zusammen dort einziehen.»

«Ich kann nicht mit dir dort einziehen, solange wir nicht beide geschieden sind», sagte Ellen entsetzt. «Das wäre Ehebruch. Deine Frau würde mich als Scheidungsgrund nennen, und mein Mann würde mich umbringen!»

«Vermutlich hast du recht», sagte Reuben traurig. «Ich war voreilig. Aber das alles erscheint mir wie ein Traum, der wahr zu werden beginnt. Ich fühle mich so frei. Natürlich habe ich ein schlechtes Gewissen, aber ich fühle mich auch wie neu geboren. Du wirst es heute abend Hank sagen.»

«Dieses Wochenende ist Staceys Geburtstag», sagte Ellen; es war ihr gerade eingefallen. «Sie wird vierzehn. Wir haben Eintrittskarten für ein Rock-Konzert besorgt, sie geht zum erstenmal ganz groß mit ihren Freundinnen aus. Wir wollen vorher ein Festessen in der Familie machen. Ich kann es Hank erst nach diesem Wochenende sagen.»

«Wann werde ich dich dann sehen?»

«Ich werde Samstag tagsüber bei dir sein und dir bei der Einrichtung deiner neuen Wohnung helfen. Und am Sonntagvormittag werde ich rüberkommen und den ganzen Tag bei dir bleiben.»

«Und dann werden wir unser eigenes Heim haben», sagte Reuben.

«Es ist wirklich wie ein wahrgewordener Traum», sagte Ellen.

«Vertraust du mir jetzt?»

«Natürlich.»

Sie küßten sich. «Ich will, daß du mir vertraust», sagte er an ihrem Mund. «Vertrau mir.»

«Ich vertraue dir.»

«Du brauchst dich vor nichts zu fürchten.»

«Ich weiß.»

«Ich werde jetzt für dich sorgen.»

Sie liebten sich noch einmal mit explosiver Leidenschaft. Sie dachte, daß dieser Mann, ein richtiger Mann, endlich nach all den Jahren, in denen sie die Starke gewesen war, für sie sorgte, und sie fühlte erleichtert und dankbar ihre Seele mit der seinen verschmelzen.

Aber danach mußte sie an die vielen Dinge denken, die Reuben nicht für sie tun konnte, auch wenn er wollte. Er konnte es ihr nicht abnehmen, Hank und die Mädchen zu verlassen. Das mußte sie ganz allein tun. Gut, daß am Samstag Staceys Geburtstag war. Das bedeutete einen kleinen Aufschub. Sie würde für den Augenblick leben.

Reuben zog Freitag nachmittag ins Salisbury. Ellen kaufte winterfeste Grünpflanzen in Strohkörben und verteilte sie in den Räumen – im Wohnzimmer und Schlafzimmer, in der Küche und sogar im Bad. Am Samstag half sie ihm beim Einräumen seiner Sachen. Da war nicht viel einzuräumen; er hatte seine Garderobe in den Schränken und im Ankleidetisch untergebracht, Bücher und Zeitungen lagen so auf den Tischen verstreut, wie er es angeblich gern hatte, und er hatte bei einem nahe gelegenen Geschäft Lebensmittel bestellt. Auf dem Ankleidetisch standen sechs Fotos von seinen beiden Jungen, alle in schmalen Silberrahmen. Er hatte sie direkt gegenüber dem Bett wie einen vorwurfsvollen Schießstand in einer Reihe aufgestellt. Am Nachmittag weihten sie das Bett ein. Ellen war froh, daß sein Gesicht von den Fotos abgewendet war.

Was war das für ein Mann, überlegte sie, der Bilder von seinen Kindern gegenüber dem Bett aufstellte, so daß er sie als erstes am Morgen und als letztes am Abend und auch noch nach dem Beischlaf ansehen mußte? Wie konnte er das ertragen? Vielleicht hatte seine Frau ihn gezwungen, die Bilder mitzunehmen? Oder vielleicht hatte er sie mitgenommen, um sich den Anschein eines vernarrten Vaters zu geben? Aber vielleicht störten ihn die Bilder nicht so wie sie. Männer hatten andere sexuelle, andere moralische Begriffe als Frauen, dachte sie. Sie verstand nicht, wie Reuben mit dem Blick auf ein vorwurfsvolles Foto von seinen Söhnen eine Erektion haben konnte. Es schien ihn nicht zu hindern.

Eine Flasche Dom Pérignon wartete im Kühlschrank. Sie tranken sich zu.

«Auf unser neues Leben», sagte Reuben.

«Auf unser neues Leben.»

Sie sah, daß er sogar eine Zahnbürste für sie gekauft hatte. Sie lag noch eingepackt im Badezimmer auf dem Rand des Waschbeckens wie ein Mitbringsel zu einer Party. Er hatte ein Kärtchen mit ihrem Namen daraufgelegt und die Schachtel mit einem dummen Schleifchen zugebunden. Ellen war so gerührt, daß sie am liebsten geweint hätte.

Oktober 1975

Am Tag nach dem vierzehnten Geburtstag ihrer Schwester bekam Jill zum erstenmal ihre Periode. Sie stöberte so lange in dem unordentlichen Wandschrank ihrer Schwester, bis sie die Tampons fand. Welche Ironie, dachte sie, daß sie mit sechzehn Jahren die Tampons ihrer kleinen Schwester nehmen mußte, weil sie geglaubt hatte, sie würde nie eigene brauchen. Daß sie jetzt die Periode hatte, entsetzte sie. Sie versuchte den Tampon hineinzustecken, aber es gelang ihr nicht, weil sie so verkrampft war. Nichts sollte in ihren Körper eindringen, besonders da unten nicht. Sie warf das Ding in die Toilette und spülte es weg, zog ihren Regenmantel an und ging den Broadway hinunter, bis sie einen Drugstore fand, der sonntags geöffnet war. Sie bekam schreckliche Krämpfe und kaufte ein Sortiment Pillen dagegen, dazu etwas Aspirin und Binden, die im Schlüpfer getragen wurden. Sie nahm sich einfach alles, was sie brauchte, und warf es auf den Ladentisch, als wäre sie solche Einkäufe gewohnt. Der Mann, bei dem sie bezahlte, beachtete sie überhaupt nicht. Sie gehörte nun zu der ganzen übrigen Frauenwelt. Er ahnte nicht, welch ein Trauma das für sie war.

Glücklicherweise war ihre Mutter den ganzen Tag fort. Der neue Freund war eine Erleichterung für Jill, weil er ihre Mutter jetzt, wo sie das Alleinsein am nötigsten hatte, aus ihrem Leben fernhielt. Sie nahm die Pillen und rollte sich auf ihrem Bett zusammen, die Knie bis zum Magen hochgezogen. Warum brannten diese Krämpfe so schrecklich? Die Tränen liefen ihr übers Gesicht. Nun würde sie wohl wachsen und sich in jeder Hinsicht verändern. Wenn sie doch sterben könnte.

Stacey war bei einer Freundin, mit der sie Schularbeiten machte, und ihr Vater sah irgendeine Sportsendung im Fernsehen. Jill verschloß ihre Schlafzimmertür und wartete auf dem Bett, bis die Schmerzen besser wurden. Sie fühlte sich ein bißchen schwach auf den Beinen. Sie stand auf und besah sich in dem Spiegel in der Schranktür, und dann zog sie sich aus und betrachtete sich noch einmal ganz genau, von vorn, von hinten und von der Seite. Sie sah genauso aus wie immer. Ihre noch kaum entwickelten Brüste schmerzten ein wenig, aber sie sahen nicht größer aus. Zwischen ihren Hüftknochen war eine beruhigende Höhlung, und ihre Rippen waren bis zum Schlüsselbein hinauf zu sehen. Wenn sie die Knie zusammenlegte, konnte sie die Faust zwischen ihre Schenkel stecken. Ihr Hinterteil war absolut flach. Sie konnte jeden kleinen Knubbel an ihrer Wirbelsäule zählen, und ihre Schulterblätter standen heraus wie die Schwanzflossen eines alten Wagens. An keiner Stelle ihres Körpers fand sie, wenn sie sich kniff, auch nur das kleinste bißchen Fett. Sie ging in den Wandschrank und stieg auf die Waage. Achtzig Pfund. Den Speck, den sie ihr in der Klinik angemästet hatten, war sie wieder los.

Jill tanzte vor dem Spiegel, bewunderte ihren nackten mageren Körper und betete zu welcher Macht auch immer, die es dort oben gab, daß nichts sich verändern möge. Sie hatte keinen großen Blutverlust, nur den Anfang einer Periode. Vielleicht würde sie es nicht jeden Monat haben. Stacey hatte es anfangs auch nicht gehabt. Sie war sowieso nicht so gebaut wie Stacey, vielleicht würde ihr Körper sich nicht sehr verändern. Hoffentlich nicht, lieber Gott. Sie wollte nicht, daß die Männer sich nach ihr umschauten. Sie fürchtete sich.

Sie zog sich wieder an, legte Schallplatten auf den Plattenwechsler und ging zu Bett. Diese Pillen warfen einen wirklich um. Sie hatte bisher außer Vitaminen nie Pillen genommen. Sie schlief ein, und als sie aufwachte, war es sieben Uhr. Das Gerät hatte sich nach der letzten Platte mit einem Klick ausgeschaltet, und es war furchtbar still in der Wohnung. Wo mochten sie alle sein? Dann fiel ihr der entsetzliche Zustand ein, in dem sie war, und sie raste ins Badezimmer, um die Binde zu untersuchen. Wenn doch alles noch normal wäre wie gestern! Sie fror.

Ihre Eltern und Stacey waren in der Küche. Sie aßen wieder

einmal kalten Aufschnitt. «Wir wollten dich gerade wecken», sagte ihre Mutter.

«Ich mach mir nur ein bißchen Suppe heiß», sagte Jill. «Ich hab Bauchschmerzen.»

«Schon wieder?» fragte ihre Mutter. «Du Armes.»

Jill fand es komisch, daß sie nach dem monatelangen Theaterspielen diesmal wirklich Bauchschmerzen hatte. Sie nahm die Suppe mit in ihr Zimmer und hielt den Becher als Wärmflasche an ihren Bauch. Als die Suppe abgekühlt war, ging sie ins Badezimmer und goß sie in die Toilette. Sie musterte ihr Gesicht im Spiegel. Dasselbe Gesicht, ein bißchen dünner als sonst; sie wurde eben älter. Die kindlichen Rundungen waren verschwunden. Sie würde immer mehr wie ihre Mutter aussehen. Diese Backenknochen, dieses Pferdegesicht. Sie sog die Wangen ein. O Gott, in ein paar Jahren würden sie nicht mehr voneinander zu unterscheiden sein!

Als sie in ihr Schlafzimmer zurückkam, saß ihre Mutter auf ihrem Bett. «Geht's besser?»

Wer hat dir gestattet, ohne meine Erlaubnis in mein Zimmer zu kommen, dachte Jill wütend. «Ja», sagte sie, «etwas.»

«Ich hatte früher auch Krämpfe», sagte ihre Mutter, «bis nach der Heirat. Wenn du erst Geschlechtsverkehr hast, werden sie weggehen.»

«Müssen wir darüber sprechen?» fragte Jill.

«Ich dachte nur, daß es so lange her ist, seit wir ein richtiges Gespräch zwischen Mutter und Tochter geführt haben. Ich weiß in letzter Zeit eigentlich nicht viel von dir, Jill. Ich weiß nicht, was du empfindest; du sagst mir ja nichts. Ich weiß nicht, wer deine Freundinnen sind, ob es einen Jungen gibt, den du gern hast. Wir sollten lernen, mehr miteinander zu teilen.»

«Warum?»

«Weil ich deine Freundin sein möchte.» Ihre Mutter zog ein Päckchen Zigaretten aus der Tasche ihrer Jacke und zündete sich eine an. Sie sah sich nach einem Aschbecher um, aber es war keiner da. Jill hustete betont und wedelte den Rauch von sich weg.

«Ich dachte, du hättest das Rauchen aufgegeben», sagte Jill.

«Ich habe dieses Päckchen erst gestern gekauft. Sieh mal, es ist noch mehr als halb voll.»

«Mir wäre es lieber, wenn du in meinem Zimmer nicht rauchst.»

«Na schön», sagte ihre Mutter liebenswürdig. Sie warf die brennende Zigarette in den leeren Suppenbecher. Sie zischte, als sie ausging. Jill wurde es speiübel. «Wie geht's in der Schule?» fragte Ellen.

«Sehr gut.»

«Du hast dies Jahr wohl andere Lehrer? Magst du sie?»

«Sie sind in Ordnung.»

«Welches ist dein Lieblingsfach?»

«Englisch», sagte Jill. Es demütigte sie, diese kindischen Fragen beantworten zu müssen, zumal sie wußte, daß ihre Mutter sich nicht die Bohne dafür interessierte. Sie überlegte, was ihre Mutter sagen würde, wenn sie *sie* so verhören würde, angefangen mit der Frage «Wo warst du heute? Ich weiß, daß du nicht bei Margot warst, wie du behauptet hast.»

«Vielleicht wirst du Schriftstellerin werden.»

«Das glaube ich nicht», sagte Jill.

«Du solltest anfangen, ans College zu denken.»

«Schon recht.»

«Hast du eine Ahnung, wohin du möchtest?»

«Nein.»

«Würdest du gern in meine alte Alma mater gehen?»

Jill zuckte die Achseln. Eher würde ich sterben, dachte sie.

«In manchen gibt es Koedukation», fuhr ihre Mutter fort. «Zunächst kommt einem das merkwürdig vor. Wie denkst du über einen Schlafsaal mit Koedukation?»

Jill zuckte die Achseln.

«Angeblich ist es genauso wie zwischen Geschwistern», fuhr ihre Mutter fort. «Inzest ist natürlich tabu. Ausgehen tut man mit Jungen aus anderen Schlafsälen. Trotzdem, ich würde nicht gern ein gemeinsames Badezimmer mit Jungen haben, du?»

«Nein.»

«Es ist komisch, das seiner eigenen Tochter zu sagen, Jill, aber ich hoffe, wenn du aufs College gehst, wirst du ein paar

Liebesgeschichten haben. Jetzt würde ich es nicht gern sehen, du bist noch zu jung, aber später, wenn du älter bist. Ich hoffe, daß du nicht als Jungfrau in die Ehe gehst.»

Jill starrte ihre Mutter an. Träume ich das? dachte sie.

«Wir waren alle so unschuldig und so ängstlich», fuhr ihre Mutter fort. «Wir hatten ein schlechtes Gewissen wegen nichts. Deine Generation ist glücklicher dran. Ihr könnt wirklich einfach befreundet mit Jungen sein, könnt vieles mit ihnen gemeinsam haben. Ihr könnt euch mit ihnen unterhalten. Wenn du einmal heiratest, wirst du keinen Fremden zum Mann nehmen.»

«Warum hältst du mir Vorträge?»

«Ach, Jill, ich halte dir doch keine Vorträge. Ich möchte einfach deine Freundin sein. Ich möchte, daß du *meine* Freundin bist. Ich möchte dir helfen, all das zu verstehen. Ich in deinem Alter hatte wunderbare Gespräche mit meiner Mutter.»

«Aha, und da hat sie dir gesagt, daß du einen Fremden heiraten sollst», sagte Jill.

«Wir konnten über solche Dinge nicht offen sprechen», sagte Ellen. «Aber mit dir kann ich offen sprechen, und du mit mir. Du kannst von Glück sagen, daß du eine verständnisvolle Mutter hast. Wenn du davon keinen Gebrauch machst, wird es dir leid tun.»

Jill fühlte, wie ihre Mutter Schuldgefühle in ihr wecken wollte, und dann fühlte sie Zorn in sich aufsteigen, der ihren ganzen Körper erfaßte, bis in die Fingerspitzen. Es war ein Zorn, der ihr das Herz zusammenpreßte. Sie rang nach Atem und seufzte tief.

«Ich habe Kopfschmerzen, Mami. Können wir ein andermal weiterreden?»

«*Werden* wir ein andermal weiterreden? Wirst du mit mir reden?»

«Ja, natürlich. Aber nicht jetzt.»

«Na schön», sagte Ellen. Sie nahm den entweihten Becher auf und gab Jill einen Kuß auf den Kopf. «Geh zu Bett und sieh dir was im Fernsehen an. Morgen wird dir schon besser sein.»

«Gute Nacht, Mami.»

Jill schloß ihre Tür ab und machte das Fenster weit auf, um den Zigaretten- und Parfumgeruch ihrer Mutter hinauszulassen. Ihr war, als müßte sie ersticken. Die Luft strömte herein, und sie beugte sich hinaus und atmete tief. Gleich darauf ging sie wieder einen Schritt zurück. Die Höhe machte ihr Angst. Immer fürchtete sie zu fallen oder von einem Höhenrausch gepackt zu werden und hinunterzuspringen. Fröstelnd schloß sie das Fenster bis auf einen Spalt. Machte ihre Mutter sich denn nicht klar, daß sie von Jills Vater sprach, wenn sie von ihrer jugendlichen Unwissenheit und der Ehe mit einem Fremden erzählte? Wenn sie von ihrer Vergangenheit erzählte war es, als wäre ein fremder Mensch in ihrem Zimmer. Sie versuchte sich vorzustellen, wie ihre Mutter als achtzehnjähriges Mädchen im College mit Jungen ausging. Damals hatten sie Rendezvous und küßten sich und tauschten ziemlich weitgehende Zärtlichkeiten, aber ihre Jungfernschaft wollten sie für den Ehemann bewahren. Jill wußte das alles von ihren Freundinnen. Sie saßen herum und unterhielten sich über die Schul- und Collegezeit ihrer Eltern und fanden sie verwunderlich und amüsant. Jill und ihre Freundinnen liebten alte Filme aus den fünfziger Jahren. Sie sah sich gern diese Fernsehsendung über Teenager in der Jugendzeit ihrer Mutter an. Vermutlich war ihre Mutter zu der Ansicht erzogen worden, daß man verheiratet sein müsse, *bevor* man sich anderweitig umtat. Wirklich komisch, was diese alten Leute sich dachten. Aber das alles wäre zu ertragen, dachte Jill, wenn sie nur nicht immerzu versuchte, mich zu *manipulieren.* Sie muß alle Leute manipulieren. Als wäre sie erst zufrieden, wenn wir alle uns nach ihren Vorschriften richten. Sie will, daß jeder von uns an seinem Platz ist, wie Spielzeug in einer Schachtel. Wenn sie wüßte, daß ich noch nie im ganzen Leben allein mit einem Jungen ausgegangen bin, würde sie einen Anfall kriegen. Ich weiß, wie es ist, ein geschwisterliches Verhältnis mit einem Jungen zu haben. Mehr habe ich nicht. Ich will auch nichts anderes. Ich glaube, meine Mutter ist verrückt. Ich glaube, sie ist wirklich und wahrhaftig irrenhausreif. Aber *sie* wird in keine Anstalt geschafft, weil sie in der Familie das Sagen hat. Gott, wie schrecklich ist es, ein Kind zu sein und kein bißchen Macht zu haben! Ich wollte, sie wäre tot.

In diesem Monat Oktober passierten zwei für Margot ganz unglaubliche Dinge. Erstens wurde Kerry mit seinem Roman fertig. Nachdem er ihn bei seinem Verleger abgeliefert hatte, verbreitete sich in der Verlagswelt das Gerücht, das Buch würde der Knüller des kommenden Herbstes werden. Margot erfuhr es zuerst von Nikki, die es gehört hatte, obwohl Kerry bei einem anderen Verlag war. Margot ärgerte sich. Die ganze Zeit hatte sie sich damit getröstet, daß Kerry nur ein reicher Dilettant sei, daß er mit seinem Buch nie fertig werden würde, daß es für ihn nur ein interessanter Gesprächsstoff sei, um den Leuten zu imponieren. Nun hatte er es fertiggebracht, sie wieder an der Nase herumzuführen.

Er lebte immer noch mit diesem schwarzen Mannequin zusammen. Anscheinend wußte sie ihn zu behandeln, und daß ein zwanzigjähriges Mädchen einen Mann besser zu behandeln verstand als sie mit vierzig, war ein weiterer Stein des Anstoßes für Margot. Alles, was sie über die Männer und das Leben gelernt hatte, schien auf einmal unbrauchbar zu sein. Sie war so unwissend wie ein neugeborener Säugling. Was blieb ihr noch zu ihrer Verteidigung, wenn die Welt sich so verändert hatte?

Die andere unglaubliche Tatsache war, daß Margot von ihrer eisernen Regel, Privatleben und Arbeit streng zu trennen, abwich und mit jemand aus dem Studio ins Bett ging. Es war ein junger Kameramann, der eines Tages zusammen mit ihr im Aufnahmewagen unterwegs war. Sie hatte ihn bisher noch nie gesehen. Er war groß und derb und sexy, und sie schätzte, daß er etwa fünfzehn Jahre jünger war als sie. Nach der Arbeit gingen sie zusammen etwas trinken, und sie fand keinen Absprung, bis sie in seiner schäbigen kleinen Bude landete. Sie war mittlerweile an schäbige kleine Buden gewöhnt. So lebten die jungen Leute eben. Das Doppelbett füllte das kleine Schlafzimmer fast ganz aus, und die Bettwäsche war seit Monaten nicht gewechselt. Die Fenster waren vergittert, da es eine Erdgeschoßwohnung war. Er besaß ein Motorrad, das in seiner Wohnung stand, damit es nicht gestohlen wurde, und das die Hälfte des winzigen Wohnzimmers einnahm. Das Schlimmste war, daß er mit seinem Bruder zusammen wohnte, der mitten im Beischlaf hereinkam und sie ungescheut betrachtete; dann ging er gelassen ins Wohnzimmer, um den Rest der Nacht auf der Couch zu verbringen.

Nein, eigentlich war das nicht das Schlimmste. Das Schlimmste war, daß Margot sich nichts daraus machte, daß der Bruder ihnen zusah. Perverserweise war sie sogar stolz darauf, daß der junge Mann sie sexy und begehrenswert fand.

Morgens frühstückte sie mit den beiden. Der zwei Jahre ältere Bruder war ein arbeitsloser Schauspieler. Sie fand es sehr befriedigend, daß sie mit dem jüngeren ins Bett gegangen war. Der ältere war ebenso attraktiv wie sein Bruder, und er sah sie so an, als hätte er sich gewünscht, bei ihr anzukommen, wenn da nicht schon jemand gewesen wäre. Sie wollte ihm sagen, daß da niemand war, daß sie den Namen seines Bruders schon vergessen hatte. Zusammen mit dem üblichen schlechten Gewissen überkam sie auch Feindseligkeit. Sobald sie fertig gefrühstückt hatten, ging sie und nahm ein Taxi nach Hause. Es kostete sie ein Vermögen.

Der junge Kameramann rief nicht an. Vermutlich war er solche flüchtigen Affären gewohnt. Hoffentlich würde er den Vorfall nie erwähnen, nicht ihr und besonders nicht irgendeinem Arbeitskollegen gegenüber. Sie richtete ihre Arbeit so ein, daß sie ihm aus dem Wege gehen konnte. Warum hatte sie sich nicht einen seriösen, angesehenen Mann ausgesucht? Sie hatte genug Prominente interviewt – Rechtsanwälte, Gelehrte, Geschäftsleute, sogar Schauspieler. Namhafte Schriftsteller, Filmstars, Kongreßabgeordnete. Warum verfiel sie immer wieder auf den Abschaum? Warum konnte sie ihr unersättliches Ich nicht kontrollieren? Oder war es mangelndes Ichbewußtsein ...

Beständig sah sie in Gedanken wieder das kleine Zimmerchen, das schmutzige Bettzeug und die schwarzen Gitterstäbe vor der schmierigen Fensterscheibe. Die kleinen Vorhänge, die sie als rührendes Zeichen für sein Schönheitsbedürfnis empfunden hatte, erschienen ihr nun so armselig, wie sie in Wirklichkeit waren. Das blinkende Motorrad (Symbol der Jugend!) wirkte nun geradezu beleidigend. Der neugierige Blick des älteren Bruders brannte in ihrer Seele. Hatte er sie rührend oder lächerlich gefunden?

Die Grenzen verwischten sich. Sie konnte sich nicht mehr auf die Regeln verlassen, die sie sich selbst gesetzt hatte, um die Instinkte des Augenblicks zu kontrollieren. Sie wurde immer deprimierter und konnte nachts nicht schlafen. Sie holte sich immer mehr Schlaftabletten und nahm sie regelmäßig mit einem Drink, um die Wirkung zu beschleunigen. Sie stach mit einer Nadel ein Loch in die beiden Enden der Kapsel, damit sie schneller wirkten. Manchmal stürzte sie sofort in traumlosen Schlaf, aber an manchen Abenden wirkten die Pillen überhaupt nicht. Dann lag sie schwitzend im Bett und erlebte immer wieder gewisse Augenblicke, die sie um alles in der Welt gern ungeschehen gemacht hätte. Sie wiederholte in Gedanken den Dialog und ließ die betreffende Szene so ausgehen, wie sie hätte ausgehen sollen, statt so, wie sie ausgegangen war. Schließlich stand sie auf und nahm noch eine Schlaftablette, manchmal sogar noch zwei. Sie fürchtete sich davor, daß ihr Vorrat zu Ende gehen könnte, was würde sie dann tun?

Sie bekam ein neues Rezept. Der Arzt schien nicht zu bemerken, wie oft sie darum bat. Sie hatte noch immer ihren kleinen Vorrat. Jeden Abend, wenn sie ihre Tabletten nahm, hatte sie Mitleid mit sich selbst, weil sie allein war. Die Wochenenden waren unerträglich. Alle ihre Bekannten hatten jemanden, mit dem sie das Wochenende verbrachten. Die Samstage waren nicht so schlimm, da waren die Straßen voller Leute, die Läden waren offen, sie konnte einkaufen oder so tun, als würde sie einkaufen. Aber die Sonntage zogen sich endlos hin. Sie las die ganze *New York Times* und saß stundenlang vor dem Fernsehschirm. Nach einiger Zeit merkte sie, daß sie nicht einmal die *Times* lesen, sondern nur auf die Anzeigen und Schlagzeilen starren konnte. Sie war zu nervös, um sich zu konzentrieren. Unmöglich, ein Buch zu lesen. Sie war zu deprimiert, um allein ins Kino zu gehen, zu deprimiert, um jemanden zu bitten, sie zu begleiten. An Sonntagen schlief sie tagsüber hauptsächlich. Abends war sie dann hellwach und mußte eine Extratablette nehmen, manchmal sogar zwei. Sie trank den ganzen Abend. Manchmal fragte sie sich, ob sie nicht besser daran wäre, wenn sie sich so wie früher mit namenlosen jungen Männern herumtrieb. Andere taten es ja auch.

Ihre Depression war wie ein körperlicher Schmerz. Obwohl man erst Oktober schrieb, dachte sie schon an Weihnachten und Silvester. Kein Mensch in ihrem Alter kümmerte sich noch um Silvester, aber Weihnachten war nicht zu umgehen. Sollte sie nach Hause fahren? Sie haßte ihre Angehörigen, soweit sie noch existierten, und diese schienen sie ebenfalls zu hassen. Außerdem war Reisen in den Feiertagen unerträglich, und wahrscheinlich würde sie arbeiten müssen. Wem mußte sie etwas schenken? Einer Anzahl von Leuten im Büro, die sie nicht einmal leiden konnte. Sie mußte sich in den entsetzlichen Weihnachtstrubel stürzen und eine Menge Geld ausgeben – wofür eigentlich? Sollte sie ganz anders reagieren, niemandem etwas schenken? Mochten sie sie dafür hassen. All die Geschäftsgeschenke waren sowieso Heuchelei. Sobald sie diese Weihnachtslieder im Radio und auf den Straßen hörte, überkam sie die übliche schlechte Laune. Rachel würde eine Party geben; das war nett. Kerry würde da sein und als künftiger berühmter Schriftsteller glänzen; das war weniger nett. Er würde mit dieser Haviland kommen. Das war noch weit weniger nett. Margot hatte keinen Begleiter, mit dem sie sich sehen lassen konnte, also würde sie allein hingehen. Das war das Schlimmste. Wie gern hätte sie jemanden mitgebracht, den alle vom Fernsehen her kannten, aber die waren alle verheiratet und würden Weihnachten mit ihren Frauen und Kindern feiern.

Bei der Arbeit war Margot noch immer der zuverlässige Roboter. Es fiel ihr schwer, sich zu konzentrieren, aber sie zwang sich durch jeden Tag hindurch. Das Schlimme waren die Nächte. Sie mochte sich nicht auf gut Glück verabreden, sie fühlte sich zu alt und müde für einen Abend forcierter Unterhaltung mit einem Fremden. Sie wollte sich nicht die Probleme eines gleichaltrigen einsamen Mannes anhören. Ihr blieb nichts übrig, als sich wieder einen jungen Mann zu suchen.

Sie ging also wieder auf die Suche. Manchmal wurde sie abgewiesen. Ihr wurde klar, daß das, was sie schließlich mit Selbstüberwindung einem Fremden anbot, nicht mehr hoch eingeschätzt wurde. Es war leicht erhältliche Ware. Sie ging in Bars für Alleinstehende, wo in der Damentoilette die Mädchen sich aufputzten und Bemerkungen über die Männer austauschten. Alle Mädchen waren verschlampt und austauschbar. Die Männer waren unattraktiv und ebenfalls austauschbar. All diese heruntergekommenen Leute vollführten miteinander irgendwelche Sexualakte für den Preis eines Drinks, und dadurch wurde das Ganze so abstoßend. Wenn sie sich einem Mann anbot, sollte er sich freuen, aufgeregt und entzückt sein. Sie kam um fünfzehn Jahre zu spät. Es sei denn natürlich, der Betreffende liebte sie. Wo konnte sie einen Mann finden, der sich in sie verliebte? Sie hatte keinerlei Vorstellung, wie sie das anfangen sollte.

Ellen verbrachte ihre Freizeit bedenkenlos mit Reuben, und wenn sie ihm gesagt hätte, sie habe bereits mit Hank gesprochen, hätte er es wahrscheinlich geglaubt. Aber sie wollte Reuben nicht auch noch belügen – vor allem nicht, wenn sie ihn vielleicht heiraten wollte. Ihre zweite Ehe sollte auf Ehrlichkeit gegründet sein, nicht auf Lügen.

«Ich kann diese Heimlichkeiten nicht mehr ertragen», sagte Reuben. «Warum kannst du es ihm nicht sagen? Soll ich es tun?»

«Nein, du nicht! Das wäre entsetzlich. Ich *werde* es Hank sagen, Liebling. Laß mich nur den richtigen Moment abpassen.»

«Hast du Angst vor ihm?» fragte Reuben.

«Vor Hank? O nein. Aber er tut mir leid.»

«Ach ja, Mitleid. Das ist ihre letzte Waffe.»

«Wir haben jetzt alle Freiheit, die wir brauchen», sagte Ellen. «Was wollen wir mehr? Wir sehen uns täglich im Büro, ich bin fast die ganze Freizeit hier bei dir. Willst du mich zu Hause anrufen? So geschmacklos würdest du nicht sein, auch wenn Hank Bescheid wüßte – nein, erst recht, wenn Hank Bescheid wüßte. Nicht bevor ich mich von ihm getrennt habe.»

«Was gedenkst du dafür zu tun?» fragte Reuben.

«Für die Trennung?»

«Na ja, einer von euch muß ausziehen.»

«Nicht unbedingt», sagte Ellen. «Wir könnten getrennte Schlafzimmer haben. Stacey könnte mit in Jills Zimmer ziehen, und ich könnte Staceys Zimmer nehmen. Das Problem ist, daß Hank kein Geld hat und daß wir mein ganzes Gehalt brauchen, um einigermaßen durchzukommen. Ich habe für das Schulgeld der Mädchen ein Darlehen bei der Bank aufgenommen. Hank mußte es gegenzeichnen. Das war sehr demütigend. Ich ernähre die Familie, aber ich verdiene nicht genug, und außerdem bin ich eine Ehefrau, und die gilt in diesem Lande nicht mehr als ein unmündiges Kind. Eine ledige Frau könnte ein Darlehen aufnehmen. Margot bekäme es sofort. Aber ich mußte meinen Mann mitbringen, damit er mit mir unterzeichnet. Wie könnte einer von uns ausziehen? Wir sind beide zu arm.»

«Du könntest zu mir ziehen», sagte Reuben.

«Wie würde das aussehen?»

«Was *meinst* du mit ‹Wie würde das aussehen?›» Er lachte. «Du hast wirklich bizarre Vorstellungen, Ellen. Jeden Tag ziehen Leute mit anderen zusammen. Ja, verheiratete Leute. Das ist doch kein Staatsverbrechen.»

«Deine Frau würde dein ganzes Einkommen haben wollen. Es wäre ihr gutes Recht.»

«Das ist mir egal. Ich kann mehr verdienen.»

«Wie werden wir leben?»

«Genauso wie jetzt», sagte Reuben. «Nur daß du nicht mehr so nervös und kribbelig sein würdest. Ich würde für dich sorgen. Du würdest deine Stellung behalten. Und was die Schule angeht: glaub mir, ich kann für deine und meine Kinder aufkommen. Du sagst, Stacey ist so gescheit; wir werden ein Stipendium für sie bekommen. So etwas ist nicht unmöglich. Wenn wir beide zusammen leben . . .»

«Wenn wir verheiratet sind, können wir eine Wohnung nehmen», sagte Ellen, «und die Mädchen können bei uns wohnen. Aber wenn ich einfach weggehe, werden sie bei Hank bleiben müssen, und sie brauchen mich doch. Ich meine, wir sollten uns beide scheiden lassen und dann heiraten und zusammen eine Wohnung nehmen.»

«Das wäre mir nur zu recht», sagte Reuben. «Aber wir können uns nicht scheiden lassen, solange wir es unseren Ehepartnern nicht gesagt haben, nicht wahr?»

Ellen lächelte matt. «Ich weiß.»

«Du brauchst ihn nicht einmal zu verlassen. Ich will fair sein und ein Opfer bringen. Aber sagen mußt du es ihm. Du kannst dich nicht scheiden lassen, solange du es ihm nicht gesagt hast, Ellen.»

«Ja. Ich werde es ihm sagen.»

«Wann?»

«Wir haben fast November. Ich werde es ihm gleich nach Weihnachten sagen. Ich kann den Mädchen Weihnachten nicht verderben.»

«Du wirst es ihm nach Weihnachten sagen.»

«Ja. Bestimmt. Das ist der richtige Zeitpunkt. Wir werden das neue Jahr mit einem neuen Blatt im Buch beginnen.»

«Weihnachten.»

«Reuben, Weihnachten bedeutet Hank etwas.»

«Ich vergaß, es ist der höchste Feiertag der Goyim», sagte Reuben.

«Na ja, du würdest es deiner Frau und den Kindern auch nicht gerade zu Chanukka sagen, nicht wahr?»

«Ellen, mein Liebes, meine Frau weiß nicht einmal, wann Chanukka ist.»

«Na ja, ich meinte ja nur, daß zu Weihnachten niemand gern allein ist.»

«Ich werde allein sein.»

«Das wirst du nicht. Du wirst zu deinen Kindern fahren.»

Reuben seufzte. «Ja, das werde ich. Mit einem Haufen Geschenke.»

«Na, siehst du? Es ist ein Familienfest, ob man nun fromm ist oder nicht. Wir sind nicht fromm. Ich habe seit meiner Hochzeit keine Kirche betreten, außer bei Hochzeiten anderer Leute. Ich werde es Hank nach Weihnachten sagen. Wenn er dann in ein Hotel oder zu einem Freund ziehen will, bitte schön. Oder er bleibt in der Wohnung. Aber wenigstens brauchen wir Weihnachten den Mädchen keine glückliche Ehe vorzumachen.»

«Ich bin überzeugt davon, daß du ihnen noch nie das geringste vorgemacht hast», sagte Reuben.

«Oh, irgendwann sicherlich schon.»

«Pah. Du bist ein Dickkopf.»

«Was soll das heißen?»

«Daß du eigensinnig bist.»

«Ich will nur fair sein», sagte Ellen. «Laß uns einen Zeitpunkt ausmachen. Den 1. Januar 1976. Alles frisch und neu. Wir werden ein reines Gewissen haben und unser neues Leben ohne Heimlichkeiten anfangen.»

«Ich habe mir einen Scheidungsanwalt genommen», sagte Reuben.

«Tatsächlich!» Ellen war erstaunt.

«Na ja, ich weiß nicht, wie man so was macht.»

«Wann hast du ihn engagiert?»

«Vorige Woche. Nur wegen einer vorläufigen Gütertrennung. Ich habe keine Ahnung, was ich besitze oder was ich haben will, und meine Frau auch nicht. Wir sind nicht so schrecklich materialistische Leute. Den größten Kampf wird es wegen der Bücher und Schallplatten geben.»

«Ach, Reuben. Du bist ein wunderbarer Mensch, und es tut mir so leid, daß ich alles für dich so schwierig mache.»

«Ja, das tust du», sagte er. «Aber nur das, worum man kämpfen muß, lohnt sich zu besitzen.»

«Ach, mein Schatz.»

Er zog ein Blatt Papier heraus, auf das er getippt hatte: ‹*Ich, Ellen Rennie, schwöre, meinem Ehemann Hank am ---- mitzuteilen, daß ich Reuben Weinberg liebe und mich scheiden lassen will. Unterschrift ------*.› Unterschreib das», sagte er.

Sie nahm das Blatt und las es. «Oh, Reuben, was wirst du damit machen?»

«Es an den Badezimmerspiegel kleben, damit du es jeden Tag ansehen mußt.»

«Und das Mädchen auch», sagte sie. «Ich unterschreibe es, wenn du versprichst, es in die Schublade zu legen.»

«Ich werd's auf meinen Schwanz stecken. Unterschreib nur.»

«Okay.» Sie nahm die Feder, die er ihr hinhielt, füllte das Datum aus – 1. Januar 1976 – und unterschrieb mit ihrem Namen.

«1. Januar!» sagte er. «Ich dachte, du wolltest es ihm nach Weihnachten sagen.»

«Das ist das äußerste Datum. Verträge enthalten immer ein äußerstes Datum.»

«Dieser nicht», sagte Reuben und zerriß ihn. Ellen fühlte panische Angst.

«Ach, Reuben, verlaß mich nicht! Es tut mir leid! Ich werde alles unterschreiben, was du willst. Ich verspreche es. Bitte ...»

Er lächelte und zog eine Fotokopie aus seiner Mappe. «Ich hab mir schon gedacht, daß es Schwierigkeiten geben würde, deshalb hab ich eine Kopie gemacht. Schreib ‹26. Dezember 1975›.»

Ellen nahm die Kopie, füllte das Datum so aus, wie er es wollte, und unterschrieb. Ihre Hand zitterte. Reuben nahm den Vertrag und musterte ihn mit Befriedigung, dann steckte er ihn säuberlich unter eine Ecke der Schreibtischunterlage.

«Ich würde sterben, wenn du mich verläßt», sagte Ellen.

«Ich werde dich nicht verlassen.»

«Versprich es mir.»

«Ich verspreche dir, daß ich dich nicht verlasse. Ich werde dich heiraten.» Er nahm sie in die Arme, und endlich fühlte sie, daß ihr Herzklopfen nachließ. Er küßte ihr Gesicht. «Arme, verängstigte Ellen», sagte er.

«Ich liebe dich», sagte sie.

«Ich liebe dich», sagte er. «Ich habe es bewiesen, nicht wahr?»

«Ja.»

«Und du wirst es auch beweisen, nicht wahr?»

«Ich werde gleich damit anfangen», sagte Ellen und führte ihn ins Schlafzimmer. Es war nicht das, was er gemeint hatte, aber für den Augenblick würde es genügen.

November 1975

Rachel wurde es klar, daß sie in den vergangenen zwei Monaten mit dem College und ihrem neuen, erfüllten Leben so sehr beschäftigt gewesen war, daß ihre Einstellung zu Nikki sich geändert hatte. Sie dachte nicht mehr mit jugendlicher Verträumtheit an die Freundin, sondern betrachtete sie als gute Kameradin und ihresgleichen. Die Schwärmerei war vergangen und der echten Anteilnahme gewichen, die man für eine gute Freundin empfindet. Ihre wilde Jagd durch die Psychologiebücher auf der Suche nach den Verästelungen ihrer ‹Verirrung› hatte bei ihr zu einem übermächtigen Interesse für die Psychologie geführt, so daß sie sich dazu entschlossen hatte, Psychologie als Hauptfach zu belegen. Aber der eigene Instinkt und nicht irgend etwas Angelesenes hatte Rachel zu der Überzeugung gebracht, daß sie nie in Nikki verliebt gewesen war, sondern in das freie Leben, das Nikki für sie personifizierte. Sie war gar nicht lesbisch, sondern einfach einsam gewesen.

Über die Affäre mit John Griffin freute sie sich für Nikki, aber im stillen hoffte sie, daß Nikki schließlich zu Robert zurückfinden würde. Natürlich war es schwer für sie, Robert mit den Augen seiner Frau zu sehen. Sie fand ihn liebenswürdig, gescheit und attraktiv. Wenn er gute Laune hatte, war er sehr warmherzig, ein Mann, bei dem man sich zu Hause fühlen konnte. Aber Nikki sah ihn auch, wenn er nicht gut gelaunt war. Er hatte in Nikki als seine FRAU – groß geschrieben! – viel von seiner Männlichkeit investiert. Rachel wußte, daß Nikki weit besser mit Einsamkeit fertig zu werden imstande war, als sie je gewesen war. Aber wer weiß, vielleicht kam es daher, daß sie zu Anfang ihres Erwachsenenlebens einsam gewesen war. Damals war sie alleinstehend und noch fremd in

New York und kannte Lawrence noch nicht, während Nikki sich erst viel später zur Einsamkeit entschlossen hatte, als erwachsene Frau mit einem festen Beruf, zwei erwachsenen Kindern und im Bewußtsein, daß die von ihr gewählte Alternative auch Grenzen hatte.

Das Studium hatte in Rachels Geist viele Türen geöffnet. Sie versuchte jetzt die Motive und Gefühle anderer zu analysieren. Sie fühlte sich nicht mehr nur als Verzierung, nicht einmal bei ihren eigenen Parties. Sie erfüllte ihre Hausfrauenpflichten noch routinemäßig, aber es kam etwas hinzu: sie sah ihre Gäste als Menschen. Sie erkannte sofort, wer einsam, wer schüchtern war, und brachte den Betreffenden mit jemandem zusammen, der ihm freundlich entgegenkam. Sie merkte, daß viele Leute sich bei Parties noch unbehaglicher fühlten als sie in früheren Zeiten und daß die geselligsten von ihnen vielleicht nur so waren, weil sie sich vorher durch Alkohol oder eine Pille aufgeputscht hatten. Könnte sie doch einen Mann für Margot finden – sie war bestimmt der einsamste Mensch, den sie kannte. Mit Margot war während der letzten Monate eine auffallende Veränderung vorgegangen. Sie schien an nichts Gefallen zu finden. Ihr festgeschlossener Mund konnte auf den flüchtigen Betrachter wie Mißbilligung wirken, aber Rachel wußte, daß es Schmerz war.

Sie lud Margot zu jeder ihrer Parties ein. Wegen des Studiums hatte sie ihre Gastfreundschaft in letzter Zeit rigoros einschränken müssen. Trotzdem wollte sie Margot mit möglichst vielen Leuten bekannt machen, aber wenn sie ehrlich war, mußte sie sich eingestehen, daß ihre Bemühungen nicht sehr viel Erfolg hatten. Sie gehörte nicht zu jener Sorte glücklich verheirateter Frauen, die jeden ledigen oder geschiedenen Mann für ‹vergeudet› halten, den sie nicht unverzüglich mit einer ihrer ledigen oder geschiedenen Freundinnen verkuppeln können. Manche Leute waren einfach unvereinbar. Margot zu gefallen, war fast unmöglich. Wenn einer Frau an einem Mann eine Gewohnheit nicht gefiel, so konnte sie ihm ja sagen, er solle sie doch ablegen; aber Margot benutzte so etwas als Vorwand, diesen Mann in Bausch und Bogen abzulehnen.

Diese frisch geschiedenen Männer waren wie Kinder. Sie waren so lange aus dem gesellschaftlichen Leben herausgewesen, daß sie meinten, seit den fünfziger Jahren hätte sich nichts geändert. Man mußte es ihnen beibringen. Aber Margot behauptete steif und fest, daß all die mit ihr gleichaltrigen oder älteren Männer ‹schon verdorben› wären. Wie gut, daß Margot nicht Schullehrerin war!

Margot hatte sogar mit Andy geflirtet, aber er schien die Flucht ergriffen zu haben, als er merkte, daß er für sie als Mensch gar nicht interessant, sondern lediglich eine Eroberung war. Er fand das gesellige Leben bei den Fowlers herrlich und fügte sich sehr gut ein, aber er ging darin nicht so weit, daß er mit Rachels Freundinnen geschlafen hätte – obwohl Rachel nicht das geringste dagegen gehabt hätte. Er hatte bei der ersten Party, zu der Rachel ihn eingeladen hatte, einen so guten Eindruck gemacht, daß Lawrence ihn gleich liebgewann, und er war so etwas wie ein Sohn des Hauses geworden. Wenn Rachel erfuhr, daß einer von Lawrences Freunden eine Tochter ungefähr im selben Alter wie Andy hatte, lud sie das Mädchen ein; manchmal paßten die beiden zusammen, manchmal nicht. Es gelang nicht immer, die Leute zusammenzubringen, mochten sie jung oder alt sein; sie mußten schon selber etwas dafür tun.

Rachel lud Ellen und Hank öfter ein als früher, denn Ellen und Margot waren so eng befreundet, daß es Ellen vielleicht gekränkt hätte, wenn Margot öfter eingeladen wurde als sie. Lawrence mochte Ellen nicht. Er sagte, sie sei voller Feindseligkeit. Aber solange er ihr in der Menge der Gäste ausweichen konnte, hatte er nichts dagegen, daß Rachel sie einlud. Als Ellen Andy das erste Mal sah, kam sie, sich geradezu die Lippen leckend, sofort zu Rachel.

«Sag mal, wem gehört denn *der*?»

«Sich selbst», sagte Rachel lächelnd.

«Ist er nicht schwul?»

«Nein.»

«Wie alt ist er?»

«Neunzehn.»

«Wo hast du den aufgegabelt?»

«Im College. Wir hören dieselbe Psychologie-Vorlesung.»

«Erstes oder zweites Semester?»

«Erstes», sagte Rachel. «Er hat ein Jahr verloren, ist viel herumgereist. Ellen, hast du etwa Reuben schon satt?»

«O nein», sagte Ellen. «Ich will ihn für Jill.»

Hank trat zu ihnen. «Wen willst du für Jill?» fragte er.

«Diesen rothaarigen Jungen», sagte Ellen. «Ist er nicht süß?»

«Er ist zu alt für Jill», sagte Hank.

«Wieso? Er ist neunzehn, sie ist sechzehn. Als ich sechzehn war, hätte ich es fabelhaft gefunden, mit einem Neunzehnjährigen auszugehen.»

«Sie ist zu jung», sagte Hank ärgerlich.

«Ach, ihr Väter mit euren kostbaren Töchtern», sagte Ellen amüsiert.

«Na ja, ich finde auch, sie ist ein bißchen zu jung für ihn», sagte Rachel. «In diesem Alter macht das einen so enormen Unterschied.»

«Du solltest auf meiner Seite sein», sagte Ellen.

«Es steht dir völlig frei, beide zu fragen», sagte Rachel milde. «Entschuldige mich bitte.» Sie ging zur Tür, um Nikki und Robert zu begrüßen. Hoffentlich glaubte Andy nicht, daß er Jill ausführen müsse, nur weil sie mit Ellen befreundet war. Er war so höflich, daß er wahrscheinlich in alles einwilligen würde, nur um ihre Gastfreundschaft zu vergelten. Na ja, warum sich darüber den Kopf zerbrechen? Er war alt genug, um selber auf sich aufzupassen. Vielleicht mochten sich die beiden sogar – obwohl sie es bezweifelte. Ihr wäre mit sechzehn nicht das geringste eingefallen, worüber sie sich mit einem neunzehnjährigen Jungen hätte unterhalten können.

Im November war Rachels Geburtstag. Sie wurde sechsunddreißig. Seit sie einundzwanzig geworden war, empfand sie zum erstenmal einen Geburtstag nicht als Störung. Fünfunddreißig war eine so banale Zahl, sechsunddreißig mußte besser sein. Morgens wartete Lawrence mit dem Frühstück auf sie. Sie hatte um neun Uhr Vorlesung. Jedes Jahr hatte er ihr an ihrem Geburtstag eine frische weiße Nelke auf ihr Frühstückstablett gelegt, die sie beim Aufwachen vorfand, aber heute überreichte er ihr die Blume. Sie versprach, sie zur Vorlesung anzustecken.

«Dein Geschenk bekommst du erst heute abend», sagte er.

Sie hatten beschlossen, zu zweit bei Lutèce zu essen. Er hatte sie gefragt, ob sie noch andere Leute dabei haben wolle, aber Rachel wollte am liebsten mit ihm allein sein, was ihm offensichtlich schmeichelte und Freude machte. Ihr wurde zum erstenmal klar, daß Lawrence den Altersunterschied zwischen ihnen stets viel schärfer empfunden hatte, als sie glaubte, und daß ihr neues Collegeleben ihn etwas besorgt gemacht hatte. Er fürchtete, daß sie zu intellektuell werden und einen Gefährten brauchen würde, der ihr mehr Zeit widmen könnte. Aber es stellte sich heraus, daß er derjenige war, der ihr mehr Zeit widmete. Wenn er jetzt abends in seinem Studio arbeitete, saß sie dabei und lernte. Früher hatte er sie natürlich auch nicht ausgesperrt, aber er hatte geglaubt, daß sie lieber vor dem Fernsehgerät säße.

In der Psychologie-Vorlesung setzte Andy sich neben sie. Sie hatte ihre Bücher auf den Sitz gelegt, um ihn freizuhalten, aber er kam immer so zeitig, daß es selten ein Problem war. «Was hat die Blume zu bedeuten?» fragte er.

«Ich habe Geburtstag. Lawrence schenkt mir immer eine weiße Nelke. Ich weiß nicht einmal warum.»

«Ach, warum haben Sie mir nicht gesagt, daß Sie Geburtstag haben? Ich hätte Ihnen auch etwas geschenkt.»

«Sie sollen für mich kein Geld ausgeben», sagte Rachel.

«Also, dann wollen wir irgendwas Besonderes machen», sagte Andy. «Ja, bitte? Kommen Sie, wir werden die Nachmittagsvorlesungen schwänzen und zusammen ins Aquarium gehen.»

«Ins Aquarium?»

«Ja, es ist dort *großartig*! Sind Sie mal dagewesen?»

«Ich weiß nicht mal, wo es ist», sagte Rachel.

«In Coney Island.»

«Sie wollen im November nach Coney Island?»

«Das Aquarium ist geöffnet. Es wird Ihnen bestimmt gefallen. Ich habe eine besondere Vorliebe dafür. Damals, als ich noch fremd in New York war, bin ich oft dort gewesen. Jetzt war ich lange nicht da. Es ist nicht weit mit der U-Bahn.»

«Mit der U-Bahn?» fragte sie entsetzt.

Er grinste. «Sie haben doch gesagt, ich soll kein Geld für Sie ausgeben, und ein Taxi kann ich mir nicht leisten.»

«Na schön, Dummchen.» Sie erwiderte sein Grinsen. «Ich habe noch nie eine Vorlesung geschwänzt. Hoffentlich wird es nicht zur Gewohnheit.»

«Bestimmt nicht. Ich tue es schon die ganze Zeit.»

Sie lachten beide. Sie hatte sich nie vorgestellt, daß sie mit der U-Bahn fahren könnte, aber es war schönes Wetter, und mit ihm zusammen fühlte sie sich sicher. Es hätte Andy gekränkt, wenn sie auf ihre Kosten ein Taxi genommen hätten.

Rachel war seit fast fünfzehn Jahren nicht mehr mit der U-Bahn gefahren und staunte darüber, wie sich alles verändert hatte. Die silbrigen Wagen waren außen mit hellleuchtenden Farben bunt bemalt – mit Namen und Zahlen und Bildern, die sie eher in einer Kunstgalerie erwartet hätte. Sie wußte aus der Zeitung, daß es Kindermalereien waren und daß die Behörden sie verbieten wollten, aber sie fand es prachtvoll. Es war Pop. Die ganze Welt war Pop. War es denn schlimm, wenn Kinder an einen U-Bahn-Wagen ihren Namen schrieben? Manchmal waren sie sogar innen an die Wände geschrieben. Das hatte sie noch nicht in der Zeitung gelesen. Vielleicht war es neu. Sie hätte auch gern ihren Namen an die Wand geschrieben, aber sie hatte nur ihren Kugelschreiber bei sich, mit dem sie sich in den Vorlesungen Notizen machte, und das hätte man gar nicht erkennen können. Außerdem saßen andere Erwachsene in der Bahn, die das wahrscheinlich nicht gebilligt hätten.

Der Zug ruckelte laut kreischend durch den Tunnel nach Coney Island. Sie mußten schreien, um sich verständlich zu machen.

«Ist doch gar nicht so schlimm, nicht wahr?» brüllte er.

«Eines muß man zugeben», brüllte Rachel zurück, «es geht schnell.»

«Es ist die ‹Silberkugel›. Billigste Sehenswürdigkeit der Stadt, außer dem Aquarium.»

So eine Schlampe. Er war ihr gefolgt, als sie mit diesem abstoßenden kleinen Andy die Vorlesung schwänzte, und als sie in den Zug stiegen, stieg er in den nächsten Wagen und stellte sich ans Fenster, so daß er sie beobachten konnte. Sie gehörte nicht in die U-Bahn, und sie gehörte auch nicht zu so einem Hippiejungen. Er sah ihre Münder sich bewegen, konnte sie aber nicht verstehen. Was erzählte er ihr, daß sie so lachte? Ihr Gesicht strahlte, wenn sie mit dem Jungen zusammen war, sie selbst sah dann wie ein ganz junges Mädchen aus. Am liebsten hätte er sie beide gepackt und ihre Köpfe aneinandergeschlagen.

Er liebte sie immer noch, aber seit sie sich mit dem Jungen angefreundet hatte, war seine Liebe zu Schmerz und unglaublichem Zorn geworden. Wenn so ein unmöglicher Bursche wie dieser Andy sie haben konnte, warum nicht er? Sie kannte ihn, sie hätte ihn nehmen können, wenn sie gewollt hätte. Viele Frauen taten das. Sie ergriffen gern die Initiative, wenn sie einen Mann sahen, den sie haben wollten. Sie entschieden sich für ihn wie für ein neues Kleid, sie nahmen ihn mit, benutzten ihn und verschenkten oder vergaßen ihn, wenn er sie langweilte. Rachel hielt jetzt in der Vorlesung den Platz neben sich für Andy frei; seinem wachsamen Auge entging nichts. Zweimal hatte er sich in den Hörsaal geschlichen und gesehen, daß sie ihre Bücher auf den Platz neben sich gelegt hatte, bis Andy kam. Wetten, daß sie *das* ihrem Mann nicht erzählte!

Diese Blume, die sie trug – wer hatte sie ihr geschenkt? Ihr Mann oder der Kleine? Sie war damit zur Vorlesung gekommen, also mußte sie von Lawrence sein. Was für eine kümmerliche Geste gegenüber einer Prinzessin an ihrem Geburtstag! Er hätte sie mit Blumen überschüttet, hätte sie mit der Großzügigkeit seiner Liebe überwältigt. Ja, er wußte alles von ihr, sogar daß sie heute Geburtstag hatte.

Es erstaunte ihn immer wieder, mit welcher Leichtigkeit er aus dem einen Leben in das andere schlüpfte: aus seinem Leben zu Hause in dieses. Er hielt sich sogar selbst zum Narren. Wenn er von ihr getrennt war, fühlte er sich immer zu ihr hingezogen, auch wenn er jetzt fast ständig diese Wut empfand, die ihn krank machte.

Der Zug hielt in Coney Island, und die beiden stiegen aus. Er stieg ebenfalls aus. Für einen Augenblick packte ihn der Wunsch, diesen Jungen vor einen ankommenden Zug zu stoßen, aber dann sagte er sich, daß sie es ja sehen würde. Dann würde er sie auch hinunterstoßen müssen, aber für sie hatte er andere Pläne. Was er in seinen Gedanken sorgfältig plante, war nicht, sie zu vernichten, sondern sie zu besitzen. Er würde sie bestrafen, und sie würde bereuen, und dann würde er sie besitzen. Der Plan war in vieler Hinsicht gefährlich. Er durfte nicht zu weit gehen, nur gerade weit genug. Aber er mußte, falls etwas passierte, sichergehen, daß niemand wußte, wer es getan hatte. Er konnte sich nie völlig darauf verlassen, daß er diese Gewalttätigkeit in seinem Innern unter Kontrolle behielt. So etwas war schwer abzuschätzen. Er mußte sich schützen. Es beruhigte ihn, jetzt zu wissen, daß er nicht verrückt war. Ein Verrückter würde nicht so sorgfältig planen, er würde einfach hingehen und es tun.

Er folgte ihnen in einiger Entfernung, bis sie ins Aquarium gingen. Nach kurzem Warten überquerte er die Straße, kaufte sich eine Eintrittskarte und folgte ihnen in den dunklen Raum. Er konnte sie hören, bevor er sie sah. Nach einer Weile gewöhnten sich seine Augen an die Dunkelheit, so daß er sie auch sehen konnte. Es gab hier viele Säulen, hinter denen man sich verstecken konnte. Die Fußböden und Wände waren mit schwarzem Teppich ausgeschlagen, und in die Wände eingesetzt waren große illuminierte Fischbehälter, fast wie Bühnenbilder, die Meerestiere und -pflanzen aller Art enthielten. Sonst war alles schwarz, was die dramatische Wirkung dieser lebenden Bilder noch erhöhte. Da gab es Haie, Piranhas und Barracudas – die gefährlichsten Raubtiere des Meeres. Er fühlte sich ihnen nah verwandt, als er lautlos von Säule zu Säule schlüpfte; seine Schritte auf dem schwarzen Teppich waren so leise, als bewegte er sich schwimmend fort, während seine Blicke das Dunkel nach ihr absuchten. Seine Zunge schmeckte ihr Blut, und er seufzte ganz leise, nur wie ein Hauch, der sich mit dem

Geräusch der Klimaanlage dieses fenster- und zeitlosen Raumes mischte.

Rachel gefiel es hier nicht. Sie wollte Andy nicht dadurch kränken, aber sie wäre gern wieder gegangen – sie gruselte sich in diesem dunklen, unheimlichen Raum. Sie hatte Fische nie gemocht. Außerdem waren viele der Fische hier in diesen riesigen Behältern wahre Mörder. Ob die Glasscheiben zerbrechlich waren?

«Ist es nicht großartig?» fragte Andy.

«Es macht mir ein bißchen Angst», sagte sie.

«Es ist irgendwie furchterregend, aber es ist so dramatisch. Das liebe ich so daran.»

«Daß es mir Angst macht?»

«Nein, Rachel! Ich meine, das ist die wirkliche Natur des Ozeans. Da unten ist pechschwarze Nacht. So wie hier. Wir beide würden nichts von alldem sehen.»

«Ich glaube, ich würde diese Fische lieber auf einem Teller sehen», sagte Rachel.

Er grinste sie an. «Sie sind wirklich ein Stadtmädchen.»

«Ich habe das Gefühl, daß ich beobachtet werde.»

«Das haben die Fische auch.»

«Ich hasse ihre Augen. Ich habe das Gefühl, von allen Seiten beobachtet zu werden. Ich werde nie Tiefseetaucher werden.»

Der Ozean war nicht erleuchtet wie diese Fischbehälter, dachte Rachel. In dem richtigen Ozean war es dunkel, und seltsame Gestalten streiften lautlos an einem vorüber, und wenn sie wollten, konnten sie einen mit ihren Zähnen packen. Sie schauderte. Nicht die Fische mit ihren mörderischen Zähnen ängstigten sie, es war der Raum an sich. Die Fische waren in ihren Behälter eingesperrt. Aber auch dieser schwarze, stumme Raum schien von der Welt abgeschlossen, weit weg von der Wirklichkeit, er hätte unter der Erde sein können. Sie wurde das Gefühl nicht los, daß jemand oder *etwas* in diesen Räumen selbst war, nicht in den Aquarien, sondern hier neben ihr und Andy, etwas Gefährliches. Sie glaubte fast zu fühlen, wie es atmete. Ein paarmal wandte sie den Kopf, sah sich um, aber niemand war da, nur sie beide. Sie war nicht abergläubisch, aber sie spürte so etwas wie eine böse Macht und wußte nicht, was es war.

Andy nahm ihre Hand. «Sie sehen so blaß aus», sagte er besorgt. «Es gibt hier nichts zu fürchten.»

«Ich bin nicht blaß, es ist die Beleuchtung.»

«Ich wollte Ihnen an Ihrem Geburtstag etwas Hübsches bieten», sagte er. «Vielleicht hätten wir lieber ins Planetarium gehen sollen.»

«Nein, dies ist sehr interessant. Aber können wir jetzt gehen?»

«Okay. Aber das Schönste ist . . .»

«Nein – jetzt!» Sie wunderte sich selbst über ihren scharfen Ton. Sie fürchtete sich wirklich. «Kommen Sie, wir wollen um die Wette laufen», sagte sie, um das Ganze ins Scherzhafte zu ziehen, und wandte sich dem Ausgang zu. Sie hätte diesen Vorschlag nicht machen sollen, denn natürlich war Andy ihr in einer Minute weit voraus. Im Rennen hörte sie ihren keuchenden Atem, und dann wußte sie, daß es nicht ihr Atem war – jemand lief hinter ihr her. Ihr Herz hämmerte in panischer Angst, und die Beine taten ihr weh, während sie dahinflog, zu atemlos, um zu rufen.

Dann plötzlich stand sie draußen im Sonnenschein. Die Welt war noch da, so beruhigend, so wunderbar gewöhnlich wie eh und je. Sie blickte zurück: niemand war zu sehen.

Sie fuhren mit der U-Bahn in die Stadt zurück, und Andy bestand darauf, sie bis zu der ihrer Wohnung am nächsten gelegenen Station zu begleiten, obwohl er im Village wohnte. Sie versicherte ihm immer wieder, daß sie mit ihm aussteigen und dann ein Taxi nehmen könne, wie immer auf ihrem Heimweg vom College.

«Ich möchte Sie an Ihrem Geburtstag nicht allein lassen», sagte er. «Ich kann Sie doch wenigstens bei Lawrence abliefern.»

Er war wirklich lieb. Sie wußte, daß er eine Menge Dinge gern hatte, die ihr keine Freude mehr machten, aber sie konnte sich immer an seiner Begeisterung freuen. Hoffentlich verlor er sie nicht, wenn er älter oder durch die Großstadt abgestumpft war.

Als sie nach Hause kam, war Lawrence noch nicht da; sie nahm also ein Bad, und dabei hörte sie Schallplatten und trank ein Glas Wein. Lawrence kam nach Hause, als sie schon angezogen und geschminkt war. Er duschte, rasierte sich und zog sich um, dann tranken sie im Wohnzimmer zusammen ein Glas Champagner. «Komm ins Arbeitszimmer», sagte er, «da werde ich dir deine Geschenke zeigen.»

Im Arbeitszimmer waren eine Unmenge Päckchen aufgestapelt, fast bis zur Höhe von Rachels Kopf. Jedes war sorgfältig eingewickelt, und zuoberst stand ein kleines Schächtelchen.

«Welches zuerst?» fragte sie.

«Das kleine.»

Es war ein Paar kleine Brillantohrringe, ziemlich altmodisch in Gold gefaßt. «Ach, sind die wonnig!» rief sie.

«Nun die großen», sagte er, auf die Päckchen zeigend.

Sie flog ihm in die Arme, drückte ihn an sich und gab ihm einen Kuß. «Danke für die Ohrringe.» Sie legte sie sofort an.

Die übrigen Päckchen enthielten Bücher, eine ganze Enzyklopädie, die größte, die sie je gesehen hatte. Lawrence hatte jeden Band einzeln verpacken lassen. Während sie noch überlegte, wo sie die vielen Bücher unterbringen solle, bemerkte sie, daß er das ganze untere Fach des einen Wandregals geleert hatte.

«Ach, wunderbar!» sagte sie entzückt.

«Ich wollte dir nur zeigen, daß ich *alle* Seiten an dir zu schätzen weiß», sagte er.

Sie stellten die Bücher in alphabetischer Reihenfolge ins Regal, tranken noch ein Glas Champagner und überließen das Wegräumen von Geschenkpapier und Bändern dem Mädchen. Lawrences Limousine mit Fahrer wartete vor der Tür, und sie fuhren zum Restaurant.

Rachel liebte Lutèce. Das hübsche Stadthaus, der Kamin im Speisesaal, die frischen Blumen auf den Tischen, die großen kristallenen Weingläser und vor allem das Essen. An ihrem Geburtstag aß sie immer alles, worauf sie Lust hatte, auch wenn sie es danach mit einer Woche Hungern büßen mußte. Sie hatten in aller Muße eine ausgedehnte Mahlzeit; jeder fühlte sich in der Gesellschaft des anderen und im Bewußtsein gegenseitiger Liebe wohl. Rachel war froh, daß sie darauf bestanden hatte, niemand sonst einzuladen. Sie hatte Lawrence seit langem nicht so entspannt gesehen. Zwischen den einzelnen Gängen hielt er unter dem Tisch ihre Hand.

Nach dem wahrhaft festlichen Essen tranken sie Kaffee und Cognac, dann fuhren sie mit der Limousine, die auf sie gewartet hatte, nach Hause.

«Das war ein wirklich vollkommener Abend», sagte Rachel. «Ich danke dir.»

Die Wohnung sah wie ein Begräbnisinstitut aus. Wo man auch hinsah, weiße Rosen. Vasen mit weißen Rosen im Wohnzimmer, im Arbeitszimmer, sogar im Schlafzimmer. Es mußten zehn Dutzend Rosen sein, über hundert Stück. Rachel nieste. Sie sah Lawrence an und wollte ihn fragen, ob er verrückt geworden sei, aber dann merkte sie, daß er ebenso überrascht war wie sie.

«Wer hat die Rosen geschickt?» fragte er sie.

«Ich weiß nicht, wo ist die Karte?» Sie lief herum und suchte nach der Karte, fand aber keine. «Minnie!»

Das Mädchen kam herein. «Ja, Mrs. Fowler?»

«Wo ist die Karte, die zu diesen Rosen gehört?»

«Es war keine dabei.»

«Aber wer hat sie denn geschickt?»

«Ein Botenjunge hat sie gebracht, gleich nachdem die Herrschaften weggegangen waren, und ich habe sie in die Vasen gestellt.»

«Wo sind die Schachteln?»

«Im Mülleimer. Soll ich sie holen?»

«Ich komme mit», sagte Rachel. «Auf den Schachteln wird wenigstens der Name des Blumengeschäfts stehen», sagte sie zu Lawrence. «Vielleicht findet sich die Karte auch irgendwo.»

«Ich habe danach gesucht», erklärte Minnie. «Ich dachte, wenn jemand soviel Geld ausgibt, müßte doch eine Karte dabei sein.»

Rachel ging zum Dienstboteneingang, wo Minnie die leeren Blumenkartons säuberlich aufgestapelt hatte. Warum wirkten die weißen Rosen nur so unheimlich auf sie? Gewiß, sie waren geschmacklos, aber doch nicht unheilverkündend. Wahrscheinlich waren sie von irgendeinem Geschäftsfreund, der Lawrence um einen Gefallen bitten und einen guten Eindruck machen wollte, indem er sie derart überschüttete. Aber Rachel konnte sich nicht vorstellen, daß jemand einen so schlechten Geschmack hatte, höchstens irgendein Ölscheich, aber selbst die zeigten einen besseren Geschmack, wenn sie mit normalen Leuten wie Lawrence geschäftlich zu tun hatten. Diese aufdringlichen Rosen verpesteten die ganze Wohnung mit ihrem üppig-süßen Duft. Rachel sah alle Schachteln durch, und als sie keine Karte fand, rief sie das Blumengeschäft an.

«Hier ist Mrs. Fowler. Sie haben mir ungefähr zehn Dutzend weiße Rosen geschickt, aber ohne Karte. Wer hat sie bestellt?»

«Ich weiß nicht, Mrs. Fowler. Mein Verkäufer hat die Bestellung angenommen, ich werde ihn fragen.» Sie wartete. «Er sagt, der Mann hat keine Karte geschrieben.»

«Geben Sie mir bitte Ihren Verkäufer.»

«Hallo.» Eine jüngere, männliche Stimme.

«Wer hat all die weißen Rosen gekauft?» fragte Rachel.

«Ich weiß nicht. Ein Mann. Er hat bar bezahlt und wollte keine Karte schreiben.»

«Wie sah er aus?» erkundigte sich Rachel.

«Das weiß ich nicht mehr. Irgendein Mann. Ich weiß nicht – vielleicht in den Vierzigern. Er hatte einen Hut auf.»

«Haben Sie ihn nicht nach seinem Namen gefragt?»

«Das tun wir nicht, wenn jemand bar bezahlt. Aber es war ein so großer Auftrag, na ja, da hab ich doch gefragt und ihm unsere Geschäftskarte gegeben, weil ich ihn noch nie gesehen hatte.»

«Würden Sie bitte nachsehen, wie er heißt?» Wieso klang ihre Stimme scharf vor Nervosität? Diese Rosen schienen ihr aufgezwungen zu sein, nicht geschenkt.

«Oh, das brauche ich nicht nachzusehen», sagte der junge Mann. «Ich erinnere mich.»

«Wie hieß er?»

«Mr. Smith.»

Lawrence ruhte nicht, bis die Rosen, die sie offenbar unglücklich machten, hinausgeworfen waren. Sie ging im Schlafzimmer auf und ab und sagte immer wieder: «Ach, Schiet.» Es war wie ein kolossaler Streich, der schiefgegangen war – aber warum? Wozu? Sollte sie sich freuen oder ärgern? Wer war ‹Mr. Smith›?

«Na, wer es auch sein mag», sagte Lawrence tröstend, «wenn er einen Besuch macht, und die Rosen sind nicht da, wird er sich wundern.»

«Aber es wird niemand einen Besuch machen.»

«Vielleicht war es jemand, den wir von unserer Liste gestrichen haben», sagte Lawrence.

«Wenn es mir schmeichelte, was es offensichtlich nicht tut, was hat es dann für einen Zweck, noch dazu mit dieser Heimlichtuerei?»

«Vielleicht ruft er an.»

«Solche Sachen sind so *gemein*», sagte Rachel.

«Denk nicht mehr daran», sagte Lawrence. «Komm zu Bett. Er hat einfach zuviel Geld.»

«Vielleicht kenne ich ihn nicht einmal», sagte Rachel. «Vielleicht versucht er sich unsere Zuneigung zu erkaufen wie Gatsby.»

«Zerbrich dir nicht den Kopf», sagte Lawrence. «Laß uns schlafengehen.»

Rachel kroch ins Bett, in seine tröstliche Wärme. Irgendwie war ihr der Abend durch einen Eindringling verdorben worden. Sie klammerte sich fest an ihren Mann und wünschte sich, daß sie ganz anders leben könnten, daß sie nicht so viele Leute kennen müßten, daß sie beide einfach für sich leben und von Zeit zu Zeit nur ein paar wirklich liebe und vertraute Freunde sehen könnten.

Im November war John Griffins Buch fertig. Nikki redigierte das Manuskript. Er schrieb so, wie er liebte – unermüdlich. Sie hatte noch nie mit einem Autor zu tun gehabt, der so schnell arbeitete. Was das Redigieren betraf, so dachte er über jede Änderung, die sie vorschlug, gründlich nach und ließ sie letzten Endes das meiste selbst machen. Sie glaubte, daß er zum Teil deswegen so fügsam war, weil er einen Termin einhalten mußte. Er mußte zu Außenaufnahmen für den nächsten Film nach Jugoslawien reisen. Sein Roman sollte im kommenden September erscheinen. Sie merkte, wie seine Aufmerksamkeit schon von den kleinen, aber wichtigen letzten Änderungen in seinem Buch abschweifte zu dem Drehbuch, das er las und noch einmal las und das ihn allmählich gefangennahm.

Als das Manuskript endgültig abgeschlossen war, lud sie ihn zur Feier des Tages zum Lunch ein. Er ließ sie den Scheck ausschreiben. Morgen früh würde er nach Jugoslawien abreisen.

«Du bist eine reizende Frau», sagte er.

«Danke. Du bist ein reizender Mann.»

«Ich wollte, ich könnte etwas für dich tun.»

«Du hast schon was getan.»

«Nein, ich meine, ich möchte dir was schenken.»

«Du hast mir schon ein wunderschönes Buch geschenkt.»

Er lächelte geschmeichelt. «Aber ich meine, ich möchte dir ein richtiges Geschenk machen. Oder etwas für dich tun.»

«Autoren brauchen Lektoren keine Geschenke zu machen», sagte sie lachend. «Nicht einmal reiche Autoren.»

«Ich meine nicht von Autor zu Lektor», sagte er. «Ich meine von mir zu dir.»

Nikki sah ihn an. Sein Gesicht war ruhig, und in seinen Augen war nichts zu lesen. Worum soll ich ihn bitten, dachte sie, um ein Schmuckstück? Um hundert Dollar? Um eine Probeaufnahme? Haben alle Frauen, mit denen er ins Bett geht, einen Wunsch?

«Ich wünsche mir nichts», sagte sie.

«Wirklich nicht?»

«Nein, wirklich nicht.»

«Hättest du Lust, einen Augenblick mit in meine Wohnung zu kommen, eh du wieder ins Büro gehst?» fragte er.

«Ja, gut», sagte sie, um einen ebenso gleichgültigen Ton bemüht wie er.

In seiner Wohnung liebten sie sich zum letztenmal. Sie wußten beide schon, daß Robert abends in die Stadt kommen wollte. In dem Bewußtsein, daß es für lange Zeit, vielleicht für immer, das letzte Mal mit John war, wollte sie entspannter sein denn je und konnte sich infolgedessen überhaupt nicht entspannen. Sie haßte Abschiede. Er war so leidenschaftlich wie immer, und sie mußte ihre Sekretärin anrufen und ihr sagen, daß sie nachmittags nicht in den Verlag kommen würde.

Als sie gehen mußte, machte er keine Miene, sie zurückzuhalten. Sie sah die halbgepackten Koffer auf den Stühlen, die schon geschlossenen in einer Reihe am Fußboden, das Drehbuch auf seinem Ankleidetisch. Sie gehörte schon nicht mehr zu seinem Leben, und er schickte sich an, in das nächste Abenteuer einzutreten. Während sie im Fahrstuhl hinunterfuhr, tröstete sie sich mit dem Gedanken, daß sie ihren Mann zum Essen treffen würde, und so war sie ebenso kalt wie John Griffin. Aber war er wirklich kalt? Wenn man ein gewisses Spiel spielte, mußte man sich an die Regeln halten.

Robert gab sich große Mühe, charmant zu sein. Er erzählte ihr ausführlich von einem neuen Fall, an dem er arbeitete, und Nikkis Gedanken irrten allmählich ab. John Griffin . . . wenn jemand das wüßte! Sie vermißte ihn und war traurig.

Als sie in ihre Wohnung zurückfuhren, belog sie Robert: sie hätte ihre Periode, sagte sie. Zwei Männer an einem Tag – schon der Gedanke war ihr unerträglich. Bevor sie zu Bett gingen, nahm sie eine Schlaftablette, denn trotz aller Müdigkeit war sie nervös, und im Einschlafen träumte sie, daß sie mit John Griffin auf einem Pferd davonritt, hinauf in den Himmel, wie auf einem Gemälde von Chagall.

Es gab keinen Anlaß, ihm zu schreiben, und trotzdem gab sie die Hoffnung nicht auf, daß er vielleicht *ihr* eine Postkarte schicken würde. Er tat es nie. Nun, vielleicht brauchte die Post von Jugoslawien sehr lange. Außerdem hatte er bestimmt viel zu tun. Aber irgendwo wußte sie auch, daß er nie schreiben würde. Eines Tages gegen Ende November las sie in der *Post* und der *Daily News*, daß John Griffin eine neue glühende Liebschaft hatte, mit dem Starlet aus dem Film, den er drehte.

Aus irgendeinem Grunde tat ihr das weh, obwohl sie nicht wirklich überrascht war. Warum sollte er kein Verhältnis haben? Er war ein Mann, für den Sex viel bedeutete. Im übrigen waren Schauspieler immer in jemand verliebt, der gerade in ihrem Leben eine Rolle spielte. Eine Zeitlang war sie der weibliche Star, seine Partnerin gewesen, und er hatte die Rolle des ernsthaften Schriftstellers gespielt. Jetzt lebte er weit entfernt in einer anderen Phantasie, auf der anderen Seite der Welt. Ihr war, als hätte sie ihn nie richtig gekannt, und doch glaubte sie ihn so gut zu kennen wie niemanden sonst. Sie wußte alles, was es von John Griffin zu wissen gab. Was erwartete sie, Geheimnisse?

Zum Wochenende fuhr sie nach Wilton – wie immer. «Hör zu, Nikki», sagte Robert. «Ich möchte, daß du zurückkommst.»

«Ich weiß», sagte sie. «Ich glaube, wir sind beide nahe daran, glaubst du nicht auch?»

«Nein. Ich habe mich verändert, aber du nicht. Ich habe Konzessionen gemacht. Aber du setzt in allem deinen Willen durch.»

«Tue ich das?» fragte Nikki verwundert.

«Ich schleppe mich nach einem langen, schweren Bürotag in deine kleine Wohnung, ich führe dich aus, ich übernachte bei dir und muß früh aufstehen, um mit dem verdammten Zug nach Stamford zu fahren, und was tust du?»

«Was soll ich denn tun?» fragte sie.

«Willst du nicht zurückkommen? Willst du nicht, daß wir wieder so miteinander leben wie früher?»

«Du meinst, glücklich?»

«Ja. Glücklich.»

«Du weißt, daß ich das will, Robert. Ich versuche es. Ich will, daß alles wieder so wird wie früher. Vielleicht ändert sich eine Ehe einfach im Laufe der Zeit.»

«Unsinn! Unsere Ehe hat gar keine Chance gehabt», sagte er.

«Was meinst du?»

«Ich meine, daß es auch *hier* für dich Arbeit gibt. Du könntest in Stamford arbeiten. Du könntest bei der dortigen Zeitung arbeiten – sie würden sich freuen, wenn du zu ihnen kämst. Du hältst diese Firma, für die du arbeitest, für das Großartigste der Welt. Sie ist gar nichts Besonderes. Sie ist eine zweitklassige Firma. Warum willst du das nicht einsehen, Nikki? Du vergeudest dein Leben für die falschen Götter.»

«Du sollst keine anderen Götter haben neben mir», murmelte sie.

«Du hältst diese Leute, bei denen du arbeitest, für Intellektuelle. Sie sind nur zweitklassige Versager. Sie leben in einer engen kleinen Welt, wo jeder jeden belügt und alle einander erzählen, wie mächtig und bedeutend sie sind. Glaubst du, daß irgend jemand, der nichts mit Verlagen zu tun hat, auch nur von dir gehört hat? Glaubst du, die Welt würde zusammenfallen, wenn du da fortgehst?»

«Ich bin der Herr dein Gott, du sollst keine anderen . . .»

«Was brummelst du da?» fragte Robert.

«Was *willst* du denn, Robert? Was willst du eigentlich?»

«Ich will, daß du diese Arbeit aufgibst und diese Wohnung kündigst und nach Hause kommst. Ich will, daß wir wieder ein gemeinsames Leben führen. Die Mädchen sind erwachsen und stehen auf eigenen Füßen, und wir haben nur einander, Nikki. Ich will dich bei mir haben.»

«Aber du kennst mich ja nicht einmal.»

«Ich kenne dich besser als irgend jemand auf der Welt.»

«Nein», sagte Nikki. Sie war den Tränen nahe. «Du kennst mich einfach nur sehr lange, Robert.»

«Zählt das nicht?»

«Doch, es zählt. Es macht es sehr schwer, dich zu verlassen.»

«Du weißt, daß wir einander nicht verlassen können», sagte er.

«Robert, hast du dich nicht einmal gefragt, warum ich nicht wütend geworden bin, als du das eben gesagt hast über meine Arbeit und meine Freunde und mein Leben und meine Selbstachtung?»

«Nein, denn du weißt, daß ich recht habe. Sieh mal, vielleicht war ich ein bißchen grob, aber ich will einfach nicht, daß du unser beider Leben vergeudest, Nikki.»

«Nein, Robert, ich bin nicht wütend geworden, weil es mir jetzt egal ist, was du von mir denkst.»

«Das sagst du nur, um dich zu rächen», sagte er.

Sie schüttelte verneinend den Kopf.

«Na, los», sagte er, «werd doch wütend.» Es klang ein bißchen erschrocken.

«Nein, Robert, ich bin nicht wütend. Ich bin sehr verletzt, aber ich bin nicht böse. Du willst nicht *mich* wiederhaben. Du willst jemanden, der in all deine Vorstellungen davon, wie deine Frau sein sollte, hineinpaßt.»

«Du bist so, wie meine Frau sein soll.»

«Offenbar nicht. So wie du mich geschildert hast – *diese* Person würde ich nicht wiederhaben wollen.»

«Ich möchte diese Person verändern», sagte Robert.

«Ich weiß», sagte Nikki. Und sie lächelte, ein tödlich kaltes Lächeln ohne Koketterie oder Humor. Es war mehr eine Grimasse der Resignation. «Wir essen um sieben.» Und sie ging hinauf, um ihre Sachen zu packen.

Das leichteste wäre, sagte sie sich, einen Anwalt zu beauftragen, Robert die nötigen Papiere zu schicken. Sie hatte ihm nichts mehr zu sagen. Sie fühlte sich ausgeblutet. Wenn er vor einem Jahr, selbst noch vor einem halben Jahr so etwas zu ihr gesagt hätte – sie hätte mit ihm gestritten und geweint. Es wäre ihr wie ein grober Verrat vorgekommen. Aber jetzt war es nur so, als ob ein ungezogener kleiner Junge sein Kindermädchen anschreit und mit Füßen tritt. Sie wollte nicht getreten werden, und sie wollte auch nicht sein Kindermädchen sein. Ob er das, was er von ihr gesagt hatte, wirklich ernst meinte? Nun, egal. Er war fähig gewesen, es zu sagen. Sie konnte nicht länger mit einem Mann zusammen leben, der für das Beste, was sie leisten konnte, eine so tiefe Verachtung hatte.

Alle wußten, daß Nikki ihren Mann verlassen hatte. Nikki erzählte es Rachel, Rachel erzählte es Margot, Margot erzählte es Ellen. Die arme Nikki, sagte Rachel, die nur ihre eigene glückliche Ehe kannte. Die arme Nikki, stimmte Margot bei, die nur Einsamkeit kannte, die immer stärker auf sie eindrang und sie zu ersticken drohte. Die glückliche Nikki, sagte Ellen, und die nächste bin ich.

Nikki lehnte die Annahme von Unterhaltszahlungen ab, obwohl ihr Anwalt sie dazu drängte. Er erwähnte, wie viele Jahre sie mit Robert verheiratet gewesen war, welche Opfer sie gebracht hatte, die beiden Kinder, die sie geboren und erzogen hatte. Er sprach von der Inflation, von den Lebenskosten in New York, von einer drohenden Entlassung oder Pensionierung. Nikki wollte nichts von Robert außer dem Unterhalt für ihre Töchter, solange sie ihn brauchten, auch wenn sie nicht zu Hause lebten. Damit würde er einverstanden sein. Was sie selbst anging, so war sie sich nicht sicher, ob Robert bereit sein würde, sie zu erhalten, aber sie fand, wenn sie ihn trotz seiner Proteste verließ, wollte sie weiter nichts von ihm haben als ihre Freiheit.

Ellen zerbrach sich den Kopf über ein Weihnachtsgeschenk für Reuben. Sie hatte nicht viel Geld, und das bißchen, was sie hatte, brauchte sie für Jill und Stacey, die beide neue Wintermäntel brauchten. Hank würde sie nichts schenken. Es wäre zu heuchlerisch gewesen, da sie ihn am nächsten Tag um die Scheidung bitten wollte. Schließlich kam ihr für Reuben eine Idee durch ein Handarbeitsbuch, für das sie Reklame machte. Sie würde ihm für ihre zukünftige Wohnung ein Kissen in Petit-Point sticken. Oder doch wenigstens die Vorderseite. Aber vielleicht doch lieber in Crewelstickerei? Sie haßte Handarbeiten, und mit Crewelgarn ging es viel schneller als mit jedem anderen Material. Es würde nicht viel kosten, wenn sie es selbst entwarf und nur den Kanevas und die Wolle kaufte. Sie wußte schon, was sie daraufsticken würde: das Datum ihrer Befreiung und der Vereinigung ihrer beiden Schicksale, den 26. Dezember. Sie kaufte das Material, und wenn er zum Lunch geschäftlich verabredet war, fing sie in der Mittagspause im Büro mit der Arbeit an dem Kissen an. Sie hatte das Gefühl, damit ihre erste wirkliche Bindung einzugehen, und lächelte, während sie daran arbeitete. Reuben würde überrascht sein und sich freuen!

Ellen war neuerdings zu jedermann bemerkenswert liebenswürdig. Sogar das häusliche Thanksgiving-Essen verlief reibungslos. Die Mädchen halfen ihr kochen, Hank spülte das Geschirr, und dann sahen sie alle zusammen im Fernsehen diese albernen Umzüge. Sie sollten sie in guter Erinnerung behalten, wenn sie ihr Leben auseinanderriß, sie sollten ihr vertrauen und wissen, daß ihr Glück ihr weiterhin am Herzen lag, auch wenn sie einen anderen Mann heiratete. Hank würde niemanden finden. Er würde vernichtet sein, das wußte sie. Aber er hatte sie Jahre ihres Lebens gekostet. Es wurde Zeit, daß sie an sich dachte. Wenn Nikki, die niemanden hatte, zu dem sie gehen konnte, diesen Schritt tun konnte, wie feige wäre es von ihr gewesen, sich weiter hier in dieser Scheinehe zu verstecken, während ein Mann, der sie anbetete, auf sie wartete!

Ellen hatte gerade das *Deze* in ihrer Stickerei fertig, als Reuben zu ihr ins Büro kam. Sie schob die Handarbeit unter einige Papiere, die auf dem Schreibtisch lagen. «Was für eine Überraschung», sagte sie. «Ich dachte, du wärest zum Lunch verabredet.»

«Ich habe abgesagt.»

«Um mit mir zu essen?»

«Ja.»

«Oh, wie schön. Gehen wir.»

Sie zog den Mantel an, und sie gingen zusammen zum Fahrstuhl, wobei sie betont gleichgültig auszusehen versuchten, obwohl natürlich das ganze Büro Bescheid wußte.

«Ich dachte, ich würde dich erst nachmittags sehen können», flüsterte Ellen. «Was für ein Glückstag!»

«Ich konnte es nicht erwarten», antwortete er flüsternd.

In dem überfüllten Fahrstuhl vermieden sie sorgfältig, einander anzusehen. Als sie auf der Straße waren, fragte er: «Bist du hungrig?»

«Wir haben was zu essen in der Wohnung, nicht wahr?»

«Ich habe nicht darauf geachtet. Wir wollen etwas mitnehmen.»

Sie nahmen ein Taxi und hielten vor dem Delikateßladen in

der Nähe seines Hauses, um belegte Brötchen zu kaufen. Dann bestand er darauf, bei dem Spirituosenladen zu halten und eine Flasche Wein und eine Flasche Wodka zu kaufen.

«Ich vermute, wir haben die Absicht, den Nachmittag frei zu nehmen», sagte Ellen lächelnd.

«Vielleicht», sagte Reuben, aber sein Lächeln war etwas gezwungen. Sie überlegte, was er haben könne. Wut auf seine Frau wahrscheinlich. Bestimmt keine Wut auf *sie*, sie hatte nichts getan.

«Du scheinst ärgerlich», sagte Ellen.

«Gehen wir hinauf.»

Sie gingen in sein Apartment. Ellen kam es irgendwie verändert vor, aber zunächst konnte sie sich nicht erklären, woran es lag. Dann merkte sie, daß es auffallend ordentlich war. Alle Papiere und Bücher, die im Wohnzimmer herumgelegen hatten, waren verschwunden. Sie zog den Mantel aus, und während Reuben sich in der Küche zu schaffen machte, ging sie ins Schlafzimmer und sah sich um. Auch hier erschien es ihr zu ordentlich und farblos. Die Fotos seiner Söhne waren fort. Sie lief zum Wandschrank und sah hinein: es hingen keine Kleidungsstücke darin, aber statt dessen standen da zwei große Koffer. Sie hob den einen an: er war schwer. Sie lief zum Ankleidetisch, zog alle Schubladen heraus und sah, daß sie leer waren bis auf eine, in der, ordentlich zusammengefaltet, ein paar Kleinigkeiten lagen, die sie in seiner Wohnung gelassen hatte. Nicht mehr, als in eine Einkaufstasche ging, und tatsächlich hatte er eine ebenfalls zusammengefaltete saubere Plastiktüte danebengelegt.

«Reuben!» Ellen ging ins Wohnzimmer, als er gerade mit zwei großen Gläsern Wodka mit Eis aus der Küche kam. «Was ist los, willst du ausziehen? Was geht hier vor?»

«Nimm das», sagte er. Er gab ihr das Glas, und sie sah, daß seine Hand sehr ruhig war. Er schien nicht aufgeregt zu sein, aber er war auch nicht er selbst. Er nahm einen langen Zug aus seinem Glas. «Setz dich, Ellen.»

Sie setzte sich auf die Couch. «Willst du mir sagen, warum du alles gepackt hast?»

«Ellen, ich gehe wieder nach Hause.»

«*Was* tust du?»

«Ich war mit meiner Frau bei einem Rechtsanwalt – bitte, unterbrich mich nicht, okay? Es ist schwer genug, so wie es ist. Ich saß da, und wir sprachen über die Teilung unserer Sachen und wieviel Geld sie haben wollte, und mit einemmal wurde die ganze Sache so schrecklich wirklich. Ich meine, vorher war es ein Traum, ein Wunsch, eine Phantasie. Aber in der Anwaltskanzlei mit den Papieren, die ich unterschreiben mußte, da war es keine Phantasie mehr. Und meine Kinder. Ich . . . ich konnte es einfach nicht ertragen, ihnen ins Gesicht zu sehen. Sie hatten Angst, Ellen. Sie sind ja noch kleine Jungen. Sie brauchen ihren Vater. Ich fühlte mich so schuldig. Sie fehlten mir. Ich kann nicht mit dir fortlaufen, Ellen. Wir können nicht heiraten. Ich kann meine Kinder nicht verlassen.»

«*Deine* Kinder?» Anfangs, während er sprach, hatte die Ungeheuerlichkeit dessen, was er ihr antun wollte, sie betäubt, aber jetzt sah sie alles, und Wut erfüllte sie. «*Deine* Kinder? Du kannst *deine* Kinder nicht verlassen? Und was wollte ich für dich tun? Was ist mit *meinen* Kindern?»

«Und meine Frau.»

Seine Worte hingen zwischen ihnen wie etwas Sichtbares. Schwarz sahen sie aus, dachte Ellen, wie verbranntes Papier. *Und meine Frau.*

«Das ist es also», sagte sie. «Du elender Feigling.»

«Es tut mir so leid. Du weißt nicht, wie schrecklich es für mich ist, Ellen.»

«Lügner.»

«Ich schwöre, ich habe dich nie belogen.»

«Du wolltest sie verlassen.»

«Ja, ich wollte.»

«Aber nachdem du wußtest, was es dich kosten würde . . .»

«Hältst du das für unwichtig?»

«Es ist sicherlich das Entscheidende.»

Er schüttelte den Kopf. «Es ist die Schuld, Ellen. Ich kann sie einfach nicht verlassen. Ich fahre heute abend nach Hause.» Er trank seinen Wodka in großen Schlucken und sah sehr erleichtert aus. «Trink aus, Ellen, du fühlst dich dann besser.»

Sie warf ihm den Wodka mitsamt dem Glas ins Gesicht. Er wich dem Glas aus, und es sprang auf den Teppich und blieb da liegen. Flüssigkeit war ihm auf Hemd und Krawatte gespritzt. Er zog sein Taschentuch heraus und tupfte es sorgfältig ab. «Ich kann dir keinen Vorwurf machen, wenn du mich haßt», sagte er.

«Ich verachte dich. Ich verachte Feiglinge.»

«Du hast jedes Recht, mich zu verachten. Und es tut mir leid.»

Ellen sah ihn an, und plötzlich wurde ihr klar, daß sie alles falsch machte. Noch nie hatte ein Mann sie verlassen. Statt einen Wutanfall zu kriegen, hätte sie die Schwache spielen sollen, hätte weinen und ihn anflehen sollen, sie nicht zu verlassen. Warum sollte es ihn zu einer Frau zurückziehen, die so war wie sie? Sie zwang sich Tränen in die Augen, und dann war sie wirklich unglücklich und begann zu weinen. «Oh, Reuben, verlaß mich nicht.»

«Bitte, weine nicht», sagte er traurig. «Das macht es für mich nur noch schlimmer. Ellen, bitte, glaub mir, daß ich dein Leben nicht ruiniert habe. Nichts hat sich für dich geändert. Wir haben, Gott sei Dank, nicht überstürzt gehandelt. Du kannst genauso weitermachen wie bisher. Du wirst jemand viel besseres finden. Du kannst jeden Mann haben, den du willst. Du brauchst mich nicht.»

«Doch, ich brauche dich», sagte sie. Sie putzte sich die Nase. «Du tust mir etwas Furchtbares an. Wie kannst du das nur tun?»

«Schuldgefühle», sagte er. «Das ist mein hervorstechendster Charakterzug.» Zu ihrer Verwunderung lächelte er. Er sah aus, als wäre das Geständnis eine Läuterung für ihn gewesen. Er ging in die Küche und machte für jeden noch einen Drink. Dann setzte er sich in einen Sessel, noch immer nicht neben sie auf die Couch. Ellen hatte das entsetzliche Gefühl, daß Reuben sie nie wieder anfassen würde. Sie überlegte, ob sie versuchen sollte, mit ihm ins Bett zu gehen. Würde das nützen? Und wenn ja, für wie lange?

Sie wischte sich die Augen, trank einen Schluck und sah ihn dabei an. Er ließ es zu, daß sie ihn ansah, saß stumm unter ihrem Blick wie ein Häftling in der Anklagebank, der auf sein Urteil wartet. Sie sah die alten Aknenarben, die schiefen Zähne, das Gesicht, das sie so unwiderstehlich sexy gefunden hatte, und sie erinnerte sich an alles, was dazu geführt hatte, daß sie ihn wollte. Wegen seines Schuldgefühls hatte sie ihn haben wollen. Sie hatte immer gut gewählt, sie hatte sich nie geirrt. Reuben Weinberg, hatte sie gedacht, als sie ihn aussuchte, ist ein Mann mit der richtigen Menge Schuldgefühl. Er wird seine Frau nie verlassen.

Sie hatte recht gehabt. Sie hatte zu gut gewählt.

Sie ließ ihn zuerst weggehen, mit seinen Koffern, nur um sicher zu sein, daß es ihm mit dem Fortgehen wirklich ernst war. Vom Fenster aus sah sie ihm nach, wie er in einem Taxi fortfuhr. Sie warf ihre Sachen in die Plastiktüte und machte sich noch einen Drink. Sie war nicht in der Verfassung, heute nachmittag noch einmal ins Büro zu gehen, und nach Hause konnte sie jetzt noch nicht. Methodisch rauchte sie den Rest der Zigaretten in ihrem Päckchen, obwohl sie davon Halsschmerzen bekam, und sie trank noch zwei Glas Wodka mit Eis, obwohl es ihr nicht schmeckte. Sie fühlte sich benommen, wahrscheinlich war sie betrunken. Sie suchte im Badezimmer nach ihrer Zahnbürste, aber sie war fort. Dann fiel ihr der Zettel ein, den sie unterschrieben hatte, das Versprechen, am 26. Dezember die Seine zu werden. Dieser Lügner! Er hatte sogar sich selbst belogen, er war eben wirklich ein Schwächling. Sie haßte ihn. Wie konnte er es wagen, sie sitzenzulassen! Er konnte von Glück sagen, daß er sie bekommen hatte. Was hatte er mit diesem Zettel gemacht? Sie suchte im Papierkorb und fand ein paar leere Umschläge, etwas zerknülltes Papier mit Krakeleien, die sich bei näherer Untersuchung als Büronotizen herausstellten. Und unter all diesem lagen ein paar kleine Papierschnitzel, sorgfältig zerrissen, als wäre ihm ein Detektiv auf der Spur. Ellen setzte einige der Schnipsel zusammen. Es war der infame Vertrag. «Ich, Ellen Rennie . . .»

Sie sammelte sie ein und spülte sie die Toilette hinunter. Glaubte Reuben, er wäre der einzige, der sich schützen mußte? Dieser kastrierte Bastard, dieser armselige Schwächling! Sie mußte hier raus, bevor sie daran erstickte.

Sie floh auf die Straße. Es war schon dunkel, und die Sixth Avenue und die Nebenstraße waren mit Autos verstopft, Stoßstange an Stoßstange. Alle fuhren nach Hause. Sie hatte auch ein Zuhause. Dorthin würde sie gehen. Sie hoffte nur, daß Reuben ebenso elend zumute war wie ihr, nicht nur heute, sondern sein ganzes Leben lang.

Dezember
1975

Um die Weihnachtszeit zeigen sich die Leute in New York von ihrer schlechtesten wie auch von ihrer besten Seite. Eigentlich ist Weihnachten ein Fest für Kinder. Für Erwachsene ist es eine Zeit der Erinnerung, der Depression, der Einsamkeit. Während der Kindheit war Weihnachten die Zeit der Vorfreude, man schmückte den Christbaum und wartete auf den Weihnachtsmann mit seinen Gaben; als Erwachsener muß man die Geschenke selbst kaufen oder basteln, die Christbäume schmücken und die Rechnungen bezahlen, und nie hat man genug Zeit.

«Wir wollen uns dieses Jahr nichts zu Weihnachten schenken», sagte Margot zu Ellen.

«Aber wir schenken uns doch immer etwas.»

«Es ist so teuer», sagte Margot. «Ich will nicht einmal diese gräßlichen Geschenke im Büro machen.»

«Ich möchte dies Jahr ein richtiges tolles Weihnachten haben und meine Sorgen vergessen», sagte Ellen. Seit Reuben sie verlassen hatte, war sie nervös und reizbar gewesen; im Büro ging sie ihm aus dem Wege, was nicht schwer war, da sie glücklicherweise alles, was sie mit ihm zu tun hatte, jemand anderem in der Werbeabteilung übergeben konnte. «Nikki meint, wir sollten eine Party machen.»

«Ich hasse Parties», sagte Margot.

«Und wie wär's, wenn wir uns zum Lunch träfen? In irgendeinem kitschigen, schicken Restaurant wie dem Rainbow Room?»

«Mit Geschenken?»

«Wir werden nur zu vieren sein», sagte Ellen. «Du, ich, Nikki und Rachel. Das wären nur vier Geschenke.»

«Na schön, ruf du die anderen an», sagte Margot. «Ich habe zuviel zu tun.»

Wie brummig Margot in letzter Zeit ist! dachte Ellen. Sie tat ja so, als wäre ein nettes Weihnachtsessen mit drei Freundinnen für sie eine Riesenanstrengung. «Also gut», sagte sie liebenswürdig. «An welchem Tag? Mal sehen, Weihnachten fällt dieses Jahr auf einen Donnerstag, also werden die Büros am Mittwoch zeitig schließen. Es ist eine kurze Woche, und alle haben immer in letzter Minute noch etwas einzukaufen, und dann all diese Bürofeiern – also wie wär's mit Freitag dem 19.?»

«Paßt mir gut», sagte Margot. «Ich habe für den Rest meines Lebens nichts vor.»

Auch Nikki und Rachel fanden den 19. gut. Lawrence mußte in der betreffenden Woche Donnerstag und Freitag geschäftlich verreisen, da war das Essen mit den Freundinnen eine willkommene Aufheiterung für Rachel. Sie schlug vor, im Rainbow Room einen Tisch auf ihren Namen reservieren zu lassen, was alle als gute Idee begrüßten. Der Rainbow Room, so hoch oben, dem Himmel nah, mit dem zauberhaften Blick auf die Stadt, war ein beliebter Treffpunkt von Touristen und Liebenden.

«Du wirst es nicht glauben», sagte Rachel, «aber ich bin noch nie dagewesen.»

«Ich auch nicht», sagte Nikki. «Laß uns früh hingehen, zwölf Uhr dreißig, damit wir uns richtig betrinken können.»

Alle notierten sich den 19. Dezember im Terminkalender. Ein festliches Vorweihnachtsessen, etwas, worauf man sich wirklich freuen konnte.

Margot war gar nicht auf den Gedanken gekommen, daß jemand ihr Benehmen in letzter Zeit verändert finden könnte, einfach weil sie sich nicht darum kümmerte, was andere von ihr dachten. Es fiel ihr überhaupt schwer, sich auf Menschen zu konzentrieren. Sie war so tief in einen Zustand geraten, den sie selbst nur als Gram bezeichnen konnte. Abends trank sie Wodka und nahm Schlaftabletten und fühlte sich so schwer und unsichtbar, so ausgebrannt und tot wie ein schwarzer Stern in der Milchstraße. Wenn morgens der Wecker klingelte, lag sie noch lange im Bett und grübelte darüber nach, woher sie den Mut nehmen sollte, aufzustehen und einem neuen Tag zu begegnen. Der Schmerz preßte ihr Herz zusammen wie ein Schraubstock. Er machte ihr Kopfschmerzen und Atembeschwerden. Oft seufzte sie tief. Ihrem Gefühl nach war sie der einsamste Mensch auf der Welt.

Wie konnte sie weiterleben? Dieses Jahr ging seinem Ende zu, ein neues würde beginnen, und was würde sich für sie ändern? Sie konnte sich kaum vorstellen, wie sie sich in ihrem Schmerz durch die wenigen verbleibenden Tage der Woche kämpfen sollte, geschweige denn durch ein ganzes neues Jahr. Sie wußte nicht mehr, wann sie zuletzt Urlaub genommen hatte. Jahr für Jahr ließ sie die Gelegenheiten vorübergehen, nahm ihren Urlaub tageweise, verschwendete die Zeit, weil sie nie wußte, wohin oder mit wem sie verreisen sollte. Sie dachte jetzt an all die Orte, die sie hatte besuchen wollen und wozu es nie gekommen war, weil sie so schwer gearbeitet hatte. Kerry fuhr über Weihnachten mit Haviland nach Paris. Er hatte jetzt Geld. Sein Roman war für zweihundertdreißigtausend Dollar an einen Taschenbuchverlag verkauft worden. Margot hatte Geld gespart, sie hätte nach Paris fahren können, aber wer wollte Weihnachten allein in Paris verbringen? Oder überhaupt zu Weihnachten irgendwo allein sein? Sie vermißte Kerry nicht mehr, aber sie würde das Glück jener Monate vermissen, als sie noch glaubte, sie hätte endlich jemanden gefunden, mit dem sie wundervolle Reisen machen konnte.

Vor langer Zeit, als sie im College war, war sie zwei Wochen mit einem anderen Mädchen auf Cape Cod gewesen. Nach dem College ließ die Arbeit ihr keine Zeit, und sie war auch zu arm, um irgendwohin zu fahren. Ein paar Jahre hatte sie den Urlaub mit ihrer Familie verbracht, aber dann fand sie den Unterschied zwischen ihren Vorstellungen von Vergnügen und denen ihrer Angehörigen unüberwindlich. Damals war sie jung gewesen, wollte ausgehen, tanzen, flirten und lustig sein. Jetzt kam sie sich wie ein Roboter vor. Sie lächelte kaum noch, und wenn, war es eher ein gezwungenes Lächeln, eine Grimasse. Zwei

Tage lang meldete sie sich krank und ging nicht zur Arbeit, aber in diesen düsteren Gram versunken im Bett zu liegen war schlimmer, als Leute sehen zu müssen, und sie ging wieder ins Studio. Überall hier war sie von diesem unheilbaren Schmerz begleitet. Was war imstande, diese Qual zu stillen – eine Droge, ein Abenteuer, eine Liebe, der Tod? Sie wußte, wenn die Liebe jetzt zu ihr kam, würde sie unfähig sein, sie anzunehmen. Wie würde sie Liebe oder auch nur Güte erkennen können, wo doch alle Menschen so weit weg zu sein schienen? Sie war von ihnen getrennt, auch wenn sie von Angesicht zu Angesicht mit ihnen sprach. Der Schmerz zwang sie, sich so langsam zu bewegen, als sei sie tief in Gedanken versunken. Aber in ihren Gedanken herrschte Leere, und zuweilen dachte sie überhaupt nicht. Manchmal vergingen Stunden, ohne daß sie es bemerkte, und ein andermal glaubte sie, sie hätte eine Stunde lang am selben Platz gesessen, und es waren nur Minuten.

Sie war nie hungrig, aber immer sehr durstig. Das kam von den Schlaftabletten und dem Alkohol. Sie ging jetzt zu zwei Ärzten, die nichts voneinander wußten. Der eine gab ihr Seconal, der andere Luminal. Von dem Luminal blieb am nächsten Tag ein bitterer Geschmack zurück. Man mußte für alles zahlen, so oder so.

Sie hatte in diesem Jahr keine Weihnachtskarten verschickt. Sie nahm sich nicht einmal die Mühe, die Karten, die sie selbst erhielt, aufzumachen, sie warf nur einen Blick auf den Absender. Eine innere Stimme sagte ihr, daß die eine oder andere eine Einladung zu einer Party enthalten könnte, wo sie vielleicht jemanden fand, der ihr Leben verändert hätte. Aber nein, das war nicht mehr möglich. Sie konnte zu keiner Party gehen, und wenn sie es tat, würde sie niemanden finden, der sie so haben wollte, wie sie sich jetzt fühlte. Sie sehnte sich nur danach, zu sterben.

Sie rief ihre Freundinnen nicht mehr an. Diese nahmen an, daß sie sehr viel zu tun hätte. Ellen rief hin und wieder an, um sich zu beklagen. Reuben war noch bei seiner Frau, im Büro gab es keine interessanten Männer, und Jill war wieder abgemagert. Und so weiter, bla, bla. Margot ließ Ellen reden, bis sie ihren Monolog beendet hatte, und fragte sich, wie es wohl sein mochte, so mit sich selbst beschäftigt zu sein, daß es einem sogar egal war, ob der Mensch am anderen Ende wenigstens ab und zu einmal grunzte oder nicht.

Rachel rief Margot im Büro an und lud sie zu einem kleinen Essen ein, und Margot log, sie hätte zuviel zu tun. Ihre Kraft reichte gerade dafür, von der Arbeit nach Hause zu fahren und sich in ihrer Wohnung, ihrer Höhle, zu verkriechen. Sie hatte seit Monaten die Fenster nicht putzen lassen, und der Dreck sperrte die Welt aus. Auch die Fensterläden, die sie früher der Sonne geöffnet hatte, blieben jetzt geschlossen. Ihre Pflanzen, die sie nicht mehr goß, gingen ein. Sie ließ sie in ihren Töpfen vermodern. Überall in der Wohnung lag Staub. Die Putzfrau hatte gekündigt, und Margot hatte sich um keine neue bemüht. Täglich dachte sie: Heute muß ich jemanden finden, der diesen Schweinestall saubermacht. Aber dann: vielleicht würde sie morgen gar nicht mehr hier sein, sie würde es getan, die Tabletten genommen, dieses sinnlose Leben beendet haben.

Ihr ganzes Leben war vergeudet, sagte sie sich. Nichts war so ausgegangen, wie sie es erträumt hatte, als sie jung war. Aber das war nicht das Entscheidende. Das Entscheidende war die Einsamkeit. Es gab nichts Schlimmeres, als ganz allein zu sein.

Donnerstag abend zählte Margot ihre Schlaftabletten. Das Telefon klingelte, und sie ließ wie üblich den Kundendienst antworten. Oft vergaß sie tagelang, den Kundendienst anzurufen, und dort nahmen sie an, sie wäre verreist, und meldeten sich beim ersten Läuten. Diese Rechnung hatte sie auch nicht bezahlt. Ein Stoß unbezahlter Rechnungen lag auf dem unordentlichen Ankleidetisch zusammen mit ungeöffneter Post und Kleidungsstücken, die sie kürzlich getragen und ausgezogen hatte. Ihre Kleider lagen auf der Erde, auf Stühlen, im Badezimmer. Eine Zeitlang, als sie noch besserer Stimmung war, hatte sie kurz darüber nachgedacht, was werden sollte, wenn sie nichts mehr anzuziehen hatte, aber jetzt kam es ihr darauf auch nicht mehr an. Der Hauswirt sollte aufhören, ihr Mahnbriefe wegen der rückständigen Miete zu schicken, er konnte seine Wohnung wiederhaben. Sie hatte zehn Seconal-

und fünfundzwanzig Luminaltabletten. Die Apothekerrechnung war die einzige, die Margot noch bezahlte, sonst würden sie ihr nichts mehr geben, fürchtete sie. Nun würde niemand mehr etwas von ihr bekommen.

Für einen Augenblick fühlte sie sich glücklich, wenn Glück die Abwesenheit von Schmerz war. Die Tabletten in der Hand, ging sie durch die stille Wohnung in die Küche. Irgendwo hatte sie gelesen, man könne unmöglich so viele Pillen nehmen, man müßte den Inhalt der Kapseln in eine stark schmeckende Flüssigkeit tun, zum Beispiel Orangensaft. Sie versuchte es mit einer Luminalkapsel in einem Löffel Saft. Gar nicht schlecht.

Sie öffnete vorsichtig die anderen Luminalkapseln und lerrte sie in ein großes Glas Orangensaft; sie rührte das Gemisch gründlich um, damit kein nutzloser Bodensatz zurückblieb. Das Seconal würde sie auf normale Weise nehmen, um genau zu wissen, daß sie es wirklich tat. Sie würde erst zu Bett gehen, für den Fall, daß es zu schnell wirkte. Sie wollte langsam in den Schlaf hinüberdämmern, nicht auf den Fußboden fallen.

Sie zog ein sauberes Nachthemd an. Einen Augenblick dachte sie daran, einen kurzen Brief zu schreiben, aber ihr fiel nichts ein, was sie hätte sagen können. Was hatte es für einen Sinn, zu schreiben, daß sie so einsam sei, daß sie nicht mehr weiterkönne? Wen interessierte das schon? Niemand wollte von einsamen Menschen belästigt werden, sie erweckten nur Schuldgefühle. Wer sie auch fand, er würde die leeren Pillenröhrchen sehen und schnell genug daraus schließen, was geschehen war. In dieser Jahreszeit brachten sich täglich Leute um. Es war die Krankheit der fröhlichen Weihnachtszeit.

Im Bett spülte Margot ihre zehn Seconal mit dem Orangensaft hinunter, der die vierundzwanzig Luminalkapseln enthielt. Fast sofort fühlte sie sich entspannt. Ihre Tür war verriegelt, ihr Telefon stand mit abgestellter Glocke im Wandschrank, ihr konnte nichts passieren. Sie konnte in Frieden sterben – sie, die nie in Frieden gelebt hatte.

Es ging ihr durch den Kopf, daß morgen das Weihnachtsessen mit Ellen und Rachel und Nikki sein sollte. Das Morgen erschien ihr so weit entfernt, als ob es gar nicht existierte. Nun existierte es für sie wirklich nicht mehr. Der Schlaf kam auf seltsame Weise, er machte benommen, als würde sie davongetragen. Ihr Körper fühlte sich so schwer an, daß sie sich nicht bewegen konnte. Die Tabletten gewannen mit aller Macht die Oberhand, und Margot gab ihnen nach, dankbar dafür, daß ihr endlich das Leben abgenommen wurde, das sie nicht mehr ertragen oder beherrschen konnte.

Jill und Stacey gossen Weihnachtskerzen in papierenen Milchbehältern. Man goß das Wachs um den Docht herum, und wenn es fest war, schnitt man die Papierhülle ab. Man konnte das geschmolzene Wachs färben und sogar parfümieren. Sie hatten beschlossen, teils rote, teils grüne Kerzen zu machen und die roten mit Zimt und die grünen mit Fichtennadel zu parfümieren. Diese Kerzen hatten – abgesehen davon, daß sie billig waren und ihre Anfertigung Spaß machte – den Vorzug, daß man sie so gut wie allen Leuten schenken konnte, so daß niemand sich bevorzugt oder benachteiligt fühlte. Die Mädchen beschenkten ihre Eltern und alle Freundinnen mit solchen Kerzen. Jill gefiel die Idee, ihrer Mutter Kerzen zu schenken, denn das hieß, daß sie selbst sie behalten konnte.

Ellen kam in die Küche, um nach ihnen zu sehen. Jill mochte es nicht, wenn ihre Mutter so dicht hinter ihr stand, daß sie ihren Atem im Nacken spürte. «Oh, könntet ihr vielleicht drei mehr für mich machen? Ich möchte sie verschenken», sagte sie.

«Aber, Mami», sagte Jill, «wir haben hier doch keinen Laden.»

«Seid doch nicht so egoistisch», sagte ihre Mutter.

«Klar, Mami», sagte Stacey vergnügt. Sie hätte alles getan, um sich die Liebe ihrer Mutter zu erkaufen – das lohnte sich immer.

«Danke, Stacey. Jill, nimm einen Topflappen.»

«Das wollte ich ja.»

«Wenn ihr hier alles verdreckt, müßt ihr auch wieder saubermachen. Wir wollen an diesem Tisch essen.»

«Wem willst du sie schenken?» fragte Jill.

«Margot, Nikki und Rachel», sagte ihre Mutter. «Wir treffen

uns morgen zu einem Vorweihnachtslunch.»

«Was hättest du ihnen geschenkt, wenn wir die Kerzen nicht gemacht hätten?»

«Ich habe ihnen bei Bendel Ambrakugeln gekauft, aber die sind sehr teuer, und jetzt kann ich sie zurückgeben.»

«Wetten, daß wir einen Laden aufmachen und diese Dinger verkaufen könnten», sagte Stacey.

«Mami, können wir nicht heute abend das Eßzimmer benutzen?» fragte Jill ärgerlich. «Dann brauchten wir erst saubergumachen, wenn wir fertig sind.»

«Vater ist zum Essen nicht zu Hause, und mir macht es zuviel Mühe, alles hin und her zu tragen.»

«Wir würden dir helfen», sagte Stacey.

«Tut gefälligst, was ich euch sage», fuhr ihre Mutter sie an.

«Puh, die hat ja wieder mal eine Laune», meinte Stacey, als Ellen hinausgegangen war. «Worüber hat sie sich bloß geärgert?»

«Ihr Freund hat sie sitzenlassen», sagte Jill.

«Nein, im Ernst? Woher weißt du das?»

«Von dem guten alten Telefon, woher sonst?» grinste Jill. «Sie hat Margot die ganze Geschichte erzählt. Außerdem ruft er nie an, und die anderen haben immer angerufen, wenn *sie* Schluß gemacht hatte.»

«Sie wird dich eines Tages erwischen», sagte Stacey.

«Nein, nie. Das Telefon ist wie eine Droge für sie. Sie ist telefonsüchtig. Wenn sie erst einmal telefoniert, könnte nicht einmal ein Erdbeben sie davon abbringen. Sie weiß nicht, daß ich mithöre.»

«Ich verstehe nicht, warum wir nicht im Eßzimmer essen können», sagte Stacey. «Schließlich machen wir ja auch drei für sie.»

«Eltern müssen unvernünftige Forderungen stellen, um ihre Macht zu demonstrieren. Weißt du das nicht? Wenn wir auf vernünftige Forderungen eingingen, wüßten sie nie genau, woran sie sind, stimmt's nicht?»

«Du hast recht», sagte Stacey nachdenklich. «Ich habe noch nie darüber nachgedacht, aber du hast völlig recht.»

Sie beschlossen, den Rest der Kerzen ein andermal zu machen, und hatten die Küche rechtzeitig zum Essen sauber. Ihre Mutter hatte auf dem Weg vom Büro zwei Brathühner gekauft. Jill wurde schon vom Geruch übel. Stacey aß mit ihrer üblichen Begeisterung; Jill aß nichts. Zu ihrer Verwunderung nörgelte ihre Mutter nicht. Das war wirklich sehr ungewöhnlich. War sie vielleicht so außer sich über den Verlust ihres Freundes, daß sie nichts merkte? Jill glaubte nicht daran. Sicher hatte sie einen anderen hinterlistigen Plan. Ihre Mutter steckte voller solcher Pläne.

Nachdem Stacey das Geschirr gespült hatte, ging sie in ihr Zimmer, um Schularbeiten zu machen. Jill hatte nichts für die Schule zu arbeiten, was sie nicht auf den nächsten Tag verschieben konnte; das war ihre übliche Methode, erst in allerletzter Minute entwickelte sie eine wilde Aktivität. Jetzt stellte sie das Bügelbrett auf und begann ihre Jeans für den morgigen Schultag zu bügeln. Sie achtete auf ihr Äußeres und war immer gepflegt. Sie wusch sich das Haar mindestens dreimal wöchentlich, und ihre Sachen waren immer tadellos gebügelt. Solche rituellen Handlungen waren für sie ein gewisser Trost. Sie verwandte viel Zeit auf die Pflege ihrer Haut. Als ihre Periode anfing, hatte sie gefürchtet, daß sie auch Pickel bekommen würde, aber ihr Teint blieb so rein wie früher. Jill schrieb das teilweise der Tatsache zu, daß sie nichts aß.

Sie war in angenehme Gedanken vertieft, als ihre Mutter in der Küche erschien. «Jill», sagte sie, «ich habe eine Idee.»

Jill kannte diesen Ton. Er bedeutete: ich habe eine Idee, die dir nicht gefallen wird.

«Rachel kennt einen reizenden jungen Mann, den du meiner Meinung nach kennenlernen solltest», sagte ihre Mutter. «Er heißt Andy. Er ist neunzehn und geht mit ihr aufs College. Er ist im ersten Semester, weil er durch Reisen ein Jahr verloren hat. Er scheint ein sehr interessanter Mensch zu sein.»

«Ich will keinen jungen Mann kennenlernen», sagte Jill.

«Er sieht sehr gut aus», fuhr ihre Mutter fort. «Er hat langes rotes Haar und einen Schnurrbart und einen kleinen Backenbart. Er ist dünn, das wird dir gefallen. Ich glaube, ihr würdet ein entzückendes Paar abgeben.»

«Ich will kein entzückendes Paar abgeben», sagte Jill. Sie drückte das Eisen fest auf ihre Jeans. Warum ließ ihre Mutter sie nicht in Ruhe? Der Gedanke an einen jungen Mann hing wie ein Damoklesschwert über ihr. Wahrscheinlich war das so ein junger Bursche, der sich nicht für ihre Mutter interessierte, darum sollte er anderswo in der Familie untergebracht werden. Es war nicht *ihre* Aufgabe, sich mit jungen Hengsten, die für den späteren Gebrauch gedacht waren, abzugeben. Jungen machten sie nervös, besonders solche, die ihre Mutter auflas.

«Es kann doch nichts schaden, wenn du ihn kennenlernst», fuhr ihre Mutter fort. «Ich werde Rachel bitten, ihm deine Telefonnummer zu geben. Du gehst einfach mal mit ihm aus und wartest ab, was sich ergibt.»

«Mädchen in meinem Alter gehen nicht mit fremden Jungen aus», sagte Jill. «Wir gehen zu mehreren aus oder mit einem festen Freund. Ich will keinen Freund.»

«Du bist sechzehn. Es wird allmählich Zeit. Willst du allein herumlaufen, während all deine Freundinnen sich amüsieren?»

«Ich habe Freundinnen, und wir *amüsieren* uns sehr gut», sagte Jill. Ihr wurde speiübel. Ihre Mutter nahm enorme Ausmaße an, blähte sich auf wie ein Ballon, bis die ganze Küche mit ihrer Gegenwart ausgefüllt zu sein schien. *Geh raus. O bitte, geh raus.*

«Jill, willst du nicht endlich erwachsen werden?» Die Stimme ihrer Mutter war scharf und böse. «Du kannst doch nicht ewig ein kleines Kind bleiben. Du kannst nicht leugnen, daß die Hälfte des Menschengeschlechts aus Männern besteht. Du mußt ausgehen. Vielleicht gefällt er dir.»

Jill versuchte, die beharrliche Stimme ihrer Mutter nicht zu hören. Sie machte Geräusche im Kopf, um diese Stimme zu verscheuchen, sie dachte an Liedertexte, sie stellte sich einen Zug vor, der kreischend durch einen langen Tunnel fuhr. Sie beugte sich über ihre Bügelei, sah ihre Mutter nicht an, versuchte sie einfach durch Willensanstrengung verschwinden zu lassen.

«Wenn du dich für einen netten Jungen interessieren würdest, statt immer nur an dich zu denken . . . wirklich ein netter

Junge . . . gut empfohlen . . . Was ist so entsetzlich daran, mit einem netten Jungen auszugehen?» Die Stimme drängte unablässig in ihr Inneres vor, zog und zerrte an ihr, wollte sie zerreißen. Neunzehn war zu alt. Alle Jungen, die ihre Mutter ihr aufzwingen wollte, waren falsch. Ihre Mutter wollte, daß sie mit einem Jungen ins Bett ging. Was wußte ihre Mutter davon, wie die Jungen an einem herumfummelten? Ihre Mutter brauchte nicht allein mit so einem groben Hengst auszugehen, sie wußte nicht, wie Jungen sich bei solchen Gelegenheiten benahmen. Ihre Freundinnen wußten es. Man mußte mit einem Jungen ins Bett gehen, wenn man nicht ausdrücklich nur befreundet war. Warum hielt ihre Mutter nicht den Mund und ließ sie in Ruhe?

«Jill, willst du mir nicht antworten? Willst du mich nicht ansehen? Warum bist du so dickköpfig? Na schön, wenn du dich nicht entscheiden kannst, dann werde ich für dich entscheiden. Ich werde Rachel jetzt gleich anrufen.»

Sie will, daß ich genauso werde wie sie, dachte Jill. Schrecken und Wut erfüllten sie; eine Wut, wie sie noch nie erlebt hatte, sie war überwältigend. Sie nahm das Nächstbeste, was zur Hand war – und das war das Bügeleisen –, und warf es mit aller Kraft nach ihrer Mutter.

Das heiße Eisen traf Ellen in seiner ganzen Breite an der Schläfe. Sie fiel sofort um. Auf ihrer Wange zeichnete sich ein Dreieck ab, das sich langsam rötete, und aus ihrem Mundwinkel rann ein wenig Blut. Sie war ganz still. Jill wurde plötzlich klar, daß sie tot war.

Ich habe sie getötet, dachte sie, *ich habe sie getötet.* Sie empfand nichts – keinen Kummer, keine Furcht. Das einzige, was Jill seltsamerweise zum erstenmal spürte, war Hunger. Sie machte den Kühlschrank auf, nahm ein Hühnerbein heraus und aß es auf.

Er stand in der dunklen Dezemberkälte vor Rachels Wohnhaus und wartete. Seine Geduld war unerschöpflich. Er wußte, daß ihr Mann heute verreist war und über Nacht fortblieb. Sie mußte also allein sein. Das einzige Problem war, wie er in ihr

Haus kam, ohne daß der Portier ihn sah und ihn vielleicht später wiedererkannte. Aber auch das hatte er in seinen Plan einkalkuliert. Jetzt in der Weihnachtszeit fanden viele Parties statt. Wenn nicht heute, dann bestimmt morgen, am Freitag. Er hatte also zwei Chancen. Er konnte warten. Er hatte den Mantelkragen hochgeschlagen und die Hände in die Taschen gesteckt, aber nicht, weil er fror, sondern weil er so unauffällig wie möglich sein wollte. Er stand außerhalb des Lichtkreises der Straßenlaternen, neben der Bank an der niedrigen Steinmauer, die den Park gegen die Straße abgrenzte. Wenn jemand ihn bemerkte, würde er ihn für einen Landstreicher oder Straßenräuber halten und möglichst schnell mit abgewandtem Blick an ihm vorbeigehen. Er beobachtete die vorüberfahrenden Taxis und Privatwagen, und vor einer Weile hatte er sie, in einen Pelzmantel gehüllt, nach Hause kommen sehen, in der Hand eine Einkaufstasche mit bunt eingewickelten Geschenken. Sie war nicht wieder weggegangen. Sie mußte dort oben sein.

Ein Taxi hielt vor ihrem Haus und spuckte vier Personen aus. Noch während sie hineingingen, fuhr ein zweites Taxi vor, und ein weiteres Paar ging ins Haus. Alle waren im Abendanzug und hatten kleine Päckchen bei sich. Er bewegte sich leichtfüßig vorwärts, immer auf dem Sprung. Als nächstes kam wieder ein Taxi mit vier Personen, und während einer der Männer den Fahrer bezahlte, überquerte er die Straße gerade rechtzeitig, um zusammen mit der Gruppe unauffällig das Haus zu betreten.

Der Portier, der die Gäste per Haustelefon anmeldete, drehte ihm den Rücken zu. Er fuhr mit den vier Leuten – zwei Männern und zwei Frauen – im Lift hinauf; alle blickten starr vor sich hin, wie man es im Lift zu tun pflegt, da sie ja nicht wußten, ob er zur selben Party ging wie sie, und ihn nicht voreilig ansprechen wollten. Sie stiegen zwei Stockwerke über Rachels Wohnung aus. Er stieg mit ihnen aus und folgte ihnen nach rechts. Vor einer Wohnung, an deren Tür ein Adventskranz hing, war eine lange, metallene Garderobenstange angebracht, wo die Gäste ihre Mäntel ablegten. Die Gruppe, der er sich angeschlossen hatte, wartete höflich, bis die Gäste vor ihr abgelegt hatten. Währenddessen bemerkte er den Notausgang und ging durch diesen hinaus, ohne daß ihn jemand sah oder sich um ihn kümmerte.

Er lief die zwei Treppen hinunter, durch den Notausgang zurück in den Flur und zu ihrer Wohnung. Er blieb einen Augenblick stehen, um den Mantelkragen herunterzuschlagen und das Haar zu glätten, weil er möglichst normal aussehen wollte. Dann klingelte er.

Er hörte, wie der Deckel des Gucklochs aufgeschoben, dann eine Kette losgehakt und das Schloß geöffnet wurde. Da stand sie in einem rosa Hausmantel, seine Rachel, sein Opfer, seine Liebe. Ihre Miene drückte weder Freude noch Ärger, sondern nur Verblüffung aus.

«Nanu, Hank, was machst du denn hier?» fragte sie.

«Darf ich hereinkommen?» sagte Hank. Noch ehe sie antworten konnte, war er an ihr vorbei und schloß und verriegelte die Tür. Sie sah ihn noch immer an, die weichen Lippen halb geöffnet, während ihr Blick in seinem Gesicht nach einer Erklärung für sein Benehmen suchte.

«Was gibt es?» fragte Rachel.

Er legte seine riesigen Hände um ihren Hals und drängte sie rückwärts auf ihr Schlafzimmer zu. Seine Finger lagen auf ihrer Halsschlagader; wenn sie sich wehren oder schreien sollte, konnte er sie in einem Augenblick bewußtlos machen. Sie schien das zu wissen oder noch Schlimmeres zu vermuten, und so ließ sie sich mit vor Angst weit aufgerissenen Augen weiterschieben.

Ihren Hals umklammert zu halten, sie endlich in seiner Gewalt zu haben – das erregte ihn auf fast unerträgliche Weise. Während er mit einer Hand ihren Hals festhielt, riß er mit der anderen seinen Hosenschlitz auf. Er merkte, daß sie für den Bruchteil einer Sekunde auf sein steifes, entblößtes Glied sah, dann wieder den Blick auf sein Gesicht richtete. Er fühlte unter seinen Fingern das wilde Klopfen ihres Pulses. Sie war in Todesangst. Jetzt wäre es leicht gewesen, sie zu überwältigen, zu allem zu zwingen, wovon er je geträumt hatte, sie in jeder

Weise zu schänden. Er freute sich, daß sie den Gebieter in ihm sah, aber aus irgendeinem Grund machte ihre Angst ihn wütend. War er so abstoßend, daß sie sich so fürchten mußte? Selbst während sie ihm nachgab und auf seinen nächsten Befehl wartete, wies sie ihn ab.

«Zieh dich aus», sagte er, die Hand noch immer um ihren Hals.

Sie ließ den Hausmantel fallen. Sie trug darunter ein Nachthemd, das er mit einer Hand herunterriß, als wäre es aus Papier. Sie war schöner, als er sich je erträumt hatte. Als seine unnahbare Göttin war sie ihm größer erschienen, jetzt kam sie ihm sehr klein und zart vor.

«Du weißt, ich könnte dich töten, wenn ich wollte», sagte Hank zu ihr. «Das weißt du doch, nicht wahr?»

Sie schien kaum zu atmen.

«Du Schlampe», sagte er. «Du verdienst, daß ich dich bestrafe.»

Nikki machte ihre letzten Weihnachtseinkäufe. Die meisten Läden waren in der Woche vor Weihnachten bis neun Uhr dreißig geöffnet, aber Gucci beispielsweise nicht, und so verließ sie frühzeitig ihr Büro, weil sie dort Brieftaschen für ihre beiden Töchter kaufen wollte. Sie wollte ihnen etwas schenken, was sie sich nie selber kaufen würden. Die anderen Geschenke, die sie sich gewünscht hatten, würde sie bei Bloomingdale bekommen. Bei Gucci war es so voll, und sie mußte so lange anstehen, daß sie beschloß, als Entschädigung für die Mühe auch für sich etwas zu kaufen. Da gab es eine dunkelbraune schweinslederne Aktentasche, die sie sich schon lange gewünscht hatte, genau das, was zu einer berufstätigen Frau in leitender Stellung paßte, aber sie hatte es immer wieder aufgeschoben, weil es ein Vermögen kostete. Als sie die Aktentasche jetzt ansah und mit dem Entschluß rang, mußte sie daran denken, wie John Griffin sie nach einem Wunsch gefragt hatte; sie hätte sich diese Mappe von ihm schenken lassen sollen. Lächelnd dachte sie, daß diese Überlegung wohl bedeutete, daß sie ihn völlig überwunden hatte.

Die Zeit des Frohsinns und gegenseitigen Vertrauens, dachte sie amüsiert, während sie den Polizisten mit der großen, unheildrohenden Pistole an der Hüfte beobachtete, der zum Schutz gegen Diebe, Taschendiebe und Räuber durch den Laden patrouillierte. Sie ließ die beiden Brieftaschen und die Aktentasche auf ihr Konto schreiben und jedes Geschenk einzeln in Geschenkpapier wickeln.

Dann ging Nikki, Einkaufstasche und Handtasche fest an sich gedrückt, durch die ihr entgegenbrandende Menge zu Bloomingdale. Unterwegs warf sie einen Blick in die Schaufenster, deren weihnachtliche Dekorationen und Beleuchtungen sie fröhlich stimmten. Es machte wirklich Spaß, für ihre Töchter einzukaufen. Sie wollte in ihrer Wohnung ein Weihnachtsessen machen, auch Lynns Freund wollte sie einladen, sofern es ihn noch gab. Sollte sie für ihn auch ein Geschenk kaufen? Nein, das könnte so aussehen, als betrachtete sie ihn schon als Familienmitglied. Weiß Gott, sie wollte nicht, daß ihre Töchter so jung heirateten wie sie. Hoffentlich lernten sie aus ihrem Beispiel.

Bei Bloomingdale ging sie zuerst in die Abteilung St. Laurent. Sie hatte keinen festen Plan und ließ sich treiben, statt Stockwerk für Stockwerk abzugrasen. Aber die Dekorationen waren auch wirklich entzückend. Alle Waren sahen so verlokkend aus, daß sie sich sehr beherrschen mußte, um nicht Sachen zu kaufen, die sie nicht brauchte oder haben wollte. Sie kaufte bei St. Laurent kleine bedruckte Chaly-Schals für Rachel, Margot und Ellen und mußte dann lange anstehen, um sie in Geschenkpapier einwickeln zu lassen. Sie hätte wahrhaftig Geschenkpapier kaufen und sie zu Hause selbst einwickeln können. Nun, für Dorothy und Lynn würde sie das tun.

Sie wurde hungrig, aber sie hatte noch eine Menge zu tun. Mit der Rolltreppe zum nächsttieferen Flur: Wäsche und Morgenröcke. An dem Geländer zwischen verschiedenen Rolltreppen befand sich ein magisches Auge, und gegenüber saß eine ältere Dame, der man die Aufseherin deutlich ansah, und wartete darauf, daß ihr eine Ladendiebin signalisiert würde.

Dorothy und Lynn wünschten sich mollig warme Nachthemden fürs College. Nikki fand es amüsant, daß die Mädchen, obwohl sie mit Jungen in einem Raum schliefen und sich auch sonst sehr fortschrittlich gebärdeten, noch immer solche unmodernen, etwas altjüngferlichen Nachthemden bevorzugten, wie sie auch zu ihrer Zeit im College getragen wurden. Sie hatten sie sogar gebeten, sich für sie nach Eskimostiefeln umzusehen! Sie kaufte für jede zwei Nachthemden, da sie nicht entscheiden konnte, welche ihr am besten gefielen, dann wanderte sie zu den eleganten Hauskleidern. Sie besaß nichts wirklich Nettes fürs Haus, und es war höchste Zeit, sich so etwas anzuschaffen. Wer konnte wissen, wen sie an langen Winterabenden zu Gast haben würde?

Sie schenkte sich einen schönen Hausmantel, eigentlich zu teuer – aber schließlich war Weihnachten. Dann hinunter zu den Delikatessen im Untergeschoß, wo sie importierte Marmelade und Senf und Tee und Früchtekuchen kaufte und ein großes Glas Pfirsiche in Cognac als Beilage zu ihrem Weihnachtstruthahn. Daß man alles aufs Kreditkonto schreiben lassen konnte, förderte den Leichtsinn, hatte aber den Vorteil, daß man nicht so viel Bargeld bei sich hatte, wo man überall in den überfüllten Warenhäusern und Straßen auf Taschendiebe gefaßt sein mußte.

Nun waren ihre Einkaufstaschen schwer von den vielen Päckchen. Schnell noch Geschenkpapier und Band, und nach weiterem endlosem Anstehen stand sie dann endlich wieder auf der Straße. Der Duft von gerösteten Maronen hing in der Luft und weckte frohe Erinnerungen an viele vergangene Weihnachtsfeste. Sie hätte sich gern welche gekauft, hatte aber keine Hand frei. Natürlich war kein Taxi zu sehen, und da der Abend schön und der Weg nicht allzu weit war, beschloß sie, zu Fuß zu gehen.

Auf dem Gehsteig spielten zwei Soldaten der Heilsarmee – ein Mann und eine Frau – Weihnachtslieder. Ein als Nikolaus verkleideter Mann stand neben einem Suppentopf und schwang eine Glocke, um die Leute aufzufordern, Geld für eine Weihnachtsspeisung von Bedürftigen zu spenden. Die Ärmsten, dachte Nikki. Zu Weihnachten waren alle die Güte selbst und konnten nicht genug für andere tun, sonst aber waren sie das ganze Jahr über empört, wenn jemand sie um ein paar Pfennige anbettelte.

Die Menschen verliefen sich, je näher sie den Wohnstraßen kam, und die Luft wurde merklich frischer. Sie blickte zu den Fenstern der Wohnungen auf und bemerkte Lichtergirlanden, auf Fäden gezogene Weihnachtskarten und auf den Scheiben selbst Bilder aus künstlichem Schnee. Sie dachte daran, wie sie für Dorothy und Lynn das ganze Haus geschmückt hatte, aber sie trauerte der entschwundenen Vergangenheit nicht nach. Es hatte Spaß gemacht, aber die Gegenwart machte auch Spaß, und sie entdeckte ständig für sie neue Dinge, die sie noch nie getan hatte.

Sie bog in ihre Straße ein. Hier war es dunkel und menschenleer. Die Leute in dieser Gegend gingen wohl entweder um acht Uhr zu Bett, oder sie waren für die Feiertage verreist. Komisch, wie sich in New York mit einem Schritt plötzlich die ganze Gegend ändern konnte. Was bei Tageslicht elegant erschien, sah heute abend unheimlich aus. Verdammt, sie hatte ihre Schlüssel ganz unten in der Handtasche, nun würde sie sich vor ihrer Haustür mit all diesen Päckchen herumschlagen müssen.

Zwischen sich und ihrem Haus sah Nikki eine Jungenbande auf sich zukommen. Es waren farbige Jungen, nicht älter als vierzehn. Ihr wurde sofort klar, daß es keine harmlosen Kinder waren, die sich abends auf der Straße herumtrieben; sie waren gefährlich, und sie hatten etwas vor. Als sie Nikki sahen, stießen sie einander an und schlossen sich zu einer dichten Reihe zusammen. Nikki fühlte, wie ihr der Schweiß ausbrach. Sie wollte die Straße überqueren, aber die Jungen faßten sich bei den Händen und bildeten einen Kreis um sie, als wollten sie Ringelreihen spielen – ihre Augen waren völlig ausdruckslos und ihre Gesichter spiegelten nur Haß. Sie waren nicht lustig, und es war kein Spiel. Plötzlich wurde ihr klar, daß sie für diese Kinder einfach ein Gegenstand war – kein Mensch mit Gefühlen, sondern ein Objekt, das zu zerstören vielleicht Spaß machte. Irgend jemand oder irgend etwas hatte sie vor langer Zeit so brutal gemacht, daß sie selbst zu der einfachsten Empfindung nicht mehr fähig waren. Der festgeschlossene Kreis um sie rückte immer näher. Sie überlegten, was sie mit ihr machen sollten. Sie wußte nur eines, sie würden sie nicht entkommen lassen.

Da schrie sie, so laut sie konnte. Die Jungen lachten sie aus. Niemand öffnete auch nur ein Fenster. Sie schrie weiter in die Leere der verlassenen, toten Straße, bis sie sich sagte, daß sie gar nicht existierte. Sie, die von so vielen Menschen geliebt und gebraucht wurde, existierte überhaupt nicht. Und dann sprangen die Jungen sie an wie eine Meute wilder Tiere.

Man sollte meinen, daß die Menschen in einer Großstadt, wo sie so dicht gedrängt beieinanderleben, Notiz voneinander nehmen würden, aber sie tun es nicht. Je größer der Lärm ist, desto weniger hört man von den anderen. Das Alleinsein wird zur Anonymität, und beides wird hoch eingeschätzt. In den Wohnungen eines Hochhauses kann man hören, wenn der Nachbar nebenan oder oben die Toilette spült, das Wasser aus der Badewanne abläßt oder sich mit jemandem streitet. Manchmal hört man, wenn in der Nachbarwohnung das Licht angeknipst wird. Man kann hören, wie jemand die Müllschluckertür zuschlägt oder eine Tür schließt, wie ein Telefon klingelt und eine Stimme sich meldet. Aber sehr bald beginnt man die Menschen aus dem, was man hört, auszusperren, und was bleibt, sind nur irgendwelche Geräusche. Manche Leute sind so einsam, daß sie weggeworfene Briefe lesen, die sie im Abfall anderer Mieter finden, aber die meisten tun so, als existierten ihre Nachbarn nicht. Morde, Selbstmorde und Überfälle, alles geschieht im geheimen. Jede Familie lebt in ihrer eigenen kleinen Zelle. Auf der Straße ist es nicht anders. Gewalttat ist keine Wirklichkeit, sie ist ein für die Zuschauer gespieltes Theaterstück, und jeder weiß, daß es nur ein Als-ob ist, wenn man nicht selbst auf die Bühne läuft, und das tut man nicht. In der Nacht fallen Schüsse, Sirenen heulen, man hört Schreie – aber das könnten Vogelschreie irgendwo auf dem Lande sein. Nachtgeräusche. Erwachend klammern die Lebenden sich aneinander und feiern zeugend die Toten.

In dieser Riesenstadt ist das Leben ebenso zufällig wie der Tod.

Jill wollte sich dem Körper ihrer Mutter, der auf dem Küchenfußboden lag, nicht nähern, sie wollte ihn nicht einmal ansehen. Sie wußte nicht, was tun. Ihr Gehirn hatte anscheinend aufgehört zu funktionieren. Nachdem sie das Hühnerbein abgenagt hatte, warf sie den Knochen in den Abfall und wischte die Hände am Geschirrtuch ab. Dann ging sie, um Stacey zu holen. In diesem Augenblick schien es so, als wäre ihre kleine Schwester die ältere von ihnen und sie das Kind.

«Stacey . . . ich hab Mami getötet.»

Stacey blickte von ihrer Schularbeit auf. «Was?»

«Ich hab Mami getötet. In der Küche.»

Stacey sprang von ihrem Bett und lief in die Küche. Jill folgte ihr langsam, voller Angst vor dem Aufschrei der Schwester. Aber es gab keinen Aufschrei, und als sie in die Küche kam, stand ihre Schwester am Telefon und sagte: «Ich brauche einen Krankenwagen, sofort. Nein, ich habe *911 versucht*, da ist besetzt. Es ist dringend.» Sie gab die Adresse an und hängte ein. «Dummchen», sagte sie zu Jill, «sie ist ohnmächtig. Was hast du mit ihr gemacht?»

«Sie ist nicht tot?»

«Nein, Tote atmen nicht.»

Jill hatte das Gefühl, als ob sich etwas in ihr öffnete, und sie fing an zu weinen, schlucksende Schluchzer der Erleichterung und des Kummers, der Freude und Enttäuschung, weil sie nun heraus aus ihrem Alptraum und wieder zurück im alltäglichen Leben war. Nie in ihrem Leben hatte sie so geweint. «Ich wollte sie nicht töten», sagte sie. «Ich wollte bloß, daß sie den Mund hält.»

«Etwas in uns will oft unsere Eltern umbringen», sagte Stacey ruhig. «Aber nur Wahnsinnige tun es. Ich wußte, daß du sie nicht absichtlich verletzt hast. Du hast das Bügeleisen nach ihr geworfen, stimmt's?»

Jill nickte, noch immer schluchzend.

«Na ja, wahrscheinlich hat sie eine Gehirnerschütterung.

Aber sie wird wissen, daß du das nicht gewollt hast. Wir werden sie ins Krankenhaus bringen, da wird sie geröntgt. Eine häßliche Verbrennung hat sie da. Sie wird fuchsteufelswild werden, wenn sie das sieht. Aber die Hauptsache ist, daß sie durchkommt.»

Auf dem Fußboden bewegte Ellen sich stöhnend. Jetzt konnte Jill ganz deutlich sehen, daß sie atmete. Stacey kniete sich neben sie und fühlte ihren Puls. «Hol eine Decke», sagte sie zu Jill.

Jill lief ins Schlafzimmer und nahm die Decke vom Bett. Sie brachte sie in die Küche, und Stacey legte sie ordentlich über ihre Mutter, als packte sie sie ins Bett. «Beweg dich nicht, Mami», sagte Stacey. «Es wird alles wieder gut. Der Arzt kommt gleich.»

«Wozu braucht sie eine Decke?» fragte Jill.

«Das kann nichts schaden.»

Jills Tränen waren nun versiegt, und sie fühlte sich befreit und ruhig. Warum hatte sie eigentlich nie geweint, wo man sich doch danach so gut fühlte? Sie spürte wieder Hunger und goß sich ein Glas Milch ein. Stacey sah sie ungläubig an, sagte aber nichts. Jill trank die Milch, spülte das Glas aus und stellte es so, wie es sich gehörte, auf das Ablaufbrett. Dann klingelte das Haustelefon, und der Portier sagte, unten sei ein Krankenwagen, und ob sie ihn bestellt hätten.

«Eine halbe Stunde», sagte Stacey, nach der Uhr sehend. «Unglaublich. Ein Schnelligkeitsrekord für New York.»

Sie fuhren beide mit ihrer Mutter zum Krankenhaus. Alle waren nett zu ihnen, weil sie so jung aussahen und Jill mit Tränenspuren im Gesicht und geröteten Augen offensichtlich bekümmert war. Wo ihr Vater sei? Das wußten sie nicht. Zum Essen ausgegangen. Jill wußte, daß das nicht die einzigen Fragen bleiben würden, aber jetzt fuhr eine Schwester Ellen schnell in die Röntgenabteilung und brachte sie dann in einem Zimmer, in dem noch drei Frauen lagen, zu Bett. Stacey hatte sogar daran gedacht, die Brieftasche ihrer Mutter mit dem Blue Cross-Ausweis mitzubringen. Jill wurde klar, daß sie von Glück sagen konnte, so eine Schwester wie Stacey zu haben, und wenn Stacey sagte, daß sie Ärztin werden wollte, meinte sie es ernst, und wahrscheinlich würde sie alles tun, was sie sich vornahm. Komisch, wie verschieden sie beide waren, wo sie doch von denselben Eltern, aus demselben Milieu kamen. Aber vielleicht waren sie gar nicht so verschieden; vielleicht packten sie nur die Dinge verschieden an.

Nach einer Weile kam ein Arzt; er untersuchte ihre Mutter und lächelte den beiden Mädchen, die an ihrem Bett saßen, freundlich zu. Ellen war wach, schien aber ein wenig verwirrt zu sein. Er sagte ihr, daß sie im Krankenhaus sei und wahrscheinlich ein paar Tage zur Beobachtung hierbleiben müsse, bis es ihr besserging. Sie nickte.

«Wie ist das passiert?» fragte er sanft.

«Ich habe Kopfschmerzen.»

«Das ist ganz natürlich. Ich werde Ihnen etwas dagegen verordnen. Wollen Sie mir erzählen, wie es passiert ist?»

«Ein Unfall», sagte Ellen. Sie schloß die Augen. «Ich möchte jetzt schlafen.»

Der Arzt sah die beiden Mädchen an – die kleine, stämmige und die größere, abgemagerte –, die nebeneinandersaßen und sich bei den Händen hielten. Seine Augen sagten ihnen, daß er in diesem Krankenhaus schon schwerere, viel schwerere Verbrechen gesehen hatte, daß das, weswegen ihre Mutter hierhergekommen war, ihm wohlbekannt war und ihn nicht überraschen konnte. Er sah sie an, und sein gütiges, faltiges Gesicht sagte ihnen, daß sie keine Verbrecher seien, daß es im Leben alle möglichen tragischen und unerklärlichen Dinge gebe. Jill empfand warme Sympathie für ihn. Er war nur wenig älter als ihr Vater, aber er sah so müde aus.

«Wie heißt ihr?» fragte er sie.

«Stacey.»

«Jill. Und Sie?»

«Dr. Wilson. Wollt ihr beide nicht nach Hause fahren und ein bißchen schlafen? Ihr könnt eure Mutter morgen besuchen.»

«Sind Sie ihr Arzt?»

«Ja.»

«Wird sie eine Narbe behalten?»

«Das glaube ich nicht.»

Wo hatte sie dieses Gespräch schon einmal gehört? Als sie im Krankenhaus war und ihre Mutter ihr versicherte, sie würde keine Narbe zurückbehalten. Jetzt sagte sie genau das, was ihre Mutter gesagt hatte! Jill suchte ihre panische Angst zu unterdrücken. Nein, sie würde nicht so wie ihre Mutter werden! Ihre Frage war ganz erklärlich gewesen. Schließlich war es ihre Schuld, wenn eine Narbe zurückblieb.

«Nun geht», sagte er freundlich. «Ihr könnt hier jetzt nichts mehr tun.» Er führte sie aus dem Zimmer und brachte sie zum Lift. Sie waren frei.

Im Dunkel der Straße fielen die Burschen über Nikki her; sie zerrten Handtasche und Päckchen aus ihren fast gefühllosen Händen und entrissen ihr Ohrclips, Uhr und Ringe. Sie empfand mehr Schock als Schmerz, als sie an ihrem Körper zerrten, als bissen sie ihr die Haut stückweise ab. Ihr Herz klopfte so wild, daß sie einen Herzanfall fürchtete – vielleicht würde sie auf der Stelle tot umfallen, noch ehe sie ihr das antun konnten, was sie ihr antun wollten. Sie fühlte Schulter und Bein auf das Pflaster aufschlagen, als die Bande sie hinwarf – und dann plötzlich waren sie fort. Fort, einfach auf und davon. Fortgerannt in die Dunkelheit mit ihren hübschen Sachen, ihren Geschenkpäckchen, die sie in die Luft und einander zuwarfen, und schon waren sie um die nächste Ecke verschwunden.

Sie stand langsam auf, und die Erleichterung darüber, noch am Leben zu sein, war so heftig, daß ihr schwindlig wurde. Dann überkam sie die Wut. Diese Gewalttäter – sie hätte sie umbringen können. Gab es niemanden, der anständige, unschuldige Leute vor solchen Straßenräubern beschützte? Sie lief zu ihrem Haus, lehnte sich an die Klingel des Hausverwalters und brach in Schluchzen aus.

«Wer ist da?» kam die dünne Stimme aus dem Lautsprecher.

«Nikki Gellhorn. Ich bin ausgeraubt worden, und meine Schlüssel sind auch weg.»

Er kam sofort heraus, um sie ins Haus zu lassen, und als er

ihren jammervollen Zustand sah, bestand er darauf, sie in ihre Wohnung zu begleiten und bei ihr zu bleiben, bis sie sagte, sie brauche nun keine Hilfe mehr, und ihn wegschickte.

«Trinken Sie was», sagte der Verwalter. «Ein Gläschen wirkt Wunder, Sie werden sich gleich besser fühlen.»

«Okay, vielen Dank. Auf Wiedersehen.» Sie verschloß ihre Tür und legte die schwere Metallstange vor, denn die Jungen hatten ja ihre Adresse und ihre Schlüssel und konnten jederzeit hierherkommen; der einzige Schutz war dieser Riegel, und der sah plötzlich so zerbrechlich aus. Sie zwang sich, einen Schluck Wodka einzugießen, wobei sie das meiste verschüttete, und goß ihn herunter wie Medizin. Dann rief sie den Schlosser an. Das Wichtigste zuerst. Sie und der Schlosser waren nun schon beinahe alte Freunde. Er sagte, er werde für beide Schlösser neue Zylinder mitbringen und drei Garnituren Schlüssel – für sie, für den Verwalter und für die Putzfrau. Ach nein, verbesserte er sich, brauchte sie nicht vier? Wieso vier? Ach so – Robert. Nein, sagte Nikki, drei würden genügen.

Der Wodka – oder war es der Schlosser? – hatte sie etwas beruhigt. Sie goß sich noch einen Schluck ein, den sie langsamer trank. Robert ... Würde er ärgerlich, entsetzt oder schadenfroh sein, wenn er von ihrer Begegnung heute abend wüßte? Hätte er gesagt: Ich hab's ja gleich gesagt? Natürlich. Er hätte gesagt, daß all dies nicht passiert wäre, wenn sie da geblieben wäre, wo sie hingehörte, nämlich bei ihm auf dem Land. Und all die Hausfrauen auf dem Land, die vergewaltigt und ermordet wurden, während ihre Männer auf Arbeit waren? Daran dachte er natürlich nicht.

Sie rief die Polizei an, nur für den Fall, daß jemand ihre Brieftasche und Kreditkarten fand, nachdem die Jungen ihr Geld genommen hatten. Mein Gott, die Kreditkarten! Sie hatte sie alle bei sich gehabt. Sie durchsuchte ihren Toilettentisch, bis sie die Liste ihrer Kreditkartennummern fand, die sie für alle Fälle aufbewahrt hatte. Die Warenhäuser waren jetzt natürlich geschlossen. Die Kreditkartenfirmen waren telefonisch zu erreichen, aber die eine war besetzt und die andere meldete sich nicht. Nikki beschloß, alles auf morgen früh zu verschieben.

Erst wenn das alles erledigt war, würde sie ins Büro gehen. Sie fühlte sich schmutzig und besudelt und hätte gern geduscht, aber sie mußte auf den Schlosser warten. Sie untersuchte ihr Bein. Nichts Lebensgefährliches. Was sollte sie nun wegen der Geschenke machen? Sie mußte natürlich neue kaufen, und außerdem würde sie ihr Geld nie wiederbekommen. Wenn ein Straßenräuber mit einer gestohlenen Kreditkarte Einkäufe machte, so war das etwas anderes, als wenn er einem die Waren wegnahm, die man selber auf Kreditkarte gekauft hatte. So ein Pech. Sie seufzte. Warum hatte sie sich bloß bei Gucci diese teure Aktentasche gekauft?

Morgen war sie zum Lunch mit Rachel, Margot und Ellen verabredet. Sie mußte auf dem Weg zum Restaurant neue Geschenke für die Freundinnen kaufen. Aber wo, ohne Geld und Kreditkarten? Sie überlegte. Ihr Führerschein, den sie fast nie brauchte, mußte zusammen mit ihrem Scheckbuch und anderen wichtigen Dokumenten im Toilettentisch liegen. Den konnte sie als Ausweis benutzen und damit zu Tiffany gehen. Elegante, teure Läden waren viel vertrauensseliger als gewöhnliche Geschäfte. Im übrigen wollte sie sich nicht in Schulden stürzen, sie würde nur für jede von ihnen eine Kleinigkeit kaufen – als Freundschaftszeichen. Das war sowieso der Sinn des Weihnachtsfestes.

Sie schleuderte die Schuhe von den Füßen und rief Rachel an. Keine Antwort. Es war noch nicht sehr spät, also vielleicht war sie ausgegangen. Nikki wählte Ellens Nummer. War sie auch nicht zu Hause? Die ganze Familie schien ausgegangen zu sein. Vielleicht machten sie Einkäufe. Margot würde wahrscheinlich zu Hause sein. Aber auch dort meldete sich niemand. Waren denn heute abend alle Leute ausgegangen? Nikki fühlte sich allein und verlassen. Sie dachte daran, ihre Töchter anzurufen in der Hoffnung, daß Robert nicht an den Apparat gehen würde, aber sie beherrschte sich. Sie würden sich nur aufregen, und tun konnten sie sowieso nichts. Sie wußte, daß sie ihnen nicht vormachen konnte, daß alles in Ordnung wäre und ohne besonderen Grund angerufen hätte; dazu kannten sie ihre Stimme und ihren Tonfall zu gut.

Wen, in aller Welt, konnte sie anrufen? Sie hatte Dutzende von flüchtigen Bekannten, aber denen sollte sie vielleicht lieber nicht erzählen, was passiert war, nicht weil sie sich nicht dafür interessiert hätten, sondern weil sie – sie kannte sich doch! – das Ganze so heruntergespielt hätte, daß es mehr wie eine Anekdote als wie ein erschreckendes Erlebnis erschienen wäre. War es möglich, fragte sich Nikki, stark zu werden, ohne dabei etwas aufzugeben? Sie war weit gekommen, und trotzdem gab es noch so viel zu lernen.

Sie stellte den Fernsehapparat an, und einen Augenblick war sie so konfus, daß sie sich einbildete, die Nachrichten würden als erstes ihren Überfall bringen. Dann lachte sie. Sie lebte! Ihre Uhr, ihre Ringe und Ohrclips würden vielleicht in einem Leihhaus auftauchen oder auch nicht, aber wen kümmerte das? Sie lebte! Ihre Schulter schmerzte von dem Sturz aufs Pflaster, und ihr Bein war aufgeschürft, aber das alles war nicht lebensgefährlich. Auch ihr Haß und Groll, ihre Wut und Hilflosigkeit würden sich nicht als lebensgefährlich erweisen. Sie *lebte*! Und Leben war das einzige Geschenk, an dem ihr wirklich etwas lag.

In diesem Augenblick war der Lebenswille in Rachel so stark wie noch nie. Selbst jetzt, als sie sich von Hank zum Bett zerren ließ, überlegte sie, wenn auch schreckerstarrt, was sie tun sollte. Ihre Gedanken wollten zu Lawrence und seiner Liebe zu ihr und ihrem Körper fliegen, aber sie zwang sich, an das Einfachste und Nächstliegende zu denken, an ihre Selbsterhaltung. Wenn sie daran dachte, was sie durch Lawrence geworden war – eine Frau, die mehr als alle anderen von einem Mann geliebt wurde, den sie ebenfalls liebte –, würde sie zusammenbrechen und weinen. Und weinen würde ihr nichts helfen. In Hanks Augen lag ein wilder, fast unheimlicher Ausdruck. Wieso hatte sie nicht längst gemerkt, daß er verrückt war? Wahrscheinlich, weil sie ihn überhaupt nie richtig bemerkt hatte. Alle sahen in ihm nur diesen Niemand, den Ellen geheiratet hatte. Wußte er das vielleicht schon lange, und war das zum Teil schuld an seiner Verrücktheit?

Wen sah er jetzt in ihr, Ellen oder Rachel? Nein, Ellen nicht, denn vor Ellen fürchtete sich Hank. Doch wenn er ihr drohte, sie zu bestrafen, so war es Ellen, die er haßte, nicht Rachel, denn sie hatte nie etwas getan, was ihn böse machen konnte. Oder doch? Hatte sie etwas getan, ohne es zu wissen? Er wollte sie vergewaltigen, das war ganz klar. Sie erwog die Möglichkeit, daß er sie töten könnte. Mit seinen riesigen Händen war es sehr einfach für ihn, es konnte fast zufällig passieren, eine kleine Veränderung seiner Stimmung konnte schon genügen. Sie bemühte sich, möglichst passiv zu bleiben und nicht hysterisch zu werden, denn das würde ihn wahrscheinlich wütend machen.

«Bitte, Hank», sagte sie, «tu mir nicht weh.» Ihre weiche Stimme klang atemlos. «Ich habe dich immer gern gehabt. Bitte, laß mich los.»

Aus der kleinen Veränderung des Drucks an ihrer Kehle merkte sie, daß er ihre Gedanken zu lesen versuchte und auf das reagierte, was er zu sehen glaubte, aber was er wirklich wollte, wußte sie nicht und er – so vermutete sie – vielleicht auch nicht. Sex wollte er, natürlich, das wollten sie letzten Endes alle. In den ganzen Jahren, bevor sie Lawrence begegnet war, was hatten diese Männer, mit denen sie ausging und die ihr alles mögliche vorlogen, letzten Endes gewollt? Sie ins Bett bekommen, sie benutzen, und sie hatte es zugelassen, denn sie war schön und töricht gewesen, und in den sechziger Jahren hatten alle Leute es getan. Nur wenn sie eine fügsame Puppe, ein gehorsamer Körper war, konnte sie überleben, hatte sie sich damals gesagt. Wenn sie mit ihr ins Bett gingen, mußte jede Empfindung aufhören, damit sie haben konnten, worauf sie bestanden, was sie erwarteten.

«Nein, Hank», sagte Rachel. «Ich will nicht. Tu das nicht. Ich will nicht.»

«Halt den Mund», sagte er. «Du gehörst mir. Du bist es mir schuldig.»

«Wieso?»

«Deine Schuld. Alles. Deine Schuld.»

Da plötzlich tat es in Rachel einen kleinen Knacks, und sie

war wieder in ihrer Vergangenheit. Mochte er sie doch vögeln, wenn er wollte. Hinterher würde er ihr nicht mehr weh tun und sich zum Teufel scheren.

«Na, gut», sagte sie. In ihrer Stimme war keine Spur von Gefühl. «Dann tu's.»

Wieso klappte es nicht richtig? Immer wenn er sich diese Szene ausgemalt hatte, war jede Bewegung so vollendet gewesen, so genau seinen Gelüsten und Begierden angepaßt, daß es ihn vor Erregung rasend gemacht hatte. Aber jetzt war er hier, und sie war in seiner Hand, und es war ganz anders, als er es erwartet hatte. Zuerst war es genau wie in seinen Vorstellungen gewesen. Ihr Entsetzen, wie er ihr die Kleider heruntergerissen hatte, das alles war wie in seinen Phantasien. Jetzt stieß er ihren nackten Körper auf das große Bett in ihrem Schlafzimmer, und sie lag da und sah ihn so gelassen an, als wäre er überhaupt nicht da. Ihre Beine waren leicht gespreizt, als wartete sie auf ihn. Aber sie war nicht erregt, sie war nur . . . da. Nicht die verschreckte, bettelnde Göttin seiner fiebrigen Phantasien, sondern einfach eine willenlose, sehr schöne Frau, der es gleichgültig war, was er ihr antat. Sie schien ihn fast aufzufordern.

Aufzufordern? Nein, nicht ihn forderte sie auf. Sie war zu einem Gefäß geworden, das für jeden zu haben war, unberührt, gefühllos. So wie sie da lag, konnte sie ebensogut tot sein, und doch bewegte sie die eine Hand leicht, automatisch, als wollte sie ihn liebkosen. Er scheute vor ihrer Berührung zurück.

«Sei Rachel», befahl er, aber seine Stimme klang wie ein flehendes Stöhnen, nicht wie eine drohende Forderung. «Sei Rachel . . .»

Sie lag da, der Anflug eines Lächelns spielte um ihre weichen Lippen, das Einladung oder auch Selbstbeobachtung sein konnte. Das war nicht Rachel. Das war einfach . . . irgend jemand. Nie in seinem Leben war er so enttäuscht gewesen. Er riß sich die Kleider vom Leib, denn er wußte, daß sie nicht fliehen würde, wenn er sie losließ; er versuchte seine Phantasie wieder anzufachen, aber es nützte nichts. Hank kauerte auf allen vieren über ihr wie ein Tier und sah, wie sein Glied zu einem Nichts zusammenschrumpfte. Sie schien es nicht einmal zu bemerken. Wenn sie es bemerkt, wenn sie ihn ausgelacht hätte – er hätte sie auf der Stelle getötet. Aber sie lag da, als hätten sie unendlich lange Zeit, und da wußte er, daß es für sie beide nie eine Zeit geben würde.

Er hörte aus seiner Kehle Laute aufsteigen, tierische Laute, und er warf sich neben sie aufs Bett, zusammengerollt wie ein Fötus, ihr den Rücken zugewandt. Er schlug die Hände vor das Gesicht, zog die Knie zu den verhaßten Lenden hoch, und er weinte.

Rachel wandte den Kopf und sah Hank zusammengekrümmt auf ihrem Bett liegen und weinen. «Du liebst mich nicht», keuchte er immer wieder, «du liebst mich nicht.» Sie stützte sich auf einen Ellbogen und sah ihn an. Er hatte sie völlig vergessen. Ihre Hand streckte sich fast von selbst aus, um seinen vor Qual gesenkten Kopf zu streicheln, dann tat sie es doch nicht. Sie stand auf und zog den Morgenrock wieder an.

Sie hätte den Portier oder die Polizei rufen können, aber sie wußte genau, daß ihr keine Gefahr mehr drohte, und so setzte sie sich möglichst weit von ihm entfernt auf den Bettrand, beobachtete ihn und wartete darauf, daß er sich beruhigte. Sein großer, weißer, nackter Körper hatte etwas rührend Hilfloses, wie ein an den Strand geworfener Wal. Plötzlich überkam sie eine so große Erschöpfung, daß sie beinahe hingefallen wäre. Es war vorbei. Jetzt hatte sie nur den einen Wunsch, er möge sich anziehen und nach Hause gehen, damit sie schlafen konnte.

Aber er hörte noch lange nicht auf zu weinen, und dann redete und redete er. Schließlich zog er Unterhose und Hemd an, aber nicht um zu gehen. Er erzählte immer wieder dasselbe. Er habe sich immer ungeliebt und minderwertig gefühlt, niemand wolle ihn haben, niemand respektiere ihn, er sei ein Versager, er habe nichts, wofür es sich zu leben lohne. Wenn er doch endlich ginge. Etwas in ihr empfand ein leichtes Mitgefühl trotz alldem, was er ihr angetan hatte, denn sie hatte noch nie erlebt, daß ein menschliches Wesen solche Erniedrigung, solche offensichtlich schmerzliche Entwürdigung erlitt. Es war, als wäre sie seine Mutter und er ein Kind, das aus der Schule nach Hause kam und ihr erzählte, die anderen hätten es ausgestoßen; er schien sich nicht von ihr losreißen zu können, als wäre sie das einzig Warme, Tröstliche, das er noch hatte.

Er blieb bis zum Morgen. Dann endlich um acht Uhr, als das Tageslicht unter den Jalousien hindurchsickerte, brachte sie ihn dazu, daß er ging.

«Du mußt jetzt gehen, Hank», sagte sie sanft. «Deine Familie wird sich halbtot ängstigen.»

Er zog sich schnell an. Die lange Nacht war vorüber, und er erschien ihr ganz so wie gewöhnlich. Er war normal, wenigstens für eine Weile. Rachel ging mit ihm zur Wohnungstür und machte sie auf. «Gute Nacht», sagte er in sachlichem Ton. Ob er vielleicht schizophren war?

«Gute Nacht», sagte sie, und er ging. Sie verschloß und verriegelte die Tür.

Sie ging in die Küche und stellte den Kessel auf. Er hatte sogar gewußt, daß das Mädchen für ein paar Tage Urlaub hatte, daß Lawrence nicht da war und daß sie ganz allein sein würde. Er hatte alles gewußt. Jetzt wurde ihr auch klar, warum sie all die letzten Monate so ein unheimliches Gefühl gehabt hatte. Er hatte sie ständig beobachtet. Und dann die weißen Rosen . . .

Sie fröstelte. Am liebsten hätte sie Lawrence angerufen und ihm alles erzählt, aber sie wußte, es würde ihn aufregen und in seiner Arbeit stören, denn er hatte den ganzen Tag Konferenzen außerhalb New Yorks. Morgen kam er ja wieder. Auch wenn sie ihm am Telefon versichern würde, daß ihr nichts fehle, daß Hank ihr nichts getan habe, würde er es nicht glauben. Er würde so schnell wie möglich zurückkommen, und das wollte sie ihm ersparen. Sie würde es ihm von Angesicht zu Angesicht erzählen, dann konnte er sehen, daß sie unversehrt war.

Sie erwog, Ellen anzurufen und ihr zu sagen, daß Hank dringend einen Psychiater brauchte, aber für dieses Gespräch war sie zu müde. Außerdem war Hank vielleicht schon zu Hause. Sie nahm sich den Tee mit ins Schlafzimmer. Dort zog sie den Bettüberwurf ab, auf dem er gelegen hatte, und warf ihn auf die Erde. Den konnte sie nie wieder benutzen. Sie würde später einen neuen kaufen. Jetzt wollte sie nur schlafen.

Vielleicht sollte sie gar nicht zu der Verabredung mit den Freundinnen gehen. Wie konnte sie heute Ellen in die Augen sehen? Erst schlafen, dann denken. Rachel hatte es satt, immer diejenige zu sein, die an alles dachte, was getan werden sollte.

Vormittags um elf Uhr dreißig wachte Margot auf. Es mußte Vormittag sein, denn durch die Jalousiespalten schimmerte fahles Tageslicht. Also Vormittag – aber welcher Tag? Eigentlich mußte sie tot sein. Sie fühlte sich so zerschlagen, daß sie nicht einmal deprimiert, sondern nur enttäuscht war. Wieso hatten die Tabletten nicht gewirkt? Was war sie, eine Art Überweib, zu ewigem Leben verurteilt? Aber ihre Mattigkeit war wohltuend, als hätte sie eine enorme Dosis von einem Beruhigungsmittel eingenommen. Ihr fiel ein, daß sie mit Ellen und Rachel und Nikki zum Lunch verabredet war, und sie fragte sich, ob das heute passieren sollte oder schon längst vorbei war. Sie war zu müde, um jemanden anzurufen. Heute war es wohl sowieso zu spät. Sie wälzte sich auf die Seite. Sie fühlte sich so entspannt . . . auch betrogen, aber der Schmerz war nicht mehr so stark. Sie hatte zu sterben versucht und hatte überlebt. Überlebt, um an einem anderen Tag zu sterben. Darüber wollte sie nicht nachdenken. Dieses Gefühl, so benommen und wohltuend schläfrig zu sein, daß der Schmerz irgendwo ganz weit weg war – es war wie ein Segen. Sie sank in sanften Schlaf, wachte auf und schlief wieder ein. Zum erstenmal in ihrem Leben kam sie sich wichtig vor, und sie wußte nicht warum.

Die Stadt war erwacht und ging ihren Geschäften nach. Der Verkehr verstopfte die Straßen, in den Läden drängten sich die Leute, um ihre Weihnachtseinkäufe zu machen, die Kinder hatten Weihnachtsferien und tobten oder bummelten umher, der geplante Tag war im Gange, und der ungeplante auch. Um halb zwölf Uhr vormittags, gerade als Margot aufgewacht war, wurde auch Rachel von ihrem Gewissen geweckt, das pünktlich wie eine Uhr funktionierte. Wenn sie nicht zu der Lunchverabredung ging, sollte sie wenigstens eine der Freundinnen anrufen. Aber sie würden alle enttäuscht sein. Und sie war jetzt überhaupt nicht mehr müde. Sie überlegte noch immer, wie sie es Ellen beibringen sollte. Um ihnen allen die Freude nicht zu verderben, mußte sie das Essen einfach mit Anstand über sich ergehen lassen und hinterher Ellen unter vier Augen erzählen, was mit Hank vorgefallen war. Sie mußte es ihr sagen. Der Mann war geistesgestört und gefährlich.

Die arme Ellen. Sie behandelte Hank immer so abscheulich, vielleicht war sie sogar an Hanks Zusammenbruch schuld. Aber hatte Hank sich seinerzeit nicht Ellen ausgesucht? Trotzdem kam Rachel der Verdacht, daß die Lehrbücher, die sie studierte, nicht immer recht hatten. Ellen und Hank waren wie Embryos gewesen, als sie heirateten, wie konnte einer von ihnen damals ahnen, wie alles werden würde?

Nachdem Rachel geduscht hatte, fühlte sie sich viel besser. In gewisser Weise freute sie sich sogar auf das Treffen. Sie konnte nicht zu Hause bleiben und grübeln, und vielleicht wurde es lustig. Sie war verschwenderisch gewesen und hatte für jede ihrer drei Freundinnen bei Halston einen Rollkragenpullover aus Kaschmirwolle gekauft: beige für die blonde Nikki, maulwurfsgrau für die braune Ellen und dunkelgrau für Margot mit der weißen Haut und dem dunklen Haar. Sie würden alle hocherfreut sein. Gut, daß sie für alle das gleiche gekauft hatte. Sie sollten fühlen, daß sie alle drei gleich lieb hatte. Schon beim Einkaufen hatte sie diesen Gedanken gut gefunden, und jetzt erschien er ihr noch richtiger. Ellen würde bald genug einen bösen Schreck bekommen. Mußte so etwas auch gerade kurz vor Weihnachten passieren!

Sie beeilte sich mit dem Anziehen und Schminken. Halb eins war zeitig für eine Lunchverabredung, und sie wollte nicht zu spät kommen. Rachel haßte es, die Leute warten zu lassen.

Nikki hatte den ganzen Vormittag von ihrer Wohnung aus telefoniert. Sie rief ihre Sekretärin an, um ihr zu sagen, daß sie erst nach dem Lunch ins Büro kommen würde; sie regelte alle Fragen mit den Kreditabteilungen der Warenhäuser, rief die Kreditkartenfirmen an, schrieb sich zur Bestätigung alles auf und verwünschte die Bürokratie, die das Kleinstadtlädchen, wo jeder jeden kannte, zu einem riesigen Netz von Computern und Zahlen gemacht hatte, wo jeder jeder sein konnte. Ihre Schulter und ihr Bein schmerzten noch. Sie ging bei dem Verwalter vorbei, um ihm eine Garnitur ihrer neuen Schlüssel zu geben, und er sagte, er werde das Schloß an ihrem Briefkasten heute vormittag ändern lassen und ihr den neuen Schlüssel geben, wenn sie nach Hause komme. Sie hatte sich noch gar nicht klargemacht, daß die Bande, von der sie ausgeraubt worden war, sogar ihren Briefkastenschlüssel hatte. Dann besaßen sie ja auch den Schlüssel zur Haustür, nicht wahr? Der Verwalter seufzte. Ja, das wußte er, und er würde das Schloß ändern lassen. Er mußte allen Mietern neue Schlüssel geben, das war sehr lästig, weil sie alle zu verschiedenen Zeiten nach Hause kamen und wütend sein würden, wenn sie nicht ins Haus konnten, ganz zu schweigen von denen, die für den Winter nach Florida gereist waren.

«Wir sollten einfach einen Graben mit einer Zugbrücke ums Haus ziehen», sagte Nikki. «Die Leute im Mittelalter waren gar nicht so dumm. Eine Zugbrücke, keine Hausschlüssel.»

«Und in den Graben setzen wir Krokodile», sagte der Verwalter lachend, erfreut darüber, wie humorvoll sie trotz des Schocks von gestern abend war.

Sie fuhr zur Bank, um sich Geld für das Essen zu holen, und beschloß dann, zu Fuß zu Tiffany zu gehen. Wie ungefährlich die Straßen im Sonnenschein erschienen! Leute, die ihre Hunde ausführten oder Haushaltseinkäufe machten ... Wo, zum Teufel, waren die gestern abend gewesen, als sie sie brauchte?

Bei Tiffany sah es unten angenehm leer aus, aber das obere Stockwerk war dafür um so voller. Man hätte meinen können, hier fände ein Ausverkauf statt! Die kleinen silbernen Geschenke standen auf einem langen Ladentisch auf einer Samtunterlage; sie waren numeriert, und man mußte in der Schlange warten, bis man an der Reihe war, nannte dann dem Verkäufer die Nummer, die man haben wollte, und bekam ein säuberlich verschnürtes blaues Schächtelchen mit der betreffenden Nummer überreicht. Die Leute, die silberne Weihnachtsgeschenke von Tiffany bekamen, hatten bestimmt keine Ahnung davon, wie lange man anstehen mußte, um sie zu erwerben. Sie versuchte, über die Köpfe der vor ihr stehenden Käufer hinweg einen Blick auf die silbernen Herrlichkeiten zu werfen – die Schlüsselringe, Bleistifte und Kalenderhalter, Sektquirle und noch mehr Schlüsselringe, Fingerhüte, Pillendöschen und Lineale . . . Sie sah nach der Uhr. Sie konnte den ganzen Tag hier stehen, wenn sie warten wollte. Wenn sie sich nicht beeilte, würde sie zu spät zum Lunch kommen. Sie wanderte durch die Gänge mit den kostspieligeren Geschenken. Auch dort war es nicht leer, aber wenigstens nicht so überfüllt.

In einer Vitrine fand sie genau das, was sie suchte, kleine silberne Mäuse. Sie kosteten mehr, als sie eigentlich ausgeben wollte, bestimmt mehr, als sie sich gerade jetzt leisten konnte. Aber sie waren so niedlich. Sie wollte auf die Karten schreiben: «Von der Feldmaus für die Stadtmaus.» Dann würden alle lachen und sagen, daß sie gar keine Feldmaus mehr sei, sondern zu ihnen gehörte.

Nikki fand schließlich einen Verkäufer und kaufte drei silberne Mäuse, ließ sie als Geschenke einpacken und schrieb einen Scheck aus. Sie schrieb die drei Kärtchen und steckte sie in ihre Umschläge. Alles kam in eine kleine Tüte, die sie in ihre Einkaufstasche steckte. Nur nicht die nächsten Straßenräuber mit ihrer kostspieligen Beute anlocken! Während sie auf den Lift wartete, pfiff sie ein Weihnachtslied, gut gelaunt über die wirklich hübschen Geschenke, die sie für ihre Freundinnen bekommen hatte. Die Uhr über dem Lift zeigte zwölf Uhr fünfundzwanzig, sie kam also zu spät – aber wennschon!

Rachel stieg an der Fifth Avenue aus dem Taxi und ging nach Westen zum Rockefeller Center. Der riesige Weihnachtsbaum war schon aufgestellt, darunter tummelten sich die Schlittschuhläufer. Touristen sahen, ihre Kinder hinter sich her zerrend, dem fröhlichen Treiben zu; überall waren Touristen. Die

Flaggen der verschiedenen Nationen rund um die Eisbahn knatterten im Wind. Sie beugte sich einen Augenblick über die breite Mauer, sah den Eisläufern zu und horchte auf die Musik, zu der sie ihre Kurven zogen. Kleine Kinder, die für ihr Alter erstaunlich gut Schlittschuh liefen, alte Leute, denen man die Energie nicht mehr zugetraut hätte. Jedes Jahr faßte sie vorübergehend den Entschluß, wieder mit Eislaufen anzufangen, und jedes Jahr fand sie Gründe, es nicht zu tun. In diesem Winter hatte sie eine gute Entschuldigung. Sie mußte Vorlesungen hören und lernen. Es gab so vieles, was sie tun wollte, und sie würde es auch tun! Warum auch nicht? Eines nach dem anderen, dann würde alles zu seinem Recht kommen.

Sie trennte sich von dem verlockenden Anblick der Schlittschuhläufer und ging über die Straße zum Rockefeller Center. Es war genau zwölf Uhr dreißig. Sie blickte sich um, ob vielleicht Nikki oder Ellen oder Margot gerade des Weges kämen, sah sie aber nicht. Die Straße war sehr belebt. Aus den Büros strömten die Angestellten zur Mittagspause. Männer und Frauen, einzeln oder in Gruppen, die irgendwohin eilten oder noch zusammenstanden und darüber sprachen, wohin sie gehen wollten. Die durchschnittlich aussehende Frau mit der Einkaufstasche, die ihr entgegenkam, bemerkte sie nicht.

Als die Frau direkt vor ihr stand, wich Rachel seitlich aus und ging auf das Gebäude zu; noch immer achtete sie nicht auf diese farblose, sauber und einfach gekleidete Fremde mit dem freundlichen Gesicht – einem von Tausenden namenloser Gesichter in den Straßen von New York. Sie fühlte durch den Ärmel am Arm einen Druck, keinen Schmerz, nur einen Stoß. Sie blickte hinunter. Ihr Mantelärmel war blutig, und das Blut kam von ihrem Arm. Sie sah die Frau ungläubig an, musterte das Gesicht, das sie noch nie gesehen hatte, und jetzt erst sah sie das blitzende Messer, das die Frau aus ihrer Einkaufstasche gezogen hatte und nun in der Hand hielt.

Die Wahnsinnige gab ihren Blick zurück, und einen schicksalsschweren Augenblick lang waren sie beide Wahnsinnige, die große schöne Frau in dem verwirrenden Gefühl einer Urschuld, die sie nicht verstehen konnte, und die kleinere, häßliche, in Gefühle verloren, die man nur erahnen konnte.

«Kennen Sie mich?» fragte Rachel. «*Kennen* Sie mich?»

Und dann stach die Frau zu, die blitzende Klinge drang durch den Mantel ins Herz der großen, schönen Fremden, und Rachel war tot.

Epilog
Dezember
1975

Margot, Ellen und Nikki saßen bei Rachels Trauerfeier nebeneinander. Der Sarg war geschlossen. Lawrences bester Freund, der Rachel über zehn Jahre gekannt hatte, hielt eine Ansprache. Margot dachte flüchtig daran, daß sie es nie erlebt habe, daß bei einer Trauerfeier eine Frau die Gedenkrede gehalten hatte, und sie fragte sich nach dem Grund. Nicht einmal Nikki hatte man deswegen gefragt, dabei war sie doch Rachels beste Freundin gewesen, aber vielleicht wäre es für Nikki zu schmerzlich gewesen. Hatte Lawrence gefürchtet, daß Nikki zusammenbrechen würde, oder fand er einfach, daß sie Rachel nicht lange genug gekannt hatte? Was hieß in einer Freundschaft lange genug? Margot wußte, daß Rachel für sie eine der besten Freundinnen auf der Welt gewesen war. Welche Ironie, daß sie, die hatte sterben wollen, lebte und Rachel, die das Leben so geliebt hatte, tot war. Sie sah den Sarg an und versuchte nicht daran zu denken, daß Rachel darin lag, und zum erstenmal wurde ihr die Endgültigkeit des Todes bewußt. Als sie all diese Schlaftabletten genommen hatte, war ihr das nicht in dieser Weise bewußt gewesen, sie hatte nur daran gedacht, dem Unerträglichen ein Ende zu machen. Das war etwas anderes.

Am Abend des Tages, an dem Rachel ermordet wurde, als Margot nicht telefonisch zu erreichen war und nicht im Studio zur Arbeit erschien, war Nikki zu Margots Wohnung gegangen und hatte auf die Klingel gedrückt, bis Margot sich aus dem Bett geschleppt und ihr aufgemacht hatte. Nikkis Reaktion auf Kummer und Schmerz war derjenigen von Margot genau entgegengesetzt; sie wurde überaktiv. Sie sah Margot an, sah die leeren Pillenröhrchen und die verwahrloste Wohnung, und sie wußte Bescheid. Sie rief im Studio an und log den Leuten dort vor, Margot hätte Lungenentzündung. Dann erzählte sie Margot von Rachel. Das war keine Brutalität, es war Nikkis Methode, Margot aus ihrer lähmenden Isoliertheit aufzurütteln, und es wirkte.

Nikki hatte Rachels Leiche gefunden, inmitten von Neugierigen, Polizeiautos und Sanitätswagen. Sie hatte in Lawrences Büro angerufen, um ihn suchen zu lassen; sie hatte durch einen Anruf bei Jill erfahren, daß Ellen im Krankenhaus war. Sie war Margot zu Hilfe gekommen. Seit sie Margot gefunden hatte, war sie fast ununterbrochen bei der Freundin geblieben, sogar wenn sie schlief. Sie hatte ihre Putzfrau zum Saubermachen in Margots Wohnung geschickt und hatte sie bezahlt. Sie hatte Margot auf der Couch in ihrer Wohnung ein Bett gemacht, sie hatte ihr einfache, leicht bekömmliche Speisen zu essen gegeben, an die Margot sich von ihren Kinderkrankheiten her erinnerte, und sie hatte sie sogar gefüttert. Nikkis Töchter waren gekommen. Lynn hatte ihren Freund und lauter neue Zeitschriften für die Rekonvaleszentin mitgebracht, und Dorothy, die psychiatrische Fürsorgerin werden wollte, hatte Nikki eine Liste guter Psychiater gegeben, die diese an Margot weitergab.

«Das übrige mußt du machen», sagte Nikki. «Aber ich glaube, dies ist besser als Schlaftabletten. Weißt du eigentlich, was für ein Glück du gehabt hast, daß dieser Arzt dir Seconal verschrieben hat? Das ist nämlich ganz ungefährlich, ich habe von jemand gehört, der hundert genommen hat und noch lebt. Dieser Arzt muß den Verdacht gehabt haben, daß du nichts Gutes im Schilde führtest. Ich wollte nur, du hättest dich mir anvertraut, bevor es soweit kam.»

Anfangs wußte Margot nicht recht, ob sie für Nikki eine Aufgabe, ein Heilmittel für ihren Kummer um Rachel war, oder ob Nikki wirklich etwas an ihr lag. Aber dann merkte sie, daß es das letztere war. «Du kannst keine Hilfe erwarten, wenn du dich vor den Leuten versteckst», sagte Nikki. Das stimmte. Man mußte selbst etwas dazu tun. Aber gerade dazu war Margot fast völlig unfähig, das wußte sie. Das war etwas, was sie allein nicht verändern konnte.

Sie hatte die Liste der Psychiater immer bei sich, selbst jetzt während der Trauerfeier. Sie wußte, Rachel hätte ihr dasselbe gesagt. Rachel hatte ihr zu helfen versucht, hatte angerufen, hatte sie immer wieder zu sich eingeladen, und Margot hatte sich schließlich vor ihr versteckt und sie belogen. Niemand konnte ihr helfen, wenn niemand wußte . . .

Warum mußte es Rachel sein und nicht sie? Aber das war keine Entweder-Oder-Frage. Es war immer eines ihrer Probleme gewesen, sagte sich Margot, daß geheimnisvolle Schuldgefühle sie derart überwältigten, daß sie in allem ein Entweder-Oder gesehen hatte. Es hätte Rachel nicht gerettet, wenn sie in jener Nacht gestorben wäre. Keiner ihrer Entschlüsse im Leben hatte die Möglichkeiten, die noch offen blieben, wirklich ausgeschlossen. Das hatte sie nur geglaubt.

Wie schrecklich für Lawrence, er hatte Rachel so sehr geliebt. Ob es einen Mann gab, der sie je so lieben könnte? dachte Margot. Rachel war die einzige von ihnen, die von einem Mann wahrhaft geliebt worden war . . . Margot sah ihn in der ersten Reihe, neben ihm Kerry und einige Unbekannte, wahrscheinlich seine oder Rachels Verwandte. Er hatte in den letzten paar Tagen jeden Besucher bis auf die nächsten Angehörigen abgelehnt. Der sonst so gesellige Lawrence, immer von persönlichen und geschäftlichen Freunden umgeben, war plötzlich überwältigt von der Erkenntnis, daß Rachel sein bester Freund gewesen und daß ohne sie alles sinnlos war. Vermutlich würde er bald sein geselliges Leben wiederaufnehmen, er war es eben so gewohnt, aber es würde ihm wenig helfen.

Sie sah Kerry an, und er war ein Fremder. Lag es nur ein knappes Jahr zurück, daß sie ihn als ihre letzte Chance betrachtet hatte? Was für eine verrückte Idee. Jetzt wußte sie, ihre wirkliche letzte Chance war ein guter Psychiater. Seit Rachels Tod hatte das Leben sich Margot offenbart als das, was es war, ein kurzfristiges, zerbrechliches, kostbares Ding. Nicht eine endlose Strafe, wie sie geglaubt hatte, sondern ein Geschenk. Sie hatte das Recht, es wegzuwerfen, wenn sie wollte, aber warum sollte sie so etwas tun? Vielleicht blieben ihr noch Jahre, vielleicht nur Stunden. Das würde sie nie sicher wissen.

Aber wenigstens sollte sie versuchen, die Zeit, die ihr blieb, zu nutzen.

Ellen saß zwischen Margot und dem teilnahmslos dasitzenden Hank. Sie weinte. Sie trug einen dunklen Schleier, damit niemand das Pflaster auf ihrer Wange sah und sich wunderte. Man konnte es auch für den Ausdruck tiefer Trauer halten. Sie weinte nicht nur um Rachel, sondern auch um sich selbst. Fast wäre sie gestorben. Wenn' Jill kräftiger gewesen, wenn sie besser gezielt hätte . . . Ellen hatte nie gewußt, daß Jill solch ein Temperament besaß. Ein liebes Mädchen, ein bißchen in sich gekehrt und zurückhaltend, aber nie Tränen, nie Wutanfälle. Vielleicht zu lieb. Jills Temperamentsausbruch war sicher ein Zufall gewesen. Auch daß diese Frau Rachel getötet hatte, war ein Zufall gewesen, und man hatte sie vorläufig nach Bellevue gebracht, bis das Gericht entschied, was mit einer geistesgestörten Mörderin zu geschehen habe. Die Frau hatte irgendwo in Queens gewohnt, und nach Aussage der Nachbarn war sie eine nette, stille Frau gewesen. Wer konnte wissen, wo überall in dieser großen Stadt der Wahnsinn lauerte? Jill war nicht verrückt, nein, keineswegs, aber sie hatte große Probleme. Sie ängstigte sich vor Jungen und vor Sex, und sie war ernstlich krank, sie litt an Anorexie. Aus irgendeinem Grund hatte Jill seit jenem Unfall, seit sie das Bügeleisen nach Ellen geworfen hatte, fast normal gegessen. Aber sie war kein glückliches Mädchen, das wußte Ellen jetzt, und damit konnte sie allein nicht fertig werden. Darum hatte sie Martin Wilson nach einem guten Psychiater gefragt.

Dr. Martin Wilson . . . Ellen hörte auf zu weinen. Er hatte sich ihrer im Krankenhaus so freundlich angenommen. Sie hatte gleich gemerkt, daß er sich für sie interessierte. Sie kannte die Anzeichen – sie hatte sie zu oft gesehen. Und sie erwiderte sein Interesse. Natürlich hatte er Frau und Kinder. Er hatte ein Mädchen geheiratet, die ihm vor zwanzig Jahren bei der Finanzierung seines medizinischen Studiums geholfen hatte und seitdem beruflich hinter ihm zurückgeblieben war. Ja, Ellen kannte die Anzeichen. Er hatte ungewöhnlich viel Zeit an ihrem Bett verbracht und war sehr besorgt um sie gewesen. Selbst Jill hatte ihn offensichtlich gern, schien aber nicht zu bemerken, daß sein Interesse für ihre Mutter nicht rein beruflich war. Auch der Psychiater, ein netter junger Mann, hatte Jill gefallen – Martin hatte ihn ins Krankenhaus mitgebracht, damit sie ihn kennenlernte. Sie war damit einverstanden, mit einigen anderen jungen Patienten des Arztes an einer Gruppentherapie teilzunehmen. Ellens Gefühle in bezug auf die Gruppentherapie waren gemischt: was passierte, wenn nun der erste Junge, in den Jill sich verliebte, ein milieugestörtes Kind war? Aber Martin versicherte ihr, es sei gut für Jill und werde weniger kosten als Einzeltherapie. Gruppentherapie war das neueste für Kinder. Wie kam sie, Ellen Rennie, nah vor dem Klimakterium, dazu, die neuen Methoden der Psychotherapie beurteilen zu wollen? Sie hatte genug eigene Probleme, wenn sie mit ihren vierzig Jahren fertig werden und sich klarmachen wollte, daß sie zwar keine blühende Zwanzigjährige, aber auch keine fünfundsechzig war.

Arme Rachel, so jung, so schön, so glücklich. Solch ein irrsinniger, sinnloser Zufall. Warum war das Leben so voll von Zufällen? Es gab nichts Sicheres, woran man glauben konnte. Ellen warf einen Blick auf Hank, der stumm und düster neben ihr saß und vor sich hin starrte. Nun ja, dachte sie, es ist doch nett, daß ich ihn habe, den guten alten Hank.

Seit Nikki Rachels Leiche gefunden hatte, war sie unfähig gewesen zu weinen, und sie konnte es auch jetzt nicht. Sie hatte ein Gefühl, als würde ihr Herz in einem Schraubstock zerdrückt, und manchmal, wenn sie allein war, übergab sie sich so lange, bis sie ihr Inneres nach außen gekehrt zu haben meinte, aber die Tränen blieben aus. Sie war abgestumpft. Diese hektische Aktivität, das Organisieren, das Aufrechthalten derjenigen, die schwächer waren als sie – all das war automatische Geschäftigkeit gewesen. Es war ihre Natur, Mutter und tatkräftige Frau zu sein. Während der Predigt hörte sie kaum hin. Der Geistliche hatte Rachel nicht einmal gekannt; er hatte Lawrence gefragt, was ihre liebenswertesten Züge gewesen seien. Vielleicht war es ganz gut, dachte Nikki, Trauerreden und dergleichen jemandem zu überlassen, der so etwas berufsmäßig machte. Sie hatte nicht erwartet, daß Lawrence sie darum bat. Was sie für Rachel empfand, war etwas so Ungewöhnliches und Schönes, daß sie es nicht mit einer Versammlung wie dieser teilen wollte. Und was für eine Versammlung! Alle Welt schien hier zu sein, als würden bei Rachels Trauerfeier Akademiepreise verliehen! Bestimmt waren manche nur gekommen, um gesehen zu werden. Sie gehörten zu Rachels altem Leben. Und in der hintersten Reihe, fast schüchtern versteckt, saß Andy, Rachels junger Collegefreund, der zu Ehren der Toten zum erstenmal einen Schlips trug. Rachel, dachte Nikki, hätte ihm gesagt, er solle den Schlips abnehmen und sich's bequem machen.

Nikki mußte daran denken, wie sehr Rachel und sie sich in dem gerade verflossenen Jahr verändert hatten. Sie dachte an sich selbst . . . die Entscheidungen, die sie getroffen hatte und die zuerst so beängstigend ausgesehen hatten, waren in Wirklichkeit gar nicht beängstigend, weil sie diese Dinge kontrollieren konnte. Aber die gedankenlose, ziellose, Kräfte vergeudende Gewalt, die von außen kam, war das eigentlich Furchterregende. Die letzte Entscheidung über Rachels Leben war von einer Fremden gefällt worden.

Wir haben keine Kontrolle, dachte Nikki. Was kann ich kontrollieren mit all meinen Kämpfen, all meiner Entschlossenheit? Doch nur die Dinge *in* meinem Leben. Ich kann mein Leben, meine Arbeit, meine Familie, meine Freunde, meine Lieben, mein Vergnügen, meine Interessen genießen und versuchen, nicht an das andere zu denken.

Aber wie kann ich das?

Thomas Tryon
Fedora
oder Die Vergessenen

In einem Kranz von vier ineinander verwobenen Geschichten erzählt der erfolgreiche amerikanische Autor Thomas Tryon von den Verlockungen und Abgründen einer Welt des schönen Scheins, die das Publikum fasziniert, aber ihre Helden und Heldinnen nicht selten zerstört. Von ihnen, den Opfern des glitzernden Molochs Film, handelt dieses Buch.

Gleichsam in Nahaufnahmen beschreibt Tryon, selbst aus dieser Welt in die Literatur geflüchtet, den glamourösen Aufstieg von angebeteten Göttern und Göttinnen unseres Filmzeitalters, die zweifelhaften Wonnen des Ruhms und den erbarmungslosen Fall in die tiefe Einsamkeit des Vergessenseins. Vor «Traum-Kulissen» – Hollywood und New York, Paradiese in Mexiko und Kreta – vollzieht sich das irrwitzige Spiel von Liebe, Lust und Tod.

Thomas Tryons Geschichten sind nicht nur ein Triumph lebendigen und mitreißenden Erzählens. Sie enthüllen die Gefährdungen einst gefeierter Stars, die sich zwischen ihrer eigenen Legende und dem wirklichen Leben nicht mehr zurechtfinden.

Ein Roman in vier Episoden. Deutsch von Hermann Stiehl.
420 Seiten. Geb.

Rowohlt